野澤節子全句集

ふらんす堂

1990年12月10日比叡山坂本年里坊「双厳院」にて
撮影／長谷部信彦

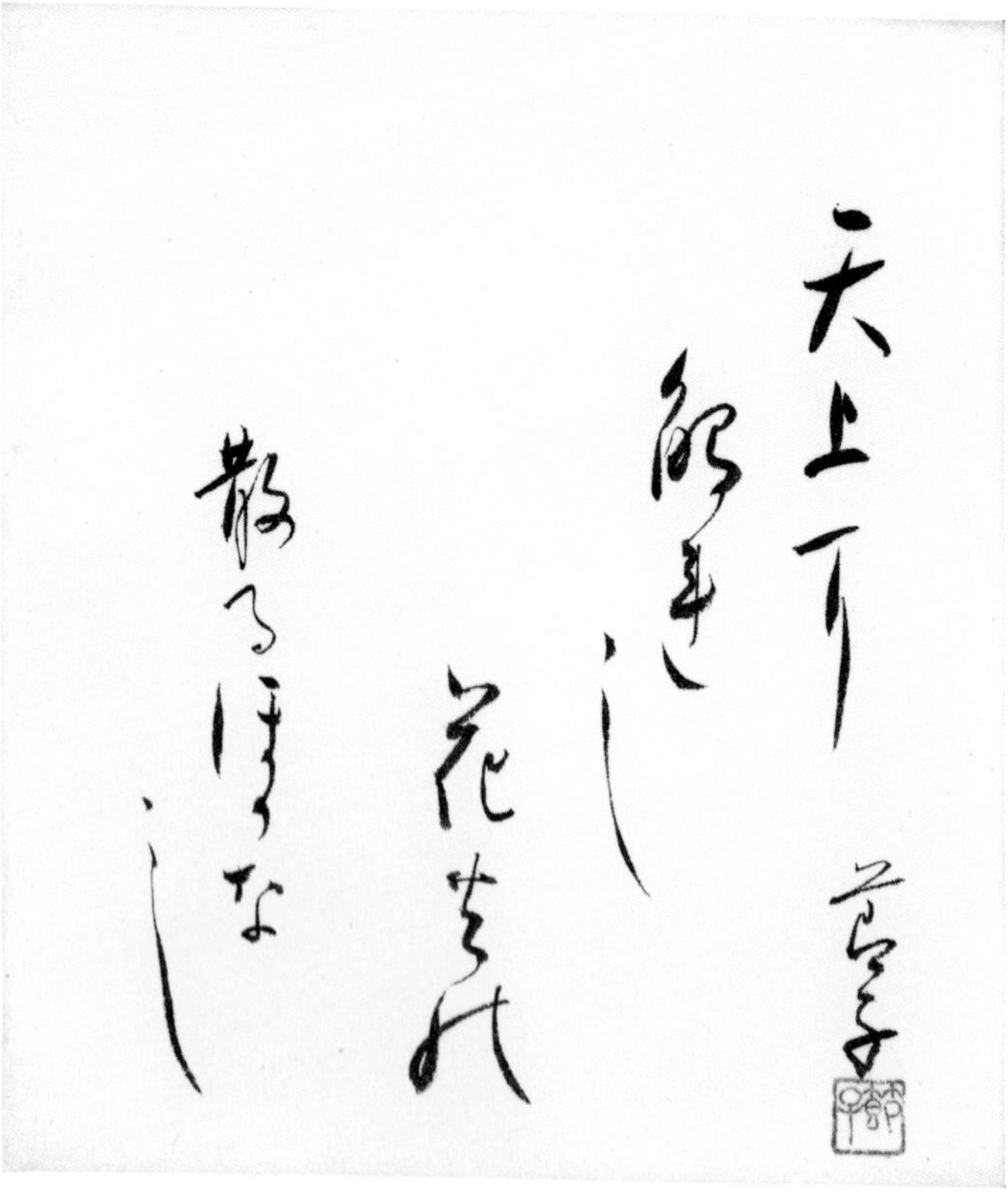

天上に触れし花火の散るほかなし　節子

野澤節子全句集＊目次

第一句集　定本未明音　7
第二句集　雪しろ　89
第三句集　花季　145
第四句集　鳳蝶　213
第五句集　飛泉　269
第六句集　存身　337
第七句集　八朶集　385
第八句集　駿河蘭　439

年譜　515
あとがき／「蘭」俳句会　520
初句索引　523
季語索引　568

野澤節子全句集

凡例

○本書は野澤節子の既刊句集『未明音』『雪しろ』『花季』『鳳蝶』『飛泉』『存身』『八朶集』『駿河蘭』を収録した全句集である。
○既刊句集の収録は、原則として原本によるが、第一句集『未明音』は定本『未明音』によって改められたものを収めた。
○句の仮名遣い表記は初版に従ったが、漢字表記はいくつかの漢字をのぞき新漢字表記とした。
○明らかな誤植については、これを訂正した。
○巻末に初句索引と季語索引を付けた。
○本書に収録した作品は、四一一〇句である。

第一句集　定本

未明音

みめいおん

句集定本『未明音』
一九八六（昭和六一）年一二月二日　発行
発行所　牧羊社
造　本　四六判上製函入り　二四八頁
題　簽　水原秋櫻子
総句数　五二六句
定　価　二五〇〇円

目次

『定本未明音』について　山本健吉　11
初版への序　大野林火　15
昭和二十二年　17
昭和二十三年　19
昭和二十四年　21
昭和二十五年　30
昭和二十六年　37
昭和二十七年　46
昭和二十八年　52
昭和二十九年　63
初版への跋　田邊篤子　76
初版へのあとがき　79
解説　大野林火　81
後記　86

『定本未明音』について

山本健吉

野澤節子さんといふと、私は琴の句を思ひ出す。いま校正刷を見ながら、琴の句を拾ひ出してみると、

薔薇に風琴柱《ことぢ》たふれしままにあり
冬の日や臥して見あぐる琴の丈
永き日や琴に倚らずば何に倚らむ
春昼の指とどまれば琴も止む
琴弾きしかひなしびれぬ春の昼

などがある。いづれも一字一句ゆるがぬ俳句となつてゐるが、私はかつて「春昼の指とどまれば」をことに見事と思ひ、鑑賞の筆を取つたことがあつた。そのとき私は文五郎が遣ふ琴責めの段の阿古屋を思ひ出して書いたことを覚えてゐる。責めら

れて琴を弾く人形の阿古屋の指の動きと、実際に弾かれてゐる琴の音色とが、寸分たがはずぴつたり呼吸が合つて、まさに「指とどまれば琴も止む」といつた感銘なのである。

この句はもとより、人形遣ひと弾き手のやうな、二人の人間の呼吸の合致ではない。作者自身の指と琴の音色との、当然と言へば当然の合致なのであるが、それをあへて分裂させて表現したところが面白いのだ。それほど作者の指は無心に、自然に動いてゐるのであつて、作者の心は肉体から遊離して、その指の動きと琴の音色との合致を、客観し、鑑賞してゐるかのやうである。

野澤さんの句の特色は、一言で言ひよいやうで、言ひにくい。私は現代俳句を読んでゐて、ただ作者の趣味の如何を知らされるやうな俳句には、ほとほと飽きてゐる。一人々々の趣味嗜好とおつきあひしなければならないほど、私は物好きでも閑人でもないのである。だが、私が野澤さんの句から受取るものは、趣味嗜好ではなく、いのちの志すところである。感覚的にも実に鋭くて新鮮であるが、それは単に末梢の感覚の鋭さではなく、結局はそのいのち、同時に野性であり、対象にきりりと嚙みつく女の糸切歯のなまなましさを具へた、猛獣のやうな原初のいのちの志向である。

例を挙げてみよう。

枯野中行けるわが紅《こう》のみうごく
音《ね》短かに一度々々の鉦叩
深秋のおのが吐息と雲ありぬ
曼珠沙華忘れゐるとも野に赤し
刃を入るる隙なく林檎紅潮す
夏蝶や布裁ち糸巻くこと切に
善悪はや虫音一途にかき消され
天《あめ》地《つち》の息合ひて激し雪降らす
哄ひゐるこころの底のきりぎりす
けもの来て何噛みくだく夜の落葉
小春日や生《うぶ》毛《げ》まみれの虻とあり
枯れし萱枯れし萱へと猫没す
はこべらに物干す影の吹かれ飛び
桜五弁はも指頭はも血色さす
いちはやき秋風男の眉めだつ
耳鼻科の灯路上に歴《く》矣《き》と冬の石
朝はたれもしづかなこゑに寒卵

春灯にひとりの奈落ありて坐す
春暁の雨淡泊にこぼれ止む
散り果てて梅なほ白き翳に充つ

長く病床にあつた野澤さんが、このやうな強靱な自然凝視、自己凝視をひとり黙々と積み重ねて来られたといふことは、驚異に価する。すでに健康を回復された野澤さんには、さらに新しい視野の拡りが期待されるが、私はこの『未明音』の一巻は、一見矛盾するやうだが、その清純なたけだけしさ、野性あふるる繊細さによつて、長く伝ふるに足る一人の女性の生のあかしだと思へるのである。

昭和四十二年九月十二日

初版への序

野澤節子さんには前に句集『琴の丈』があるが、それは佐野俊夫、目迫秩父両君との合著『暖冬』に収められたものであり、「琴の丈」抄を収めたこの『未明音』は第一句集といつて差支へない。

節子さんの句は澄みとほり、純粋なうつくしさにかがやいてゐるが、そのことは病床の著者があたかも禱りのごとく作句をつづけてゐる心の具顕に拠る。十四のときカリエスを患ひ、爾来二十年闘病生活をつづけた著者にとつて、俳句はいのちと云はぬまでも心の大きな拠りどころとなつた。また病といふ場に坐つたとき節子さんの句は特に輝いてゐる。徒らに病生活を歎く愚は見られず、沈潜されたかなしみはむしろ著者の生くる力となつて現はれてゐる。節子さんの俳句が病のために脆弱とならず、むしろ強靱さを加へてゐるのはそのためであらう。節子さんにとつて闘病生活はまた人生航路そのものであつた。

冬の日や臥して見あぐる琴の丈
春昼の指とどまれば琴も止む
春曙何すべくして目覚めけむ
読まず書かぬ月日俄に夏祭
虚実なく臥す冬衾さびしむも
天地《あめつち》の息合ひて激し雪降らす
寒の百合硝子を声の出でゆかぬ

頃来、病も固まりつつあり、外出の機会も得られるやうになつた。長年の願ひであつた私の家への訪れもこの春果してゐる。永らく著者を縛りつけてゐた病の床から離れつつあるのである。それが作品にどう変化を与へるか——その方途は著者自身がひらき、われわれに示す日があらう。

昭和三十年四月

焚莱山房にて　大野林火

昭和二十二年

寒星

荒涼たる星を見守る息白く

三日月の光る鼻梁の凍りけり

夕寒しどこの部屋にも雨の音

寒月下一塊の雪病むごとし

われ病めり今宵一匹の蜘蛛も宥さず

遠《をち》の枯木桜と知れば日々待たる

群竹を傾けつくし東風離れ

人寝たり風雲せめぐ春の月

雲の帯

髪切虫角しごきやめわれを知る

濡れゆく人を羨《とも》しと見たり若葉雨

臥処よりあぢさゐの藍空の藍

短夜の雲の帯より驟雨かな

かひな霑《ぬ》らすことし苦患の汗にあらず

かがまれば鬼灯朱し彳《た》てば青空

鬼灯のあからめばやらむ子が三人

鬼灯をつまぐり父母に拠るながし

秋蟬や卓にちらばる刺繡糸

振子北に虫を南にききねむる

昭和二十三年

枯野の紅

野分すすむその夜をひかる人の肌

袖かさね寒きわが胸抱くほかなし

寒灯のわれ縛さんとするに耐ふ

枯野中行けるわが紅《こう》のみうごく

夕霧を来る人遠きほど親し

鴉群れわれに苦役のごとき冬

冱返る沼のごとくに午後睡る

羽織紐朱し胸べに林檎剝かれ
枯原の雪解卒《にはか》に午後のごとし
雪残る夕日や父にちかく坐す
熱の夜のさくら咲き満ち幹立てり
黄塵に息浅くして魚のごとし

いつ行けむ

おくれ毛に春の光陰闌けにけり
梅雨晴の清《せい》水《すい》坂を奔りけり
見えてゐる野薔薇のあたりいつ行けむ
薔薇に風琴《こと》柱《ぢ》たふれしままにあり

野蜂とび交ふや向日葵いづこに立つ
蝸牛つきし葉の他《ほか》真青に
青葉邃《ふか》しとりだす鏡潭《ふち》に似て
牛車ゆくかぎり轣《れき》轆《ろく》あぢさゐに
青嵐大事去りにしごとくあり
いなづまに瑕《か》瑾《きん》とどめぬかひなかな
蟷螂の青き目のうちより視らる

昭和二十四年

琴の丈

冬の日や臥して見あぐる琴の丈

ザボン剝くじんじん熱き瞼かな

師走三日を余す灯下に落花生

手袋と紙幣使はずして病めり

冬欅父は明治を長く経にき

船図ひろぐる父と弟に炉火赤し

外套にしみもせざりし時雨なる

上半身斜陽がくりに麦踏めり

枯野の日の出わが白息の中に見る

人の来て寒の月光土間に入る

飛雪いよいよはげし吾れのみ見のこりて

春雲居

行きかよふ春雲堰きてわが居とす
永き日や琴に倚らずば何に倚らむ
春昼の指とどまれば琴も止む
午《ひる》までをなぐさまんには雪淡《うす》し
訪はんにはわが身詮なし玻璃の雪
なほのぼる意のある凧のとどめられ
刺《とげ》さるらしき掌を春灯に
林檎真赤五つ寄すればかぐろきまで
遠《とほ》星《ほし》の揺がぬ中に花火揚る

稲妻の中を提げきて魚を出す

琴弾きしかひなしびれぬ春の昼

なにがなし善きこと言はな復活祭

金盥《かなだらひ》落ちし反響花の夜に

春灯に雨日の痩せを問はれけり

旅信

虹へだて旅信に待たんこと多し

夕風や昏《くら》き硝子に薔薇浮き立ち

卓四座親子立つなく蟬鳴きいづ

ハンカチに新茶のこぼれ吸はしむる

万緑やわが掌に載する皿一枚

飛び過ぐる夏蝶まぶしかたらひに

芥子赤きかたはら別の芥子くづる

炎昼や虚に耐ふるべく黒髪あり

梅雨の市電

夕焼に外灯かぎりなく古ぶ

車掌のうしろ見えては梅雨の市電過ぐ

貨車に灼けしレール踰《こ》えきてなほ病む身

香水や片陰に入りひと険し

指輪なき指を浸せり夏の水

彷徨

蚊のこゑと活字はかなむ夕焼に
女の身炎昼に影なくし立つ
木洩れ日のつよきを赤き蜂占めて
髪に蜂触れし炎暑の憤り
日々南風棕梠の葉先と髪乱る
母が使ふ扇の薫る風に近し
蜩の干されて透ける麻衣
銀扇の外《そと》骨《ぼね》きつく押しひらく
汗のかひな時計うつし世刻みをり

地に置きし影を重しと蝶翔《た》たず

向日葵の瞠《みは》る旱を彷徨す

黄炎

眼をあげてみしが旱雲去らぬなり

冷ゆるまなき旱の汗にあまんずる

大旱や乾《けん》坤《こん》憎まれたる如し

地の旱わが靴あとのさだめなし

西日照りまともの顔のすさみけり

三十の憂き黄炎の夏日かな

髪切虫どこかで啼くが気づまりに

扉を押せば晩夏明るき雲よりなし

秋雲に離れ来りて父母の前

マスカット捥《も》ぐ手に熱き息かかる

旱蜂片手払ひに農夫たり

雲白く葡萄つめたし背きあへず

秋風が眼《まなこ》ふかくに来て吹けり

白芙蓉ふたたび交す厚き文

虫鳴くや草稿の影女髪なる

音《ね》短かに一度々々の鉦叩

雲千《ち》々《ぢ》に吹きやぶりきし秋風か

細雨はや雫りはやむる秋の棕梠

浮沈

餉をともに晴秋それとなき好み
何の疲れ秋さだまらぬ袷着に
柘榴みて髪にするどきピンをさす
深秋のおのが吐息と雲ありぬ
秋空に煤煙としてただよへり
針創をつめたく唇にふれ癒やす
天涯の碧さ野菊と吾れに透く
曼珠沙華忘れゐるとも野に赤し

いなづまのしては女心の浮沈せり

昭和二十五年

女の歩

鶴といへる鳥肌寒の意中にす

露光り了へて訪はるるまでの隙《ひま》

土の露ときに虹なす女の歩

露の鵙夕べは雨の鵙として

秋耕の了りし丘を月冷やす

かじかみてぬくみきるまで口つぐむ

刃を入るる隙なく林檎紅潮す

てのひらの冷えの林檎を剝くに易し
やがて冬夕焼いろに肩を染め

雪後の空

拓きゆく寒気や一歩ごとに閉づ
わが恃む寒気日向もその裡《うち》に
香油して黒髪さらに冷えにける
風邪ごゑを常《とこ》臥《ふ》すよりも憐れまる
降りかくす眼路寸尺に雪新し
雪解光逢はぬ乙女を愛しゐぬ
傘ついてもどる雪道土現れをり

北風《きた》へ向く婦《をんな》になべて包重し

どの屋根にも雪後の空の高すぎて

この日向にとざされ忘れられゐるも

綿虫を前後左右に暮れはじむ

時季ならぬ南風炭火はねどほし

母踏みいづるほどは雪面に灯の洩れて

紅火

信ずればマルメロも掌に重き実や

材木のつまれ春風無尽なり

ためらはず瞠《みつ》め春灯無慙にす

言《こと》絶えしまま春昼のとどこほる
東風吹いて女身に冷ゆる髪と爪と
またの別れ春暮れかかる顔をあげ
春の灯の消しそびれしを孤灯とす
芝焼いて曇日紅き火に仕ふ
蕗の薹師とや生《せい》地《ち》を等しくす
白ラ吐息見つつ姉たらず友たらず

一車の薔薇

花万朶疼《いた》む眼《まなこ》に見えてをり
風邪の疲れ夜の昏《くら》さにかくまへり

風邪の身に疲れ加はる憎しめば

迷ふ蟻追ふも殺すもひとりの吾れ

袷愛す終生病む身つつむとも

わが方へ来るにたがはじ白蝶待つ

麦の青《あを》樹の青《あを》赫《かつ》と昼寝さむ

蟬の昼多幸ならんか便り絶ゆ

母は見しと一車の薔薇の街ゆくを

わが家みな手を目立たしめ更衣

夏祭

梅雨清浄葉をひろげゐる樹々の上に

梅雨やみゐし夜の真深さを星埋む
降りつのる梅雨ゆゑならず距《へだ》たるは
梅雨ながしいかりともなき手の震ひ
濡れ犬の身震ひ梅雨の夜覚めをれば
読まず書かぬ月日俄に夏祭
夏蝶や布裁ち糸巻くこと切に
善きことのみ告げられ万緑を訪はるる身

夜の虹

七夕の翌ともなりし咳いづる
白百合鬼百合なべて女のためひらく

峡いづる百合の花粉に肘染めて
炎天ふかく濃き青空を見定めぬ
瑞《みづ》の夏羽の飛燕つぎなる人の眼にも
風の凌《のう》霄《ぜん》楽の終曲高まりつつ
西日陰楽章人を擴とす
真赤な花咲きつぐゆゑに蟬減らず
夜の蟬とび来てあたる男の胸
興るとき紺天冒す一雷雲
棕梠幹の褐《かち》色《いろ》夏葉もて蔭る
遠雷に身のしづもりを疑ひし

逃れえずここも鏡に晩夏の日
夜の虹透明なるを眠りて視し
善悪はや虫音一途にかき消され

昭和二十六年

霜の香

鵙の昼伸びしだけ白き爪を切る
柘榴とりつくしたる日しづかに熱いづる
末枯や高熱なるときうら若し
こやる身に毛布は厚し誰もやさし
医師去つて初霜の香の残りけり

しぐれつつ気温高まる夜の近火

掌をすすぎ医《くす》師《し》匂はす秋の水

秋夜いくたび熱の額に母の御手

注射器に騰《のぼ》る鮮血鵙黙《もだ》せ

夕焼や雀のこゑの繁《はん》ならず

熱退いて月光日よりも明るけれ

起きゐるも臥しゐるものも露めぐらす

冬鏡拭ひし手なる香りけり

食塩をすくふ風邪気の匙の尖《さき》

冬の灯に寝るまでの顔かがやかす

白きを干す

風邪の背に夕映の刻迫りをり

凧の風ここに集へり白きを干す

寒気の香月にまさり来雨戸閉づ

寒柝を打つて響に守《も》られゆき

ピアノの音絶えぬ嘴とぐ寒雀

訪はるるまで寒の閑《しづ》けさつづく部屋

すでに春の灯隣家の鴨居見透しに

春の日や癒えても母に丈及ばず

夕映雪

限りなく雪かの傘の辺《へ》もつつむ
天よりも夕映敏く深雪の面《も》
雪止んで川瀬のほかを蔽ひ足る
家《いへ》中《なか》まで持て来し雪にわれ影す
子ども来ねば雀栗色雪に弾む
雪窪や雀身隠りえずに二羽
満目の雪減りゆくに落着かず
雪照る中膝の紅糸まるめ落とす

春曙

春曙何すべくして目覚めけむ

長病めど春昼の頽衰へず

誕辰の菓子の春花を切り頒つ

濃菫へ俯向くこともイ《た》ちしまま

曇日の青麦犇く障子の隙

春昼の寡黙に母の帰りきぬ

春灯《ともし》膝下に病めば恋もなし

春の夜の水満たしむる苦しきまで

麦ある景

さるすべり芽吹き遅れぬセルには早し

鳥翔くる羽《は》裏《うら》新樹に明るませ

青麦の暈《かさ》に揺らげり南風の丘

若葉俄にこぞるにさへや疲れ易し

丘麦そよぐ夕景たのし戦なくば

どの新樹に拠れど目ナ先新樹立つ

母出でゆく蔦青む昼火気を絶ち

青梅の数増す病身爪立てば

鶏卵を買ひきて拡ぐセルの膝

樒若葉いさみ立つ風いまは熄《や》む

忌の枇杷

眼前に蝶群れ光り臥しつづく

高ゆかず日盛の蝶白く憂ふ

青くかたき桃濡れとほす夜も昼も

梅雨さわぐ青きが中の篁若し

梅雨ふかし昼の楽より睡り克《か》つ

外灯に葉影著しも梅雨の扉は

忌の枇杷のつゆあまりては指濡らす

抱へゐる鶏首伸べて夏日瞶《み》る

雨いまだ遠き花火を消すに足らぬ

遠き闇終《つひ》の花火と知らで待つ

濃《こ》をつくす夕焼さらに飛ぶものなく

向日葵

きりぎりす青きからだの鳴き軌る
日すぢ切に黄を加へをりきりぎりす
葉風よりはげしき蟬音衣《そ》透りぬ
炎昼や逢ひてこころに友失ふ
行くところ向日葵連れだつごとく咲く
雲の峰なほ峰づくる逢はぬも佳し

こゑのひかり

しんしんと澄む秋空やゆき場なし

こほろぎのこゑのひかりの夜を徹す

秋気ぎつしり羽色濃き鳶逸らしむ

マスカット白髪の父と房頒つ

コート着ればすぐ秋雨の中ゆく母

にはたづみ秋雨濁さず明日も降る

船火事の空おしなべて夜霧の層

いちじゆくのジャム練るいつか母情もて

なま白き月地をいづる颱風あと

黒き目を瞠《みは》りどほしに火蛾疲る

颱風のさ中に剝きて柿赤し

病む弟に
鵙啼くや寝起も同じ紺絣

食べ足りて鶏ら夕焼に染み並ぶ

昭和二十七年

金一ト葉

悼臼田亜浪先生
この世の虫かすかまみゆること無しに

秋の暮睡りてなだむ瞋《いか》りあれば

冬天に三日月若き色濁さず

葦枯れて虹の触れざる冬の水

春耀句会
女のつどひ廊に銀杏の金一ト葉

父咳けば深夜日本の家かなし

暁闇や洗ひしごとき髪の冷え

脱ぎし足袋冷えてよごれの目立つかな

冬菜きざむ音はや鶏にさとられゐて

高空の凧まぶしがる鶏どちも

霜きらめく隣家の奥で時計鳴る

霜の暮赤き馬身の駆けひびく

冷雪抄

虚実なく臥す冬衾さびしむも

天《あめ》地《つち》の息合ひて激し雪降らす

人を絶ち文絶ち臥せば度《ど》々《ど》の雪

午後はまだ視力薄れて松の雪

青年医師の靴跡雪舞ひ下りて消す

扉が開き鏡中たちまち雪の界

雪解明るく人通はねば猫よぎる

冬《も》青《ち》たえず揺らぎて積る雪きらふ

雪しきり厨に凍つる魚の膚

外灯立ちその先深雪道昏し

母病めば牡蠣に冷たき海の香す

熱き炬燵抱かれしころの祖母の匂ひ

過ぎ易き祖母の喪の中初菫

雛の夜や祖母の遺せし母五十路
事さむし多く詠はずして止みぬ
種待つ土露をたたへて濡れほぐる

風秀づ

春暁のすべての中に風秀づ
初蝶の翅振るを前衰へず
高笑ひおどろき蜥蜴地隠りぬ
薔薇どれも香りて日の香まじりあふ
太陽と黒き瞳の娘《こ》に麦熟れぬ

若き石工

病む麦も刈りいづこへか運び去る

農夫白シャツあくまで西日永くせり

凧の凌霄《のうぜん》見し眼をつむり昼寝せり

涼風の自在吾よりも若僧に

トマトに塩いまも若子《わくご》の位置われに

青蜥蜴おのれ照りゐて冷え易し

外灯下乙女ひらりと過ぎ涼し

脣《くち》堅く石工若しや夏ズボン

炎天の白き遠さにとり巻かる

露の結界のどふくらかな青蛙

哄ひゐるこころの底のきりぎりす

赤き扇

夏瘦せて執着の紅うすくさす

仰臥さびしき極み真赤な扇ひらく

平穏なるごとく浴衣の藍鮮か

夏百日見耐へむ花の赤をこそ

端近に蜩鳴きぬ見舞はれゐて

白桃を剝くうしろより日暮れきぬ

月の椅子母たちゆきて吾れの占む

弟癒えて帰る

稀の松虫ききて寝並ぶ姉弟

何処にか一灯ありて棕梠の露

爆音の跡《と》絶《だ》えぞつくり貝割菜

己が白き抜羽眺めて羽抜鶏

昭和二十八年

肺炎

凩と父の呼吸の闘《せめ》ぐに耐へ

ちち病むにゆかりなき人夜霧に現《あ》る

露の病室出て余所事の文を書く

父病むや剝きて刃のあと柿に残す

草枯へ使ひあまりの氷塊を

けものの来て何嚙みくだく夜の落葉

病《やみ》上り白足袋ゆるく人と逢ふ

稲刈跡学童きて描く家周辺

冬銀河

眠りゆく冬の銀河の片側に

冬親し燃すもののすべてよく燃えて

父癒えぬ日向いづこも虻散らし

小春日や生《うぶ》毛《げ》まみれの虻とあり

小春日の腹透明な虻来る

砂浴ぶ鶏と同じ日向に着ぶくれて

冬の屋根煙濃きところ暮れ早む

いまありし夕日の跡の冬霞

逢へば短日人しれずしづけさも

わが灯

夢華やぎ覚めぬ冬日は靄いでず

寒夜の卓生鮭の肉ぽってりと

アルミ鍋並ぶ厨に冬稲妻

凍て闇に消したる電球《たま》のしばし見ゆ

旅にあるごとし枯丘雪冠る

雪の夜の目覚めや誤字にかかづらふ
冬ざれや父母の拠る灯がわが灯《ともし》
霜の夜の眠りが捕ふ遠き汽車
霜濡れの枯芝かがやく散る紙も
枯丘かよふ主婦の前掛風煽る
はるかにも北風《きた》の鶏鳴家殖えたり

白濁

枯れし萱枯れし萱へと猫没す
大地なほ白まず風雪の棕梠騒ぐ
鶏ひそか地《つち》白みゆく雪懼る

壺に真白降雪前に剪りし梅
飛行音に闇穢されず雪積る
ははそはと春の目醒めの言《こと》かはす
梅も一輪ほのかな飢ゑに空晴れし
白濁の糊煮つめをり春の昼
梅紅白女《め》のみぞなどて老いゆくや
N氏
死に近き妻ありて買ふ緋の桃ぞ
雛の日や巷に荷馬の無垢なる目
ジェット機の余響しばらく夜半の雛
枯萱や猫鳴き寄れど気に入らぬ

梅に下りゐし大空夜の痕《あと》もなし
探しあぐねし蕗の薹かも己かも
家がつなぐ春昼の楽の中帰る
鶯の常磐木隠れ朝日子も
はこべらに物干す影の吹かれ飛び
わが臥せば丘の春雲寝つつ流る

さくら

露ふふむ桜世慣れず人慣れず
桜五弁はも指頭はも血色さす
落花はげし戦後北京にありし女《ひと》に

夜桜や灯の障子より男子のこゑ

余花の夕日可笑しからざるチンドン屋

夕鳴く雛

摘みためて土筆長短手握りあへぬ

鮮黄の毛虫聖なり日の枯萱

春の雛四五羽かたまり羽毛の香

春日たらり雛の目下瞼から閉づる

夕鳴く雛に春の半月俯向いて

蜂若し洗ひ髪して通るとき

縞きはやかに蜂きぬ病み痴《し》れ偽られ

半農や黄《つ》楊《げ》垣青み吹流し

座蒲団に椿ぽとりと母の留守

虹をゆく

虹二タ重みはる瞼の形なりに

ふき颪《おろ》す虹の雫に顔打たる

虹をゆく男ばかりにたのしまず

うすれゆく虹を目追ひて身は睡し

羽化蝶

羽蟻いくつ呑んで蟇ゐて祭の日

梅雨の石蟇は子ながら金ン目据わる

田淵行男先生より、西穂高安曇野なる山の蝶の蛹をたまはりて　二句

蝶生れてたちまち負ひし広翅なる

葉洩れ日の遊ぶ羽化せる蝶の上

初蟬仰ぐ恋しきものへ寄るごとく

つのる梅雨父母の老いざることのみを

水禍頻々朱き梅雨茸土に木に

晩涼の笑顔なれども灯に距つ

全からぬわが生《よ》の一ト日蟬の唱《うた》

十薬に彳《た》ちて己を宥さずをり

灯のバスへ乗る友見たし涼夜送る

月盲ふ

夏未明音のそくばく遠からぬ

茄蟹やにはかに男らは日焼け

七月二十六日、皆既月蝕

疑ひ多き世の夏月よ赤く盲ふ

原稿紙白し蟬声波紋なす

日傘のつくる影のむらさき胸冷やす

積砂利の中冷めきつて炎天に

足《あ》音《おと》なき老の歩みの炎天下

炎ゆる道縄一筋に荷札着く

午後の蟬水道工事の跡歴と

蜂閉ざす玻璃に青葉のいくへにも

友よりの来信はたらく汗を言はず
葉をかぶる朝顔の白颱風報

秋意

いちはやき秋風男の眉めだつ
鶏頭や雲から暮れて空ひかる
秋晴や納屋の片戸の木目浮き
曼珠沙華砂利すぐ乾き大地湿る
むらさきふかめ葡萄みづから霧まとふ
颱風過ぎの髪を吹かれて女同志
木の根に虫音船図の中に弟坐し

秋刀魚にがし家族の中に黙すれば

啼かぬまも尾振り胸張り鵙老いず

狂院の奥ざわざわと西日透く

昭和二十九年

柿の日暮

嘆《か》ごと多き主婦に夕日の唐辛子

凶作をぽつりと語る鵙のあと

栗を剝くときの無口に身のぬくむ

人白シャツ林中野分吹き抜くる

花茶垣井水汲む音弾みゐて

足袋白く農婦に待たれ橋渡る

顔昏れてまた逢ふ農婦柿の下

雑木山透くことはやし干蒲団

無花果の一つ大きが愚に甘き

懐手すぐぬくもるや疲れたり

冬近し森出る煙に火の粉交る

母の衣

冬の夜や湯ぼてり灯下かがやかし

日向歩む冬の白蝶覚ましつつ

ちからある冬曙の薔薇ふくらむ

薔薇暮るる毛糸明りに編みゐしが
別るるや野分がゆする烏瓜
大入日ここに一筋紅蔦巻く
炉に伸びず傷つき厚める農の掌は
鵙鶫の詩《うた》書きためて農長子
落葉掻く一心老《おい》の見返らず
耳鼻科の灯路上に歴《く》矣《き》と冬の石
朝はたれもしづかなこゑに寒卵
炭火の香うつり易しや若き掌は
寒三日月不敵な翳を抱きすすむ

母の衣《い》たたむ冬日に母を撫づるごと

寒の百合

寒の百合硝子を声の出でゆかぬ

寒の百合ひらき湖沼のにほひせり

雪を待つ泉一円空暗し

ただ一度雪の稲妻深夜の眼に

夜半積る雪の仔細を老《おい》知れり

一堂に競ふ声量雪かがやく

一羽鳩腋しろがねに年新た

声冴ゆる女あるじゆ紅を買ふ

牡蠣むくや日焼けし髑《ろ》頂《ちやう》かたむけて

丘の住宅暮雪ふかきにガス細る

雪の昼林檎の冷えを身に加ふ

聖めく犬

亡き人の句に逢ひ閉づる雪夜の書

眉に雪つけ人見る犬よ聖《ひじり》めき

雪はげし遠《をち》のものの みな亡びけり

雪ひた降る暗夜に白きこゑあげて

雪の屋根三日月は疎に星親し

雪積むや子を寝かす声隣家洩る

雪刻々父の寝顔を誰が老いしむ

雪消えていくばくく月さへ漲る色

竹の葉騒

春灯にひとりの奈落ありて坐す

春暁の雨淡泊にこぼれ止む

散り果てて梅なほ白き翳に充つ

春寒し男声うしろに風邪ごこち

春突風少女礼するまも駆けて

住み古りて

蕗の薹ひらき若き日何をか急《せ》く

草萌や老《おい》人《びと》とのみ言《こと》交し

大野林火先生の御母堂逝去遊ばさる。遂にまみえず

いくたびか死におくれし身冴返る

竹の葉《は》騒《ざゐ》は冴ゆる眼鏡に数知れず

指話

春疾風嚙まずとろけし林檎憂し

聾唖の指話林の奥に椿透く

聾唖笑ひ紅き渦解く藪椿

はや老鶯といふべし雨に乱されず

草ゐんどう青しや墓地見え襁褓見え

南《は》風《え》立ちて真《ま》夜《よ》の麦生を吹き分けぬ

筍飯雨やみ月の稚うして

余花の暮顔染めだして火を熾す

黄麦を通る手籠にパンを満たし

芍薬より顔上げいづこへ行かんとする

若蛇

蛇を見て光りし眼もちあるく

蛇ゐたる跡を影濃く通り過ぐ

音にさとく若き蛇身の紋こまか

白地着む頭上げし蛇身ひかりたる

尾の先まで若蛇礫《いし》に汚れなき

崖草に蛇身擦る音はやや高し

睡蓮明暗

しづかなる胸に南風おしもどす
近づけば薔薇のひかりの凝りくづる
睡蓮明暗蝙蝠傘は巻きしまま
睡蓮蕾む女のこゑの触れぬとほさ
水馬交みて散らす沼日輪
これよりの炎ゆる百日セロリ噛む
青梅をもぎし黄昏鏡中まで
青梅が籠に身をつめ夜の豪雨
梅雨の夜の長き沈黙親老いしむ

天地梅雨ともしび色の枇杷抱へ

梅雨傘の裏透き合うて言《こと》多し

花柘榴傘ささぬ手は端書持ち

農夫より見えゐてわが座薔薇透くか

火星近き夜へ咲きつぎ咲き減る薔薇

袖に来て蟻の触角香に惑ふ

日焼乗らぬ腕にて非情蚊のこゑす

明易き茂りとわが呼《い》吸《き》いづれ深き

仔猫すでに捨猫の相ほうせん花

忘れゐし病歴世が強ふ長き梅雨

メスの記憶

父、石門にからみゐし蛇の衣珍しと見せたまふ。妖し　二句

魂《たま》抜けの蛇の衣とも病軀とも

手術後の掌に蛇の衣ふはりふはり

蟬高音飲《おん》食《じき》に手はよごれそむ

扇風機の全速亭《う》けてひと黙る

病みて逢ふ涼意おのづとかよへるも

病む髪に紺長リボン蜥蜴見ず

原爆忌汗とめどなく頭は冷えて

メスの記憶真赤な花の地に噴き立つ

アヴェマリア蟬声勁く入り交り

青畳涼し一書の重さの影

赤児の枕

草焼く煙青き糸瓜のほかを籠め
草の花赤き瓦を積み濡らす
柘榴ふとる灰ありなしの雨にくろみ
爽かな言葉はいまだ身を発せず
竹の露ひかりみなぎり父の声
さかしまに暮るる蟷螂よガス燃すころ
蟷螂と無言にあそぶ濡れ髪して
赤児の枕見えゐて良夜閉ざされぬ

宵闇に赤児香らせ人先行く

分け入りし農婦厚腰稲穂鳴る

金木犀しきたり多き家に匂ふ

柿ある卓眼鏡置く音ひびきけり

若きこほろぎ腹仄白く灯に離る

弟婚約す

秋を無帽に日焼けいくさと病経し

初版への跋

野澤節子さんの作品に接するものは、必ず一度は訪ねずにゐられない衝動にかられる事であらう。病中作品の緊迫感と清潔感がさうさせるのである。私もその例にもれず、はじめて訪問の機を得たのは昭和二十三年の夏であつた。当時まだ健康のすぐれなかつた節子さんの第一印象は、十代より引続きの宿痾を負ふと思へぬ程明るく開放的であつた。歯切れの良い声と、一貫した信念にすつかり圧倒されてしまひ、考へてゐた事の半分も話さずにお宅を辞してしまつた事も、今憶ひ出すと懐しい。

昭和二十四年、佐野俊夫氏、目迫秩父氏とともに句集『暖冬』を出されたが、その時の出版記念祝賀会の帰路の作といふ

車掌のうしろ見えては梅雨の市電過ぐ

を見て、節子さんに健康が許され、もつと外気に触れる機会が多くなつたなら、ど

れほど沢山の傑作をものされるかと楽しみに思つた。これはいまも続いてゐる。現在までの節子さんは、あまりにも深い御両親の愛につつまれて何不自由のない恵まれた環境にあり、生活の翳がない。汚れがない。それはそのまま節子さんの性格となり作品となつてあらはれてゐるやうに思ふ。したがつて作品に見られる翳は、社会生活を背景にした一庶民の翳といふよりは、むしろ病者の鋭い冴えた感覚のもたらす翳であると思ふ。その冴えはすでに独自の境を拓いてをり、節子さんの俳句が将来どう変るか知らないが、これはこれで立派なことと思ふ。

「濱」の女のつどひに「春耀会」があり、その中心となつてをられるが、ひときは句の世界に幅と厚みを加へられたと思ふ。この会には熟達者とか、初心者とか、また年齢差から来る心のへだたりもない。すべて、平等であり、のびのびとして和気藹々の談笑のうちに、お互に切磋琢磨しつつ向上して行く。俳句ひとすぢにつながる友情は絶ちがたい。これも節子さんを中心としてゐるからである。

女のつどひ廊に銀杏の金一ト葉

節子さんのお宅で春耀句会を行つた時の作である。

黄麦を通る手籠にパンを満たし

竹の葉騒は冴ゆる眼鏡に数知れず

この句集の終りの方には、こんな健康的な作品を発表されるやうになつた。節子さんは病床にあつた頃と違つた世界を、いづれきづいてくれるにちがひない。それを思ふと私の胸も光と希望につつまれるのである。

昭和三十年四月

田邊篤子

初版へのあとがき

長年の病患も根負けしたごとくに、健康への明るい兆しを見せはじめた。この期を劃して『未明音』を編んだ。この集に含まれた始動のひびきを土台として、更に光とかがやきとちからに満ちた朝を、詩と人生の上に迎へたい願ひをもつて、新たに一歩を踏み出すためである。前著「琴の丈」抄五十三句と、以後昭和二十九年までの作品四百七十五句を収めて、私のはじめての個人句集とした。

私は闘病当初から、精神の純白な生地を、外的障碍によつて決して引裂かれまいと、切なる願ひをもつてゐた。しかし、さうした願ひを俳句の上で実践しようと志したのは、昭和二十二年になつてからである。俳句に手を染めて五年目である。大野林火先生の膝下に処を得、安んじて心をひらき詠ふすべを知つた。生来我儘かぎりない私は、爾来、そのあたたかくひろやかなふところに慈しみ導かれてきた。林火先生なくして、私の俳句は在り得なかつたものと思ふ。また、私には得がたい女性の友がある。みなやさしく清らかな心の持主ばかりである。家に籠りがちの私は、これらの美しい俳句の友と語り合ひ、見聞をひろめ、時代に繫つてゐる。父母の厚い看護と慈愛も決して忘れることは出来ない。

ひたすら病苦との闘ひに経た半生を、かくも多くの人々の愛情に支へられて来た私であるが、果してこの句集をもつて、いささかでも報い得ることが出来たであらうか。省みて、恥入るばかりである。

私にはいまも多くが未知の世界である。この後とも貧しい心を責めつつ、つねに自己の生の場において、能ふかぎり俳句を詠ひ育てる一人として努めたいと思ふ。

大野先生には身に余る序文をいただき、田邊さんには友情に溢れた跋をもつて、この句集を飾つていただいた。改めてお礼を申上ぐべき言葉もない。

装幀その他につき、琅玕洞主楠本憲吉氏の誠意に充ちた御厚情を心から感謝申上げる。

昭和三十年四月

野澤節子

解説 ――『未明音』の背景――

大野林火

野澤節子の『未明音』が出て十二年になる。その後、節子には『雪しろ』『花季』の二家集があり、それぞれ『未明音』後の精進ぶりを示してゐる好句集であるが、節子といへば『未明音』が語られ、今回牧羊社の懇切な慫慂により定本となつて上梓されることも、『未明音』一巻の清純な香気が永く印象づけられてゐたからである。

『未明音』の節子はほとんど病床にあつた。開巻冒頭、二十二年の「荒涼たる星を見守る息白く」「われ病めり今宵一匹の蜘蛛も宥さず」の一連が「濱」に寄せられたとき、私はどうにも会はずにゐられぬ衝動に馳られて、故目迫秩父とともに見舞つたが、これが節子との初対面である。節子は「私は闘病当初から、精神の純白な生地を、外的障碍によつて決して引裂かれまいと、切なる願ひをもつてゐた。しかし、さうした願ひを俳句の上で実践しようと志したのは、昭和二十二年になつてからである。俳句に手を染めて五年目である」といふ。節子の俳句への決意の固まつたときである。私がどうにも会はずにゐられぬ衝動に馳られたのも、その決意が句面からうかがはれ、それに促されたといつてよい。当時節子二十七歳。しかし、私の受けたものは二十七歳の節子に棲む十四、五歳の少女の可憐さ、清純さであつた。これは永らく病床を離れずあつたことにも拠るが、生得のもののやうだ。勝気はその語尾のきつぱりしてゐることにはつきりうかがはれた。節子の父はもと海軍将校、船の羅針盤検定の権威である。母は賢母の名にまつたくふさはしい人、中流、健全な家庭に節子は育つてゐる。のち、全快、私たちが、いつどこで、どうして学んだのかと、驚くほど、またたく間に生花教授の自立の道を克ち得たのも、その勝気によるだらう。しかも、清純さは些かも損はれず保れてゐる。「節子さんはたとへ、どんな境遇に置かれても清らかさを失ふひとではありません」とある人が私に語つたことがあるが、清純、加ふるに勝気は節子の人間的魅力であり、また、節子の俳句を支へる大きな柱となつてゐる。

「私の部屋の東側に丘がある。畑があり、雑木林がある。ほとんど臥つてゐる私にはそこにうつり変る四季が私の四季である。それでも病快き日にはその丘径をたどる。すると視界がひらけ、街も見える。私のこころもひらける。私はそれで心足り、また父母のもとに帰る」（句集『暖冬』「琴の丈」小記）と節子は語る。病快き日は見舞つた私を節子はこの丘径に誘つた。また、あるときは街の喧噪にふれたいためか、バスの停留場まで見送つてくれた。節子にとつてそれが唯一の外界との接触だつたのである。しかし、凝視すればかくも取材はあるものかと思ふほど、その天地はひろく、その詩情に渋滞がない。

いへば、そこには内に「耐へる」世界と、外に「憧れる」世界がある。

冬の日や臥して見あぐる琴の丈
春曙何すべくして目覚めけむ
虚実なく臥す冬衾さびしむも
仰臥さびしき極み真赤な扇ひらく

は前者を代表するものであるが、節子は病苦を直接作品に持込んでゐない。すべて、「耐へる」すがたで出してゐる。現象より心を大切にしてゐる。きびしい自己客観である。長い病床生活が、「耐へる」ことを、自己客観を、若い節子に教へたとしたら痛ましいことだ。「寒灯のわれ縛さんとするに耐ふ」「炎昼や虚に耐ふるべく黒髪あり」「春灯にひとりの奈落ありて坐す」はさらにそれを如実に語るであらう。父母の厚い恩愛のもとにあつても、一人の女としての成長が、節子に孤独の世界をのぞかせずにおかなかつたのだ。しかも、この「耐へる」ことがあきらめの弱さとならず、むしろ節子の詩にさらに強靱さを加へてゐることは見逃せぬ。節子は耐へることで、逆に生くる力を身に蓄へたといつてよい。外に、「憧れる」世界は、内に耐へる世界の深さに反比例する。暗さをくぐつてこそ明るさのうつくしさが分るのだ。「遠《をち》の枯木桜と知れば日々待たる」「濡れゆく人を羨《とも》しと見たり若葉雨」が、おのづから魂を外に遊ばしめて玲瓏な世界を形づくつてゆく。

梅雨清浄葉をひろげゐる樹々の上に
天《あめ》よりも夕映敏く深雪の面《も》
天地《つち》の息合ひて激し雪降らす

などは健康者をも羨しがらせる、いきいきとした自然との交流といへよう。

そして

枯野中行けるわが紅《こう》のみうごく
春灯に雨日の痩せを問はれけり
虹へだて旅信に待たんこと多し
風邪ごゑを常臥《とこふ》すよりも憐れまる
芝焼いて曇日紅き火に仕ふ
麦の青《あを》樹の青《あを》赫《かつ》と昼寝さむ
蟬の昼多幸ならんか便り絶ゆ

読まず書かぬ月日俄に夏祭
病む麦も刈りいづこへか運び去る
小春日や生毛《うぶげ》まみれの虻とあり

は、その日常だが、いづれも病ひの弱さより、精神のすこやかさがつよく感ぜられ、病床にあつても人間の生長のあることを知らされる。

さらに巻末近くにある

壺に真白降雪前に剪りし梅

は、私の好む句の一つであるが、この清純、強靱さこそ、その後の節子にもつともつながるものであらう。

不治と思はれた長い病床にあつてのこれらのこころの記録は、病むものにも病まぬものにも一人の女の生き方を知らしめるにちがひない。今日、俳句に占める女性人口は空前といつてよいほど大きい。節子の句の清純、強靱さは女流俳句のひとつのうつくしい花である。

昭和四十二年九月

後記

あまり過去を振り向くことをしなかつた私に、思ひもかけず『定本未明音』の出版の機があたへられた。躊躇もし、怖れもしたが、牧羊社のたつての熱意と大野林火先生のおすすめもあつて、漸く覚悟が決つた。覚悟が決つてみると身に沁みてありがたいことである。

思へば『未明音』は、上梓当時から幸運な句集であつた。まだ病中にあつた私は、俳壇のことはもとより、対外的なことにほとんど関心の動かないままに『未明音』発刊となり同時に現代俳句協会賞を受賞し、追つて普及版を出すなど、多くの方々の厚意と愛情に支へられ助けられて『未明音』は歩いてくれた。

『未明音』は、二十数年を病と闘つてきた私が、一人の人間としてまた女として、せいいつぱい生きようとして上げたうぶ声なのである。もし俳句の中に声をあげようとしなかつたら、いつたい私はどうなつてゐたであらうかと、フッと怖しくなる。

読みかへしてみて意に満たぬところも多いが、当時のこころの真意に、いま手を加へることも出来ない。ただ饒を省く為に、二句を削り、五句を改訂した。

髪に蜂触れし炎暑の憤り
（初）炎昼

母が使ふ扇の薫る風に近し
（初）母使ふ

露の病室出て余所事の文を書く
（初）いできて余なる

鮮黄の毛虫聖なり日の枯萱
（初）なる

炎ゆる道縄一筋に荷札着く
（初）炎道の

初版『未明音』の収録は五百二十八句、『定本未明音』のそれは五百二十六句となつた。

定本の後記を書くにあたつて、幸ひ健康な生活を得た今日、『未明音』はいまに続くものを蔵してはゐるが今日の私ではない。当時健在で、私のすべての支へであつた父母のうち、父は既に亡い。歩みはじめたものは、今日と明日にのみ思ひはあるのである。
この書が日頃尊敬申上げる水原秋櫻子先生の題簽を賜り、山本健吉先生より御理解深い御言葉をいただけた大きな喜び、大野林火先生が新たに解説の筆をとつて下さつた幸など、すべて身にあまる御厚情につつまれて成つたことを心から感謝し御礼申上げげたい。

昭和四十二年九月

野澤節子

第二句集

雪しろ

ゆきしろ

句集『雪しろ』
新選女流俳人叢書3
一九〇六（昭和三五）年二月一〇日　発行
発行所　近藤書店
造　本　四六判薄表紙函入り　一八八頁
総句数　四一一句
定　価　二八〇円

目次

昭和三十年　93
昭和三十一年　100
昭和三十二年　109
昭和三十三年　115
昭和三十四年　128
解説　桂　信子　138

昭和三十年

暁紅

一夜照りし春灯の痩せ暁紅に
暁紅に干足袋跳らせ春大風
電《た》球《ま》替へし春の灯髪も洗ひ了へ
画集ひらくや青き芽赤き芽雨後伸び出す
指ふれしレモンや風邪をつのらする
白梅や祖母より継ぎし掌の荒れぐせ
桜大樹の赤き芽ぷつぷつ師事十年
蟻あまた負ひ出づ土中の青臭さ

春月斑《まだ》ら夕刊売の店頭に
花揺るる孤りを疲れ易くして
犬が首上げ落花の空をいくども嗅ぐ
生きものを飼はな春雲丘にまろむ
疾風と驟雨こもごも麦若し
肉提げて戻るや穂立つ麦一面
麦穂立つさやぎが独語誘ひ出す

豊頰の月

朝風のしづかな密度蟬音あふる
蟬の声油彩の桃を浸しをり

黒きコーヒー夏の夜何もはじまらぬ

赤き裸入れて緑蔭熱気おぶ

豊頰の月若竹の穂に乗りつ

円く泳ぐ金魚たのしげ弟の妻

かなぶんぶん生きて絡まる髪ふかし

夏の月とどかぬ暗み芥捨つ

日盛の過労に仰ぐ空の斑《むら》

炎天下僧形どこも灼けてゐず

炎天来し頭青き僧を恋ひもする

夏の風邪ひととの齟齬に咳のこり

電球一箇買ふだけに出づ旱星

紺糸こく蜩近鳴き遠応へ

花火より赤き月の出笑ひ通る

きりぎりす生き身に欲しきこと塡《つ》まる

西瓜食むよき韻《おと》発す小家族

風邪臥しの薄眼にみやる蟬の暮

西瓜赤き三角童女の胸隠る

よろけ浮く金魚夜陰にまかせ寝る

鈴虫の振る音《ね》がほどに事足らず

鳩の抜羽緑蔭徐々に移りやまず

日蝕

熱の母にのみ青葉木菟たれも知らず

梅雨日蝕人の形に布裁《た》たれ

滾る油海老蝦蛄投じ怒らする

仔を生みし身軽さの猫そそけだつ

石刻む音の熱せず炎昼に

青き五月遠《を》ちの空見て言少な

いちはやき夏帽の師と丘へ来ぬ

雹たばしる音のひとつに青柏

雹とけず弱き稲妻地に執し

書き了へて瞬時の虹は追ひがきに

虹

虹強むわれに応ふるもの見えねど
いつまでも頭上げて虹を張らす
虹の根に人間臭く麦熟れて
セルの縞流す予後の身虹の下
蚯蚓出て虹の去りぎは赤光る
虹のあと背を平らかに田の燕

孤影

潤葉樹の冬緊る幹美術館

喫泉に髪かがやかせ小春乙女

貨車に揺れつゆけく青き樽の箍

いのちあかあか夜寒眼鏡のうち曇る

『未明音』上梓

虫の音《ね》や句集に隣り綿包

闇を負ふ思ひ灯下に柿食へば

柿の冷え自己弁護せし舌の上

新婚の弟より

月の面《も》なめらみごもりごとは文に乗り

林檎の荷ほどく三和土に星の冴え

終車音分厚き冬の闇が伝ふ

皺ふかき笑ひ落葉を了へし樹下

甘藷穴より突き出て赤き農夫の首

炬燵辺よりわれ呼ぶ声に従へり

冬ふかみ遺影に似たるわれならむ

冬夜たしかに母のハミング鋏の音

寒灯下重ね了りし皿の規矩

年のオリオン逢ひたき人の孤影なす

昭和三十一年

形なきもの

熱の額《ぬか》に載りて寒気の重からぬ

風邪熱に昼夜形《かた》なきものの通る

風邪十日さつさと人の訃が踰えぬ
冬晴や指紋渦巻き横流れ
帯の日へ冬晴送る白木綿
冬帽に空載せ赤き童女連れ
音賑やかに師走の砂利を撒いて去る
冬日追ふセメント塗りの厚き手を
情無しに透いて冬灯の笠の裏
酷寒の静臥不貞寝と異ならず
幸福といふ語被《き》せられ餅焦がす

一路

餅が敷く裏白楪《ゆづりは》病に死ぬな

病篤き手を握り来て夜の餅

寒き夜の言葉とざせば人帰る

寒灯を反す竹幹穂の真闇

口辺にレモン残り香眠れず寒し

十三日金曜肉皿に脂凍み

酷寒の長病むへ書く言《こと》窮す

雪夜一路わが車追ふ車なく

『火山翳』を読みて　二句

寒夜手の影句集に印しこころ覚む

妻を詠ひし句多し

雪降るごと妻てふ言《こと》のよろしさは

田園のひらたき雪に退屈す

夕暮の厭人ぐせに煖炉噴く

眠り足る裸木の艶根に通ひ

梅咲いて細かさ紅さ母亡き師に

土塊を規す青さに芽麦揃ふ

画集

通院の市電胴振る強東風に

小児科や母似の目鼻みな着ぶくれ

患者の前灼けストーブに投炭す

雛菓子買ふ遠嶺の雪の眼のごとし

結婚近き田邊篤子さんと
雛の夜や尽くるなき語の始めのごと

耕せる大地を緊めて木の芽雨

恋すみし猫ゐて画集黄に溢れ

木の芽きらきら毛糸編器の金属音

春毛糸編みつつ熟るる乙女らは

春ショール己が翼と編みすすむ

鶯に夜明けて遠し友の婚

こぞる木の芽眠りと食に歳《とし》かけ癒ゆ

いまだ若し八重なす椿雪を吸ひ

花の紅奪ふ降雪あの家も病む

春山に親子円組み口うごかす

烈風や地上音湧く蛙田のみ

学の枷

真中に芥子散る老若女の卓

苺つぶす笑ひに遠く樹の毛虫

屋根の鳩睦む旭に薔薇開花

蔦青む病みてなかりし学の枷

姪尚代《ひさよ》誕生　三句

山独活を食ひし清しさ人も来ず

臍の緒の落ちて暑けれ真赤に泣く

乳足りし眠りは夕焼空から来

のうぜんに雲浮き眠い赤ん坊

洗ひ髪刻奪ひつつ乾きゆく

祭提灯灯が入り童女ふくらみぬ

白桃のいつまで紫衣の僧の前

炎昼の真珠澄む指書を商ふ

日傘の影母に先んじ映り出づ

白桃

稲田風遥か子どもの声七いろ

養鶏二千腰張るスカート朝涼し

羽抜鶏地ならし唄に慣れあせる

朝蜩の誘ふ音色ぞ豆腐売

片蔭に名入れぬ墓石立ち並ぶ

腕に繃帯炎天遠く耀《て》り来しは

炎天の女体アパートへ一筋道

蝗生れ露に身を透くアパート裏

白桃のうす紙の外《と》の街騒音

映画散じ一樹秋めく月の広場

三日月

芙蓉の朝泊り子腹巻まきかへす

泊り子の彩靴下も夜濯に
火星接する白昼二時の冷し桃
青色に厭人癒やす蚊帳吊つて
枕の下に為替一枚野分聞く
活字に遺る羞《はぢ》秋風のひりりと過ぐ
爽やかに書きて応へぬ逢はで久し
秋晴や鋳掛に払ふ赤き銭
木の葉髪ちぢれ剛くてリアリスト
俯向きゆく夜寒の悔の三日月
尚代
冬夜笑へば乳のみやめてうかがふも

昭和三十二年

浄め塩

北風猛る青竹結うて垣とせば

踏切寒し車輪轟音身丈に余る

東上中の目迫秩父氏を訪ふ　二句

車窓飛ぶ刈田千枚病む友へ

石膏像の夜寒伏目の下に語る

末枯路仔犬撫づるも手袋に

バス一台ふさぐ夕日の柿の店

柿の上に柿載す矍鑠たるさまに

身ほとりの薔薇散る音も夜寒のうち

山茶花や掃けば日向へ逃ぐる塵

風に抱へよき白菜の胴丸は

夕厨柚子の香充ちて母をらず

北に凶作納豆の苞青残る

牡蠣の腸《わた》勦きをつまみインフルエンザ

強霜と生き身と朝日異に浴ぶ

厚霜と餅の固さがけふ休日

羽子の白いまだ暮色にまぎれず突く

硝子裡にわれ擄へゐし冬日落つ

師がたまふ胡桃の堅さ智恵つまる

女らの彩失す夜霧の石の街
ネオンには染まぬ寒風高架駅
寒灯に散る喪帰りの浄め塩

春禽

遠き港湾ひびく春暁雀の目覚め
初蝶現《あ》る人が車塵にかすむとき
初蝶を奔らす声をわれ発す
屋根一つ越えし余力に蝶沈む
封書重きが風三月の誕生日
春寒く書く端《はし》々の言《こと》緊まる

絶食や雲雀は未来図鳴きつづり
森が抱く春禽の数入学期
人も車もつひの黒点春夕焼

二十数年来のカリエス完全治癒　二句

並びゆく母こそ日おもて花の中
けふを飛燕父の同じ語短かけれど

詩の仲間

海南風行楽バスの窓に肘
なま白き蛇売りの前セルで歩む
蛇売りがゐて鋪装路の銀反射
石灼く街浮浪児集へば雀色

雨後の葉桜学生がもつ男の香

病後はじめて叔母の家に泊す

セル着るがまづ夕づきぬ詩の仲間

青葉月寝息が充たす少女の胸

緑さす漬物桶にひざまづく

眠るまでの童話樹の間に遠花火

日の蜥蜴子の片言へ聴耳立つ

靴屋の奥行

投函へ小走り七夕夕餉まへ

書架重るくちなしの香が夜濃くて

藪の蟇昼の眼に猫素通りす

梅雨靴の中のぬくみへ青信号
濁る運河七夕追ひかけパリー祭
雷雨後の靴屋の奥行獣の香
白日傘くらげなし透く臨海地
鯛や大気緻密に詩の時間
朝鯛ビタミン一顆の紅固し
音こもる音楽堂裏蜜溜む百合
人形劇冷房の闇塵くさし
涼みに来て月の港に声吸はる
ヘッドライト這ふ夏果の遠埠頭

鎮火跡蟬声あげて取巻くも

市街にも夕澄み菊を見て戻る

咲き冷ゆるネオンに急かれ人の離合

昭和三十三年

女の彩

母ならぬ痩膝ぬくめ子が寝落つ

幼手にぐんぐん曳かれ落葉鳴らす

臼田亜浪先生掃苔式　二句

生きてまみえず墓の円頭冬日浴ぶ

香煙に咽ぶ冬日の末弟子も

流感一家に紺の荷がちの薬売

人影獲て冬日の地肌濃むらさき

木の葉降る家一年の檻褸ためて

冬鮮らし赤き工煙吹き折られ

車掌の靴下赤く葦枯る工区のバス

造船音北風に女の彩こばむ

北風まじりに潮の香いたき造船所

石階の誘《いざな》ひアパート裏の冬

林檎柿蜜柑年越す一つ籠に

冬埠頭

除夜過ぐる清しき火種絶やすなく

酌みし酒身めぐる重さ枯れ迫る

一団の男背黒し橙照る

冬木堅し昼月からうじて光る

目迫秩父氏を見舞ふ

安静時間扉《と》口にも降《お》り寒雀

埠頭突端寒のひとでの黄の鮫膚

冬の埠頭に草履ひたひた意を固む

マラソンの余す白息働きたし

寒夜微笑退かぬ思ひの育ちつつ

心憎き鋼の冷えに裁鋏

鷗

人中に春立つ金髪乙女ゆき

雪晴の青さ腰折る枯蓮

涸れプール日暮子を呼ぶ声ひびき

時雨れて紅きネオン泣くごと通過都市

伊東深水先生月白山荘

白魚汁灯ともるいまを辞しがたく

伊東万燿先生御宅

四才のピアノレッスン冬田が聴く

フェリス女学院

礼拝堂ことに日永の木椅子の背

外人墓地　二句

十字架の日永の影と寝墓睦む

霞透く青海寝墓の亀裂古り

荷役の他は春の鷗と女学生

本牧海岸　七句

腰であやつる海苔舟女紺がため
掻き溜めて海苔のむらさき海苔のあを
海苔粗朶も人も錆びつく昃《ひかげ》れば
掛け替へし海苔網夕日濃くしたり
海苔採の踏みたち濡らすすでに帰路
金髪親子東風にへうべう沖を船
視つくさん東風の一湾父は飽く

仏陀身

春湿るむさし野の林どこへでも通ず

水湧いて深大寺笹冬青し

水かげろふ見し瞳に黒き仏陀身

木の根隆々深大寺裏椿落つ

自然公園

マラソン練習春のもぐらが土もたぐ

枯芝に竹笛吹いて芽を誘ふ

森の枯木のむらさき愛し入り行かず

旭の木瓜

駅頭いまも混まむ流感執拗な

風邪癒えて目鼻に隙のかき消えぬ

雛赤き闇の重たさ母にはならぬ

闇濃くて腐臭に近し沈丁花

虚空にて生くる目ひらき揚雲雀

春暁へひらけばすでに瞳冷ゆ

肌着替へて書くや白木蓮同室に

目迫秩父氏小康

春昼の配膳音の中に辞す

ルオー遺作展　三句

彼岸を来て暗きルオーにやすらげり

花冷や聖女瞳ひらきピエロ伏目

運河ぬるむ夜ルオー「赤鼻」街角より

車内に疲る春夜身の下レール走り

おぼろ一塊動く吹鳴操車場

旭《ひ》が木瓜に紅贈るごと誕生日

姪尚代

初蝶が二才のひとり子に降りし

夕日の花菜胸に浮き出で夜継ぐ稿

西谷浄水場　四句

春雨に煉瓦色醒め集水塔

踏む若芝いづこも水の香水ひびき

上水タンク占むる高さへ雨の雲雀

濃菫へ休日勤務の靴鳴らす

電柱の落書〈びんぼう〉さくら満つ

花白く冷え込む牛の肝を購ふ

花舗に出し青麦どこかで交通事故

農の脈

三崎　二句

柏餅の肌ねつとりと漁港曇る

鳩涼し漁港に飛んで鷗めく

薫風やどの踏切も堰かれざりし

高架駅のベンチ詩友燕のごと並び

ネオン覚めどき五月師よりも友恋し

赤牛が護りゐてひかる荒鋤田

泥田十重二十重耕牛尾で遊ぶ

大地劃す固き塗り畦農の脈

塗り了へて畦直《すぐ》なるに汽笛添ふ

梁に巣燕幼な長子の頭も黒し

睡蓮に鬢《びん》髪《ぱつ》白き夫婦《めうと》仲

睡蓮開花太陽のほか触るるなし

夜の鋭気ひそみ菖蒲田まだ青し

片蔭にきのふは遠しパンの肌《き》理《め》

造船所

造船工沖青む日の瞳《め》が涼し

入渠船晩夏を眠る銛と砲

船腹に灼く影ちぢめ錆落し

炎昼をたるみて黒きいのち綱

数多クレーン休む刻きて夕焼寄る
鉄材の錆色まちまち遠向日葵

交叉路

交叉路の陰なき西日別れ易し
渇水期街に女のかひな肥ゆ
石を枕の男へ片蔭教会堂
船もろとも海空に触れ円く灼く
蜂の巣と灼けつ長身未来に富む
はやも蜩筆の白穂に墨ふくます
一灯に群れてひまはり油光る

踊見る犬はけものの息荒く

版画の赤さ炎天擦りゆく消防車

インカ展

生きて暑き瞳《め》幾万触れつミイラ縮む

なまぬるき駅の喫泉夜の工都

絣十字

空深む絣十字に椋鳥撒いて

いなびかり肌覚めてゐる樹の果実

神輿荒れし夜は早熟のこほろぎよ

風の青萩男の声もときに細し

曼珠沙華列車空席多く疾し

背に張りつく西日の固さ街を去る

弟一家颱風による浸水にあひ姪をあづかる　三句

水禍の泥爪にためたる子の昼寝

金木犀手毬全円子へ弾む

母へ子を還せば胸に風邪宿る

松茸の湿り香祖母は茶の襟せし

空近き坂の秋風石の冷え

遠き秋風停泊灯は海の星

暗き教会夜業の火花道へ跳ね

炎え出づる満月すつとぶ救急車

泥濘をガソリン汚し木の葉降る

昭和三十四年

落穂拾ひ

冬雲に沈む三日月仕事余す
疲労残る朝肉色の霧の薔薇
もう虫の来ぬ冬薔薇へ鼻近づく
肉の断面硝子に赤し外套古る
ゴッホ展
時雨を来て重き黒髪ゴッホの前
日展
白き塑像の股間をめぐる寒き帽
灼熱のストーブに鳴かれ銭払ふ
大蔵病院
雑草の夜目に冷まじ消灯時

落穂拾ひの湿る沈黙遠煙突

煖房車に裾よりぬくみ衆の一人

終バスや結び目ゆるむ柿包

地蔵王廟

北風に沈み月光に浮き黒柩

青き香

闇行くや飛ぶ新雪に迎へられ

雪夜来て息ゆたかなる初めの語

降り出せる雪蓬髪に坂の上

お飾りの青き香父祖の鬢の香か

従兄嘉人急逝　五句

雪冷えの屍に厚き髪のこる

雪の日の死出の衣一重ゆるみなし

死者にあるは過去のみ雪のおぎろなし

その大学時代を偲びて

東風の二階ゆ降り来し紺の絣はや

借りて手ずれの『戦争と平和』雪に遺る

一つ星

トンネルの滴り山は枯れ尽くし

蜜柑摘む指もて乙女いま縫ふ刻

網代港

冬潮の芥と寄せつキリスト像

海女となるべき髪ゆたかな子赤ジャケツ

大潮の海苔場に低き一つ星

大寒を縫ふ二三日父和む

蔭雪の汚れ固まり猫と化す

目黒自然教育園　二句

鳶長啼く梅透く森を離れずに

雉子鳴くや倒木にして土の艶

火事跡の月余の昏さ蝶生れ出で

古利根

芽吹きやまぬ榛が木吊りの藁重荷

巣燕に店頭飾る子供服

清明

地蔵王廟　五句

清明の爆竹ゆする土饅頭

清明の火《ほ》中《なか》にをどる金銀紙

地蔵笑む清明に貢ぐ裸鶏

清明の地蔵燻らす花下来ては

鮄ふかく花風醒ます古柩

火山裾

夏銀河火山裾より闇育つ

眠り蒸すや黒き火山の裾に二夕夜

霧に押されし熔岩《ラヴァ》すれすれを夕烏

辛夷南面採氷池が日の鏡

まれに日を持ちくる黄蝶遊女塚

土手つづる木瓜が日を溜め中仙道

朝日頒つ高さ白樺二タ花づつ

父母に残りし信州訛十一も

手に抗ふ浅間雪解の水の筋

蛙囃し足らず蓼科雪脱がぬ

ふと鳴いて河鹿千曲の水送る

主人《あるじ》面長ぼうたん蕾む旧陣屋

芽桑解かぬ北国街道馬子に残る

上田山口　七句

林檎花下牛ゐて旅人に息あらす

手数嘆きつ林檎摘花の指すばやし

林檎花どき刈毛の羊逃げ腰に

母牛乳ため林檎結実指頭ほど

花林檎めぐり栄えける己が声

林檎花耀《て》り遠く来し身がすぐ去りゆく

花林檎ほとほと白し夜の床も

幟鮮たな風の行方の上田城

無言もて充たす夕ぐれ夏鶯

霧飛んで浅間別離の虹たたす

海の祭

海の祭蟹も礁に紅よそほふ

海の祭の月夜の魚ら発光す

浜木綿の月の出蟹の目が伸びぬ

採石場の西日の奈落沼煮ゆる

石切老いて石に似る肌西日親し

やんまの目のぞく高みで石切る音

身に余る声の蛙に闇たつぷり

氷菓工場出でても工女白づくめ

雷雲へいどむ高啼き青孔雀

妹の忌

額咲くやひとなほわれを病むとのみ

あぢさゐの彼方のほとけ童形に

くちなし白々墓参の足に土撓ふ

泉湧く

握手いづれも大き掌ばかり泉湧く
向日葵の貌もつ家がみんな知己
向日葵の赫《かっ》と咲き出で背後失《う》す
雪渓いまだ見ず透明な頸飾
冷し桃こんもり冷えて空気載る
青く固い石榴の拳雲怠け
通り抜け来し青田へ鷺となり戻る
白鷺の飛翔も午後の青嶺曇る
灯が恋し恋しと敗戦の日の蜉蝣

焚く火より遁れ火傷の蟻ぞろぞろ

花火映る海にもまるる古き靴

うなだるる向日葵雷雨地へ流す

雷鳴の間に男を罵る声

夏負けの固き頭上に梨累々

樹に灼けし梨刃を入れてすぐ滴る

スカートにかなぶん縋り終車バス

長病みに死なざりき香水の淡し

ここが故郷か崖に山百合刈られず殖ゆ

解説

桂　信子

野澤節子の俳句をよむとき、いつも感ずるのは、その濁りのない高度の詩精神である。世の俗悪さなどに微塵もふれまいとする一種の気魄、心の張りといったものをよむものに感じさせる。それはやはり節子が長年病床にあって、暖い父母の愛情のもとに、世の俗事から遮断されていた故とみることも出来るだろう。

野澤節子は大正九年三月二十三日、横浜に生れた。富裕な家庭の長女として幸福な幼少時代を送り、横浜のフェリス女学校に入学した。フェリス女学校は横浜の高台にあるミッションスクールで、節子は青い海をみては、はるか彼方の異国をおもい、エキゾチックな都会の空気を吸いつつ讃美歌を口ずさむ多感な女学生であったが、不幸にも、二年生のとき（昭和八年）脊椎カリエスを病み、学校を中退しなければならぬこととなった。

節子の苦悩はこの時からはじまった。人間一生のうちで最も自由でのびのびとした二十歳迄の青春時代を、病床でじっと臥したまま過さねばならなかった一少女の苦悩は、慈愛深い父母によって幾分癒されたとしても、健康な人間の測りしれぬものがあったに違いない。節子はこの間の苦悩を宗教によって解決しようとした。しかし牧師から「汝は罪人なり」と懺悔を強いられた時から、どうしても心に承服しがたいものを感じ、遂に入信し得なかった。肉体は病んでもその心は弱々しくはなかった。あくまで自分の納得のゆかないものには妥協しないという節子の心の強さをこの一事でみることが出来る。

　ところが昭和十六年にふと手にした「芭蕉七部集」がいたく節子の心をゆさぶったのである。「芭蕉の求心的情熱に心ひかる」と節子はかいているが、病を得て八年、宗教に救いを求め得ず、俳句に自分の生きる道を見出したというのも、又神の啓示であったかも知れないのである。節子の句の格調の正しさもそうした基礎の上にきずかれたものであって、二十歳前後の若い女性が「芭蕉七部集」に心を打たれ、それを味読したという事実は、節子の詩人的素質のゆたかさを証明するものであると思う。

　その翌年、大野林火の『現代の秀句』をよみ、大野林火の所属する臼田亜浪主宰の「石楠」に入会することとなった。臼田亜浪氏の句風は温雅、抒情性にとみ、その門下に大野林火、八木絵馬、篠原梵等の俊秀を出している。

戦争後昭和二十一年大野林火主宰の「濱」が創刊されるに及び「濱」に直接参加し、二十二年「濱」の同人に推され第一回濱賞の受賞となった。

その頃の句は、この句集では巻末の「未明音抄」の中に這入っているが病篤く、その上視力が衰えているにもかかわらず、句はりんりんと冴えわたっている。

冬の日や臥して見あぐる琴の丈

この一句には、長い間病床に臥している若い女の息吹きがこめられている。

春昼の指とどまれば琴も止む

戦後の混乱の中にこの様な句がなされたということは、節子に何等の社会的不安も感じさせず、ひたすら節子の病気平癒に力をつくした両親のあつい愛情があったゆえである。

しかしいかに両親の庇護があったとはいえ、自分の病気の苦悩は自分で克服しなければならない。

春曙何すべくして目覚めけむ

病床生活のあけくれにこうした歎きが、心の底から洩れるのをどうしようもないのである。視力もうすれたゞ句をつくることのみがその頃の節子には、救いであったと思う。

読まず書かぬ月日俄に夏祭

には、眼を病んだ節子の日常がよく出ている。

昭和二十四年「濱」の佐野俊夫　目迫秩父と三人で合同句集『暖冬』を出した。大野林火氏はこの三人を「濱」の新人として、大いに注目していたのである。二十五年には第一回「濱」同人賞を受賞し、三十年には第四回現代俳句賞受賞と度重なる栄誉をうけ同年、句集『未明音』を上梓した。身体の方も次第に快調を示し、三十二年には、医師から完全治癒をいいわたされた。この時の節子のよろこびは如何ばかりであったろう。

数えてみれば二十四年間病床にあったことになり、節子の青春時代はことごとく病床で過されたといっていいのであるが、又見方によっては、この完全治癒こそ節子の青春時代の第一歩といっていいであろう。今まで内側にのみむけられていた眼は、外界にむかってかがやきはじめた。

この句集は、そうしたかがやかしい節子の第二の人生の胎動時代からのもので、病床時代の句とは又ちがった数々の新しい手法や、発見が随所でみられるのである。

疾風と驟雨こもごも麦若し

ここには生の歓喜が躍動している様である。疾風も驟雨も節子には、ここちよい自然現象以外の何ものでもない。

肉提げて戻るや穂立つ麦一面

「肉提げて戻る」などということは病床にあった頃の節子にとって夢の様なことであったかもしれない。今その夢の様なことが実現して、節子は街へ出かけてゆくのである。その帰り畑を通ると、麦が生々として、節子の全快を祝福しているかの様である。この頃程節子は身をもって生きるよろこびを感じたことはないだろう。

外のものは、何でも珍らしくたのしく美しい。恰度幼児の様な純真なおどろきで、節子は外界のものに接し、そしてそれを句にした。

甘藷穴より突き出て赤き農夫の首

風に抱へよき白菜の胴丸は

冬の埠頭に草履ひたひた意を固む

マラソンの余す白息働きたし

また節子は横浜の港をよみ、昔通ったフェリス女学校にも行ってみた。また武蔵野の面影をとどめる深大寺へもいってあまたの句をなした。そうした自然に親しむ場所ばかりではなく、造船所へもゆき、人々の働くところを実際にみた。節子が「働きたし」という意欲をわかせたのは、こうした人々をみて己れ自身の力を試してみたく思ったのに違いない。節子の身体はそこまで回復して来ていた。

更に三十四年夏には、「濱」の夏の鍛錬会にも参加し、浅間山をのぞみ軽井沢を探索し多くの句友と共に師の指導の下に句作した。こうした泊りがけの旅行は、節子にとってはじめてのことで、得がたい貴重な体験であったと思う。

節子は又、「女性俳句」発刊と同時にその同人になっていたが、年一回東京でひらかれる「女性俳句」大会にも横浜から顔をみせる様になった。三十四年の大会は銀座風月堂で開かれたがその席上、節子は、「濱」鍛錬会に出席した事をにこにこと語り「軽井沢でテニスをしたかったのですが、それが出来なかったのは残念でした」と冗談をいってみなを笑わせた。

もはや病中の苦悩はあとかたもないかの様である。節子が、この様に内側の苦悩を去って外側に眼をむけはじめたとき、人には、節子の句がどの様に変化するか興味をもって注目していた。しかし聡明な節子は、己れ自身の限界をかたく守って、そこから踏み出すことを避けた。ただ素材が変るだけで、節子の句は、あくまで「石楠」以来の抒情精神にのっとって、その高揚につとめている。節子の句が、単なる社会事象の批判に終らず、いつも香り高いリリシズムをたたえているのは、そのあたえられた才能を大切にして、言葉の緊密性に意をくだいているためである。節子の句はたぶん今後もこのペースはくずされないであろう。そこに私は節子の賢明さをみるのである。

第三句集

花季

かき

句集『花季』
一九六六（昭和四一）年一一月三日発行
発行所　牧羊社
造　本　四六判上製
総句数　五六六句
定　価　八五〇円

目次

序　大野林火　149
昭和三十四年　153
昭和三十五年　154
昭和三十六年　159
昭和三十七年　165
昭和三十八年　172
昭和三十九年　182
昭和四　十　年　191
昭和四十一年　203
あとがき　211

序

清純・清冽な詩情が野澤節子さんの変らぬ魅力であろう。処女句集『未明音』は病床孤絶、生死の間から生れ、つづく『雪しろ』は恢復途上から生れた。『花季』は健康の全き恢復と、生花教授として働くくらしの中から生れている。そうした境遇の相違はあるが、清純・清冽さは一貫して変らぬ底流をなすものである。『未明音』には冴え・澄み・きびしさが添うた。その意味では『花季』にはゆたかさ、ひろやかさ、加うるに女の艶が添うている。

「冬薔薇やわが掌が握るわが生涯」はこの句集冒頭ちかくにある句だが、『花季』はこの句で分るように、自分の人生は自分で切りひらいて行かねばならぬものとする決意からはじまる。「鬼灯をつまぐり父母に拠るながし」(『未明音』)「マラソンの余す白息働きたし」(『雪しろ』) とは大きな違いだ。それが生花教授ということによって、自立し得るという自信は、女の身にとって、まして再起不能と思われた『未明音』時代を想起すれば、節子さんに人間的生長を与えたことは大きい。世に処する困難も伴うが、自らの力で生き得るというよろこびは世人の幾倍であろうか。また嘗ては病床思いを馳するにすぎなかった各地の自然に、親しく触れ得たよろこびも幾倍であったろうか。『花季』に見られるゆたかさ、ひろやかさ、加うるに女の艶はすべて健康の恢復と、自立し得た自信にあずかるところ多い。

さらに境遇につきいい及べば、この時期父君を失っている。この父君は「わが作には最も酷しき批評家なりし」と自ら記すように節子さんの俳句のよき理解者であり、協力者であった。その父君も健康恢復、自立の道を得た節子さんを見て安心して逝かれたことであろう。追憶の句に佳句の多いのも当然である。こうしたことで更にいい及べば母君に「寒卵わが晩年も母が欲し」と勝手なわが儘をいい、甘え切っているのが矛盾のように思えるが、私も節子さんらしいわが儘として節子さんのこの甘えを肯定したいし、いつまでも母君が健やかであられ、節子さんを見守って下さることを願うのである。

私がつねづね節子さんにつき感心しているのは濱創刊以来、二百五十号の今日まで、父君逝去の月以外、一回の欠詠もない絶えざる努力である。あるとき話がこのことに言い及ぶと「休んだら駄目になるのです」といわれた。

節子さんの一句追求はきびしい。あるとき示されたその句帖は推敲また推敲で真黒になっている。言葉を選ぶからだ。私がここが物足りぬと指摘すると、練り抜いて、他日見違えるようにして見せることしばしばである。
天稟は大事な要素だが努力なしには天稟はその真価を発揮するものではない。ま
して持続ということは努力以外に考えられぬ。節子さんの句がつねにふくよかな香
気を秘めているのは、言葉を選ぶことに努力を惜しまぬためである。

誕生日に

春暁をまだ胎内の眠たさに
薔薇の土誰か訪ひくる意にしつとり
赤子涼しきあくびを豹の皮の上
はじめての雪闇に降り闇にやむ
からまつ散る縷々ささやかれゐるごとし

また旅中吟からは

武州御岳

秋の山遠祖ほどの星の数

平塚

一帆なき沖蒼きより土用波

北山杉よべしぐれたる濡れに朝日
　　　奈良
袖すりゆく大仏裏の花芒
　　　高山
嶺々暁くるしづかな粉雪町に降る

を抄出するが、家にあっても、旅にあっても情感は美しいバランスを成している。中でも「はじめての雪」は清純で、つややかで、しかもいささかの羞らいもまじえ、集中代表句の一であろう。

『花季』とは女の一生のもっとも美しいときの象徴ともとれるが、いまの節子さんにもっともふさわしい。私はその句を親しみ、愛し、ときに妬み、ときに畏れている。

昭和四十一年八月

大野林火

昭和三十四年

灯がなくて秋風がもつ夜の力
十六夜の地や母の薔薇枝長く
白靴酷使返り残暑のかがやきに
曼珠沙華芯からみあひまちまち枯る
女三人の無言の昏み曼珠沙華
月の萩喪の灯もまじる彼方の灯
葡萄籠提げて灯までの闇ゆたか
鵙啼いて白らむ工笛おくればせ

昭和三十五年

岳麓枯れ牛ゐるところ草残る

枯野わたる洋傘《かうもり》直し児を連れて

霜濡れの土のかがやき鶺機嫌

冬薔薇やわが掌が握るわが生涯

夜寒のガード響きて劃す歓楽街

人生の賭なく聖夜鶏むさぼる

煙霧抜けられず満月砂漠色

われ摑む影は何本目かの枯木

雪を待つ外套ことに色深きは

総身に夜の色保ちて恋の猫

裄丈あはす喪服零時を過ぎし凍て

鴉憑《つ》く田の面《おもて》より雪ゆるむ

麦青む昼のテレビに夜の顔

鶯の山で貯めたる声放つ

木の芽立つ夜の壁飾る野獣の角

牡丹餅の小豆色なる夜のぬくし

夜行の灯の散乱古き河温む

花冷や銅像すでに夜の重量

蟇鳴いて旅には間《ま》ある夜の湿り

筑波山　三句

をだまきに主婦彳ち旧道午後しめる

倉間に青む筑波野遠朝日

二度目の豆腐まだ固まらず春の蟬

城址鬱々山田を牛が裏かへす

雨騒然苺たやすくつぶれたる

わが横の空席梅雨の夜の重み

初島　十五句

夏透く炉火たえず躍りて海女はゐず

天草干場を紅き翼に海女昼寝

われに無かりし青春海女の堅《かた》肉《じし》灼け

天草舟海女の濡れ身に男侍す

海女の笑ひ浴びて花粉を流す松

昼顔に海女身をいとふ磯草履

海流の縞灼け海女の自在界

海女もぐる音に昼顔耳を藉す

天草も海女も濡れ身はおもしおもし

島に生れ島で嫁ぎて天草選る

天草は髄まで潮恋ふ香に出荷

覇王樹《さぼてん》の花醒め生きた魚を裂く

漁農四十戸やがて西瓜の甘《うま》き島

黒南風の漁場を拒みて男減る

蜑の子の口端べとべと夕焼鳶

深夜の蠅飛んで鉄めく音を出す

不眠の尾まぎれず灼くる街に入る

恥抱ふるごと炎天に大きバッグ

武州御岳　四句

邯鄲の声の満ち干《ひ》の月の谷

邯鄲の声触れてくる夜の素顔

邯鄲の未明をややに短か音に

秋の山遠《とほ》祖《おや》ほどの星の数

草の花見ゆるまで売地月かかぐ

夜道なかなか霧に親しみ霧を離し

一度も言はぬことば死なさじ夜の霧

河原稲架倒れ野分の日向空《あ》く

男行く刈田の影の湿りつつ

生《マ》瓦千枚土臭種《たね》鶏頭

昭和三十六年

初湯出で青きを保つ百合の芯

湖畔よりとどく寒餅ひび割れて

歯を覚ます林檎の凍てや詩は一生

翳り易き横顔風邪とのみ言へる

石焼芋の釣銭灼けて星一粒

生花《はな》に荒らす指さき硬し雪なきか

父母に遅るる寝ごろレモンは凍てても珠

炭火あればすぐにも火照る勝気性

見えぬものに領き凍る夜を眠る

風邪五日看板なまなま書きかへられ

孕猫真顔に通る入学難

蕗の薹湿りは靴にのみ重なる

雪原をたれか旅鞄眠るとき

飛雪ゆく身に明るさの縞持ちて

厚き頁割つてそこより雪の冷え

鏡多きホテル海には雪積まぬ

暮れおそし草花あかり街に抱へ

うすき手袋はめて変貌手にはじまる

漬けし梅青々水漬き母眠る

梅漬けぬ厨深夜にひかるほど

白地耀《て》り出づ恋に賭けたるごとくにも

雲も帆も風に愛さる吾も白地

白地着て山湖の魚にならばやと

生花くばる白地の肩に灯を載せて

富士宮　六句

辛夷覚め朝裾長に山座る

春祭灯の裏の闇馬臭沁む

そらまめに夜が濃くなる一粒づつ

雪解富士夜も影なすに湯浴みをり

春の露犬が四肢伸す祭明け

泉の秀《ほ》ふくれ尻照る朝の馬

誕生日に

春暁をまだ胎内の眠たさに

乳児の香つきし身に花散りくるよ

空へ舞ふかと幼児ひろがる春嵐

筍のむくりと夜泣子にともる

風がつくる雨の階《きざはし》若葉へ垂る

三溪園飛驒民家

末黒匂ひうすながの臼もう減らぬ

薔薇の土誰か訪ひくる意にしつとり

（註）うすながは作業場

傘もろとも海月なす身の荒梅雨を

どつと夕焼海月もときに裏返へる

梅雨塗りたての一本の桶陋屋に

焼肉ピーマンその他は梅雨にいたむばかり

ジェット機の排気下赤く梅を干す

二夕星に深みゆく夜の蛾を閉ぢこむ

鬼灯市女身鬱々ゆき暮るる

襟もとへ発止とかなぶん花火咲く

青田村おはぐろとんぼ迎へに出て
神の森蜩どきの広場抱く
雲夕焼犬の仲間の道祖神
燭光に肉色の滝落下せり
滝暗く朝日を運ぶ蝶の翅
曼珠沙華骨にからまる疲労に生え
女の手照らし灯籠流れ出す
流灯や水中界の藻屑覚め
沼底の藻青く冷えて鴨ら着く
髪切虫角もてあそぶ風邪の眼に

あぶらぎる炎日鎮む白錠剤

昭和三十七年

伊賀近し夕焼いぶす汽車煙

流星を天のたまひて伊賀夜寒

みのむし庵

露の走り根師の踏み経しをわれの踏む

芭蕉生家　釣月軒

一と間露けしささげて名刺角な白

さまざま園

さまざまの木の実や赤き実は髪に

奈良法華寺　三句

から風呂の西日消ゆればまくなぎも

尼寺の蝶花石蕗の光輪に

十一面観音

朱唇うるほひイたす蓮華の露明り

橋本多佳子氏を訪ふ

一茎の鶏頭枯崖しりぞけつ

林檎と姪赤きに満ちて身のほとり

どこへ飛ばんとするか焚火に両手ひろげ

朝日冷たき栄光焚火すぐ黒く

初日影幼児の涙泉なす

寒夜影の弾むほどにはわれ動かず

熱き餅腹中にあり泥濘越ゆ

着ぶくれて父老い深む母病めば

一樹なき工場鉱《の》滓《ろ》に寒の艶

初鋳吹《ふ》きの溶銑《ゆ》に使はれて男ひかる

溶銑《ゆ》滓りて窓染む鈍《にぶ》き冬の河
町工場鋳吹《ふ》かねば凍て黒鎧ふ
炉ある町鋳吹き休みの冬青空
荒廃に身を任すごと咳の谷
荒星の揺れ堕ちんとし咳誘ふ
咳に荒れし胸の不毛に粉雪欲し
働かねば濁る眼春雪影なし降る
暁の雪の気醒ます風邪の鼻
ねんねこと雀ふくらみ風花す
背くかに逢へず春陰咳におぼれ

侘助一枝賜ひし風の夜の往診

乳いろの花芯厚くし夜の椿

和服一生ぼたん閉づるに戻りきつ

松原湖　戸隠　十句

霧捲いてみどり隠すに誘はるる

橋一つに霧分け芽吹くからまつ帯

石楠花や水櫛あてて髪しなふ

男唄ひて湖上を帰る樺の花

春の露いま日の出どき栗鼠走り

種子蒔いて母の日の夜は星近し

岩に化さんとする陰雪へ雉子の声

幟赤くて御輿弾むよ山桜

林檎の花に紅ほのかなり遅れゆく

苺大粒旅のをはりの血を清む

下駄の歯に身浮かし日ごと青梅雨を

あやまつを怖れて行かず額驟雨

なまぬるし梅雨の香水捨てもせず

あぢさゐの藍染みし眼にひとを見る

額あぢさゐ駒下駄はまだ土つかず

夏帯を解くやふかみし夜のひだ

憎まれ口封じ眼にまで暑き麻疹

昼も夜も汗の麻疹子誰かを呼び

夏三日月脛長く麻疹痕少し

赤子涼しきあくびを豹の皮の上

遠花火白地にさとしもの言はぬ

昏くうごく海のぞきつつ花火待つ

海底に重なり消えし花火の輪

夏暁の水ごくりと何へ向く姿勢

濡れ重るあぢさゐ風邪がいこひ強ふ

雷暴れし夜闇新鮮いねがたし

蘭の香の父晩年の部屋に憑く

汗の香の己にかへり夜の蟻

悼 伊東餘志子夫人

のうぜんの炎の一樹永別に

禅寺の昼空蟬の中充たす

紅蜀葵燃え落つだるき眼中より

坂の負ふはげしき夕焼年傾く

身に巻きし紐のくれなゐ若ちちろ

青栗の視野にあるらし空気澄む

家見えきてつなぐ手いらず百日紅

コーラ飲む泡立つ海が揚羽生み

黒ばらに屋根鋭角の陰の濃し

増長する鵙ゐて含漱たからかに

わが果は知らず芒野簇なし鳴る

にぎやかに湯浴む白鳥睡るときを

風邪負うて紅葉さ中の湯を怖る

甘酒の熟れぬ米粕凶のくじ

火口湖は夜空のごとし冬来ると

昭和三十八年

灯を当てし雪ふくれては薔薇の木へ

はじめての雪闇に降り闇にやむ

百花園　三句

紅萩といふ枯叢《むら》を刈りをる音

霜除の藁のかこふ闇ぬくからむ

芒叢女人を隠す丈に枯る

焚火の焔《ほ》揺るる眼に男来る

父心臓を病む

枯尽し午後ぬくきこと恃みなる

白椿の影消ゆ除夜の灯も消えて

年新たな凍み足袋裏を堅くせり

寒に入る無髯の父に百合青み

身を曲げて足袋脱ぐ豆を撒きし闇

父の死前後　十二句

野焼く焔はわれにその音父に迫る

父と娘に粉雪散華の夕日耀《て》る

眠れねば未来蒼茫凍てつづく

父結滞脈あれば

とくとくの心音賜へ冬苺

二月五日午前二時五分寂　行年七十九歳

忽然と父暁暗の凍てに化す

遺されし身細さ白絹纏ひ冷ゆ

春霰われに遺せし一語もなし

引つづき父の姪不慮の事故死をとぐ、亡父の通夜に手伝ひくれしこともむなし

喪に痩せて鳥肌だちて水遺ふ

遺愛の電気剃刀

砂のごとき遺髯冴えたる鋼《はがね》より

春寒きびし、押しゆかば亡父叱らむ

埋骨に欠けしは吾のみ雪来るか

わが作には最も酷しき批評家なりし

父がこのみしわが雪の句の雪降れり

春の雑踏いつか亡《ち》父《ち》追ふ歩なりしよ

目迫秩父急逝

春泥の夜目にもさだか死を怒る

喪疲れや紅梅枝さきほど密に

紅梅を仰ぎとどまる声年かさ

春嵐夜をこむ父亡くし友亡くし

姪尚代小学校入学

春水のいまも裾ゆく吾にも母校

亡父七七忌　總持寺にて

振りむきて墓湿るともかげろふとも

地蔵王廟

草焼いて土墳あらはに清明来る

きのふよりけふあふれたるさくら濡る

まろき大き器泉に梨花活くる

林檎花下水栓もまた夕日影

柏原　三句

耕す土終《つひ》の蔵壁より黒し

遅き日を終焉の蔵冷暗に

芽山椒の舌刺す一茶の墓詣

越後地方、家族死すときは畔の田母木一本伐りて野辺送りすると

芽吹き濃き田母木一本どれから伐る

旅装赤く映りどじよつこふためかす

高田　二句

一門灯すでに朧の雁木ぬち

雪消えて雁木に新木まじるなり

直江津　五句

春曇る日本海浪に群鵜乗り

憩ふ鵜も沖へ嘴向け五月来ぬ

歩くほかなし砂丘いづこも蟻地獄

浜豌豆陽にも風にも砂丘動き

揚舟の寧《やす》さ五月の旅の腰

式場薔薇園　二句

薔薇園の空気とろりと精神科

大き薔薇散って青空完結す

里見公園

地隙《げき》より黒き蝶湧き石棺へ

椎落葉積み石棺をただの石に

春昼を昇りつめたる塔に揺る

太陽を探しに遠足坂また丘

一葉記念館

梅雨最少の彩に根掛の珠一連

もち咲いてつねにたそがれ木歩の碑

女イたせてよしきり葭を撓《しな》はせつ

青芦原道は一方づけられて

葭切に天が養ふ青の芦

洩れ出づるなき蛍火に網こまか

蛍火と活字散乱して眠れず

平塚　須賀海岸　十六句

一帆なき沖蒼きより土用波

駈けゆきて熱砂尽きねば波を待つ

網遁れしごと昼月よ熱砂の果

熱砂ゆくなほ白靴を捨てきれず

香水の香が飛び去れり海近し

土用波の端に足濡れかなしめり

塩からき井水峯雲に責められて

水着の胸奔放髪が濡れしより

青年を哄ふ少女ら水着弾け

揚舟また水着少女の来て濡らす

夏氷凪の入江をのれん抱く

梅干して漁場の一角魚臭断つ

休日の魚場爛々と大向日葵

炎天の老婆氷塊さげ傾ぐ

鷗低く来ては昏めり炎昼が

金蠅の傍若廃れゆく漁場か

向日葵を咲かす亡父の丈ほどに

向日葵に女十指を弁とせり

夾竹桃頭蓋蔽ひて髪しげる

羅かなし人妻めくも寡婦めくも

蟇鳴いてわれより明日を知れる声

十六夜の踏切鳴つて旅誘ふ

森をま近かの長きホームのいざよひよ

山椒魚頭より隠るる秋の暮

稲城長沼

鳥の足跡水ぎはに消ゆ芦の花

比叡　根本中堂　三句

円柱の朱ヶすさまじく勤行す

不断灯さむく三世の足音過ぐ

消えずの灯ありて啄木鳥暁けきざむ

東塔北谷黒木つむ屋の秋湿る

嵯峨　念仏寺

恋ひ狂ひ餓ゑ死にし石秋の虹

祇王寺

この山の時鳥草活け手桶古る

野々宮

どつと暮れ黒木の鳥居虫音一縷

宵闇の大竹藪を山陰線

柿食ひながら青年駆けぬく寂光院

秋の暮鉄の水車の濡れほとび

三千院　往生極楽院

舟型天井夜寒空めき来迎仏

同　虹の間　下村観山襖絵

あまり近くて触れなば消えむ二重虹

堅　田

北山杉よべしぐれたる濡れに朝日

わが前に婆鳴咽して寒きミサ

彦根城

秋の湖見んと天守の急階段

昭和三十九年

こんじきに日を呼んで散るからまつは

疲れ身のいのち染めつつからまつ散る

からまつ散るそれだけのこと涙いづ

からまつ散る縷々ささやかれゐるごとし

からまつの散る音たまりゆき日暮
からまつ散るぽろんぽろんとピアノ鳴り
紅葉散る崖下に火を焚きをれば
冬ふたたび父亡く熱き餅の肌
月蝕に煌々灯し梅活けぬ
寒灯が知るのみの影印し去る
外套の灯影膨らむいのちぬくし
こどものこゑ触れてふくらむ網の餅
坂下の医院の午前鳥総松
厨いまぴしぴし凍る寝そびれゐて

城ヶ島　四句

水仙の日向きらりと貝の殻
破船あり寒暮黒身の鵜の増え来
寒没日濡れ羽たためば撫肩鵜
男動かぬ断崖の冬鵜が鳴けり
グラスなりに透く冬の闇葡萄酒は
霙るる夜母の白粥わが椀にも
硝子めく笹飴粉雪のまま夜へ
稽古日の花の出入りの雪明り
花活ける業に春雪踏まず暮れ
花屑の籠にふくれつ春の雪

病みしは遠し春雪にすぐ陽の匂ひ
硝子拭きて春雪の弁大きくする
禅僧のたまふ一枝のうすす紅梅
来し方の日は紅梅にただようて
髪と肌あまき二人子春もやや
姪尚代　昌代
春の外灯坂より天へ捧げたる
暮色もて人とつながる坂二月
鶯や水と太陽磨かれゐつ
樹下に来て桜は遠きほど満てり
南安房　七句
新しきロープ手にせり漁夫に五月

月遅き八十八夜のえびさざえ
夏濤につづく麦波海女部落
風の標的浜のつばなに腰埋めゐて
座礁船閉ぢし暗黒鯖火殖ゆ
子育ての荒布飯食ひ荒布掻く
搗布焚く火にちらちらと脛《はぎ》白し
鶯が故友父亡き朝日延び
朧月ものを書かねば子の寄りくる
わがためにに剪る紅薔薇に傷つく手
散る薔薇のうしろに隠れゐしこども

父死後も薔薇咲かす母あかつきに

いつよりのこのしづかさか青葉に染み

鴉・小綬鶏青葉に人を埋め騒ぐ

炎昼の身をぼろぼろに磨崖仏

一すぢに耀《て》る視野蛇がまぎれこむ

楽寿園　二句

扇ひらけば孔雀も白尾半円に

白孔雀天《あ》降《も》る雨風尾に纏きて

楽寿園遊園地に四壁鏡の家あり、わが姿あくなく見え過ぎて怖し。ふと姪昌代に「人間はどうして前しか見えないの」と問はれし言葉を思ひ起し、幼児の智恵の新鮮さに今更驚く。むしろ見えざる事多きは凡にして幸と言はんか

四面鏡遁れ眼前ただ若竹

岩に蜥蜴清流も背《ナ》きらめきゆく

亡き父と帰る梅雨月の暈の下

別れきしごとし雨夜の扇の香

子が飽きし七夕竹を結ひうまぬ

蜩どき日本家屋隙多し

鈴虫や草木の丈闇を被て

夾竹桃どの葉もよごれゐて似合ふ

日焼乗りし腕を過ぎゆき風暮るる

大旱や身にふかむ影敵視する

白靴に雨行くところまで濡らし

遺愛の駿河蘭一鉢

蘭花香るちちは言はざるゆゑに父

夢にのみひと隠れくる葛の花

二の腕のさびしよ秋蚊湧く日なる

秋の蚊を打つておどろく胸の洞《ほら》

高野山　十三句

坂がかる町《ちやう》石《せき》道の秋の暮

紙漉村灯ともすは霧湧かすなり

月待つとわが衣ほの白し女人堂

月光に柝を打ち伽藍ひびかする

むささびに月の樹間の透く蒼し

寝る僧の月の障子にふと影す

待宵の見ればみらるる菱の花

南院

団子二串雨月となりし宿坊に

故荻野清先生と歩かれし道を

野菊点々揺れて友亡き師を行かす

金剛峯寺裏庭

郁子《むべ》も濡るる山坂僧の白合羽

槙落葉寺のしぐれを燃やすなり

白さるすべり会下《ゑか》の障子のつひに開かず

（註）会下は修行僧が勉学し起臥するところ

奈良

曼珠沙華わが去りしあと消ゆるべし

雄鹿の身ぬれぬれとして吾をみる

三月堂

月《ぐわつ》光菩薩秋芽のごとき合掌を

袖すりゆく大仏裏の花芒

雲へ一本仏縁もれし曼珠沙華

京都

垣に残る夕顔の雨意疏水べり

月光や化石の貝の渦ゆるやか

柘榴割るびびと手ごたふかなしさに

栗うけてたなごころこそつややかに

秋の水竹山に入り韻きだす

白鶏の来てゐる林中虚栗

二階より見る噴水の落下のみを

冬が来る風の空港三日月

昭和四十年

髪黒きままの多佳子と月の宙

鶏頭を抜くや荒びし土の息
猫にほそき路次の佃は暮れ早し
冬日と肉と酒いささかにいのち赤し
水しんとありて華麗な雪の森
篠叢の奥へ奥へと雪濃なる
雪中の紅を椿と仰ぎ過ぐ
瞼腫るるまでの榾火を欲れば雪
雪晴の塔伸びきつて森雫る
聖十字吹雪ける音のロシア文字
雪滴る石の蛇身に墓巻かれ

寒卵わが晩年も母が欲し

ふりむけば夜がそそり立つ雪の崖

からまつの雪被て天のつつぬけに

肩掛につつむいのちよ雪狂へ

鎌倉　覚園寺《かくをん》

雪雫りみづきの花もまだ下向き

雪照りの白毫一点ほとけ古る

亡父の三回忌を修す

三寒四温のことに四温は父の眼よ

疲れて眠し春夜身のうちきらきらと

春暁のまたも近づく何ならむ

春暁の丘・家・林とびたたず

春三日月珠なすことば載せて反る

手があたたか萌えいづるもの闇が消し

春の闇にいつか染みゐて帰心失す

春の霜忌にゆく影を当てて過ぐ

梅散つて空林犬の背に朝日

飛鳥　十六句　栢森

水《みな》上《かみ》の瀬音神坐《ま》しげんげ燃ゆ

加夜奈留美命神社の小祠

掃くほどもなき春落葉神も孤り

神《かむ》岳《をか》の霞青溶く飛鳥村

雷《いかづち》丘は櫟ばかりに春遅る

浄御原宮跡

石葺に五尺の覆土種子を蒔く

飛鳥寺

春をむかしに僧弾き伝ふ八雲琴
鳥帰る真神の原は鋤きし匂ひ
首塚へ男陽炎ひ畦づたひ
雉子鳴いて陵《みささぎ》守《もり》の朝は居ず
姿なき雲雀と真日と石舞台
群《むら》山《やま》ゆ春しぐれ急石舞台
二面石しぐれて春を哭き笑ひ
石棺二つに水の常闇歯朶生ふる
亀石の居眠る荒鋤田の真昼
酒船石つくしまぎるる夕日中

大和なる疾風白蓮を焔《ほ》となしつ

吉野　八句

花の会式の残り護摩の焔《ほ》旅に暮る

月に枝垂れ花のうす紅明日はひらく

花渡る十日ばかりの月に暈

花冷の灯を重ねたる吉野建

尋《と》めあてし枝垂れ初花指に触る

紅ほのかに花の葛菓子如意輪寺

花けぶる十日の月に近く寝て

杉谷やさくら一樹に朝日湧く

国栖村　七句

永き日を紙漉き飽いて国栖人は

紙漉く家の南面大事黄水仙
春昼をかさこそ白き楮束
さくらどき粘りて濡れて紙漉く身
魚を焼く春昼漉ぶね筬《をさ》まかせ
漉槽《ぶね》の遅日白濁漉き減らし
紙干場影濃く連れて孕猫
鶯のこだま林業実習生

蜻蛉の滝　二句

滝どどと山眠られず芽吹きたり
山すみれ底を水ゆく涸礦

法隆寺　二句

百済観音遠く水湧き緑萌え

築地長し影をたのしむ白蝶に

宵長き馬酔木の花の月を得し

多武峰

僧兵の拠りし石垣芽も一つ葉

山中に神のさびしさ落椿

南風波の親しや一つ吾れに馳せき

梅雨激浪たこを野郎と呼んで老い

竹皮を脱ぐにあそべる烏骨鶏

朴の葉のひろき八枚ひこばえより

安居寺黒き揚羽の狂ひ出で

鹿野山マザー牧場　七句

霧団々放牧の牛その下に

牧草のまだなびかぬは牛入れず
牧の梅雨白きサイロのほかに降る
麦稈帽にかくるる牧夫の眼が見たし
馬車動き出さず刈草積み足らぬ
薔薇ひらく牧夫に炎ゆるいろもたらし
緬羊に夕焼キリスト現れずとも
われ寄ればわが風も彩走馬灯
走馬灯消えて覚めくる紙の白
端居すや欅若葉のどこか揺れ
父恋し舳が砕く夏太陽

汗し食ふ厚肉生くること罪に
羅ぬぐ纏ひし闇を脱ぐやうに
われに寄る黒蝶誘ふごと盗むごと
あげし手の白さあざけり黒蝶翔く
黒負へば大き揚羽の恋すさまじ
天日ふと昏らむ八月黒揚羽
逢ひたくて傘傾ける青き梅雨
西方へ日の遠ざかる紅蓮
皮膚しめる蒼夕涼の水族館
夏の果薬酒にほめく瞼かな

晩夏かがやくわが逸脱に孔雀の羽
踊唄炎をさめし向日葵に
秋来ると町屋根越しの白マスト
あきらかに港波たつ丘九月
母と寝間へだつをちちろ鳴きあかす
水戸偕楽園　二句
ひとごゑも蝶もこまやか萩ごもり
紅萩の咲きふえつつも夕暮るる
半身を月にあづけし夜の対話
かくれなき月の湖飽き湯を浴びに
寝んとして月下遊びし指の冷え

髪のさきまで月光わがためのみ生くる

黒羽　雲巌寺

四弘誓願白むきむきに秋桜

山中に稲の香甘し赤とんぼ

農の血の濃かれと唐辛子に朝日

猫鳴いて宿の夜長の灯は川へ

白河新関

関跡の野菊咲き分く風の音

那須高原自然教育コース

濃りんだう火山をかくす風樹中

葡萄かもす夜寒の奥に火山置き

月落ちて噴煙もまた銀河の領

鵙の目に今日の光の見え叫ぶ

黄落のはげしき彼方亡父の界

父とありし日の短さよ花柊

柊の花こぼれつぎ外出のみ

昭和四十一年

三の酉舌に冷たき鮨の貝

冬至の灯疲れ身よりの息熱し

冬暁に父来て生前より多弁

冬隣母呼べば出る甘えごゑ

陸橋に触れし一つの師走星

十二月三十日増築成る

齢加ふるごとくに冬の灯を増やす

子の髪に昼月重ね初御空

さわがしき子ら餅腹となりしかな

水呑めば炎《ほ》となるいのち寒を痩す

飛驒高山・古川　三十句

車輪すでに雪山がかかる響かな

シグナルの青を夜の目雪国へ

凍滝の氷柱己を封じたり

雪の村遁れず上ぐる大焚火

雪屋根のそれぞれの灯を隠まへり

雪嶺呑む濃闇沈みに飛驒盆地

嶺々暁くるしづかな粉雪町に降る

雪の森隠しきれざる朝日の条

飛騨の薯小粒深雪の朝市に

雪の朝市売り買ふたびの跼みぐせ

雪遊ぶのれんのさゆれ酒醸す

水藻青みつ上三之町雪しづる

雪晴や町筋ただす荒格子

みたらしの醤油匂ふや雪の暮

清峯寺　円空仏

吹雪く夜ははつり仏の木に還る

（註）はつりは鉈の名、鉈彫り円空仏をいう

木の塊と化すも円空や雪の木菟

紋服どこまで円《えん》空《く》日和の雪原を

酒倉の壁の切立つ雪の川

新雪の円馥郁と仕込樽

深雪来て濯ぐ瀬戸川水の艶

川底まで稀の青空雪流す

雪ぐせの百日昏みランプ売る

蒲幾美様宅　二句

餅花に立てば触れしよ旅の髪

蔵書ぎつしり餅花傘《さん》をひろげけり

雪の灯明常《とこ》夜《よ》護りの火《ひ》防《ぶせ》神

夜番の柝凍て呼びあうて氷柱太る

雪冷えの生《いけ》盛《もり》膾夜の川音

わが一生《ひとよ》雪山つなぐ橋に揺れ

大野林火先生の句碑、古川町千代の松原公園にあり
句碑青む雪山迫り川近み

雪嶺の白身暁紅顕《た》ちきたる

鈴ヶ森
国道の凍て貫通す刑場址

風と陽と爪を手中に納めたる

年豆に固きも混る如何なる年

朝は母と同じ思ひに鶯来

うぐひす二度わが部屋に陶重なりて

師の庭の梅花紅に、わが家の梅白し
師に満てる紅梅わが梅白重ね

亡き目迫秩父へ
墓前にて辛夷の花下を師が充たす

花鋏をさむ春雷雨おきざり

足下より応ふ春雷田園なり

虎吠えて城の春陰ふかくする

女より男わびしく芹に箸

戦後植ゑし桜のすでに若木といへず

夜桜に二十年の命《めい》われもひとも

稽古日なれば

花活けてわれ立ちづめに灌仏会

丹波黒谷　三句

雨がちの山吹楮に黒目出て

（註）黒目は干楮に出る黒斑、煮溶けぬという

落花どこより紙漉谷によき川音

石のせて楮川晒し落花寄る

由良川

春田つづきに川いま和む耕せとや

橋立　成相寺

海展け山中さくら泡立つごと

網沈めし青潮暮春の伊根洗ふ

段畑に日照り菜の花伊根漁村

元伊勢宮　二句

地湿りに落花鎮り元外宮

宮古ぶ海棠に傘の彩加へ

鳥取　十句

刻経たり水の匂ひの梨花の影

梨結実流雲と濤あそべるに

梨咲くに散るに片寄り小漁村

海鳴るは北風か朝日に梨花は急《せ》く

白兎神社

たぶ樹叢春日くぼみに蒲の池

風紋の黄なる砂丘に遅日死す

旅果や春のめまひに砂丘照り

ゆく春の砂丘を歩む大鴉

桃咲いて砂丘音絶つときまろし

金子無患子、篤子夫妻に

砂丘苺も食《を》して一年住みつくか

鳩群れて胸が胸おす地に五月

あとがき

『花季』は私の個人句集として『未明音』『雪しろ』につぐ三番目のもので、五百六十六句を収録した。

前二つの句集の時代は、たとえ病弱にあっても師、父母揃っての庇護のもとに生れ出た幸福があった。この度はその一つの柱、父を失った。父という存在のすべてを、その死後あらためて身にしむ思いで嚙みしめている。俳句を通して私の心を知ってくれた父に、私の愛用していた「季寄せ」を棺に入れ供をさせた。父亡き後の歩みへの覚悟のためでもある。『花季』一巻は亡き父へ捧げたい。

林火先生には身にあまるお言葉で、私のささやかな花季にかがやきを贈ってくださいました。これに過ぐるものはございません。ありがとう存じます。

私の俳句は常に林火先生を仰いで歩いてきました。こののちもそうであろうと思います。

女のいのちの明暗と張りをいっそう俳句にこめてゆきたい願いである。

装釘その他一切は牧羊社にお任せした。その誠意に心から感謝したい。

昭和四十一年九月

野澤節子

第四句集

鳳蝶

ほうちょう

句集『鳳蝶』（愛蔵版）
一九七四（昭和四九）年一一月二〇日発行
発行所　牧羊社
造　本　A五判変型上製函入り　一七六頁
装　幀　直木久蓉
総句数　四四四句
定　価　二〇〇〇円

目次

帯　安東次男　217
八重雲　昭和四十一年　219
遠むらさき　昭和四十二年　226
繚乱　昭和四十三年　242
わすれ雪　昭和四十四年　256
あとがき　268

帯・安東次男

帯締めて春著の自在裾に得し

集中私の最も好きな句である。（中略）女の人ならではの句とも受取れよう。句集『未明音』に、「鶏卵を買ひきて拡ぐセルの膝」という句があった。それと同じ女の生活の自然な知慧である。しかし、そういうことだけでこの句を読むには、「自在裾に得し」はいささか妖に過ぎる。たいへん巧いと感じると同時にヒヤリとしたものを感じる。この謎めいた薄気味の悪さも、野澤さんのものである。作者は、そんな気もなくずばりと言ってのけたのかもしれないが。読む方は、一瞬目がくらむ。私が、句の即物性と詩の多義性の接点というのは、ここである。春著の主がどんな人か、問うことなどもうどうでもよくなるのは、私だけではあるまい。妖とはそれをいう。いうなれば、女の業と幸福とがいっしょになったような句である。

八重雲　昭和四十一年

睡蓮

荒鋤田の残る一枚濡れとほす

白薔薇をくづして過ぎし風と詩人

水たのしみて活くる睡蓮水ひびく

睡蓮閉づこころいたはる刻とこそ

子ども入り来し扉《と》より泰山木の白

傘にそそぐ泰山木の匂ふ雨

逢はぬ眼に添ひゐたらずや梅雨寒は

一灯をつつみ青葉の一夜透く

勿来関

青萩の袖染むばかり勿来越ゆ

きくちつねこさんを訪ふ。御母堂にはじめてお目にかかる。この日を十年お待ち下されしと、共に病中より十数年来の友なれば、互に健康を得て今日あるを謝す

睡蓮の白いま閉づる安堵かな

五浦、岡倉天心美術院発祥の地なり

六角堂山蟻の孤へ海の雷

巌鼻に何か急かるる夏来迎ふ

平潟

泳ぎ子に声かけ帰帆西日漬け

梅雨晴の抜手白波漁船縫ふ

競られゐて暑き鮟鱇飛魚《とび》は涼し

黄昏に出島みどりの漁夫の涼

口中に鮑すべるよ月の潟

つねこさんへ

ふたたび訪はむ合歓の初花ふるさとめき

頂の花

一行の常凡も事梅雨日記

すもも食む午前の汗を流しきり

羅にそひて夕透く芦の丈

水中に夕日爛熟花蓮

百合抱へきてうすうすと夕の汗

せつせつと眼まで濡らして髪洗ふ

まひるまの白桃剝けばまぶしさよ

在りし日のごとく

蟬音繁し父の眉毛の濃きほどに

ががんぼ打つ影のいのちのまた来るを

しばらくは旅無し峰雲垣なすに
炎昼の胎児ゆすりつ友来る
みんみんの喚き近くにレースカーテン
針折れて我鬼忌身めぐり夕暮れぬ
ハンカチーフ三度真白し書きこもる
ふと蟬もこゑもらす真夜生きがたきか
向日葵は頂の花か雲の花
西瓜割る水辺の匂ひ拡げつつ
雲は八重メロン全円匂ひたつ
青芦叢水中かけて夜陰蒸す

草樹の雲

マスカットの冷えおよぶかに胸の谷

マスカット口中にして潤沢に

夏雲湧き母娘のまへに菓子いろいろ

ひとり身の九月草樹は雲に富み

師のまへの一語々々よ萩こぼれ

胸の手に逢ふ日暁けゆく初の鴟

馬追の見えゐて鳴かず短篇集

歯を抜いて闇こそ深し鉦叩

白玉やつひに母にはかなはぬも

栗飯原さん宅

夕白萩一姫二太郎睡げなり

青栗を活けぬ荒れくる夜の兆し

海きらら

まんじゆさげ一茎一花夜が離れ

奥石廊

人はみな海向く秋晴草山に

堂ヶ島

潮も秋ひとりの海女に一羽の鵜

きちきちの影濃きばかり倒伏稲

伊豆大沢

チッチ蟬夕日炎《ほ》となる蔵二階

掌をひろげしごとき夜の蜘蛛蔵障子

蔵の戸のしづしづ重し星月夜

芒なほ午前の光り峠路は

峠空身にしむ青さ誰が現れむ

川辺に蛇頭そのままの大石あり蛇石部落といふ

一村は芒に蛇石水涸れそむ

秋あざみ振りむけば海きらなす

爽鏡

百合彫つて賜ふ手鏡日々爽やか

ふと薫る襟元傘の十三夜

柿に落暉ことに人影草に沈み

ひとしきり落葉男を清潔に

禅寺丸柿枝つきしまま剝きて食ふ

気球黄に流れ穂芒田園都市

指輪時計はづしてよりの夜長なる

第三句集『花季』上梓

冬来ると朱を沈めたる布表紙

あかつきに音集りし秋時雨

ことしまた稿を半ばの夜の時雨

ひややかな水こそ甘し疲れては

白山茶花虻つきてより潤へり

遠むらさき　昭和四十二年

月影

師と歩む初冬青空眼に尽きず

冬暖の濃き夕焼に橋の白

月あれば白雲集ふ枯ポプラ

雲と水月夜の影を重ねあふ

白魚にのどなめらかな雨の夕

白山茶花水路一すぢ朝の香に

冬鵜鴿舟すれちがふ医者通ひ

いづこ向くも冬の潮来の水青し

浦波にわが頸ほそる水鳥も

白帆曳順風に冬湖きらめきて

冬の靄遠目にきまる白帆曳

冬の旗

わが胸に旗鳴るごとし冬青空
冬の薔薇ひとりの刻のあれば拠る
夜の素顔毛布に埋み虫めくも
父呼べば亡きことたしか冬の幹
枯山中朝はかがやく神在してか
初日記充たすものの何欠くるは何
見るのみの芽の七種のとほき名よ
寒餅に焦色すこし母すこやか
冬海の紺に胸張り樹の孔雀

水平ら巨き白鳥浮くかぎり

つまづきしごと大寒を眠られず

三殿台遺跡出土品　三句

雪降れば石の耳輪はおもからまし

赫き土《は》師《じ》器《き》米なき冬は何盛りし

炭塵めき世紀以前の米さむし

春水玉楼

てのひらに寝る灯照りそひ春隣

ただ白く降る雪心音もて通る

戸の隙を雪吹き白らめ神代記

子ともつれ遊び雪落つ音しきり

姪 昌代

入学児の身辺急に彩加へ
あぎとへる金魚春水玉楼に
初音いま青空ひらく逢ひてのち
牡丹雪はたとやみしを訪はれけり
春荒れに髪乱さざること重し
掌の窪に朝が載りゐる蕗の薹
三日月の満つるころなる辛夷の旅

未踏の雪

おぼろ夜の汽笛トンネルが国境
橋上に水音おぼろ汽笛さへ

朧夜の影神か魔か連れ通る

浴身や月出てすぐに朧なる

雪山のひと日のうるみ青鳥

空青きに耐へぬ落石雪解山

青天に昼月雪しろ山女釣る

一塊の水のいろなる畦の雪

寒鯉の生き身をはさむひとの前

雪山に頬削り来し男なり

雪中や湯華ひらひら湯が湧けり

照り昃《かげ》る流雲いづれの嶺か雪崩

雪解宿鮭の薄身のうすくれなゐ
山の雪未踏のままに春迎ふ
灌仏のあまねく濡れて母在りぬ
くろがねの丹田ひかる甘茶仏
仏生会蝌蚪も新たなものの数
双蝶の白
幾草山芳《かぐ》はしき青母と行く
下加茂熱帯植物園　二句
パパイヤ熟れ潮は湛ふるとき碧し
パイナップル驟雨は香り去るものに
大樹いま芽吹きあそべる雲の縁《へり》

河口洲は南風のかがやき群鷗
春星の一つ炎えだす濡れ浜に
春日全き渚に朝のことばかな
蝶なべて双蝶の白山葵沢
日を盗む若蛇巌に花山葵
香水を秘むるバッグに草かげろふ
欝々と男佇たしめ藤白し
まろまろと茶山燕は飛びならひ
亡きひとの夢に来しより春の風邪
春の風邪いつか身を責めゐし一事

芥子咲いて咽喉痛むゆゑ人嫌ひ
群衆に押され途方にくれ薄暑
夏帯を解くや渦なす中にひとり

藍染

万緑の中の一山杉の鉾
蕗束ね置かる道の辺はや山中
ケーブルに赤子万緑従へり
どこまでも麦秋口中まで熱《あつ》し
刈られたる麦を囲みて麦黄ばむ
夏の夜の森の匂ひの髪ほどく

新茶汲む母と一生《ひとよ》を異にして

菓子にある柚の香柚の花咲くころほひ

夜もまた汗の車中や無言を盾

かにかくに逢へばやすらぐ花柚の香

梅雨嵐藍染に身をつつみゐて

楢林

赤子に汽車見せて涼しむ麻畑

麻刈られ土の軟弱日に晒す

夾竹桃貨車過ぎ揺れて咲きふゆる

きすげ咲く匂ひ白蛾を覚ますなし

万緑を刻むひびきに滝落下
遠くわくこう森のはじめの峠みち
息のごとく湯けむり青き芦の中
羅に身透きまぎれず楢林
敦盛草の母衣《ほろ》も夕焼く雲の頭も
あぢさゐに水の色失せ炎暑来ぬ
頭を上げてまた影踏みて夜の蟻
雷鳴やはらりと活けし縞芒
月見草も崖の荒草花終へて
桃売に空青きまま地の暮色

一村ここに尽く青々と芒山
旱《ひかげ》れば青顕《た》つ山の今年竹
山百合も轆轤の壺も口ひらく

玉虫

雲湧いて汗滴りのごと清し
海山へ行かず女の油照り
紅さして峰雲崩るるとも見えず
昼は人に言葉尽して夜の秋
恋鳴きのおづおづ途切れ初ちちろ
筆遅々と黒きこほろぎ追へば跳び

鈴虫の鳴きゆすり月欠け消えし
愛されて玉虫死にき詩のごとし
玉虫の死して光のかろさなる
蚊を打つて血を濁すなり仏の前
金子更雨さん御尊父
羅や老僧睫けむるかに
夕焼雲羯鼓仏の辺に古りし

白瀬

十六夜の白瀬や滝に発しつつ
冷まじき滝川白き足袋に添ふ
木の実の紅覚めよ熟れよと懸巣鳴き

行くほどは霧の流れ路男郎花
闇とても遠むらさきに霧月夜
霧ごめに月の出ほめく影からまつ
葛の花湯帰り人は匂ひ過ぐ
月明や葛が蔽ひし谿の欝
干草を焚けば蔓出ぬ哀しき貌
土に半ば腰埋めし蔓野分来る
鉦叩戻りて旅は白き霧
わが咽喉を離れゆく声秋風に

潦

潦かくもま澄みに秋袷

灯下親しき朱筆よ更くる潦

柿を剝く灯下父なき身を据ゑて

寝る前に読むや身にしむ灯の白さ

十月十八日皆既月蝕

やはらかく毛布身つつみ月の蝕

墓山の晴秋花火つつぬけよ

尊者

東福寺正覚庵　茅舎句碑あり

敗荷にひかり散華の旅しぐれ

黄檗山萬福寺　支那仏師刻める尊者像たくまし　三句

月光に額隆起せる尊者たち

月さして伎楽面とも尊者とも

肉食ひし貌の尊者か椋鳥渡る

夕日ひらひら黄《き》蘗《はだ》一樹に鶫の声

白露や餓鬼道われらにぬくき飯

洛北や芦火ひややかに淡し

柿供へ辻はみろくの名に夕日

赤とんぼ見返る肩の手はそのまま

片紅葉しぐれけぶりに鷹ケ峰

萩は実に光悦寺垣濡れて低し

繚乱　昭和四十三年

青五湖

樫の実を手に沼へ出づ沼より無し

鴨の陣夜を放ちたる沼の蒼

朝の櫂昼乾きゐて鴨渡る

牛吼えて夕日朱を垂る冬の沼

まくなぎに沼の夕光《ゆふかげ》暮れきれず

ビル全階灯ともるを見て冬山へ

二重窓に夕そそる山雪煙

霜の華北面《ほくめん》白き枯木山

山中に菌からびぬ冬日輪

湖に冬朽ち舟を焚く一火勢

大霜に楽がぬけ出て森番小屋

朝焚火露が厩の香をひろげ

青五湖の一湖のほとり露に泊つ

瞳とあふ灯どれもまたたき雪呼ぶか

うすらひ

火傷して繚乱と挿す冬の芥子

胸もとのかゆきも恩寵聖夜ねむし

帯締めて春著の自在裾に得し

春著脱ぎ暮るる寒さの奥点す

餅焦げし匂ひ洩らして灯を洩らさず

山風の旅信ひらりと寒満月

鴨・鳩・鴉生きのだみ声水神に

鴨の声坂に行きあふ男一人

薄氷を昼の鶏鳴渡りゆく

冬芽粒々水より空の流れゐつ

父の忌近し

眼に沁みてきさらぎの闇たしかかな

冬怒濤

鷹を見ず馬力ぽくぽく伊良湖岬

黒潮の弧の張り膨れ冬の沖

天日も鬣吹かれ冬怒濤

馳り来て怒濤身を打つ枯の涯

岩礁に寒の荒鵜と観世音

荒鵜の目冬海ばかり見て炎ゆる

冬の濤見せに抱きゆく男の子

白きタンカーおくりて寒き水平線

杜国の墓

石蕗は冬の蕾かたくし潮音寺

片袖

春の雪重ぬべくあるたなごころ

雪のこるほどの昼月欅の上
雪風の闇攫ひつつ雪積みぬ
ふぶく音一夜に凍る男靴
蔭雪やつねにも冷えて耳朶二つ
すぐき刻む藪うぐひすも来るころか
梅ひらく生くるに倦むは許されず
白梅や掃けば浄まりしづまる土
水したたるごとくにしだれ梅の白
剪りて置く紅梅一枝片袖めく
一日使ひし双の手の艶水温む

飛ぶ壁の白さ車窓に日脚伸ぶ
木喰の耳のゆたかな春の弥陀

聖鐘

雪嶺や右に首垂れイエス像
雪雫髪の根に冷えイエスの前
復活待つ石の乾きの受洗台
聖鐘はひびき納めて雪の嶺々
雀交る残雪の岳その上に
赤松に山風湿る牧雪解
唇に歌もつ男女芽からまつ

乳牛に受胎告知の雪解の日
芽を抱くからまつやさし遠けぶらふ
杏咲き靄の中なる雪解川
屋根替に長き梯子の盆地空

晴れし香

青天より落花ひとひら滝こだま
倒れ木のはげしき芽吹き山女釣
晴れし香のコーヒー遠山ほど霞み
高原や荷に加へたる青蕨
緋の牡丹赫と眼尻切れしかと

近づきて牡丹一花を顔に蔽ふ

諏訪御柱祭

八重山吹祭おんべの吹晒し

雷神太鼓その夜の湖のざんざ降り

よべ雨の諏訪のやしろの春田かな

山へ向き春山に添ひ青信濃

歯朶漉き込め湖辺に白き春障子

諏訪正願寺　曾良の墓

なづな咲き泉細《ほそ》音《ね》に墓の裏

雨ぐせに桑の芽青む祭あと

山菜採りの袋大きく線路越ゆ

顔の上

母の日の緑雨いちにち母に近く
頭を上げて蟇にも若さ遠くの灯
そらまめ剝く祭の路地の青物屋
簟《たかむしろ》ひやひや暗し祭笛
遠囃子椀に沈みし夏蕨
注射痕《あと》つつむ単衣をみなみ吹く
湯を浴びる音はばからず一家に夏
顔の上草のにほひの初蚊鳴く
亀の甲乾く祭の子が眠り

亀を飼ふ衣更へたる一家族

妹の忌四十回

をさなくて蛍袋のなかに栖む

打擲せし百足虫朽葉の香をのこす

くちなしの辺を行く父の後ろ見え

くちなしの匂ふ梅雨冷え枕にも

今年竹筆とればはや退路なし

湯浴みたる身のしづけさに今年竹

目高孵る塵のごときが飛びちがひ

初風

赤き青き糸あやつりつ真菰編

真菰編む匂ひ手もとに頭の影も
僧の頭の樹間浮きゆく盆の入
精霊のにぎやかな灯を竹林より
霊棚に草の香顕ちて昼の雨
灯を消して逃がすかげろふ盆の月
眠たさの泪一滴夏の風邪
麻衣音よくひびき花鋏
梅雨の闇ことに車の裡《うち》の闇
山の桔梗挿して三日の住居なる
山頂の霧粗かりし夜の髪

青胡桃流速雨にひびきあひ

赤き傘出でゆく蚕飼村の雨

夕日いま蜘蛛にとどきぬ蔵の紋

竈火と蚊火の赤さの山の雨

霧に八《やつ》ヶ岳沈み竈火さかんなり

朝顔に月日かたむく稿脱し

夜が去りて花ひえびえと蘭の露

訪はん身の夕初風をまとひ出づ

野分後の雨粛々と原爆展

原爆展を見ては

骨嚙みし瓦礫よ野分に濡れし足よ

草長ける長けて雨沁む残る蟬

灯ともして晩夏の声を高めたる

切りし髪ひとの手にあり萩の風

声に出て夜の長さの睫毛にも

風溢るる青栗を出で遠電車

一文字

鮎食うて生臭き口鵜舟待つ

鵜の匠《たくみ》鵜と同族の黒衣装

首結ひに枷の荒鵜の瀬越し舟

十二鵜や篝細りに揃ひ浮き

鵜じまひの一扁舟となり舫ふ

一《ひと》語《かた》らひ声もらしつつ夜の鵜籠

（註）通し鵜は性別を明らかにせず、したがって一語らひは仲のよいもの同志の意

鵜飼一生水の匂ひを陸に曳き

ひとごゑの方に一つ灯山芒

栗を剝く旅の灯《ともし》の手くらがり

岐阜、横蔵寺に妙心法師のミイラあり、生食を絶ち、日々少量の蕎麦粉を口にするのみ、清浄無垢、行を慎み、善根を積む。如来の来光を感得し、自ら白木の棺の中に安座し、断食、称名をとなへつつ卅一日、座禅のまま入定、そのままの尊姿今に留む。文化十四年（西暦一八一七年）享年卅七歳なり　三句

舎利仏に月蝕甚の杉山中

冷まじき念力舎利仏口開くは

舎利仏を守り歳々の芋名月

月見団子とられじまひの皆既蝕

ゐのこづち喜々と飛びつく良夜明け

山路ゆく赤き帯また曼珠沙華

炭竈へのぼる一町昼の露

峡に飛ぶ白雲蕊張る曼珠沙華

望月の空地はなれぬ木屑の香

鑄鮎に坐し帯締の一文字

谷汲寺

焼栗や笈《おひ》摺《ずる》納めきし門前

わすれ雪　昭和四十四年

炎《ほ》の初め

わが怱忙母も紅葉の旅のがす

訪はずまた見舞はず十一月の鵙

生涯の生活を共にされし御母堂を亡くされ、きくちつねこさんの傷心の電話
慰めの言葉を知らず

末枯の地の涯よりの声ともふ

やや痩せて襟元しまる冬桜

落葉掃く母ありてかく青き空

冬山中煙の束の炎《ほ》の初め

焚火中身を爆ぜ終るもののあり

左肩脱臼、ためにギブス胸に及ぶ

越冬の蛹めくかな白ギブス

冬晴のくづれそめしを病む日とす

極月の眠り豊穣瞼の内

年忘れ地にちかぢかと笹鳴けり

空仰ぐ冬木のごときギブスの身

身をややに冷たきに置き書き易し

風邪の子の熱退けばすぐさわがしき

一樹の音

初夢のあひふれし手の覚めて冷ゆ

双六めく盲暦を読初に

初暦易々と過ぎにし病七日

麦踏の男が見えて女の声

冬耕の雑木に隠れもう見えず

寒紅梅にごりて息の出でくるも

左肩脱臼予後

病む腕に持ち重りして冬一書

木の根閉づ苔の厚さに日が伸びし

信州八日堂の厄除、師より賜る

小雪伴れ蘇民将来の髭めく字

十指の爪ひそかに冬灯をひとつづつ

眠れぬに室花夜もこもり香や

もの忘れせしごとあたたか寒一ト日

会へばいくく人寒のかなしき顔もてり

言ふも悔言はざるも科《とが》寒の鵙

香水より寒気かぐはし籠る身は

一月の粉雪雨音風音に

綿虫に恋より友の欲しき日ぞ
大寒の医院に逢ひぬ去年の人
晩鐘や町に雪来ることたしか
凍てし土掘りつつ身をば隠しける
枯ポプラ茫々墓へ道曲る
わが家より北に木が聳ち枯ポプラ
硝子器に日の落し子の寒苺
枯桜灯《ともし》ちらばり春近し
壽の字は紅梅の蕊のさま
柊に春の雪降り一樹の音

降り隠す青年雪中にて恋ふる

われ書きこもり、弟の帰り遅ければ

一つ家に二日を会はずはだれ雪

雪解水ひびくよ車庫のがらんどう

背を曲げて鳴かぬいとどの冬を越す

霰跳ねけふ一日を踏まぬ土

鶯のすぐ去るはこゑ羞らふや

髪くろき祖母にして母種を蒔く

昨日《きぞ》の声たれにゆづりし春の鵙

忘れ雪消えて渚のゆれやまず

終《つひ》の牡丹

椿一輪夕日いただき帰る人

如庵

腰貼の暦貞享藪うぐひす

春灯《ともし》遅筆を影に添はれゐつ

遅き日をいのち見極めがたし書く

初花にまだ旅ゆけぬ未完稿

さくら咲き思ひ出さねば眠られぬ

人混みに胸が呟く春の風邪

さくらしづか身に一点の注射あと

春の虹そのあと昏し足洗ふ

落花浮く水なめらかに午前なり
書き継いで手のよごれたる春の暮
葉桜に訪ね来てその闇帰る
旅ゆかで横向き眠るみどりの夜
牛飼はずなりても風の青ポプラ
東慶寺
千通の去り状湿り紅うつぎ
金色仏終《つひ》の牡丹に来迎す
白牡丹くづる仏の立たす闇
やませ
八戸
着きてすぐ海鞘《ほや》もてなさる口涼し

やませいま雨まじへたり夜鳴鶏

焼かぜの貝を熱しと北の旅

（註）焼かぜはウニの実（卵巣）をアハビ等の殻につめて焼いたもの

茫々と海霧《ガス》玫瑰《はまなす》にしたたれり

荒濤と海猫散らすために岩

七日月植田の沖をやませ吹き

みちのくの早苗月夜の手に冷たし

遅桜北指す道の海に添ひ

淋代海岸

さびしろの五月骨片めく貝よ

さびしろにひた鳴く蛙やませ濤

やませ音《ね》にいでてたためる雲と濤

薄繭

薄らまゆ影うごきつつ音ごもる

糸吐きて蚕が薄明に隠れきる

糸吐けず病蚕さまよふ走り梅雨

上蔟や卯の花山になだれつつ

蚕蛾はや雌雄となるをかなしめり

卵びつしり蚕蛾枯れゆく夜の翅音

母剪つて暁の気のくちなしは

書き上げて言葉失《な》くせしごとく梅雨

夕焼にひかり撒くものの子の手足

泰山木家出るたびの遠目ぐせ

荒草に夜更けて光る梅雨の星

高原

中沢文次郎氏の案内にて仙ノ入部落へ　五句

甘藍消毒青嶺より霧吹くごとし

青き嶺々と収乳日記梅雨晴るる

牛乳《ちち》飲むと七月の牧螟子が来る

牧にひぐらし帰り遅るる牛二頭

伊藤氏宅

土用光《て》るよ開拓農の鉄瓶は

一灯に山蛾身を打つ荒き霧

くわくこうの日を呼びあへる上に覚む

ほととぎす昼を睡りて黒き髪

楽泉園の友どち

花のさびたの白は平穏逢ひたけれど

青竹に祭ぼんぼり夕迫る

中沢晁三氏の案内にて六合《くに》部落を訪ふ。湯本貞二郎家、かつて蘭学者高野長英をかくまひしと

医の裔の涼風棲まふ蔵天井

あとがき

この度、私の第四句集『鳳蝶』が新装成って出版されることになった。『鳳蝶』は昭和四十五年の夏に上梓され、幸いなことに第二十二回読売文学賞をいただいた作品集である。私が俳誌『蘭』（昭和四十六年十二月）を創刊する以前の出版なので、『蘭』の仲間も私の句集を持っていない人が多い。その点からもこの度の新装版は時機を得たことで、牧羊社の川島壽美子さんのご好意を有難く思っている。

初版を発刊してからすでに満四年たっているので、読んで下さる方々がどのように受け止めて下さるか、一寸怖い気もする。しかし、この怖さが私の作品を押し進める力にもなるので、あらためて批判をお受けするつもりで新装版を世に送りたいと思っている。

因みに鳳蝶はあげは蝶のことである。

昭和四十九年十月

野澤節子

第五句集

飛泉

ひせん

句集『飛泉』
現代俳句女流シリーズ・5
一九七六（昭和五一）年一〇月二五日発行
発行所　牧羊社
造　本　四六判上製函入　二一二頁
装　幀　直木久蓉
総句数　六〇一句
定　価　二〇〇〇円

目次

初嵐　昭和四十四年　273
山彦　昭和四十五年　275
神あそび　昭和四十六年　285
雪形　昭和四十七年　294
高野　昭和四十八年　309
白昼夢　昭和四十九年　319
あとがき　334

初嵐　昭和四十四年

走馬灯消えのこる炎の早廻り

野分後の瓦まぢかき十日月

隠れゆく蛇の尾ひかる懈怠かな

水こくと飲み新涼をまぶしめる

夜の秋の鮎の歯白し皿の上

初嵐白がちになほ袖袂

朝つよき蘭の香叔母も亡き数に

とどこほる霧や山中滝こだま

母娘いま霧の華厳の白き界

初鵙や身をつつみたる草木染

近く鵙鳴けばますます猛り鵙

秋の蚊のうしろがみひくこゝのすぢ

谷川岳一の倉沢

女名も刻む秋草の遭難碑

法師温泉　七句

大きいとど出て炉語りの夜の客

やや寒の炉の焔ちろちろ花弁ほど

炉にあまゆ山霧を来し膝頭

炉火明り身重の嫁がうしろ過ぐ

裏山の滝音かぶり茸汁

滝音を離れ風音秋の暮

峡ふかく夕焼とどく秋の川

山葡萄露に熟るるよ祭過ぎ

悼　長谷川かな女氏

秋の野の夕日に隠れゆきし蝶

山彦　昭和四十五年

山旅を風の誘ふ膝の冷え

旅ひとり朝日ぬきんで雪の富士

散り紅葉夜は天上のきらら星

山彦を連れて半鐘防火の夜

檜山杉山隠れ移りの冬星座

枯山中日ざせばふいに己が影

沈みたる紅葉の上を冬の川

一羽見えてより枯枝の眼白たち

冬苺引けば枯山やや動く

ふりかへり犬帰りゆく枯山路

ふくいくと檜山水源雪あそぶ

枯れをゆく杣の脚絆の飛ぶごとし

木《き》寄《よせ》場《ば》にむらさき上げて朝焚火

木《き》下《おろ》しのどしんからんと山こだま

冬山中女に着きて合歓の絮

杉山へ猟《さつ》夫《を》のごとく深入りし

朝凍みて夕暮ぬくむ杉山中

月花ゆき様宅

先代の蔵書万巻くわりんの実

近藤冬子様

いただきて燠のほてりの五平餅

松手入曙光を通りやすくせり

母の居間十一月の香匂ひ

悼　石田波郷氏

柚子一つ病が追へぬ果ほとけ

十二月ひとに疲れを量らるる

寒の水咽喉を通して書きはじむ

七種かご柔髪ふるるまでかがみ

年新たな白よ餅、紙、椿など

霜真白歳月土に新しき

父母ともに信州の生れなれば

寒九の水山国の血を身に覚ます

髪の上に小さき日輪寒旱

鴛鴦の水一枚石に汀《みぎは》尽く

三椏の花も半眼木の仏

昏き高きところに鳳眼うす紅梅

神楽笛飄と天ゆく鷽《うそ》守り

煙一トすぢ岬に春のあまりたり

忌日多き中に父の忌二月尽く

春の鵙声あやまたず定まらず

対岸は昼も暮れ色結氷湖

老画家とゆく落日の氷湖の辺

きさらぎの満月うるむ氷上に

雪風に懐紙を散らす雪の上

雪解して白樺湖へみな傾め

山陰《かげ》の道の残雪曲れば牛

内藤庄雲斎氏宅

春せせらぐごとき木《もく》理《め》に琴一面

われ人に生れし彼岸満月や

春椎茸ぞつくり生えて不思議な木

遅き日の椎茸黒き室《むろ》の華

高遠　十一句

山国やさくら隔てし空の青

仙丈岳《せんぢやう》の空すべり来て春の鷹

高遠は祖母の生地なり

祖母の世の花のおぼろに母と寝む

夕鶯水に沈みし山の形《なり》

夕冷えは指のさきより花の下

絵島囲屋敷、幽閉二十八年、四月十日六十一歳にて没

永き日の死ぬ日も囲む竹矢来

絵島の墓、「向う谷に陽かげるはやし此山に絵島は生きの心耐えにし」今井邦子

山渡る花どきの日を墓の面

墓一基こひがんざくらかいどりに

祖母の本家、内藤三本槍の一本を家宝とす

天龍川《てんりゆう》を渡る落花の槍を見に

系図二巻、家紋もともに印さる

八本矢車・五七桐に夏近し

観世流謡曲本十五冊残さる、中御門の御代なり

正徳六丙申弥生の花宴

薄羽織空濃きいろに着て病まず

くり返す濤音の中芥子ひらく

桜の実行く人見ゆるかぎり白

木曾　八句

味噌焚いて一ト日老いたりほととぎす

るるんるるんと暮春歯通しお六櫛

五月闇煙吐き休む木曾の汽車

雪渓を天の鏡に開田村

高稲架も馬埒《らち》も骨水芭蕉

柳又部落、馬小作全く廃る、村上家にからうじて二頭残る

耕馬否《いな》荷馬否当年《とね》仔《こ》風に跳ね

月の河鹿耳より旅になじみたる

新しきは空と早乙女早苗籠

梅雨ひかるものを言はざる夜の刻

指さきに血のめぐりゐてさくらんぼ

夏山に灼けいろなして雪残る

山霧の瑠璃磨き去る沼五月

金星や田を見廻りし声を出す

内藤良三郎氏宅

枯《しやれ》木《ぼく》を竜の形に夏座敷

浴身に氷片ふくみ夜の蟬

七月の曙光やあげし手にも影

蟬声の鳴き揃ふとき忘れられ

夜の蟬旅より帰り一人殖ゆ

高知行　十二句

洋上飛行青き硝子の中の涼

那智の滝機上よりあきらかなり

緑山中一瀑神の一糸とも

雲海の中航く扇使ひつつ

雲海の切れ目半島脚を伸す

天を航く緑濃き地に母を置き

機席ベルト羅の身を縛しづめ

室戸岬

きりぎりす落日前の濤騒ぎ

海青く樹間を出でず黒揚羽

鬼殻の真赤なスープ暑気払ふ

夏昏し日の出のさきの海見えず

梅檀の広き緑蔭土佐に来し

絵金展、土佐の地狂言を飾りし看板絵

泥絵具赤をたぎらせ夏祭

迅雷の身にしみし夜を父の夢

新しき駒下駄母に萩の雨

夕暮に鼻きく山椒の実をつぶし

マスカット母との刻のゆるり過ぎ

草津聖バルナバ霊園リー先生墓前

一段高き十字架朝の霧雫

白露光充ちて即ちチャペルの香

湯畑の硫気じめりに秋袷

鎌原観音堂、籠堂は天明の浅間噴火当時のまま遺る

堂暮れて天明の闇埋火に

天明の噴火当時百数十段ありし観音堂の石段わづかに遺りしのみ

十三段埋れ遺りて夕日鵙

対岸に牛が背を張る秋の暮

板乾の紙をはがしに芋の風

紙を乾す日向日影に菊の虻

風邪ひきし肺敏感に冬匂ふ

神あそび　昭和四十六年

子の笑ひおこる夜寒のもの書く辺

闇深し火が冷ややかに見ゆるとき

蹁みゐて枯れの端より鵙の声

蒼き川光きざみて凍らざる

柳がれひ焼かるるまでの渚いろ

夜焚火の炎見つめて影となる

かつての主治医片平重次先生を訪ふ、その昔の白皙のままに健在、八十三歳

四、五本の白樺明晰枯るる中

裾冷えて母と羽子板市の灯に

霜の夜の心音駆けりゐたるかな

白息となるをショールに封じゆく

新野雪祭　十四句

雪中に川音峠曲るたび

餅花に一夜をたのむ山の宿

伊豆神社昼田楽

おささらに花笠ひらく雪の風

（註）土地の人は雪祭のことをおささらと言ふ、花笠は昼間のみ使ふ

献灯に寒暮灯が入り油色

庭能序曲、宝舟にて御神火空中を大松明に運ばる

御神火舟飛ぶや寒星渡り来て

月冴えて舞座一枚荒莚

寒月光翁語りも面の内

舞手らの凍てに夜流れ餅の湯気

（註）夜流れ餅は、昔、関守の奥方がお宮へとどけさせたもの、舞の途中でいまも寄進される、塩味のない大きなぼた餅、中風によく効くと言ふ

直会のみじかき湯気も山の凍

悪霊の眼つぶれて大とんど

雪の田のしんと一夜の神あそび

若き子らに必ず青年添へり

春著の娘妙《たへ》と呼ばれて振り向くも

うごくものに深雪峠の枯芒
馬頭観音峠越えねば雪抜けず

白馬　十四句

夜に着きて見えざる岳に降る雪か
飛び来ては白馬の暮雪顔へ憑く
踏む雪に聴き耳立てて山の闇
渓流に雪の荒星なだれたる

八方尾根

紅顔の白馬三山雪に暁く
雪山に五体渇きてゆくものぞ
影一つだになくて雪原睡くなる
湖畔村つららの刃ゆるむなし

中綱湖

穴釣に夕日射し入る酒の瓶

氷上に出でぬ未来を行くごとく

天仰ぐほかなし氷湖の真中は

鶺鴒の一羽来てゐる雪渚

稲架棒と猫と深雪の無策顔

碌山美術館に鐘あり、昼と夕に刻を告ぐ

安曇野の冬碌山の昼の鐘

母づてに聞くうぐひすを誕生日

清明

紙銭折る老婆三人花明り

一軒屋の留守たんぽぽが照り囲み

一行もまだ書き出でず苺の香

秋田　六句

満面に朝日の桜二階より

雪山は夕日の浄土花の雨

雪の鳥海雲に消え入りさくら濡る

子安峡

種蒔ざくら紅《くれなゐ》尽くし滝激す

花冷えや火に洗はれし土偶の肌

串姉ュ瓜ざね顔に花杏

暮六つといふ茶屋雨の祭びと

藤の雨足袋穿きしめて土不踏

ほととぎす書き費えゆく夜の刻

ほととぎす暁は闇しめらへる

ほととぎす一声とどめ樹頭暁く
浴室を朝明け放ち今年竹

母予後なれば

香水の一ト吹き母を置きて出づ
梅漬けて母はいのちを延ばすなり
泰山木咲いて決意をすくひけり

母の病後、はじめて連立ち出づ

駒下駄に橋鳴らしゆく梅雨の川
火の籠の蛍嵐の夜にたまふ
蛍籠光点つねにすれ違ひ
髪ごもるかに蛍火の草ごもる
蛍火の明の憂色暁けゆけり

妹の来る盆の蛍火大きくて

府中國魂神社李まつり　三句

朝すでに欅の下のすもも売

すもも市夏の落葉を日覆に

すもも売る匂ひ離れず黒揚羽

信濃清内寺村　五句

出作りの婆のまろ寝も盆休み

山水にしんとろ冷えし盆の酒

出作りの山羊と輝りあふ夏の雲

出作りや盆の炉前に女客

日傘一つ出作り村へ浮かびゆく

蘭咲いて夢にも父の来ずなりし

蘭の香の母の起居の父の部屋
鳶の輪の声ふらしゐる蓮の実
新野の盆　十六句
出穂揃ふ千石平にはか冷え
馬頭観音盆道白むほどの雨
田の風が夜ごとの門火舐めに来る
十五日の夜、新盆の家は白切子一つを残して灯籠類のすべてを焚く
切子燃す火を遠望に踊唄
灯籠にばばが遺せしぢぢちんまり
笛、太鼓を使はず盆唄のみ
白扇にほとけ招く手踊の輪
十六日踊櫓に一村の白切子を集めてともす
町一筋田風一筋切子の尾
胡桃の木田の闇かさね秋蛍

流れゆく盆供赤百合浮かびたり

魂棚に風吹き入れて泉川

朝焼を田川流しつ盆和讃

秋うたやみ魂送りし朝うつろ

歯にからむ糯もろこしを盆休み

帰省子に杉山にほふ胡瓜もみ

雪に逢ひ盆にまた逢ひ帰る娘よ

杉山の蛇の青照り伽藍さま

（註）伽藍さまは土地神の祠

遠き世ゆ山に伝へし神怒りこの声をわれ聞くことなかりき　釈迢空

太白の露にまさぐる迢空碑

雪形　昭和四十七年

安曇野　八句

立ち並ぶ稲架岳雲も襖なす

稔田の黄を帯締に中信濃

犬の尾の穂をなすが蹤き刈田原

一穂の落穂手ぐさにひとり旅

田川いま秋の流速足袋うつす

夕焼けて稲穂ぎしぎし手に応ふ

奥山の紅葉滲み出で夕焼けぬ

火を焚けば刈田に下りる山の闇

黒四ダム

ダムの青山のしぐれの鈍《にび》そそぐ

降り込める雪の奈落の紅葉谿

立山、大観峰

ガレたちまち雪山襞となり真白

同、ロープウェイ

空中を来て雪山に熱《あつ》ミルク

新雪のけふより蔽ふ山の音

大町山岳博物館動物園

雪嶺の夕日鷲の眼離さざる

みちのく　二十四句

刈りし田も伊達の郡の露日輪

松島

冬霞被てまろみたる島の松

松青き町残菊を家裾に

水《か》夫《こ》町や晩菊と照る舟簞笥

（註）水夫町は伊達の水軍を住まはせし町

塩竈神社

露霜に享けて錦の肌守り

立石寺　二句

風吠えて一人の僧と山千両

掛大根照るにもあらず岩襖

地ごんにやく黒く煮メめて冬が来る

尿前の関

関址《あと》の栗落葉付く草履裏

堺田、封人の家解体修理中

冬の水木樋あふるる裏戸口

刈田より低く点して山の駅

ストーブの火《ひ》口《ぐち》見惚るる山の駅

山刀伐峠　究竟ならぬ者は

落《らく》葉《えふ》の峠さむがる運転士

旧《ふる》道《みち》の苔に厚みて山眠る

尾花沢

雪囲ふ昏みしんしん湯の滾り

羽黒山　南谷にカスミザクラあり

南谷日向かをらす枯桜

斎館前杉木立の中に、お山で採取せし薬湯を供しゐたれば

薬湯に凍てほぐれくる爪のさき

三神合祭殿

山日輪神も丈余の雪囲

みちのくの紅ふところに冬の旅

鶴岡致道博物館

祝ひばんどり五彩絢ひ込み春近し

（註）ばんどりは薪を背負ふときの背あて、さまざまな布切で編む

さいかちの実のくろがねに最上の庄

河口真赤に冬日を送り最上川

酒田本間美術館、あふみや玉志亭唱和懐紙あり「初真桑四にや断ン輪に切ン」はせを

瓜の翁に逢はんと北風をまろび来し

温海

夕晴の裏海重し沖高し

元旦の靄立つ五十路まくれなゐ

吉書揚耳を焦がして遁げくるよ

晩鐘の鳴り出づ寒気ちりぢりに

晩鐘や春待ちまうけ一つ星

うつむきて母が爪剪る冬の音

冴え冴えと余白めく闇寝惜しみぬ

松活けて松匂ふ手に冬の空

犬一匹加はる家族初明り

書き更けて旅ゆくごとき足の冷え

梅の芯海近よせて島一つ

梅林くぐる衣紋に日がありて

牡丹雪忌日近めば父近み

松島にて佐藤鬼房氏より賜りし

春蘭の葉のとどめたる牡丹雪

鶯笛嘴《くち》うごく見て一つ買ふ

春霰詣でおくるる父の墓

鶯や眠りの端に光射し

四条流庖丁式　六句

冴え返る庖丁雉子を贄とせり

注連冴ゆる俎上が天地式庖丁

抜きはなちききさらぎ蒼き庖丁刀

一刀一礼雉子料りたる額に汗

天翔ける姿とどのへ雉子の肉

桃、菜の花供へ無明の雉子の首

芦の角水あかつきを鳴りいづる

薄氷に神の眠りのまだ覚めず

古徳沼　二句

白鳥の浮寝平らに森の雲

白鳥の風に首たて朝日の帆

蟇交る山中に霧とどこほり

くり盆を買ふ三椏の花曇

満開のさくらの下に箸つかふ

八重桜朝日根もとに冷たくて

山すみれ土の湿りの色に出で

行き過ぎてすみれ午前の花と思ひ

まだ使はぬペーパーナイフ燕来る

読むほどに眼ほとびぬ雨蛙

雨蛙たたへきれずに雲の量

陸橋に風吹き八十八夜冷ゆ

鳴りいづる晩鐘雨後の松の蕊

安曇野　二十句

芽からまつ遠く青める山を容れ

碌山美術館

マルメロの花ブロンズは火の嘆き

碌山の村の戸ごとにライラック

山葵田や青炎冷ゆる楡・ポプラ

茫々たる代田の中の道乾く

女らは代田の匂ひすれ違ふ

雪形馬に息をあららげ土《つち》塊《くれ》田

白馬岳、残雪のころ山腹に大きな代馬の雪形現はれる、昔里人はそれを見て農耕に着手したと言ふ

田を鋤くに雪形仔馬も歩み来よ

同じく頂上近くに仔馬も見ゆ

雪形の爺と婆とに鴉蹤く

爺ヶ岳、種まきぢいさんざるを抱へる姿なり

落日の岳残雪の武田菱

五龍岳、四ッ菱現はる

葺替の男ぬきんで花林檎

青木湖畔千国街道、糸魚川より松本へ塩を運びし往還の道　二句

旧道を湖に高めつ花辛夷

石仏に蝶石仏に湖塩の道

かたくりの花山靴は行くばかり

花山葵日の漣は泉湧く

相馬愛蔵、黒光家　土地の人々はいまに愛蔵さんの家と言ふ

愛蔵さんの家へ雪しろ水奔り

鹿島槍ヶ岳

駒鳥の朝のこだまを岳の胸

駒鳥の告げし晴天夜につづき

舌がおどろく味噌煮うどんや春田冷え

石楠花に湖の朝日の屋根の影

走り出て紙魚の銀片旧師の書

母眠る刻を埋めゆく梅雨の稿

闇よりも暁くるさびしさ水無月は

青芦に身隠りゆかず鷺一羽

高山寺　六句

鳥獣戯画の蛙跳ね出て萩青し

萩芒仔ねずみまでが立歩く

馳せ転ぶ鳥獣夕立追ひつきぬ

夕焼けて先の急かかる猿の貌

鳥獣戯画に地虫加はり月遅き

明恵上人画像

白雨来て樹上座禅を降りのこす

加茂神社夏越祭　六句

茅の輪くぐる旅の一歩の闇の藍

篝火の水にきらめき夏神楽

形代をけむり上げ追ふ篝屑

形代のうすき身くぐる斎串《いぐし》の辺

蛍火の木の間滴る御祓《みそぎ》川

社家の門一つ開かれ梅雨の月

北山　七句

紅殻の梅雨の戸を閉ぢ杉ぐらし

台杉の古りておどろや夕河鹿

上昇の白雲峡に囮鮎

杉山中下刈鎌に西日跳ね

杉山中何も映さず泉湧く

杉山の香を水の香に鮎育つ

囮鮎まだ漆黒に傷つかず

友みなすこやかに

相逢うてみなづき舌に溶けゆくも

（註）みなづきは夏越の菓子

ききちちの翔てば金色夕日谷

吹きなびく穂草の影と昼の月
落日にみどり尽くして森の葛
黒蝶に光の粒の雨殖え来
秋風の顔晩鐘につきあたる
澄む水の橋の向うの青河口
夕焼の紅射しのこす書架の端
蘭の香の中よりこゑす親のこゑ
曼珠沙華片側おもき午の坂
曼珠沙華イちどまりしが径岐れ
石仏の怒りの六臂まんじゆしやげ

いなびかり隠れゐたりし雲の暈
夜半触れてわが身つめたし眠るべし

空路宮崎へ

冷まじき富士の落日頰に炎ゆ
残照の上の機内の秋の暮
秋天を航くや指輪の金かたし

西《さい》都《と》原《ばる》　六句

古墳三百末枯さそふ山の風
きちきちに骨の音する山河晴れ
古墳吹くあきかぜ蝶をむらさきに
船型埴輪の櫓べそきしむよ花芒

産の呪とか

秋風に飛出て安き土偶の臍

白露の野をはろばろとはにわの瞳

はにわの里、本部マサ先生工房

ひややかにぬくきはにわのなまのつち

月明の古墳群より灯の低き

えびの高原

コスモスの丘に現はれうなゐ髪

宮崎の友ら集ひて

口中を酒に炎やせば刈干唄

高野　昭和四十八年

柊の花の匂ひを月日過ぐ

花柊こぼれぬ父がよぎりしか

花ひひらぎ寝顔死顔にはあらず

一本のポプラ枯るるを北の景

すげ細工

隆々とすげの香青む冬の牛

浜田庄司窯　四句

陶工の紺足袋ぴつちり枯柏

窯守の仮眠にぬくむ枯大地

登り窯がうがう猛る十二月

冬陶土ろくろ休めばうづくまる

灯を消して冬は緑青色の闇

柚子の香や遠目に黒き母の髪

平潟　三句

沖の雲初日千条奔らする

大太鼓海へ打ち込む初祈禱

初凪の沖わたりゆく己が影

書くのみに指さき荒らす牡丹雪

夜は雲の東に透きて春隣

スケートより戻りて脛のまた伸びし

悼　長谷川秋子氏

昼かけて荒東風はたと亡き人に

梅かをる書きてはわれを夜の贄に

野の梅の在りしところに咲きし白

竹林にひかりさざめき春立つ日

高野涅槃会　七句

月界にひびきて涅槃後夜の鐘

斎《とき》の火を落せし庫裡の涅槃闇

火袋に生きて白蛾も涅槃衆

常楽会比丘尼の咳をまじへけり

道心小屋出でて雪踏む夜番の柝

雪板に涅槃の霜の凝る刻ぞ

（註）雪板はぬかるみ道に敷く板

雪帽子浮きいで過ぐる常灯籠

（註）雪帽子は高野の僧にのみ許された白ちりめんの襟巻

吉野、浄御原神社　三句

国《く》栖《ず》奏や葛《かづら》巻き締む丸柱

遠《ゑん》栄《えい》と袖打ち返すのどかさよ

もみ、うぐひ、一夜甘《うま》酒《ざけ》、国栖舞へり

（註）もみは赤蛙、うぐひ、甘酒とも神饌

国栖

一《ト》日暮る紙《かみ》楮《そ》打つ夫紙漉く妻

初うぐひす父が遠くに眼をひらく

初花や雀二羽降る土の上

目薬の一滴の冷え夜のさくら

滝音に節のばしゐる今年竹

滝音にまぶしさ濾せり若楓

囀におくるる暁の山の鳩

さきみちてさくらあをざめゐたるかな

初ぼたん男が石に腰掛けて

木苺の花に沈みて湯川鳴る

きのふよりけふの落花に鯉はねる

月桂樹の花のあたりの昼の霧

桜若木ゆすり少年落花浴ぶ

火村卓造氏宅　二句

水一坪家鴨四羽の日永かな

掌につつむ高麗青磁花の冷え

わが主治医片平重次先生逝く、享年八十四歳、終生山を愛す

春の蚊の噂ほどなる声曳きて

青曇る山懐の茶毘一つ

青枇杷やビルに沈みし蔵造

狭山、栗原茶園　四句

茶畑に日は炎えはじむ墓一基

優曇華の銀糸指さす茶山にて

八代の茶の木畑を蛇通る

昼顔ののび上りたる茶の畑

梅雨に入る忍《しの》火《び》絣の紬着て

水照りに来ては黒蝶狂ひけり

薔薇赤し皮革の匂ひ手に持ちて

渡部裕雪氏より航空便

すずらんに北の涼気の箱便り

夜も地熱葡萄の房をひき伸ばす

文月の夢あかつきをけむりたる

盆棚や午後四時過ぎの軒雀

月の隈忘れ靴めく蟇

満月の炎え色も夏小公園

定家読む炎えて欠けゆく夏の月

夏の夜のサーモン冷やすレモンの輪

白服の少女は蓮の風の中

風の蓮紅にまさりし白蕾

蓮ひらく音に少女がものをいふ

灯籠のともさぬを積み送り舟

灯籠を降ろす舷明りして

流灯の水漬きてよりの潮迅し

旱天に火を焚き白髪怖れをり

軽井沢　五句

雲触れて千木濡れそむる山の葛

からまつの秋を栖みなす細格子

蛾も青を被て山中の一灯に

教会の黒犬楡の大緑蔭

堀辰雄邸

青栗の落ち鎮まりし火山裾

白萩にわれ過ぐる風たちにけり

岳の風一すぢ冷ゆる葡萄狩

文楽近松門左衛門二百五十年忌祭　二句

煌々と修羅場秋風揚幕に

秋風に殺意離れし木偶の首

からたちの実の金色を刺囲ふ

柊や門灯に透く家守の手

秋しぐれ置き忘れきし花の束

まんじゆしやげ枯れておくれ毛めきしかな

会津大内部落　四句

高稲架の濡れ金色に旧街道

高稲架のぬくみしぐれの音を吸ふ

昏きよりなめこを摑む女の手

山栗の小粒袋に締めて売る

高橋悦男君、高き木へ登り揺すりて落とせしを

清浄としぐれに冷えし通草《あけび》吸ふ

秋の蜘蛛髪のくらさに降り来しか

夜寒さの皿洗ふ音山中に

柊の昼の闇より花こぼる

花柊雲が孕みし星一つ

灯ともして午前一時の紅林檎

濃き影を持ちて入りゆく山の枯
汲み水の濃き青空へ木の葉散る
四、五本の夕日の柱枯芭蕉

白昼夢　昭和四十九年

伊都郡かつらぎ町東谷　十三句

あかあかと柿干しうるむ向ぅ山
青空へ峡のぼりつめ柿干場
柿干して一村柿の木は裸
櫓なす柿《かき》舎《や》に柿の小提灯
十串一連柿干し列《つら》ね十二月
柿渋に黝む剝き籠山の晴

柿干して霜晴れあます檜苗

うづたかき柿剝き暮らし柿減らず

柿納屋に屑もとどめず霜柱

安永を刻《こく》す御手洗水涸れても

祠より大き狛犬柿の村

墓山に隣る神杉あをじ来る

柿干場一個の柿も食はず去る

文三の滝　十句

凍蝶のふと翅つかふ白昼夢

滝音や行衣の凍てと蛾の骸《むくろ》

冬の滝わが怨念を打ちひびく

一山に滝の音《おん》声《じやう》冬こだま

いんいんと髪一筋も滝の冷え

冬の滝朝日夕日もなき巌

星一つ見え夕凍みの隠れ滝

枯草の谷へなだるる川雪隠

隠れ滝地にやこもりぬ笹子鳴く

裏谷に三日月の匕首年つまる

遠く焚く大年の火に風邪の耳

風邪寝の掌年新しき空気載る

柊の一樹を通る初明り

初明り仕舞扇の金の襞

身をかけし刃のしづみゆく寒の餅

風邪臥しに七種籠のうすみどり

櫛入れしばかりの髪に雪落つ音

石光寺　十一句

天翔けりきぬ寒牡丹一輪に

解けがたき尖り秘色の寒牡丹

藁苞のうす闇ふるふ寒牡丹

寒牡丹日ざせばねむき野の霞

二上山《ふたかみ》に落日を呼び寒牡丹

寒牡丹かすみ出でゆく葬の輿

寒牡丹ふところぬくむ陀羅尼助

当麻寺

胸中の牡丹に雪の音かかる

丹の塔を西より照らす枯ぼたん

石光寺の土の下に白鳳期の伽藍遺構を沈めゐると

寒牡丹地中に伽藍荘厳す

染寺の夕月の眼に寒霞

千鳥紅梅波にきらめく日のかけら

神域におもひのたけの寒桜

草の餅日向に人のかき消えて

谷中団子坂

頭《かしら》屋に頭《かしら》口あけ春の雨

朝倉彫塑館　四句

手作りの茶杓あめいろ梅一輪

手かざせば炉火に手の影春しぐれ

骨《こつ》一体白梅一樹館の冷え

水あればひかりこぼして春の雪

伊勢神宮　二句

五十鈴川奔《はし》り出でたる春の虹

お子良児のいまも若木の梅真白

二見浦

鳥ばさと翔ち春陰の御《み》塩《しほ》殿《でん》

石鏡《いじか》　四句

海女の腰巻かんばかりの若布刈る

海底に妻《かか》を放てり口開け日

海彦に仕へ来て海女火を焚けり

うららかや海女が手こねの磯の飯

国崎《くざき》神宮調進所　二句

草青む御饌《みけ》のあはびの竈どころ

潜女《かづきめ》の桶に睦める御饌あはび

さくら散る真珠筏に男乗る

灌仏の胸もとかわきそめ親し

尼の墓一基がまもる春の滝

一条の水の七段雪解滝

『飛花集』に寄せて

春暁の鳴咽に似たる目覚めかな

水音と花に憑かれし師が一人

宮崎　四句

機上より迫る青田のこたびは雨

ハイビスカスこの炎えいろに待たれたる

ブーゲンビリヤいまコーヒーのほか欲らず

海豇豆雨も青くて海へ降る

門川　二句

新緑の峠曲れば家一戸

荒南風や揺るがぬ青き島一つ

都井岬　四句

夏の露馬の母子《おやこ》のはにわいろ

牧草の露むずかゆし岬仔馬

岬山に現《あ》れて五月の一馬身

梅雨入日鬣に梳き岬馬

何の香とも知れず勿来の緑立つ

句集『うぶむらさき』を祝うて

ゆくところ木に藤架けて沖懸けて

平潟　三句

若布《め》刈《かり》舟逆光にゐて鎌使ふ

男《を》の子抱き鰹の躍へ加はれり

浜五月尾がきかん気の小判鮫

洗ひ晒しの岡持に夏海の風

福生　三句

声かはすのみにおぼろの蛍守

蛍守風のさきざき眼の利いて

蛍火の消えて水消え山河失す

泰山木池心に錆びる夕太陽

夏の露とばし荒草刈る女

禅師のまへ緑射す瞳をそろへたる

象牙箸そろへる音に紺朝顔
四万六千日あとあと熟るる鬼灯は
喪服着て炎天鎮めがたし立つ
悼　草村素子氏
八月に逢ふや笑顔の遺影なる
炎天を平らに媼の白柩
喪の家に蟷螂青き雄を嚙む
夕べよりあかつき急かる蜩は
那智山　九句
水現れて檜山の暮天曳き落つる
白地着て禊せしごと滝しぶき
身のうちへとどろとどろと神の滝

滝の本《もと》神輿迎への火を創る
火が駈けて神代じめりのお滝みち
羊歯茂る熊野ふるみち岩谷みち
梅雨晴の飛瀑芯までかがやけり
青笹に熊野神馬の熱き息
くまのなるをがたまあをばきりさやぐ
一笛にひぐらしを曳き薪能
猩々に水も秋なる火のゆらぎ
猩々の酔眼めぐる火蛾の渦
猩々の舞へば紅蓮や夜の蟬

橋がかり青竹に結ひ虫の闇

佐渡秋意　三十六句

夏の果沖に雲めく佐渡といふ

野分浪肺腑もんどり打つばかり

野分中いのち小さく浪の上

風浪の果や雨降る葛の島

島に老い葛のむらさき萩の紅

雁渡し化石のやうな蜑部落

心底より冷ゆる海鳴り白せきれい

はまなすの実の放浪をつづる紅

風浪へ花ひらき飛ぶ白せきれい

廃金山に入りし身震ひ虫もゐず

冷まじきすだま金《かな》掘《ほ》り狸穴

（註）人一人やつと這入るだけの細い坑を狸穴と言ふ

魚ばかり食べて肌透く秋の風

佐渡宝生本間家能舞台　二句

露けさの遠照る一湖能舞台

能舞台朝の田蛙まかり出で

真野御陵（順徳天皇御火葬塚）

松風のさくらもみぢを急かすなり

賽の河原　二句

小仏の窟おんおんおん秋怒濤

百千の石の小《こ》法《ぼ》師《し》の秋の声

外海府願部落

茄子いんげん海がゆさぶる部落口

颱風の怒濤明りに茶を乞へり

民宿に金魚けんらん海鳴る日

颱風一過旭にひろふ兜虫

照り曇る檀風城址稲田寄す

国分寺出土品

寄進瓦つゆけし三国真人の名

宿根木、千石船ここに舫ひしと

海峡や船繋ぎ石白き秋

船小屋に西瓜食ふとき沖を見る

西瓜食ふつば広帽の影の中

老婆ひとり島のなが道星月夜

ころりころりと蟬が死にをり磨崖仏

小木祭

鬼太鼓《おんでこ》に秋が来てゐる沖の紺

鶴同人金子のぼる太夫の語り

野分後の島の闇濃し文弥節

一つころげし虫喰ひ頭《かしら》島桔梗

無形文化財佐渡文弥人形　浜田守太郎氏

頭ごつたにかかへ文弥師月の道

網につつみし浮子《うき》の硝子のなかの秋

小木　三句

たらひ舟秋を漂ひ帰りくる

灯を過ぐる祭おけさの男腰

おけさ流しの三味抱き帰る天の川

あとがき

『飛泉』は私の第五句集にあたる。『鳳蝶』を上梓してより九年目である。その間、昭和四十六年十二月に俳誌「蘭」を創刊した。

元来病いの中で俳句を育てて来た私は、人一倍いのちへの執着があった。自然とのかかわりあいの中にも、生き、生かされているいのちの真実、血の原点を求めて「蘭」の拠りどころとした。内なる声に従い、いのちの奔り出るままに一誌を興した底には、私をあえて押し流して了った時代の大きな潮の流れを、今になって知ることが出来るのである。

この句集はそうした意味でも、私の生涯において、おそらく最も激動した期間の作品集ではないかと思っている。「飛泉」と名付けた由縁である。

九年間の作品はあまりに多きに過ぎるので昭和四十九年までの作品にとどめた。句集上梓のすすめを受けたのは「蘭」創刊の前であったが、私の怠惰のため、牧羊社をはじめ、浄書をして下さった火村卓造、小枝秀穂女、井原理恵子、小島哲夫の諸氏に大変迷惑をおかけした。校正は小島哲夫氏をわずらわした。記して謝意を表したい。

あらためて牧羊社の川島壽美子氏並びに荻野節子氏には厚く御礼を申上げる次第である。

昭和五十一年八月

野澤節子

第六句集

存身

ぞんしん

句集『存身』
一九八三（昭和五八）年一二月二二日発行
発　行　角川書店
造　本　四六判上製函入　二二四頁
装　幀　伊藤鑛治
総句数　三九七句
定　価　二五〇〇円

目次

海　光　昭和四十九年　341
讃　月　昭和五　十　年　341
柚子木　昭和五十一年　352
離　島　昭和五十二年　362
夜神楽　昭和五十三年　372
夕　鐘　昭和五十四年　379
あとがき　382

海光　昭和四十九年

海見えずして海光の蜜柑園

みかん照るなかの山冷え青蜜柑

みかん山雉子が尾を曳く猟期まへ

威銃《おどしづつ》隣村は山隔てたる

火山礫濡れしが動き秋の蟇

大露の鳩にまじりし雀たち

薪能よべの火屑の水引草

讃月　昭和五十年

夜行

尾道の貨車の初霜明けゐたり

江田島や玉巻く冬菜父の声

能美島

女たち牡蠣《かき》の沈黙打ち割つて

縄《じよう》文《もん》の海の匂ひの生《マ》の牡蠣

牡蠣打場真白き船の過ぎゆけり

宮島　八句

島紅葉ひかりを乗せて潮《うしほ》満つ

厳島神社宝物館

鹿の声ほつれてやまぬ能衣装

鹿鳴いて夕日素通り能舞台

鹿のこゑ疲れてあれば泪ぐみ

散り紅葉けものの糞に夕微光

墓所一つなき島山の冬紅葉

身を舐《な》めて鹿に冬の斑あらはるる
鹿の声三たびはかなし島を去る
あたたかき島冬耕の縞目被て
原爆ドーム霜白光の鳩放つ
冬霞ぬくき双手のありどころ
朝日より夕日こまやか冬至梅
香焚いて夜更けの凍てをあまやかす
霜の鐘徹夜の筆をカタと置く
栄光のごとき船笛去年《こぞ》今年《ことし》
お降《さが》りにひかりつたうて天地明く

年越の黒豆艶にくるまるる

ひそひそとお降《さが》り母は昼も睡り

七種のみどり細《くは》しき一籠かな

寒暁や母に添寝のうすあかり

蘭三周年記念大会

寒の蘭一花一花に羞らへり

寒禽の目覚めよき声一直線

節ごとに春の雪載せ朝の竹

女ばかりの一夜はげしく雪堕つる

母の病よし

母ありて春来る煮焚きねんごろに

竹林に雪撓み落つ遠きひと

草餅句会　高橋つる子さん宅

蓬の香にまさる米の香臼熱し

餅竈雛の日の湯気上げつづく

靴のあとたどりゆきしに犬ふぐり

事重なれば

暁の身の冷えてをり春の鵙

水の香にまさりし朝の梅の香は

むさし野のいまに水辺の芽木大樹

水くぐりあきて鳴くなり春の鳰

眼鏡のまま睡りゐし母芥子の夢

紅梅を剪り白梅も枕上《がみ》

湯が沸けば鳴り出すケトル春愁ひ

緋紅梅雄蘂《をしべ》一ぽん一ぽんの張り

吐く息にのこる風邪の気夜の梅

春ショールいつはづれゐしすみれ草

初蝶の触れゆく先の草青む

十三回忌

父なくてしどみが囲む松の幹

冬経たる蘭の一花の仔細かな

同人会長岡野等氏を見送る　三句

桐の花むらさきつくす出船かな

たんぽぽの絮の浮遊にドラの音

灯台を出でて全し夏の船

高階に雲雀ききとむ落下のまへ

太陽に倦みし雲雀の斜滑降

聖鐘は飛び梵鐘は青葉中

激雷のあとの蒼空夜中まで

砂山をのぼる五月をくづしつつ

浜昼顔影のさざめく入日どき

萱草の花と娘《こ》の顔母の視野

石川桂郎氏宅　四句

脚長の足早に蹤き野萱草

青梅雨の手ぐさの煙草火となさず

黴の香の跳梁さるのこしかけに

雨音を消す若竹の茂りあひ

大井川渡し場　六句

田うなへと人足宿の昼蛙

三番宿代田戻りの主ゐて

河原町暮春豆干す一と筵

酒を売る家の二階の春障子

門川も梅雨渡し場の一奔流

浜名湖

川合所高床《ゆか》にして松の花

茫々と湖上卯月の青曇り

佃島盆踊　五句

盆唄やことしかぎりの舟溜り

名《みやう》号の一行涼し盆提灯

どの路地も島のくらがり盆の唄

ぢぢばばの踊天国潮の香

産《うぶ》土《すな》に隣る銭湯盆の月

蘭発行所地鎮祭

切幣《ぬさ》の一ひら浴びし単衣もの

同棟上

初秋とおもふ棟木の間《あひ》の空

夜の秋母臥す畳ふみとほる

旅だちの一花や朝の駿河蘭

千灯会灯す乙女のつゆけくて

千灯会の千のゆらぎの月下かな

施餓鬼の灯一つ消ゆれば一つ点く

西陣

くれなゐの連の金襴地蔵盆

貴船神社

御船形石野分じめりの苔ぶすま

貴船川　三句

玲《れい》瓏《ろう》と鮎の背越しの喉をすぐ

川床《ゆか》の上《かみ》の白瀬に一せきれい

あはあはとまたぬれぬれと川床《ゆか》料理

唐招提寺讃月会　七句

開扉して月の三体仏招く

弥陀、千手、薬師を夢の良夜かな

大寺の月の柱の影に入る

満月に胸もとゆるめ鑑真像

白萩にひとゐて月の置行灯

東山魁夷襖絵

海浪のはてはは霧わく月世界

とくさ影法主白衣の月点前

戒壇跡稲の香ゆらし風が過ぎ

旧柳生街道　三句

梵鐘のあとの暮れぎは曼珠沙華

坂なせば水も滝なす薄紅葉

落石のさまに寝仏昼の虫

樹根にすがり登りゆくに

夕日観音秋暑の汗にかすみけり

葛の花白日匂ふひとりかな

蜘蛛の囲の向うに雲と栗笑ふ

少女掃く金木犀の花を輪に

酔芙蓉弁財天の鐘ひとつ

宝篋印塔こつと打つたる椿の実

梵・あき子・源義・桂郎氏相次ぎて逝く

冬の蚊のかそけきこゑのかそけく来

柚子木　昭和五十一年

桂木柚子　十六句

山に重なる山に冬の威柚子の金

朝靄に日射しふくるる柚子の村

どの柚子も雨露の朝日を抱へたる

柚子山にけふ点睛の猟銃音

ポインターの尾の振り分けて冬の谷

落柚子の沈みし冬の草の丈

たをやかに柚子の木に入る長梯子

雨露の山ジャケツ真赤な伐採夫
柚子山にわが捨て息をひろひたる
柚子の木に一顆尉《じよう》めく腐れ柚子
翁ゐてからから笑ふ柚子木山
胸もとへ天道虫の小春使者
木の葉浴ぶ羽織模様も落葉して
観音堂夕月ごろの七五三
大根の肩がさむがる山の月
母が待つ風呂吹ゆずの一ト袋
年明くる目覚めの水輪胸中に

一本の破魔矢の白の暁気かな
一条の破魔矢射込まる己が闇
初日の出光こぼさぬ大円盤
七種をさげ身に余る長柄籠
盆梅の白一輪に真向へる
大野林火先生
一鉢の梅明りして健在に
闘鶏の貫禄土をふまへたる
羽搏《はばた》いて闘鶏日和昂《たかぶ》れり
闘鶏のばつさばつさと宙鳴れり
闘鶏の一塊となり落ち来たる

闘鶏を抱けば胸もと血ぬらるる

北海道行　十句

寒の沖すこし光りてわが齢

氷盤のただ中円に載る乙女

雪晴やシャンツェの直をもて聳ゆ

雪滲みのしみじみ赤き煉瓦建

二時打つて蝦《え》夷《ぞ》に雪解の時計台

雪靴に木の床《ゆか》鳴らすビール館

クラーク先生かすむ雪眼をもて見《まみ》ゆ

老ポプラ枝鳴りきしむ雪の天

一日の雪眼おもたく雪の橋

札幌雪祭

雪像の前の離合も雪晴れて

雪降るや舌に吸ひつくルイベの宴

（註）ルイベは生きたあきあじを凍結した刺身

九十九里　三句

千鳥鳴く凪の千里の月夜かな

千鳥きく白足袋砂に埋めゐて

漁火を一寒濤の隔てたる

双神は土に裾埋め落椿

新潟行　十八句

雪の峡かたたんことんと貨車通る

貨車ゆきて川音のこる雪の峡

塩沢雪晒

雪原に白顚《た》ち晒す布の丈《ぢやう》

雪光の眼つぶしいのち短しや

暁紅を布吸ひやまぬ雪の上

凍み渡り落としてゆきし蕗の薹《たう》

（註）凍み渡りは雪面が凍り締まって雪の上を歩けること

雪晒し夜は凍み晴れの星絣

晒屋の内井ゆらりと春の鯉

皺《しぼ》取の水のもみくちゃや雪明り

（註）皺取は上布に皺をつけること

妓《こ》が帰るおぼろ明りの雪解靄

一谷タカさん

福耳に雪の音積むゐざり機

焼鰈かすみに溶けし佐渡ヶ島

松うららその日開かずの良寛堂

良寛の「愛語」や海に春が来て

良寛終焉の布団地

死の床の布団や雪後も藍格子

五合庵

いつぱいに春日の匍へる畳の目

牧之記念館

日当つてゐて応《いら》へなし雪囲

良寛、牧之とともに面長雪椿

斑尾　八句

みつみつと霧氷を伸ばす山毛欅《ぶな》林

登り来て霧氷の雲に捲かれけり

霧氷被て雲ひびきをり山毛欅大樹

霧氷林さまよひゆかば果つるべし

ペンション・ノナ

霧氷林闇に帰して踊るなり

キャンドルの焔揺れ霧氷の鳴る夜かな

眠れねば白狐いざなふ霧氷林
雪壁の山の水吐く春の虹

信州中野　四句

土雛の細目ひそひそ雪解風
土雛の裏塗られずにうららけし
うららかや土の男雛のはね眉毛
雛市の残り土雛掌にぬくし
老い母に笑顔もどりぬ八重桜
藤房の地《つち》に向く花入日どき

犬吠埼　七句

鰹《かつを》時《どき》男波おもおも背をつらね
踏み入りて浜大根に朝の影

猿づらの二タ桶ほどの青葉潮

（註）猿づらは芝えびのような小えび

夜をかけて海の呼ぶ声夜光虫

大漁旗染屋

描き走る波の穂先に五月来ぬ

陰樹界出でし夏蝶海の色

六月の夕日たらりと岬の果

大阪太融寺に淀君の九輪塔あり、兵火をあびて六輪を残すのみ

梅雨茫々火責めに残る塔六輪

「ざふきんさん　おふとんさんもさやうなら」

甚平の僧より聴けり刑死の句

森よりの風のさざなみ白菖蒲

川島千枝句集『実生』上梓　三溪園

晩鐘の一韻あとは荒梅雨に

鬼灯の火袋ふゆる遅筆かな

病む母の目覚めぱつちり暁蜩

皿割つて土用秋風とぞいへる

落し文載すやはらかきたなごころ

葛の花夢の中にてわれ笑ふ

若鵙にこころの堰を切られけり

十六夜の明けそめにけり皮草履

夜雨降ることのならひに秋深む

奥飛驒行　蒲幾美さんと　十句

朴落葉浸る泉を峠口

錫杖岳《しやくぢやうだけ》や朴葉拾ひの眉の上

笹刈りの一点うごく紅葉谷

秋の夜の会へばぜんぜこ濁り酒
（註）ぜんぜこは飛騨の民謡

奥飛騨の子に囲まれて毛桃食ふ

歳々の峠濃紅葉十三墓《ぼ》

秋深し火茸《ごけ》乾びて朝市に
（註）火茸は火種に使う

朴の葉の枯色つつむ餅の肌

郷倉に一《いっ》揆《き》書き留む菊俵

みたらしのたまりのにほふ辻の秋

離島　昭和五十二年

日向薬師　二句

ひはいろのあをじの抜羽薬師堂

山みみず瑠璃光のばす小春寺

花柊歩きし夢に母疲れ

柿一つ置きて母と娘《こ》箸つかふ

奈良　五句

極月の目覚めや宿の檜の香

執金剛神開扉

口腔の朱を吐く怒号冬あらた

しぐるると遠鹿のまた夕鳴ける

しぐれては木下やどりの夜の鹿

頤《おとがひ》大き良弁僧正しぐれけり

極月の夢に笛吹く何ぞわれ

枯崖に月光透るささやぎとも

身ほとりのほのかに香だつ寒月光

目薬の寒の一滴朝来る

忌の近し寒の水藻のけむりたる

大霜に母のラヂオの鳴りいでて

旧正の黄粉ころがす母の餅

蘭五周年記念

さざめ雪瞳に降らし集ひくる

帯かたき和服一生粉雪ふる

高知行　七句

春嶺の奥の一ト嶺《ね》や雪ひかる

僧一人岬の春田のいく曲り

女遍路に鋤田一枚雪残る

岬ゆく宣伝カーの春の楽

凧持ちて顔の隠るる岬の子
漁まねき春日影濃く女たち
（註）漁まねきは漁夫たちの安全と豊漁を祈る祠
凧一つ背のびくらべの白灯台
立春のまだ紐とかぬ面箱
紅梅の咲き白梅をはるけくす
一寸の土のつくしを母の掌に
春昼の白紙にぬぐふ母の櫛
嚏してあと春雨の音ばかり
うぐひすに千語万語の紙を積み
福田屋　二句
鮒鮓にほのぼのありし花のいろ

松露二つ刺してたわめる青松葉
誰もゐぬ山の真昼の落花飛花
狼藉《らうぜき》の塵焚くけむり桜山
己が根を落花に蔽ひ老桜
八重ざくら日輪こもる髪の上
墓見ゆる落花の山へ入りゆけり
扉を押せば開く聖堂花の昼
睡りゐる母を置ききて花の山

高山　七句

春落葉つもりてとほき追手門
城山は猩々袴ばかりかな

空《そら》町にこぶし白木蓮祭どき
祭からくりかたかた山の春こだま
闘鶏楽の鳥《とり》毛に触るる柳の芽
飛驒格子のうちの春陰祭膳
夜祭をぬけて春水川の音
羅漢五百頭《つむり》すべりて春落葉
喜多院　三句
永き日をささやき羅漢ささやくも
若葉光石になるまでうづくまる
薬王院　二句
しんかんと日のおもくなる黒牡丹
白牡丹日射しのいろのほのかにも

箱根　七句

二十五菩薩中の如来の滴れり

万緑や走り根が巻く比丘尼の墓

西日して瞼ふくるる石仏

早雲寺　宗祇の墓

よべ濡れし木下闇より白蛾たつ

一碧の湖白日のほととぎす

目覚むれば雉子ほととぎす母の声

雉子の尾の水平巌を去らぬなり

噴水に影はるかなるものばかり

妹逝きてはや四十九年

六月や雲の白きを喪ごころに

白桃の刃もののをきらふ夕山河

夜の秋の噓を一つ最晩年

万灯籠一灯の秋を献じけり

万灯会銀河明りをゆくごとく

黒揚羽ばかりが浮かみ一夏過ぐ

夏の餅あつしあつしと母の食ぶ

みんみんみんに櫛まだ入れぬ朝の髪

大文字の火勢の大の真中より

炭屋

大文字明けたる宿の朝茶かな

新涼の箔を置きたる京扇

中村俊定先生

秋暑くまみえて白を着たまへる

隠岐　十二句

枯松葉降る赤土を隠岐といふ

金光寺山　遠流の貴人日ごとここに登りて都を恋ひしと

絶海の蒼さ葎ののぼりつめ

金光寺山参道

草の絮たたたんと朝日聚めたる

うらうらと八十島千草咲きあふる

干鳥賊に透く秋天の離島かな

後醍醐天皇行在所趾

秋欝と黒木の御所の松の幹

隠岐国駅鈴

露けさの駅鈴ひびく方里とも

いくばくもなき稲を架け胡麻を干し

後鳥羽上皇行在所趾

配流やいまに泉と初紅葉

火葬塚怒濤なき日の夕紫苑

絶海に崖隆起して鷹呼べり

島を出で島に隠るる烏賊釣火

想古亭　四句

あふみなる刈田あさ霧あかねいろ

小枝秀穂女さんと

田が見えて泊り二人に紅葉鮒

湖しぐれとまるものなき万年杭

いさざ煮て厨にこゑをはばからず

鮓《すし》を押す形たがへし冬の石

くわんおんのながきおんてのつゆけしや

あかあかと火を焚き年を歩ましむ

夢《む》寐《び》の間に母わたりゆく年の鐘

夜神楽　昭和五十三年

町ぐるみ除夜船笛の太柱
臥す母の前に髪梳く初雀
太箸の素《しろ》きが母に長かりき
焚火火の粉のぼりすぎしを空が消す
母のたつる音のわづかに冬茜
雪滲みて土よみがへる齢かな
舞ふ雪の中に飛ぶ雪欅聳つ
牡丹雪こころの海に吸はれけり
雪の香の藁しべゆるむ塩わらび

高千穂夜神楽　六句

雲海に嶺々を沈めて夜の神楽

夜神楽にいつ加はりし雨の音

夜の霜祝《ほ》者《しゃ》の仮寝のあどけなき

（註）祝者は神楽を奉仕する人

千木の家に星座うつりて神楽笛

夜神楽宿すでに暁けゐし牛五頭

高千穂峡

神々の足音峡の冬苺

母の眉うすうすとして寒明けし

老《おい》母のカタカナ日記梅の花

母の刻に合はす昼餉や蒸鰈

昼どきの余震くらりと春の風邪

修二会　六句

雪もよふ修二会の初夜の鐘一つ

うすずみの修二会の界のこもり僧

走り行戸帳のうちの朧かな

籠松明火屑とびつく女髪

韃《だっ》陀《たん》の火焔浄土のあとの凍て

修二会の眠らぬ闇の鹿に会ふ

鴨食ふや比良八荒の余り風

春雪や飛べぬ番《つがひ》の囮鴨

近鳴きて母には遠音初うぐひす

髪切つて八十路余寒のぼんのくぼ

初桜よべの小雨の雫とも
よべの夢なほあきらかに初桜
初花の一枝の風を誘ひをり
逝く春の立居を母の眼が追へり
悼　車谷弘氏　かつて吉兆にて
花冷の飯《いひ》にまじりしさくら漬
しばらくは旅なし朝の藤の花
藤咲いて新しき彩一つふゆ
さみどりの歯朶に風わく崖五月
母の瞳の中なる五十路更衣
みな揺るる高《たか》円《まど》山の松の芯

山鳩の来て土歩くもちの花
御陵や山よりふかき五月闇
風薫る午から母の深睡り
白桃に老ののんどの動きけり
蟬の声しみゐる老の坂にかな
七月の夜更けてよりもの見えだす
がちやがちやのとほくて闇のあかるくて
母の辺に暦日あそぶ紺朝顔
つじ加代子さん
朝涼の紀州茶粥を炊きくるる
炎熱におもひの帆綱ひきしむる

横浜本牧お馬流し　三句

形代馬頭上渡しも渚まで

祭船追ふ南風《はえ》波に乗りつぎて

茅馬の青さ漂ふ文月潮

滝口に木洩日ひかる初秋かな

風の盆　八句

町裏の灯なき吊橋風の盆

どの辻も胡弓流しの星月夜

踊りつつ八尾坂町娘来る

踊子の背ナに乗りゆく小蟷螂

少年の浴衣ざらひのおわら三味線《じやみ》

鷺草のをどりどほしよ風の盆

町裏の崖の石積み白木槿

祭あと秋燕空をひろめけり

紅萩に見えざる雨の露びつしり

木犀の日和は母の枕上《がみ》

関口芭蕉庵　六句

椎の実のこつんと打ちししぐれ塚

秋の暮ことに翁ののどぼとけ

芭蕉堂四哲侍す

其角嵐雪去来丈草初しぐれ

みな座像なり

障子いま没日を近む膝がしら

裏山に木の実降る日の雑《ざふ》一句

木の葉降り池心の眼《まなこ》ひかりけり

夕鐘　昭和五十四年

柊の花や身ぬちのうすあかり
母の咳一つに覚めて冬隣
月の夜の喉に角もつ風邪薬
異邦人冬の運河の橋の上
風邪の身に運河渡れば坂が立つ
誰が口笛月の夜寒の運河べり
踏み下る音の落葉の夕湿り
晩鐘や沖にのこりし秋茜
下《しも》寺へわたる晩鐘紅葉谷

須賀川牡丹園　二句

みちのくの闇のおもさの牡丹焚く

うらがへる青炎に暮る牡丹焚

枯木山女松一本たそがるる

新藁切る牛のにほひのくらがりに

また雪がくる山宿の飾り熊

胞《え》衣《な》塚に散りし一と葉のうすみどり

逢ひし日の小雪となりし傘たたむ

海を見て坂くだりゆく雪の果

父の忌十七回

重ねたる歳月の凍《し》み暁闇は

父が来る鬼やらひたる夜の夢

枯桜枝垂れて海を蔽ひたる

あとがき

昭和四十九年から十年ぶりに句集を編むにあたって、あまりに旅の句の多いのに驚いている。ひたすら最晩年の母に寄り添いながら、その間を縫って東西に旅をした。省みて、いたずらに怱忙に過ぎ、「何を為しえたか」の思いに責められる。句数が昭和五十八年春まで選出して八七二句に至ったために、『存身』『八朶集』と二冊として上梓することになった。前半のこの句集は、ことにはげしい神経の疲れに耐えながらの歳月から生れた。『八朶集』も合せて読んでいただければ幸である。

収録句集は三九六句。私の第六句集にあたる。浄書は松裏薙世さんをわずらわした。

＊

二冊上梓という我儘をこころよく聞きとどけて下さった角川文化振興財団の小島

欣二様、その他のお世話になった方々に、心から深謝申上げる。

昭和五十八年十月

野澤節子

第七句集

八朶集

はちだしゅう

句集『八朶集』

現代俳句叢書14

一九八三（昭和五八）年一二月二二日発行

発　行　角川書店

造　本　四六判上製函入　二六〇頁

装　幀　伊藤鑛治

総句数　四七四句

定　価　二五〇〇円

目次

雪　山　昭和五十四年　389
峠　路　昭和五十五年　399
末黒野　昭和五十六年　409
露茫漠　昭和五十七年　419
中国山河　昭和五十八年　431
あとがき　437

雪山　昭和五十四年

谷川天神平から湯の小屋へ　二十三句

太陽の金《ン》の目つぶし雪山へ

新雪の山に対ひてはにかめる

雪山に立ち生国を忘れたる

雪晴のロープウェイの暗《くれ》壺《こ》中

日の翼下雪のリフトにひとりづつ

雪宿のをんなのそりと紺づくめ

はつたいのふくいくとして雪の宿

雪囲まだ新雪の明るさに

雪の宿昼夜わかたず湯の香して

廃屋や一夜に曲る軒つらら

山鳴りのして雪中の滝の壺

落口の水むらさきに雪の滝

星一つ夕雪嶺の現はるる

手をつなぐ星座の中の雪の嶺

その昔刑場でありしと

首くくり松といはれて雪の幹

湯けむりに日がな隠れて雪の屋根

寒雁の一羽おくれし四羽の空

雁たちて暮雪に翅音のこりたる

雁やたれも渡らぬ雪の橋

雪の谷母を忘れしごと暮るる

狐火の三つ四つ湯ざめしてをれば

狐火のまこと赤きがゆらぎづめ

狐鳴く闇たつぷりと北の国

黒川王祇祭　十五句

王祇さま暮雪田原をいく曲り

少年の暮雪にまぎれぬ巻頭布

農腰に雪夜拭きこむ能舞台

稚児舞に雪夜チチチチ絵蠟《らふ》燭《そく》

絵蠟燭に神鬼ゆらめき春隣

地吹雪に能たてまつる農一村

雪滲みし紋服つどふ王祇宿

司《つかさ》名の播《はり》磨《ま》、武《む》蔵《さし》の冬扇

（註）司名は王祇宿の頭人が宮司よりおくられる国司の称号

酔腰のゆらゆらと行く雪田原

みぞれ来し手につつみこむどんこ汁

（註）どんこ汁は鱈を腸ごとぶつ切りにして煮た汁

難波甚九郎氏宅　春日神社の神職なり

雪暁の出仕にかなふ祭膳

宮登りばばちゃあねさも雪に出て

（註）宮登りは早暁王祇さまが春日神社へのぼる行事

籠行《あん》灯《どん》春待つ老に一つづつ

雪が雨に雨が霰に黒川能

月山に霰吹き飛ぶ能神事

瓢湖　六句

白鳥のたはむる春の水しぶき

白鳥の帰北うながす斑雪山

白鳥を視る瞳の春をしぐれけり

突風に群立つ鴨の引き用意

白鳥の抜羽白妙女《め》なるべし

白鳥の引きては湖を片寄せぬ

韓国行　九句

波一つなき玄海の春眼下

赤土の山仡とこれ黄沙の地

対岸も草青みそむ水砧

古墳村金と玉《ぎょく》秘め草萌ゆる

花嫁のチマの真紅よ桃さくら

耕牛も人も急がず大河かな

石窟庵

たむしばの群蝶めきて弥陀の窟
（註）たむしばは北こぶしのこと

俗離山ホテル

空ふかき星座の冷えをオンドルに

俗離山法住寺弥勒　高さ二十三メートル

山越しの春の曙光白《びやく》毫《がう》に

小樽へ　八句

春雪嶺浮雲もまた嶺なして

雪嶺の天にただよふ春しぐれ

沖の蒼昼ほととぎす鳴き透る

坂の町多喜二の町のリラの冷え

廃船に茂る青草多喜二の町

巡航船海に染まらず夏来たる

廃運河春の鷗の影と来る

リラ冷えの草履の音の石だたみ

帯広・士幌・然別　四句

青ポプラ栗《くり》毛《げ》鹿《か》毛《げ》青《あ》毛《を》寄り来るよ

青草原烈風に人こけもせず

雪しろの堰流木をさかしまに

山上湖のさざなみたたみ大雪渓

われ居ねば睡りてばかり母薄暑

掌の上の葉つきの桃を持仏とも

若き日の母の羅《うすもの》着よといふ

そよそよと白髪やしなふ炎天下

音泳ぐ風鈴母の枕上《がみ》

　岡山後楽園にて
さくらんぼ茎の立ちたるものつまむ

竹幹の間《あひ》や炎天青うして

干草の香に熊蟬の急かれをり

　つるしま
一木に蟬の瘤《こぶ》なす殉教碑

　きくちつねこさん宅　四句
山百合の朝の十花の風の向き

泰山木の一花は友の母の座よ

かじか笛月がうす眼をあけにけり

　交友三十年
洗《あらひ》鱸《すずき》かたみにつまむ女箸

　吉田の火祭　七句
金水引赤水引の杉参道

秋冷の山の流水みたらしに

神酒なほ口に薫じて鎮火祭

御《み》霊《たま》代《しろ》赤富士にして練り出づる

火祭の闇淙々と秋の水

火の産《うぶ》屋《や》のごとく町灼け山鎮め

富士山頂浅間神社より火を運ぶ、八合目まで篝火見ゆ

虫の闇富士聳ゆるは火も聳ゆ

富士五合目

山姥に秋が来てゐるさるをがせ

八甲田山

尾根を行く男一点雲に入る

嶺下す秋雲たちまち吾を奪ふ

滝音の離れぬ山女割きにけり

十和田湖

霧こめし湖の目覚めは渚より

埼玉栃元　五句

深谿へ栃の実を干す軒庇

落栗や霧が洗ひし朝の艶

こんにゃく谷野分の家のすがりつく

炉に落とすずりあげうどん野分の夜

（註）ずりあげうどんは炉の鍋から直接箸で食べる

虚《みなし》栗《ぐり》困民党の峠口

暮坂の笹青々と秋の風

野分晴小雨てふ名の村役場

鼻きいてくる茸《たけ》山に入りてより

しもふり茸ちよこ茸裏山みち行けば

小さき稲《いな》荷《り》を過ぎていよいよ茸山

仄昏れや茸のささやきひたと止み

茸山出てつつぬけの日本晴

峠路　昭和五十五年

火を焚けばざわめきわたる冬の崖

一柱《ちゆう》の焔めくれて十二月

散り尽すまでは欅《けやき》のやすまらず

土の香を覚ます日暮の落葉掃き

散りゐしを忘れられをり返り花

知り人にあふも巷のクリスマス

街裏の運河にどつと冬茜
冬の灯に引き潮疾き運河橋
夜の運河風かたまつて雪来るか
はればれと港通りの枯銀杏
花柊あかつきの灯をぽとともす
数へ日の欝々と風邪育てをり
若水をはじきほのぼのたなごころ

扉峠へ　十四句

丘なして土の明るさ枯ぶだう
小さき火の見に小さき半鐘枯ぶだう
せせらいで音のやさしき雪の谷

たわたわと雪の峠の青鴉
雪祠木の根そのままおまらさま
水車もう動かれず雪祠
降る雪のその先日暮れ峠の灯
さめざめと雪の峠になりゆくよ
峠路を行かばこのまま雪をんな
風花となる青空の青き雲
雪の橋兎の蹠けし跡くぼむ
雪おとす山禽皿に青野菜
うつつなく咳いては谷の雪深む

風邪の身の熱き目覚めに木花咲く

白樺湖

虹いろの魚釣る氷湖の真ン中に

穴釣や毛帽子の瞳がうごきゐる

父の忌や立春あまきもの母に

新潟行　十一句

潮騒の春ひたひたと裏弥彦《やひこ》山

どつと来てどつと散りゆく春鷗

浅春の波あたらしき寺泊

寺泊白山媛神社　三句

船絵馬の旭真紅に雪解かな

船絵馬の百反の帆に雪明り

船絵馬のどれも順風梅香る

鱈汁や鼻先にまだ夕の凍

烏《い》賊《か》刺《さ》身《し》に雪冷え運ぶ膳のもの

蟹茹でる冬も果なる顔浮かべ

雪に駈けてうくわつや弥《や》彦《ひ》山《こ》の白兎

雪ひかる佐渡の向うに海暮れし

春暁の覚めてゐたりし母の眉《まみ》

夕ざくら肌のにほへるごとくにも

千鳥ケ淵

水満ちてなだれ咲く夜の花明り

よみがへる韓の花冷え足袋の先

髪くろき男駈けだす春驟雨

女の手がのびて指したる花あけび
海に壺ありてヨットの帆を下す
桃さくら過ぎにしころのいとまかな
山吹やかるくなりたる裾さばき
たかんなの軒一寸をはづれけり
若筍の肌の澄みたる汁の中
黄沙降る黒き瞳のかなしみに
煉瓦街いづこの椎の花匂ふ
荒崖の裾のしめりの著莪の花
鬼栖むとわらびぜんまい闌けつくす

梅雨の雷欅大樹をよろこべり
六月や沼半分に夕日来る
傘一つ浮かびさざめく菖蒲の田
白菖蒲ゆらりと雨露をはらひたる
二つ消えほたるぶくろの三つ消え

きくちつねこ句集『雪輪』上梓　椿山荘にて　四句

相逢うて雨のほたるに遊びけり
雨蛍消えしところにぽとともる
しばらくは指照らし這ふ濡れ蛍
しんの闇濡れ身の蛍一つとぶ

栃木壬生　六句

ひらきそむ夕顔月も夕ごころ

男のそりときて夕顔の花合せ

夕顔の成持ち沈み雄花浮く
（註）成持ちは雌花のこと

夕顔の昏るるに間あり花合せ

かんぺうを干す千条の旭のすだれ

ひつこきといふかんぺうも白妙に

宮島管絃祭　二十句

潮見て島の祭の松に拠る

祭舟ひとめぐりして夏燕

興亡の潮灼けかすむ大鳥居

高倉天皇御愛用の笙

小桜の笙一管に緑射す

平清盛奉納

蟬しぐれ願文長く利生のみ

夕凪や平家納経発光す

鳳《ほう》輦《れん》に蹤《つ》けば夏潮ふくれくる

鹿涼し満ちくる潮に脚濡らし

管絃の祭のころの袋角

泉川仔鹿水のむ貌映し

蜻《せい》蛉《れい》の飛びとどまれる能舞台

手花火の火玉吸ふ潮島祭

宮島や十七夜月松の上

八丁艪そろふ祭のこぎ伝馬

采《さい》振《ふ》りの袖ひらひらとお漕ぎ舟

海《うな》底《ぞこ》に都ありてぞ管絃祭
十七夜宮の献灯翼なす
管絃船廻す水棹の竹の青
管絃祭旅《たび》人《と》のわれの麻衣
木の香涼しくくり盆杓《しやく》子《し》島に買ふ
鯛や母ありてこそ帰りくる
老い母に道見えてゐる蟬時雨
屋根一つ隠し一花の蓮白妙
潮騒に紐ほどきたる曼珠沙華
木雫の水輪重ねて秋の川

磯鴫の嘴《はし》の金色入日波

木犀に母の日和のつづくなり

秋の蚊に寄らるるまでにうたた寝し

あかつきのくれなゐ秋のうす瞼

白日の一語に触れし返り花

金色の木の葉しぐれの並木みち

末黒野　昭和五十六年

なさけあるむらさきしめぢにほふかな

雲師走落日の紅隠し終ふ

疲れ眼に冬ありありと青天井

冬落日沈みゆきたる心の臓

しろがねの冬の針曳く紅一糸

母のこる吾にきびきびと年詰まる

来ン年の日向をも恋ひ雪も恋ふ

しろじろと高野の紙の掛蓬莱

初鴉いよよはなやぐいのちとも

逗子子安の里　十句

海風の虎落《もが》笛《ぶえ》吹く峠口

田を底に冬木籠りの一部落

犬吠えて冬日ふくるる留守障子

五代目の嫁に炭竈山椿

隠れ里水仙の香に薫じゐて

盆地晴つばき水仙いぬふぐり

不動堂水にあふるる寒の艶

笹鳴をちりばめてゐる山の音

笹鳴や篠山をくる小学生

北《き》風《た》荒るる海燦々と峡出づる

黒川能　九句

月山の浮雲めくも深雪晴

稚児舞の大地踏み鳴る六花かな

若き汗淋《りん》漓《り》と雪夜鼓打つ

雪田原能のはじめの笛透る

月山は雪のまぼろし能舞へば

吹雪いては豆腐まつりの深夜の灯

雪壁の夜の暗さがみちびけり

遠藤甚吉氏宅

精進の膳こまやかに雪囲

祭衆腕組んで来る雪袴

末黒野はやがてつくし野匂ひたつ

蓬すでに餅にまじりし臼みどり

はればれと焼野の匂ふ芹《せり》小鉢

末黒野に川やはらかく曲りけり

末黒野や煙り一縷ものこさずに

末黒野の端に漢《をとこ》の無聊かな

末黒野やまだ焚きのこるもの焚きて

さらばへて芦四五本の焼け残る

曇りたる焼野の富士を川向う

ぞろぞろと焼野より来る法事人《びと》

山川の香りはじめの蕗の薹

梅薬師百度そろばん玉十箇

杉闇に春とざしたる修羅落し

廃屋に春の山水ころころと

げんげ田のやうやく青む蜂飼に

初蝶に旅の日射しの流れそむ

やまとなる旅の裾より春の蝶

東大寺

塔三つ見え初蝶の一つかな

孕鹿鵄尾放光の圏にゐて

上野

満開のひかりの辛夷雨の森

中山王国文物展　三句

さくら咲き出土の酒のまみどりに

編鐘の十四音色うららかや

（註）編鐘は風鐸形の大小十四個の楽器

花冷の鋒《ほ》戟《こ》も鼎も漢《をとこ》の香

藤房の雨にまた古る熊《ゆ》野《や》の墓

長藤の雨むらさきにひきけぶる

藤を見て牡丹みて足袋の湿りゐる

蓬莱橋

板橋の間《あひ》やきらめく春の川

五百五十間の木橋のゆるみ月見草

大井川真中に来て橋霞む

上田前山寺

ぼうたんや未完のままに古りし塔

たんぽぽの毬夕光《ゲ》を抱へたる

ぼうたんに影重ね過ぐうす羽織

蜥蜴出て朝日さんらん寺の塀

大法寺

山つつじ火焔なす中塔一基

見かへりの塔老鶯にあづけ来し

出格子にむかし宿場の春の塵

和田宿にうだつ上げたる松の花

和田峠

一《ひと》本《もと》の峠ざくらの明るうて

ひたすらに行くひたすらに芽木峠

山越えの野猿めく飢ゑみどり濃し

上田別所

宿りして夜のリラ冷のかひなかな

信濃デッサン館

リラ冷の人まばらなる木《もく》煉《れん》瓦《ぐわ》

悼　高橋つる子さん

梅雨迅雷いとしきものを抱き逝きし

泰山木の花に遊ぶは空にゐる

悼　水原秋桜子先生

百合一花咲きそめし日の訃報かな

母

夕顔や老い深みゆく花明り

何を見て八十路の汗の眼かな

夕顔に微風微音の寄するなり

夕顔の初花に日の蝕《か》けそむる

われ在らぬ家ゆふがほの花の闇

旅なくて花ゆふがほの裏に住む

水使ふ音夕顔の花ひらく

夕顔に母在りて娘《こ》の老いられず

一閃の風夕顔の花破る

いつか来る命終夕顔ひらきては

月の隈闇の拳のひきがへる

今市

杉葉搗く香に秋水のみづくるま

日光

野分して鳴虫山の鳴きどほし

颱風の山の鳴動滝まじふ

観音崎行　六句

切りくづす堆肥の崖を秋の蝶

まんじゆしやげ夕日とどめずすがれたる

しろがねの魚買ふ秋の小漁港

貝割菜に隣りて間引くばかりの菜

秋晴の山形ならぶにぎり飯

沖を見る秋の紬に白博多

ひそやかに戸を閉ぢてより十三夜
夕顔の咲きためらへり嵐来る
夕顔の奔《はや》りごころの冷えてやむ
夕べにも一歩のありて鵙のこゑ
さざん花の長き睫毛を蕊《しべ》といふ

露茫漠　昭和五十七年

黒姫山
山の形《なり》蒼む霧氷や一茶晴
伸《の》してころがし伸して蕎麦打つ一茶の忌
蕎麦を打つ音の夕凍み誘ひけり
一茶眠るおらが落葉の積落葉

もう散る葉なくて日当る墓どころ

明専寺

野《の》立《だて》蕎麦湯気噴きからむ寺庇

街道やふいごがたつる冬の音

代々のふいご一基に雪がくる

冬ざれの野鍛冶にとどく炭俵

野尻湖　四句

落葉や真青き一湖余したる

落葉にけむり一すぢ湖畔村

山繭のみどりを天に積み落葉

金星の角《つの》のばしたる冬の湖

野焼く火のがうがうなびく雪の富士

火《ほ》中なる葦の穂先の火色かな

火の手あがる野の真《ン》中の休耕田

たちまちに火の海そよぐ葦の原

一つせいに火かけたる野に何かをる

かたまつて野焼見てゐる橋の上

野を焼く火女の髪へ伸びきたる

まだ温《ぬく》き焼野を通る白き足袋

焼けてなほ真葛《ガ》蔓の土手蔽ふ

焼野より翔ちし白鷺汚れもせず

二月五日

父の忌の暁闇凍つるべくありぬ

内海世潮上綱

月光を雪とおもひて寝《い》ね足りし
おねはんの高野頭布の僧いかに
冬暁の口笛をきき眠りたる
暁に寝て春光のまたあたらし
老い母の無言は遠し梅つぼみ
春の雪母と距つも二三日
春の雪とくとくと心《しん》よろこべり
きらめきて雪後たちまち春の潮
鶯の小雨もよひのひかりごゑ
紅梅の一枝も欠くところなし

耳遠き母鶯に囲《ゐ》繞《ねう》されやや冷えて白みし春の額かな
晴れし日の新茶の缶に茶の木畑
急行に遅れ遅れて遠帰雁

成田

うすらひや空港裏に田が残り
寺町の桶にかすめる春の鯉
春の塵民薬漢薬閑散と

芝山新観世音寺

朝日射す山門前の春の泥
身をながる落花の影のさくら山
身のうちへ落花つもりてゆくばかり

一山のこらへきれざる花ふぶき

少女の手落花の空へ泳ぎたる

一滴の日を金色に甘茶仏

灌仏の前にたたみし花の傘

山ざくら夕冷えはやき裏寺門

古き日を溜めて一壺の紫木蓮

赤芽柏のとみに赤きは鳥も来ず

笹山に筍梅雨の男ぶり

老鶯といふべき声を旅の前

根尾　四句

淡墨の残花白雲持ち去れり

泪してうすずみ残花こぼれけり

雪嶺に根尾の葉桜やすらへり

根尾谿にあまご焼く香とさくら蕊《しべ》

着きてすぐ蹤きゆく郡上の春の獅子

ひとり濯ぎて乙《をと》女《ひめ》町《まち》の春の川

すし桶を浸す洗ひ場春の雲

白雲水汲みて明日ゆく芽木峠

（註）白雲水は宗祇が領主東常縁に古今集の秘奥を学び郡上を去るとき別れを惜しみし泉。今も滾々と湧く

飛騨古川　三句

夜陰打つ起し太鼓に桃桜

古川やんちゃや焚火火の粉をふりかぶり

起し太鼓雪《ゆき》嶺《ね》の冷えを夜の香に

春雪の名もなき山に親しめり

柚の花の香る祈りの一花づつ

思はざるところに月の今年竹

足柄峠　十四句

双体神藁《わ》屋《や》被て梅雨の峠口

古道にふるき沢音枇杷のころ

双蝶の一つこぼれてわが膝に

黒蝶の直白蝶の曲滝わたる

こんりんざい朝日来らず夕日の滝

滝《たき》頭《がしら》ひかりて白身観世音

滝音にささめきわたる深山草

足柄関所跡

滝の香にしんそこ浸みて山窩《さんくわ》めく

ほととぎす群盗跋《ばつ》扈《こ》せし森に

足柄聖天堂秘仏

ほととぎすつひに開かずの歓喜天

ほととぎす髪まだ黒き峠越え

筒鳥や昼なほ昏き茶屋の土間

芭蕉最後の旅立ちにこの地を越えるに際し諷詠せしと「目にかかる時やことさら五月富士」芭蕉

見えぬ富士天を蔽ひてさみだるる

田が植わり方位やさしくなりにけり

瓢 亭

またたびの花散り朝の粥《しゆく》座《ざ》待つ

常照皇寺

山百合の朝の香にむせ勅願寺

上黒田

鰹魚木をいただく村の木昏れ滝

山中や干梅一つ盗みたき

美山荘

あけび茶ややがて蜩鳴き初むる

夕ひぐらし雨後の渓流あきらかに

峰定寺

分《ぶん》封《ぽう》の蜂に山寺門閉ざす

八月三日寂　行年八十六歳

母の汗拭へば終の白額

遺髪

短夜のまだ黒き髪いただきます

短夜を生きて在るごと添寝する

夏暁の畳の冷えをさまよへり

あまりに野鳥たち集ひくれば

小鳥来て母亡き家を鳴き囲み

朝曇雀十羽のどれが母

お骨揚げ

かなかなや西方の空いま開く

しらしらとあまり涼しき母の骨

夜蜘蛛とて動けるものの愛しさよ

吸呑に秋が来てゐる母無し子

夢の母に父の添ひをり明易し

八月二十一日　師大野林火先生逝去　行年七十八歳

八月やこの茫漠に風が吹き

逢へどもう藍の羅応へなし

ご逝去前の或る一夜わが枕に立ちたまひしは

露を踏み師の幻の白脚絆

山鳩の呼びつかれてや露の原

八月三日わが母、八月二十一日わが師相継いで逝きたまふ

母が逝き師が逝き遠き法師蟬

秋雨に両眼濡れて蟬鳴けず
朝涼の山鳩息をやすめたる
一粒の露のむすびし萩の色
穂芒の白が世のいろ葬以後
芒野をゆく夕焼の中へかな
栗を剝き独りの刻を養へり
葬後の秋気身に添ふ肌着かな
萩あれば萩にたたずむ喪ごころに
掛香や月余の喪服たたまるる
月の蛾の舞ひ入りてよりあと知れず

中国山河　昭和五十八年

俳人協会第三次訪中団副団長として昭和五十七年十月二十一日より八日間、北京、杭州、上海へ　二十二句　北京友好賓館

院《イワン》子《ズ》に実石榴《ざくろ》旭つくしけり

（註）院子は四合院という建築様式の中庭

柳まだ青き木蔭の小鳥籠

土塀つづくかぎりの黄葉《もみぢ》楊並木

胡《フー》同《トン》に秋踞まりて漱《くちそそ》ぐ

（註）胡同は横丁とか路地のような道

朝寒の油《ユー》餅《ビン》を手に兵士たち

胡《フー》同《トン》の朝寒日射し石の塀

北京郊外

群れ動く羊の背《ナ》の霜じめり

秋深き沙河や荷馬ゐて騾馬が来て

八達嶺の裾を煙らす露の汽車

居庸関

もろこし干す日向より来て古銭売る

枯れ寄する長城万里いのち惜し

上海より杭州へ広軌鉄道三時間　三句

綿を摘み稲刈り一望千里の地

綿干して真白き日向誰もゐず

綿畑に没して幾日綿を摘む

杭州西湖畔

敗荷や太極拳の老一人

悲恋劇多し

越劇や秋夜綾羅をひるがへし

上　海

薬臭のこる魯迅旧居の秋の薔薇

びしよ濡れのさむきジャンクよ帆を下す

長江の永久の黄濁秋の暮
霧らふ灯のガーデンブリッジ去らんとす
天安門秋の没日の紅旗なす
天安門の夕日に消ゆる渡り鳥
十一月七日　母の百ヶ日を修す
末枯や山鳩墓の辺を去らず
百ヶ日百菊をもて修しけり
母亡しとも在りともおもひ末枯るる
行く年の母亡き鐘の圏《わ》の中に
白朮《をけら》火《び》の渦なす闇の陰《かげ》詣《まゐり》
あかつきの水仙の香の喪正月

春著はや亡母に見するべくもなし

足袋をぬぐ母ゐる夢のわが家なる

身のうちのきらきらとして雪冷えぬ

新潟白根

冬の虹たちしあたりを凪とおもふ

立春の竹一幹の目覚めかな

二月五日　父の忌二十年

ふりかへる暦日ありし冬木の芽

さくらの芽ひしめく日向師の墓域

亡師と一刻さくら木の芽に囲まれて

書き出して遅筆ながらに春の雪

紅梅に夜陰の雨の降り込めり

白梅のほうけつくして潦《にはたづみ》

栃餅に源流の冷えありにけり

總持寺

彼岸会の青きつむりの僧百人

戸を閉ざす音隣より雨彼岸

地下鉄を出て一方へ彼岸人《びと》

木の芽雨車中昼から混みあへる

白木蓮の一樹にわきし暮靄なる

三月の雨ぐせ誕生日も過ぎて

三月の雨にうるみし玉珊瑚

三月の音なき雨の目には見え

入りゆかむ師の念々の花明り

全山を見つくさずして花の息

足音を消す土の坂山ざくら

行くほどに師なき母亡きさくら散る

水ありて魚を泳がすさくら季《どき》

髪を梳くたびにさくらを散らすなり

初花の朝をさゆらぐ枝の先

初花のごとき一句を切に乞ふ

会ふひとのみな子を連れて花の昼

花冷の駅にまぎれし托鉢僧

あとがき

『八朶集』は収録句数四七四句、私の第七句集にあたる。

昭和五十七年八月、私は最愛の母と、ただ一人の師である大野林火先生を、相次いで亡くした。母なくしては、私は不治の病から回復することは不可能であった。林火先生なくしては、俳句の道に己を見出すことは出来なかった。

九年間床《とこ》にあった母をしっかり見守るつもりであった私は、かえって最後まで母に見守られていたことを悟った。母の死についてはいささかの覚悟が無いではなかったが、先生の死はむしろ霹靂に近い思いであった。しかも廿日足らずの間に遭遇した二人の永別である。自失する他はなかった。師亡き後、二ヵ月を経ずして中国を訪れたのも、生前の師のお言葉を果したかったからである。

「八朶」は八つの花びらの意。ことに「八」は別れるの意ありという。謹んで恩愛ことに深かりし大野林火先生とわが母へこの一書を捧げたい。

私の歩みはこれからであるという覚悟を新たにしている。

この句集は第六句集『存身』と二冊同時上梓したものである。浄書を前句集に引続き松裏薙世さんにお願いした。謝辞を申しのべたい。

また二句集上梓に当って万端のご配慮をいただいた角川文化振興財団の小島欣二様はじめ皆様に心からお礼を申し上げる。

昭和五十八年十月

野澤節子

第八句集

駿河蘭

するがらん

句集『駿河蘭』

一九九六（平成八）年三月二三日発行

編　者　野澤節子遺句集編集委員会

（代表　火村卓造）

発　行　本阿弥書店

造　本　四六判上製函入　二七六頁

総句数　六九一句

定　価　三〇〇〇円

目次

昭和五十八年 443
昭和五十九年 447
昭和六十年 452
昭和六十一年 457
昭和六十二年 464
昭和六十三年 472
平成元年 479
平成二年 488
平成三年 496
平成四年 500
平成五年 505
平成六年 509
平成七年 511
あとがき　野澤節子遺句集編集委員会 514

昭和五十八年

春蟬や潮がすみして島三つ

今年竹見えざる雨の雫せり

竹皮を脱ぐ一心に直上す

戸籍簿にひとり残りて蛙の夜

一の倉沢　三句

ほととぎす三声のあとの蟬の谷

雪渓の垂れてはるけきものに穹

仰ぐものばかり雪渓の端つかみ

あかつきの山峨の青き微動かな

法師　永井本陣跡

あをあをと天蚕二眠の峠宿《じゆく》

わが門のほたるぶくろを誰もいふ

一周忌、母は生前ことに早起きなりし

夏未明の風にほとけのかよひ入る

母にいつも娘の見えてゐる百合の花

中村草田男氏と座談会の日もかかる暑き日なり

炎熱の地や逢ひし日も逝きし日も

鮎の皿大名食ひといふさまに

師なく母無く一と年経ぬ

汗匂ふしづかににほふ独りかな

石段を母の盆道なれば掃く

迎へ火のけむれるゆくへ雨催

灯籠の炎いろときめきゐたりけり

送り盆雨後の土の香親しくて

太陽をかくは醸して黒葡萄

夜の隅に白桃をおき熟睡《うまい》せる

ややくぼむ桃のうすべにさすところ

白昼の歯のしづみゆく冷やし桃

葡萄減る母への一語重ねつつ

晩鐘や全き葡萄皿の上

這松をゆき這松に秋気の香

宮崎えびの高原

一鳥も飛ばず硫気の秋の暮

火山湖に浸る山影秋あざみ

露天湯に男ひとりの濃りんだう

まんじゆしやげ群るるを過ぎて硫気原

白髪のはじめくろかみ曼珠沙華

崩落の声にもくづれ秋の暮

（註）崩落は尾根肌がつねに崩れているところ

真向の五竜《ごりゆう》岳くろがね朴落葉

まんじゆしやげ見つめつづけて黒子めき

破れ蝶と吹かれゆく秋親不知

蒼海のうねりや障子閉ざしても

萩は実にみめよき媼手毬売る

極月の衾の中の霜の鐘

言葉はたと忘ぜしごとく年つまる

昭和五十九年

つねの声にして元旦の己がこゑ
初夢の母の瞳の中にゐて
初鴉ゆくへあるこゑ落としけり
雪踏んで来し母の夢熱の中
白粥に人隔てゐて春を待つ
霜の花いまだ一語も発せざる
飛ぶ雪に額《ぬか》迎へられ虜へられ
いづこにもわれ在らずして彼岸寺
白梅は紅梅に浮き降り出せり

小田春水の句稿遺書に似たり、開封後すでに逝きしと知る
夢に来し笑顔は何ぞ春の闇
滝に入る春浄心の行方かな

上野毛の辛夷、樹齢二百五十年
万霊のあつまり咲けり花辛夷
辛夷散り水中暗き蔓の紐
辛夷満つ遠き田畑を引き寄せて
初ざくら代々をしだれて風の先
くれなゐの花の雫の滝なせり
白日輪かかへしだるる大桜
樹の洞《ほら》に千年の闇たきざくら

三春　遊郭あと
春の坂妓楼五軒にゆき止る

春湿る妓楼にのこる長梯子

白馬　登波離峡

空谷の奈落に藤の花ざかり

逃げ水の山麓いづくまでつづく

筒鳥の声を放てば山が聳つ

雪形の蝶や水田を翔けゐたる

源流やさざなみだてる二輪草

大石田　茂吉疎開の家

最上川朝の刈草流れきて

山菜料理

汁椀より飯椀大きこと涼し

みづ、あいこ、うるい、しほでを旅の膳

千葉県　広済寺

青上総海かけ灼くる鬼来迎

どぜう汁食うて見にゆく鬼来迎

地獄裁判

飛出して鬼の怒号の青田越ゆ

浄玻璃に映り此の世の溽暑なる

賽の河原

子亡き母に菩薩の御《おん》衣《ぞ》涼しけれ

炎天に墓を晒して鬼舞へり

蜩や閻魔も鬼も地に帰り

母三回忌、父二十三回忌、妹の追善供養を修す

経涼しすずしと蟬も啼きにけり

緑蔭に入りて父母よりの風

悼　中村俊定先生、八月十九日遷化、享年八十四歳

八月のこの真盛りの竹のこゑ

柩打つ音炎天の奥処より

鮎の骨チクとのんどに鵜の篝

鵜匠病む川に夏ゆく雨の脚

長良川昼の鵜籠に夜の匂ひ

新涼や僧の机に素《しろ》塔婆

破れそめし蓮のさわげる雨月かな

白水阿弥陀堂

新秋の仏血色の肉《にく》髻《けい》朱《しゅ》

晩鐘にこころ傾く秋の方

鮫川

口中に苔の香たつも下り鮎

裏窓を葎とざせり鮎番屋

簗越えて川音秋にあらたまる

川音の秋めく昼の鮎の飯

錆鮎や魚《いを》串《ぐし》染むる苔の青

対岸の蔵に夕日や下り簗

灯台に人の小さし雁渡る

俄かなる落葉一樹にのみはげし

木の葉散る金色に刻染まりつつ

冬満月こころ叫びてゐたる日の

絹を着てこもる一と日の冬満月

昭和六十年

初刷の真赤な日の出佳かりけり

雑煮椀双手に熱し母は亡し

ささめ雪青き炎《ほむら》の竹ばやし

姿見の奥に母の眼寒の入

病むことの安らぎに似て寒の凪

寒の白粥母あるごとく待ちゐたり

室花に眠りひたすら世に隔つ

晩鐘の昏るるに間ある春景色

春苺音を曳きゆくくだり汽車

枕頭や掌にのるほどの紀州雛

退院

束の間を病みゐしことも雪の果

玉なしてちちははの世の初音かな

花の山誕生仏が統《す》べたまふ

下乗して馬身を拭ふ花の昼

花の暁頬つめたくて覚めにけり

緑濃き闇に寝惜しむ眼をひらき

なほ捨つるものをこころに青嵐

頬杖に頬たばさみて白牡丹

いたどりを噛んで旅ゆく熔岩の上

日雷噴気にはかに襲ひ来て

木苺の金の大粒休火山

一川もなき火の島の緑かな

結葉や神の貌もつ椨大樹

鋸山

山いづこもほとけみちとて海南風

石切りし梅雨の奈落に観世音

鳴きやみし蟇に暁闇到りけり

胸の手のすずしく明けて鯛の海

病葉とも蝶とも見えて舞ひ隠る

白桃の匂ふにこころ抛りゐたる

斎藤茂吉生家

炎天の土蔵茂吉の声を閉づ

金瓶小学校

蚕屋めきし二階一棟百日紅

隼《はやぶさ》の瀬音浴びをり葛の花

大淀に暑の極まれり最上川

蔵王　小枝山荘

初萩の朝の小枝を箸置に

蔵王

頂上や天の網なすうろこ雲

石山寺

石山の石をいのちの蔦紅葉

新米に炊かれ小粒や瀬田しじみ

幻住庵やうやく尋ねくればはや暮れて　二句

幻の椎の木の実を降らすかな

あなたなる近江へ向く庵秋の暮

大津絵の鬼が鉦打つ秋の暮

月若しくらま祭の大火焔

松明の弾け飛んだる夜長星

男の貌消えては浮かび火の祭

火の川となる秋冷のくらまみち

火祭のあとの露けき山の闇

石手寺

開扉して菊曼陀羅の弥陀三尊

一草庵　二句

足跡のごとき朴葉を石の上

しぐれては小さき位牌の庵守

昭和六十一年

元朝や端座せよとて新畳

初雀起《おき》居《ゐ》東に位して

海山のものの重みを雑煮椀

七草の長手の籠の天地かな

てのひらにくれなゐをよぶ大旦

竹林のかなた金色枯世界

餅焼く香父母へながれてゆくものぞ

人日の椀に玉子の黄身一つ

点睛の寒の紅ともおもひつつ

枯野茫々眠りて過ぎて還らざる

龍太居

雪吊のかくて日月峡わたる

耳澄んでくる夕ぐれが雪の上

雪催ふままに父の忌暮れにけり

一灯に葉騒寄せくる冬の竹

誕生月なれば

ハレー彗星わが三月に擦過して

雪山をしぼる流速あめのうを

雪明り暮れなむとして能舞台

みつみつと暮雪降りつむ尉の面

天河にて追ひつきにけり雪の果

雪中の灯り細めし寺に着く

この山の真如の月とひきがへる　林火

彼岸雪踏みあらためて月の句碑

南瓜スープの金色湖に浮氷

左《ゆ》ん手《で》やや細しとおもふ春苺

郷社いま芽吹ききそへる祭笛

天よりも地上の暗し八重桜

夜空かくも明るき山の桜かな

花の冷ここにおよびし白枕

咲く花の闇につづけば寝《いね》やすし

花ふぶきくぐりし先に何待たむ

雉鳴いて夕日とらふる八重桜

魚籃観音肌《はだへ》涼しく杉林

植田原雲の夕映長かりき

山の蟻大き夕日を引きに出て

月下美人羽を重ねて開きけり

月下美人匂ひやむとき閉ぢにけり

深川祭　八句

真砂撒きし上に鳳輦の鎮まりぬ

道濡れて次の神輿を通しけり

木場人も金の神輿も水雫

祭外《そ》れ秋にはかなる川夜風

りゆうりゆうと漢《をとこ》熱もつ神輿だこ

鳳輦より神輿小ぶりの五十二基

永代橋どよめき寄せる神輿渡御

上げ潮に鯔跳ぶ深川祭かな

青糸瓜に願ひごとを託して祈禱をせしあと満月下の潮に流す真言密教の加持、久留和海岸円乗寺にて

へちま加持無月の護摩の炎伸ぶ

へちま加持子規の糸瓜の在りどころ

へちま加持怒濤かぶりしひとへもの

厄負うて糸瓜ただよふ月の海

遠闇に減りたる灯こそ秋ならめ

遠きより無月の潮のたち騒ぐ

人魂のはなし無月の浜に来て

大山火祭　九句

八千草にきぎす遊べり山能へ

火祭の山の種火の曼珠沙華

霧冷の膝折りたたむ大山能

大山祇《やまつみ》の放つ金の蛾薪能

「半蔀」観世元正

夕顔の蔀戸煽つ山の風

殺生石

石出でし狐踏みさるまんじゆしやげ

夜々冷えて柿甘くなる山の音

できたての豆腐いづみに時鳥草《ほととぎす》

澎湃と山霧閉ざす能一夜

ひとごゑを吸ふ湖の魚山紅葉

鳥兜むらさき濃くて枯れきれず

枯木に日死は何ごともなきやうに

隠るるごと来て万山の照紅葉
向かう山の朴の落葉を朝の音
鴛鴦の水その奥にして紅葉濃し
踏み入りし枯野覚めゐる鳥兜
紅葉谿に下りゆく魚にならんため
土産こんにやく山塊めくよ紅葉晴

昭和六十二年

初明りしてよりどつと深眠り
初湯してその夜の粉雪降りこめぬ
大風の夜を吹きはらひ初日の出

琅玕の奥ほど細る冬の竹
雪止みしあとの夜空に声満ち来
貝塚に貝の目燦々雪呼べり
女芦男芦女芦の中の枯日輪
枯芦原に墓ありて雪残りたる
一点の火も起さずに芦を刈る
熱気球の火をこぼしゆく枯芦原
熱気球たちまちむくろ萌え大地
枯れし芦立ち騒ぐ芦春の修羅
陸《くが》よりも海を高みに春の雪

蘇生

あけぼのの春あけぼのの水の音

春曙夢中の滝を見つづけて

道濡れてゐるどこまでも花の闇

屋上に男現はれ養花天

花どきの早き夕餉の白き粥

かつて「いなづまに瑕瑾とどめぬかひなかな」の句あり

しみじみと無為のかひなの暮春かな

オルゴール祝電

電報が歌ふ彼岸の誕生日

弥生三月生れて病みて老うるとき

病みをれば遠きわが家の朧なる

光圏に入りて落花と風遊ぶ

仏生会双眼鏡に潮あをあを

病院添景

翁きて媼の肩もむ桃の昼

まばたいて睫毛に春の虹たたす

病むことの遊行めく日の鳥曇

やはらかき手足還りぬ更衣

退院後はじめて街中へ

薫風にさらはれさうな駅広場

鳥帰るプラットホームの屋根の上

若楓加茂の祭もまだ知らず

三日月のさまよひいでし青山河

柚の花にふりかへること佳しとせん

六月やはるかなる喪の雲一朶

わが骨に手触れたるとき花石榴

總持寺大祖堂にて

ちちははと風涼しむや天蓋に

鶴見に住まへる四同人、わが回復を祝ふと

西の人ふたり交へて夏料理

暗黒の天の波だつ遠花火

鷺草の幾日《ひ》この暑にとどまるや

牡丹大輪白き面《おもて》の浮び出て

瓢亭をおもふ

むべの花粥座小雨となりゐたり

点滴と採血の痕蝶になれ

坂のぼる人の持つ荷の暮春かな

若葉冷遠くきらめく海一枚

けふ睡るところがわが座春疾風

長き髪切りしはむかし八重桜

弟よ

一つちがひと言へど背高し松の芯

産卵の闇の翅音に奪れし蛾

蛾の卵の微塵をつぶす子なき指

薔薇かをるうしろに母の在りし世を

寂しさの更衣にも似て癒ゆる

音信の濡れて越後は早苗どき

看護婦の朱夏の皓歯を愛《かな》しめり

風鈴の尾に風渡る路地の奥

殻脱ぎし蛇の浄身しろがねに

うつくしき爪そろへ立つ夕立に

暑き髪切つては惜しむこと減りぬ

八月三日の初花

鷺草の羽を平らに母の忌来る

十年ぶりに駿河蘭開花す

ちちの香りははの薫りの朝の蘭

八月二十一日

羅の亡き師に近くある日かな

はつあきのいまさら小さく生れける

遊心の雲に乗りゆく秋の海

満月に向へるひとの細身かな

われもまた後ろ姿の月光裡

北に雪ありしときけば夜の柱

塗椀の齢にかなふ栗の飯

眠れねばからくれなゐの谿紅葉

市中の晩《おそ》秋《あき》と在る寺の門

山塊を闇に近づけ葛湯吹く

滝音の秋声はるか那智よりぞ

柿剝くやいつはりもなき柿の色

富有柿は父に枯露柿こそ母へ

竹青き冷えの奥より呼ばれをり

白足袋をぬぐや流るる天の川
松青き神《かみ》有《あり》月《づき》の喪が一つ
大仏の裾に旅寝の星月夜
石蕗の花胎蔵界の蝶飛び来
母にちかづくことの柚子湯をわかしをり

昭和六十三年

初鏡見えざるものに対ひゐて
老い下手や綾の手毬をたなごころ
笹鳴を父母に代りて聞くことも
雪煙やふいにかたへに何の影

いのち一つ寒の瞳の中に在り

見まはして一と間ひとりの水仙花

かかることもせよとや

厳寒の何に化さんと酸素吸ふ

一灯の二月はなやぐもののうち

二月十一日、杉山氏逝去

きぞの葬けふ春雪の山と谿

ひと逝くことしきり

たれか病みたれかが死にき俄雪

雛壇の外の一生《よ》と思ひをり

さゆれゐてあす初花の枝のさき

咲く花の雪降る音を吸ひつくす

遠桜いろまさりゆく雪の果

きのふのさくらけふのさくらと風渡る
東国のはにわは赭し夕桜
麦青む古墳平を飛花落花
蓬《よもぎ》生《ふ》のみどり澎湃古墳山
琴を弾くはにわ人にもある遅日
人ら来て古墳経めぐり花に消ゆ
一鳥も飛ばず墳《つか》山花ふぶく
たんぽぽは金冠ささげ出土剣
百穴にさくら散り込むおのづから
喜多院　三句
座しまろび花見羅漢と申すべし

生き羅漢花の羅漢のうしろより

Sさんに

夫亡くし花下の羅漢に来てゐたり

花一と日麋塒《びじ》の墓にて暮れにけり

（註）麋塒は芭蕉初期の高弟、「虚栗」に二句をとどむ

魚島てふ文字の光りし葉書かな

悼　山本健吉先生　二句

音絶えし青葉若葉を素《しろ》柩

葉桜や大き喪の空垂れにけり

沖に白船現はれ母の日の港

畳の上の一日母の日と思ふ

姪、尚代結婚

初夏のヴェール透く瞳の何を見つむ

備前大甕谷の卯木を投げ入れよ

緋襷の火傷はふかしほととぎす

古丹波の竹の落葉を誘ひをり

湯の宿のこの部屋あかり山法師

谿底に湯けむりふとし楓の実

滾々と姥子《うばこ》の捨湯さくらの実

青あらし地獄のにほふ黒玉子

遠くわくこう一声《ひとこゑ》のみの夕日沼

山鳩の長鳴き切に半夏生

茅舎忌の蟬ごゑいづこにも聞かず

守宮の手玻璃戸に透きて祭すむ

旧道の青湿りより黒揚羽
八月やわが息の根のつづきをり
この家いま月下美人の香り筐《ばこ》
母七回忌、この三年、病みて詣でず
墓の前こたびは病まず白扇
雨すこし残りし夕の送り盆
ひとしれずかかる方に小さき祠あり、マヤ山中の神のごとし
爽籟や樹根が蔽ふ山の祇
秋天にそも山の祇無一物
白坂旧道
あきあかね連れて天和の石だたみ
のぼりくる樹海の大き黒揚羽
旧《ふる》道に山の血いろの水引草

すこし濡れ湖畔に青き落し文
曳網に千尋の冷えの潮湿り
潮風に冷えきる髪は藻とならむ
秋光のとどく潮目に魚の鰭
日が匂ふ菌の森の一と処
からまつの散る音をゆき湖の青
蒼天のからまつもみぢ髪に憑く
崩落の深《ふか》傷《で》を裏に小春富士
秀嶺の夜を脱ぎゆく松の露
芒原秀嶺越ゆるもののもなし

霜枯の頭《かうべ》おもたき富士薊

遠き日の牡丹焚火の入日寒

暮れぎはの小雪面《おもて》に牡丹焚

山よりも湖の漆黒薬喰

男の名つけし猪《しし》の子山枯るる

大雪といふ夜いよいよ筆一本

紐ひとつ彩さだむるも年用意

平成元年

紅顔の雪富士となり大旦

赤富士に山湖湧きたつ冬の靄

人日やにぎたまもまた臓のうち

咳一つしてあかつきをぬくみけり

花屑になほ燃ゆるいろ寒もどり

はるばると贈られて
自然薯や出土の太刀のごとくなり

栃餅のすこしゆがみてとどきけり

冬衾終《つひ》の日までは花鳥被て

風呂敷のちりめんにある雪の冷

天然記念物槇大樹（千五百年）千葉県府馬にて
千年の樹魂の春にめぐり逢ふ

音もなく過ぐるマラソン鴨の声

冬桜ひと視たる眸をまた閉づる

首すぢに田の冷えのこり鴨の鍋

鴨たべし口に寒紅足してをり

ゆきゆきてひとにはあはず冬ざくら

一と間《こもり居て》にて足る日《にち》々《にち》の壺の梅

うぐひすに遠世の父母も目ざめしや

いまさらに菜《さい》箸《ばし》長し夕花菜

雪女解けいだしたる峠靄

雪解けもや何いろといふときいろに

春雷の誕生月を貫けり

過去よりも今に悔もつ野火あがる

遠山の夕日さくらに来てこもる

しだれざくらの下にひらひら赤子の手

さくら山いづれもひとのうしろかげ

潦空をふちどる松花粉

四国　放哉南郷庵趾

からすのゐんどう咲きつづる土終《つひ》の海

海碧く春の落日呑み睡る

島山のおぼろおぼろに海落暉

白孔雀いま全開に春の暮

日もすがら春の海見て樹の孔雀

遣《やり》水に音ながれゆく残花かな

中尊寺道長しや山に藤かけて

毛越寺《もうつじ》に惜春の袈たゞよへり

白蝶の失せしはいづこ光堂

北上川昃《かげ》るとみしは植田風

高館　二句

葉桜の騒ぎてくだる夕日光《かげ》

束稲山《たばしね》青し高館《たかだて》さらに青葉

花巻　高村光太郎山荘　五句

早苗田のおぼるるばかり山の雨

植ゑし田の水照《みで》り明りの荒障子

長靴の立ちゐて不在五月闇

先生の太き靴下田植寒

荒畳一と間夏炉の薪も積み
さみだれの音海に尽く障子かな
初河鹿森の仔鹿を誘ひ出す
みなづきの瀬をわたりきて仔鹿かな
仔鹿ゐて泉に青き夕来たる
朝すでに仔鹿かへりし青き嶺々
滝ひびく天地の間のほととぎす
さみだれを咳つつ夢に旅しをり
梅雨の灯にとどのつまりの素面《すがほ》かな
久留米絣を男気に着て長き梅雨

鬼女になり童女にもなり梅雨茫々
山梔子《くちなし》の白に一と日の疲れ見ゆ
夏祭雨きらきらと囃子過ぐ
帆船に南風きらめけば母呼ばむ
暑き日のことに赤濃き遠花火
花火爆ぜながれかつ散りただよへり
天上の花火変《へん》化《げ》を水の上
月の出や海の昏さに暑の残り
陸はいま秋の灯となる転舵かな
マスト航く真ただ中の星月夜

船の絵の皿に鴨肉葉月潮

見能（采女）

秋蟬の一縷のこゑの入水かな

待宵の水のゆらぎに鯉の口

葭障子たしかに月の出づるらし

すれちがふ月夜の廊の能役者

能楽師月を曳きゆく袴かな

出雲空港着

鴨のこゑそのうしろより闇のこゑ

十月の八雲たつ嶺々まぶしみぬ

高稲架を渡る出雲の日のやさし

荒神谷遺跡　銅剣三百五十八本、銅鐸、銅鉾出土

赤米の田の敗荷も出土村

をろち神楽の太鼓でんでん酔ひ発す
熊鍋を神と食《を》す夜の奥出雲

須賀神社浦安の舞、巫女八人

かんなぎの扇招けば鶴渡る
巫女舞の鈴の音《ね》こぼれ新大豆
ただ中の紫炎青炎牡丹焚
牡丹供養の天衣の焔ひるがへる
枯れ木《ぼく》を手ごとに入れよ牡丹焚
尉となる百年榾の牡丹焚
邂逅や牡丹供養の輪の中に

白河の関

関跡やしぐれ音なき積落葉

欅大樹の裸すつくと嬰《こ》を迎ふ
おほをば《吾れは》といふ名をもちて十二月
冬麗の不思議をにぎる赤ン坊
赤ン坊も七草の芽も嫩《わか》し柔《やは》し

平成二年

山焼の一夜の紅蓮奈良に雪
辻曲るとき山焼の火の手かな
焼きのぼる火や山頂に相擁す
葺き余す瓦を屋根にお山焼
人幾《いく》世《よ》お山焼くこと繰返す

走り火の遅速の山を焼き尽す

奈良の闇焼きたる山の闇加ふ

山焼きし末黒にやさし朝の雪

山焼の炎《ほ》中にはかに塔の影

大仏のみそなはす山焼かれたり

鹿の目に山焼く炎走るなり

走り火の末黒に忘れ火の起こる

雪の夜を寝惜しむ耳の澄むばかり

眠る前刻の濃くなる牡丹雪

雪積むや飛騨にはつりの仏たち

風邪薬あす春立つと思ひつつ

鬼豆の一粒づつに雪の闇

きさらぎの風音に乗り白き馬

万年青の実生涯新たなる一歩

みどり児に少年の眉蕗の薹

地球儀にひろがる砂漠鳥帰る

古来稀といふ春日の来てゐたり

三月の闇あをあをと海へ伸ぶ

みよしの花に雨ふる白枕

澎湃と花湧く闇に二タ夜寝し

のぼり来てはなほその上の花霞

上千本

さくらどれもよしのの山の木のさくら

高松塚古墳

壙《つか》出し壁画の男女花の闇

古希といふ発心のとき花あらし

指くめば心音の波立夏かな

いかる来る田返しの泥つやめけば

ぜんまいを戸毎に干しぬ南部領

蕨山雲に濡れたる合羽被て

るんるんとこけし生るる聖五月

夜をかけて海盈つる声椎若葉

老鶯や寝釈迦に大き左耳

寝仏のことに足裏を青葉冷

梅雨昏れの滝の木霊に冷えゐたり

滝三すぢ木霊しあへり近づけず

遊船や何か追ひくる夜の潮

来迎仏のごとき月の出涼み船

天上に触れし花火の散るほかなし

天の扉を叩きし花火血潮なす

花火連発一つが霧にゆがみけり

向かう嶺に花火の谺さわぎをり

合歓の木にねむのくれなゐ湖尻かな

山百合の香を曲りきて夜の湖

月蝕や一書に執し汗しをり

蘭ひらくことし赤子のこゑあそび

両眼にわれの映りし蟬死せり

夜の蟬を狂はせてをり嵐まへ

虹反りておもはず落す二羽の鳥

虹立ちて余る半円胸に足す

虹二タ重あの世この世の刻二タ重

虹の輪をくぐる白雲童子かな

夕空の蒼まさりきて虹を消す

盆唄の遠くまつくら草蛍

赤とんばう影なく流る露の芝

向きかへるときに翅音を秋あかね

仙翁花《せんをう》や新野《にひの》盆唄ながすころ

杉の間も松の間も霧高野谷

新発意《しんぼち》の足裏やさしき秋畳

南院　大野林火師を偲びて

仏心をさそふ香にたち朴葉焚

御影堂

灯籠の影の露けき寺障子

虹いろの声曼陀羅に白露光

雲飛んで霧押し来たる大塔に
舞殿に金のいてふの遊ぶ日よ
天地をひらくが如く葭刈れり
葭刈人隠して葭の倒れゆく
湖に向き夕日に向きて葭刈れり
枯れがれて葭の髄まで夕日滲む
葭刈りし跡に夕日をひろげゆく
疲れ身を帯すべり落つ葭枯れて
葭刈の一と日の果ての火を揚げぬ
年の夜の咳もて何を攻めらるる

咳地獄抜けて凡なる日が戻る
医院またこの世の住《すみ》家《か》除夜灯《あかり》
世に倦みしごとくに咳けり除夜の鐘

平成三年

お降りに覚めて旅めく風邪寝かな
一輪の薔薇くれなゐの寒気かな
丑《うし》三《みつ》の寒気張りつめいのち守る
点滴のわが血にまじる寒九かな
淋しさの一《ひと》生《よ》病みつつ寒の雁
風邪の神咳を飛ばして気負ひをり

冬深む無頼にも似て独りなる

甦るものひそやかに春の雪

淡雪や空はうす眼をしてゐたる

空下《お》りて来る三月の土の艶

木の芽吹く一枝の些細濃かりけり

花冷に何おろおろとしてゐたる

われさらふ風の落花のいづこより

生れ月につづく花《はな》季《どき》それも過ぐ

きのふ雨けふ穀雨とて晴れわたる

行く春の夢の渚にひとと逢ふ

残月を上げて緑の遠弥彦

弥《いや》彦《ひこ》は闇にやすらふ遠蛙

小千谷の牛の角突き　五句

万緑や山中ふかく牛闘ふ

角下げて牛組むしじま緑炎ゆ

炎昼に眼を炯々と牛角力

さんづけの牛の訃報も薫風裡

組むまでの牛は草食むひたすらに

ヴイヤベース月をあげたる夏の海

泥中に生きもののうごく朝の蓮

夏の月熟れむばかりに海の上

土用秋風家捨つるかに海を見て

サーファーに天地逆しま野分波

油壺水族館

回遊の魚簇ながして晩夏

初嵐やがて母の忌また師の忌

百合は実に花野でありし草の中

霖《なが》雨《あめ》の旅の一歩に芭蕉の忌

鱒はねる湧水めぐりつつ冷ゆる

人がもの嚙むはたのしも天高し

鶴来るころの病みぐせいつよりぞ

籠の花なべて夢いろ十二月

病室の船室めくも年の果

冬夕焼また生くること宥されて

大仏の膝下に病むも冬青空

柚子の香に豊穣の刻流れけり

生き過ぎしごとき狼狽年の鐘

平成四年

初湯して遠き若さのよみがへる

蘭二十周年

初凪に見果てぬ空の架りけり

大寒や赤きワインを欲しと思ふ

目薬に蒼みし眼寒牡丹

寒晴に聖鐘ひびく安息日

聖堂の片屋根雪解はじまれり

冬桜その辺に逢ひし人知らず

瞑ればこぼれてやまぬ冬桜

雪屋根の厚く波なす平和かな

父の忌の暁闇の凍てたちかへる

かつて高野山金剛峯寺にて

しんしんと雪の高野の涅槃変

屋根替の男ひとりの赤きシャツ

屋根替のあと淡雪のうひうひし

鳥雲にふと船旅を約しをり

残されてまた残されて鳥曇

高遠　中村茂子さんより

いちはやき花の案内を祖母の国

春荒れの滅多やたらの海の風

退院

髪切つて春逝くこころ定まりぬ

一歩だに家を出ぬ日の飛燕かな

泰山木の花錆び旅を遠くしぬ

髪剪りしことを惜しまず黒牡丹

生涯のここに佇ちをり黒牡丹

黒牡丹花芯に近き火色かな

蜂蜜の溶けやすき朝棕櫚の花

棕櫚の花そこを先師の来たまひし
山吹の季《とき》うかうかと去《い》にけり
若竹をこころの色とおもふ日も
出で入りに扉一つや竹酔日
素足美しき母とおもへり夏の雨
六月二十一日
妹の歳つぎてながらふ単衣もの
夏痩せて帯締まりよき紺献上
観音の背にあかあかと夏越の日
夕ぐれに厭きし白蛾の入り来る
爛れたる花火の闇を闇癒やす

蒼き闇花火野郎の天下かな

（註）花火野郎は花火師のこと

悼　若色真智子さん　昨夏鎌倉に訪ねこられて

忘れえず若草色の夏帽子

八月や忌日二つの花を選る

眼の端にいつも揺れゐる百日紅

晩夏光生きる限りの身養生

更けて点す灯に初秋の来てゐたり

待ちゐたる雨は夜の音秋にはか

鉦叩その夜のみなるやさしさに

木犀や階を下りくる足《あ》音《おと》して

開けたてのたび数本の竹の春

秋の蚊に刺されし不覚まびたひに
枯れ色の先の白壁みな夕陽
師走かな遠く釘打つ音暮れて
昨夜《よべ》の雨落葉に色の戻りをり
落葉掃く音の変りし石畳
香水瓶倒れて香る冬至かな
大冬木われより先の世に在りし

平成五年

寒夜覚め何を待つとて灯したる
雪ならぬ雨のしづかに冬の草

その中に覚めたる色の冬の竹
寒晴の青をいただくいのちかな
爪の色夜をいきいきと春隣
髪を結ふ指耳に触れ春隣
巨欅芽吹きまへなる月の影
落椿に誘はれゆけば梅真白
落ちてなほ陽をはなすなき紅椿
花椿母の齢になほ足りず
ぞうぞうと竹むらうごく薄紅梅
すつぽりと青空抜けて芽木の森

姪の次男・真司、六月十九日誕生

泰山木の花を遠目に赤子泣く

泰山木の花や先師の門明り

病惰とも懶惰ともくちなしの真盛り

大輪の花火の中の遠花火

鬼灯の朱らむ日々の祭かな

霖《なが》雨《あめ》のあとの不眠や虫の声

常の声われに戻りて昼の虫

黒曜の葡萄の知恵よ老いまじく

ひやひやと梨を摑みて齢おぼゆ

ある日ふと己れが視えてよりの秋

ゆく先を小蛇のよぎる瑞気かな
うつくしき言葉のひとつ木の葉髪
夢みては
髪黒き父の来て座す冬の声
はつふゆやまよひの貌の小さくて
いまだ疲れ易き細身に吾亦紅
爽秋のことに親しき飛天の図
ちちははの家に棲みつぐ金木犀
落葉浴ぶやりのこすことなきやうに
年の果何のがれむと眠り欲る
年惜しむはわれを惜しむか灯を煌と

平成六年

大寒のいよいよ小さき手足かな

石毛喜裕さん逝く　享年四十四歳

極寒の急逝にあふまだ若き

貝母咲くあさのうすやみ曳きて咲く

うすがみに眠らす雛の在りし世に

てのひらに艶の載りきて入彼岸

捨つることを重ねし齢初音かな

ねむれぬは梅雨の錘《おもり》といふべしや

のど越しの川瀬のごとし背越し鮎

岩本楼　林火先生ご在生中江の島にて俳句大会

若緑旧知の島のなぞへ径

弁天さまへ夏足袋わたる礁《いくり》道

百合の香の満ちたる部屋に誰もゐず

朝鳥唖々と大暑の始めかな

夏暁《あけ》の水をこくりと目覚めたる

たがためのいのち酷暑に継がむとす

梳く髪の素直に細し夜の秋

ちちははの齢は越せず柿の穹

茸・栗・あけび厨に森匂ふ

灯火親しどこへもゆかぬ爪染めて

頬杖の頬のぬくみや十三夜

みほとりに持仏のやうな冬至柚子
冬うらら来意をつげて百合開く
長き夜のかくも短かし生き急くな
心音てふ身内の音に冬ごもる
夜道来て土の匂ひのしぐれたる
夜に入りて師走やすらふごとく降る

平成七年

加賀獅子の箸置そろへ年酒かな
ぞろぞろと丘にのぼりぬ昼の火事
ちちははの夢ばかりみて寒明けぬ

桃の花菜の花挿せば唱ひだす
侘助の短かき一枝鶴首に
一茎の麦のあくなきみどりかな
雛飾る畳にのこる雪の冷え
雛飾る和服の膝のうすくして
雛飾る波瀾万丈とは言へず
父が選び母の飾りし雛の壇
雛の瞳にわが世鎮めて在すかな
陰雪の気のかよひくる昼睡し
冴え返るある日の恥をありありと

春宵のムーン・ストーンの形見かな

風ならで春のしぐれの竹林

浴室を密室にして牡丹雪

絶句

牡丹雪しばらく息をつがぬまま

あとがき

故野澤節子師の遺芳の俳句集を編集し終えて、再び永訣の泪が滴るのを禁じえない。去る五月より編纂に当たった者は飯塚樹美子、藤山八江、松苗秀隆、平野周子、坂本登、火村卓造だが、遺句の収集、保管に当たったのは松裏薙世、版元との交渉等に労を尽したのは甲斐すず江である。

願わくはこの集が、多くの人に受け入れられ、節子師の唱導した「いのちの俳句」がその胸中に美と真実との灯りを点さんことを。

平成七年十月二十四日

野澤節子遺句集編集委員会

野澤節子略年譜

大正九年（一九二〇）
三月二十三日、父龍太郎、母こづゑの長女として横浜市に生まれる。本名・節子

昭和七年（一九三二）　十二歳
フェリス和英女学校（現・フェリス女学院）入学。ミッションスクールの自由清新な校風を愛し、海外渡航の夢をふくらませる。

昭和八年（一九三三）　十三歳
脊椎カリエスを病み、女学校を二年生で中退。病中、ミッションスクール教師の、「懺悔」を強うるのにひそかな反撥と懐疑をもち、「遂に受洗せず」と自ら記す。

昭和十六年（一九四一）　二十一歳
幾度かの重病を、父母の愛情により救われる。読書、主に宗教、哲学書を乱読。偶然読んだ『芭蕉七部集』に魅せられる。蕉風の求心的情熱にいたく惹かれ、俳句に興味を持つ。

昭和十七年（一九四二）　二十二歳
大野林火『現代の秀句』により、現代俳句の詩的価値を知り、作句動機となる。九月、臼田亜浪主宰「石楠」入会。野澤三三子の名で二句入選。このとき、すでに同誌雑詠の選者は大野林火。生涯の師との出会いとなる。

昭和二十年（一九四五）　二十五歳
戦火激しく、「石楠」発行不能のため、林火の通信俳誌「八尋」に拠って投句を継続。

昭和二十一年（一九四六）　二十六歳
一月、敗戦焦土の横浜に、大野林火主宰により「濱」が創刊される。直ちに入会、直接指導を受ける。

昭和二十二年（一九四七）　二十七歳
四月、林火先生の見舞いを受く。十二月、第一回「濱」賞受賞。同誌同人となる。

昭和二十四年（一九四九）　二十九歳

佐野俊夫、目迫秩父と合同句集『暖冬』上梓。集中〝琴の丈〟と題して収録。

昭和二十五年（一九五〇）　三十歳

第一回「濱」同人賞受賞。

昭和三十年（一九五五）　三十五歳

事実上の第一句集『未明音』（琅玕洞）上梓。これにより第四回現代俳句協会賞受賞。

昭和三十二年（一九五七）　三十七歳

横浜市大病院にて精密検査、カリエス完全治癒の診断。「喜び言はんかたなし」と記す。

昭和三十五年（一九六〇）　四十歳

第二句集『雪しろ、未明音抄』（近藤書店）刊。

昭和三十八年（一九六三）　四十三歳

二月二十日、父龍太郎没、享年七十九歳。

昭和四十一年（一九六六）　四十六歳

第三句集『花季』（牧羊社）刊。

昭和四十二年（一九六七）　四十七歳

『定本未明音』（牧羊社）上梓。この頃より山本健吉の知遇を得。「野澤さんの句から受取るものは、趣味嗜好ではなく、いのちの志すところである」と評され、以後の大きな指針となる。

昭和四十四年（一九六九）　四十九歳

随筆集『耐えひらく心』（講談社）が、ＮＨＫラジオ「私の本棚」にて朗読放送される。

昭和四十五年（一九七〇）　五十歳

第四句集『鳳蝶』（牧羊社）刊。

昭和四十六年（一九七一）　五十一歳

句集『鳳蝶』により、第二十二回読売文学賞を受賞。この年十二月、主宰誌「蘭」を創刊。「新野の盆」十八句を発表。「馬頭観音盆道白むほどの雨」等。

昭和四十七年（一九七二）　五十二歳

「蘭」一月号より「初学者のために」のエッセイ連載。『現代俳句大系第十巻』（角川書店）に初版『未明音』を全収録。

昭和四十八年（一九七三）　五十三歳

『現代日本文学大系95現代句集』（筑摩書房）に『鳳蝶』全収録。

昭和四十九年（一九七四）　五十四歳

新装愛蔵版『鳳蝶』（牧羊社）刊。

昭和五十年（一九七五）　五十五歳

一月二十六日横浜シルクホテルにて「蘭」三周年記念大会を開催。大野林火、山本健吉、角川源義、井本農

一、木俣修ら来賓多数にのぼる。

昭和五十一年（一九七六） 五十六歳

第五句集『飛泉』（牧羊社）刊。自註現代俳句シリーズ『野澤節子集』刊。

昭和五十二年（一九七七） 五十七歳

一月二十三日、学士会館にて、「蘭」五周年記念大会。蛇笏賞選考委員、詩歌女流賞俳句部門選者の委嘱を受く。四月、中村俊定教授を迎え、連句講座開催。三か月間聴講。『現代俳句全集』（立風書房）刊、自選四〇〇句と創作ノート。

昭和五十三年（一九七八） 五十八歳

横浜西口有隣堂ギャラリーで開かれた新春色紙短冊展。

昭和五十四年（一九七九） 五十九歳

毎日新聞俳句通信添削教室講師。

昭和五十五年（一九八〇） 六十歳

三月号にて「蘭」通巻百号を迎える。東京丸の内、東京会館にて百号記念大会開催。記念講演、山本健吉、中村俊定ほか来賓多数。『現代俳句大系第十三巻』（角川書店）に『鳳蝶』初版本収録。

昭和五十六年（一九八一） 六十一歳

「俳句」誌上に、六月号より連載開始、「俳句の心を歩む——作句をこころざす女性のために」。『現代女流俳句全集』（講談社）に『飛泉』に至るまでの八一三句抄、自句自註、文集「わが来し方」を付す。

昭和五十七年（一九八二） 六十二歳

一月二十七日横浜郵便貯金会館にて、「蘭」十周年記念大会。八月三日、母こづゑ没、享年八十四歳。八月二十一日、師大野林火没。「秋雨に両眼濡れて蟬鳴けず」等の悲愁の句多し。十月二十一日より八日間、俳人協会第三次訪中団副団長として、中華人民共和国訪問、北京、杭州、上海を巡る。『現代俳句集成』（河出書房）に第五句集『飛泉』全収録。解説平井照敏。

昭和五十八年（一九八三） 六十三歳

第二随筆集『花の旅水の旅』（牧羊社）刊。十二月、第六句集『存身』、第七句集『八朶集』同時刊行（共に角川書店）。よみうり、日本テレビ文化センター藤沢俳句教室講師。日経文化教室「俳句の鑑賞と添削」講師。子規顕彰全国俳句大会選者。俳句色紙短冊展於ルミネ有隣堂。

昭和五十九年（一九八四） 六十四歳

五月、「蘭」百五十号記念合同句集『碧雲』刊。九月『女性のための俳句入門』（角川選書）刊。日経文化教室「野澤節子俳句講座」開講。「俳句」（角川書店）五月号で「野澤節子特集」。

昭和六十年（一九八五）　六十五歳

四月より六十一年三月までの一年間、ＮＨＫ教育テレビ「俳句入門」講座講師。「アサヒグラフ増刊――俳句の時代――昭和俳句六十年」に節子作品・写真掲載。

昭和六十一年（一九八六）　六十六歳

一月より「婦人公論」俳句投稿欄選者。五月よりＮＨＫラジオ、俳句鑑賞講座担当。九月、講談社、「詩歌日本の抒情」全八巻中、第一巻『春と夏の歌』刊。

新潟日報、信濃毎日新聞その他月刊誌の俳句選者担当。

この年、「蘭」全国各地句会が五十三会場に達する。「アサヒグラフ増刊――女流俳句の世界」に野澤節子他「蘭」女流十余名作品掲載。

昭和六十二年（一九八七）　六十七歳

九月『俳句添削読本』（富士見書房）刊。ＮＨＫラジオで「俳句の世界」、七月十三日より六日間連続放送。

ＮＨＫ学園全国俳句大会選者。芭蕉祭献詠俳句選者。

ＮＨＫ趣味講座「俳句入門――くらしと歳時記――祭と行事」執筆。

昭和六十三年（一九八八）　六十八歳

「蘭」誌友第四合同句集『吉祥』刊。ＮＨＫ学園「俳句つどい、中国大会」講師。

平成元年（一九八九）　六十九歳

特にこの年、国内各地の旅多し。西丹沢、岡山、北上、出雲、須賀川等。「蘭」西部支社（関西・中国・四国）結成され、記念大会開催。「俳句四季」十二月号、結社アルバム特集・「野澤節子と『蘭』の人々。」

平成二年（一九九〇）　七十歳

日本現代詩歌文学館の、詩歌文学館賞俳句部門選考委員となる。『昭和文学全集35昭和詩歌集』（小学館）に一六二句収載。

平成三年（一九九一）　七十一歳

「毎日グラフ別冊――平成女流俳人」に作品、写真掲載。

平成四年（一九九二）　七十二歳

高輪プリンスホテルにて「蘭」二十周年記念祝賀会。俳句文庫「野澤節子」自選三〇〇句『光波』（ふらんす堂）刊。俳句文庫『野澤節子』（春陽堂）、『花神コレクション（俳句）野澤節子』（花神社）刊。

平成六年（一九九四）　七十四歳

六月五日・六日、「蘭」二十二回鍛錬会江の島大会に出席。随想集『螢袋の花』（北溟社）刊。

平成七年（一九九五）　七十五歳
「俳句」一・三・四月号に各十二句掲載。四月八日午後、横浜済生会病院に入院。翌九日午後一時十五分、心不全にて永眠。十二日、野澤家葬儀。二十五日、横浜市鶴見、曹洞宗大本山總持寺にて「蘭」結社葬。法名「崇文院蘭峰節渓大姉」。「蘭」七月号にて「野澤節子追悼特集」。
平成八年（一九九六）
三月、第八句集（遺句集）『駿河蘭』（本阿弥書店）刊。

あとがき

野澤節子師ご逝去後二十年のいま、ようやく全句集出版の運びとなりました。「蘭」創刊主宰であった野澤先生は、「蘭」会員にとって大切な師であるばかりでなく、俳壇史上の珠玉として永遠に輝く存在です。しかし、師・野澤節子の既刊の八句集すべてを所有している人は少ないようです。その作風を慕って「蘭」につどう方々、さらに結社を超えて野澤節子を学ばんとする方々によって、節子俳句が広く深く顕彰されていくことを願っております。

この全句集を出版するにあたり、ご尽力くださいました皆さまに心より感謝申しあげます。

「蘭」会員の熱い賛同と励ましを得て出版できましたこと、泉下の節子先生もきっとお喜び下さっていることと思います。

平成二十七年四月九日

「蘭」俳句会

松浦加古

高﨑公久

山本　猛

企画協力　伊藤いと子　岡野風痕子　菅沼琴子　若山奈路

資料提供　長谷部信彦　栗原憲司　飯高きみ　松苗秀隆

中川富子　飛田キミ子

校　正　福本登基子　馬郡民子　高橋美登里　中田照美

篠崎知恵子　小宮和代　吉澤やす子　児玉孝子

●初句索引（五十音順・上五が同じ場合の中七は頁順）

あ行

相逢うて
—みなづき舌に　三〇六
—雨のほたるに　四〇五
愛されて　二三八
逢ひし日の　三八〇
愛蔵さんの　三〇四
逢ひたくて　二〇〇
アヴェマリア　七三
会ふひとの　四三六
逢へどもう　四二九
会へばいく人　二五九
逢へば短日　五四
あをあをと　四四三
青芦に　三〇四
青芦原　一七八
青芦叢　二二二
青あらし　四七六
青嵐　二一
青色に　一〇八
青梅が　七一
青梅の　四二
青梅を　七一
青上総　四四九
蒼き川　二八六
青き五月　九七
青き嶺々と　二六六
蒼き闇　五〇四
青く固い　一三六
青くかたき　四三
青草原　三九五
仰ぐもの　四四三
青曇る　三一四
青栗の
—視野にあるらし　一七一
—落ち鎮まりし　三一七
青栗を　二二四
青胡桃　二五三
青五湖の　二四三
青笹に　三三九
青空へ　三一九
青竹に　二六七
青畳　七四
青田村　一六四
青梅雨の　三四七
青蜥蜴　五〇
足音なき　六一
青萩の　二二〇
青葉月　一一三
青葉邃し　二一
青枇杷や　三一四
青ポプラ　三九五
青麦の　四二
あかあかと
—柿干しうるむ　三一九
—火を焚き年を　三七一
赤牛が　一二三
赤き青き　二五一
赤き傘　二五三
赫き土師器　二二九
赤き裸　九五
赤子涼しき　一七〇
赤子に汽車　二三五
赤児の枕　七四
赤米の　四八六
あかつきに　二二六
暁に　四二二
あかつきの
—くれなゐ秋の　四〇九
—水仙の香の　四三三
—山峨の青き　四四三
暁の
—雪の気醒ます　一六七
—身の冷えてをり　三四五
赤土の　三九三
赤とんぼ　二四一
赤とんばう　四九四
赤富士に　四七九
赤松に　二四七
赤芽柏の　四二四
赤ン坊も　四八八
あきあかね　四七七
秋あざみ　二二五

秋暑く　三六九
秋うたや　二九四
秋鬱と　三七〇
秋風が　二八
秋風に
—飛出て安き　三〇八
—殺意離れし　三一七
秋風の　三〇七
秋来ると　二〇一
秋雨に　四三〇
秋しぐれ　三一七
秋蟬の　四八六
秋蟬や　一八
秋空に　二九
あぎとへる　二三〇
秋の湖　一八二
秋の蚊に
—寄らるるまでに　四〇九
—刺されし不覚　五〇五
秋の蚊の　二七四
秋の蚊を　一八九
秋の蜘蛛　三一八
秋の暮
—睡りてなだむ　四六
—鉄の水車の　一八一
—ことに翁の　三七八
秋の野の　二七五
秋の水　一九一
秋の山　一五八
秋の夜の　三六二
秋晴の　四一八
秋晴や
—納屋の片戸の　六二
—鋳掛に払ふ　一〇八
秋深き　四三一
秋深し　三六二
あきらかに　二〇一
秋を無帽に　七五
握手いづれも　一三六
悪霊の　二八七
上げ潮に　四六二
あげし手の　二〇〇
開けたての　五〇四
あけび茶や　四二八
揚舟の　一七七
揚舟また　一七九
あけぼのの　四六六
明易き　七二
朝顔に　二五三
朝風の　九四
朝烏　五一〇
麻刈られ　二三五
朝曇　四二八
麻衣　二五二
朝寒の　四三一
朝凍みて　二七七
朝涼の
—紀州茶粥を　三七六
—山鳩息を　四三〇
朝すでに
—欅の下の　二九二
—仔鹿かへりし　四八四
朝焚火　二四三
朝つよき　二七三
朝の櫂　二四二
朝はたれも　六五
朝は母と　二〇七
朝鯛　一一四
朝鯛の　一〇七
朝日射す　四二三
朝日冷たき　一六六
朝日より　三四三
朝日頒つ　一三三
朝靄に　三五二
朝焼を　二九四
足跡の　四五七
足音を　四三六
葭刈りし　四九五
葭刈の　四九五
葭刈人　四九五
葦枯れて　四六
あぢさゐに　二三六
あぢさゐの
—彼方のほとけ　一三五
—藍染みし眼に　一六九
脚長の　三四七
芦の角　三〇一
安曇野の　二八九
汗し食ふ　二〇〇
汗匂ふ　四四四
汗のかひな　二六
汗の香の　一七一
あたたかき　三四三
新しき
—ロープ手にせり　一八五
—駒下駄母に　二八四
新しきは　二八二
暑き髪　四七〇
熱き炬燵　四八
暑き日の　四八五

厚き頁　一六〇
熱き餅　一六六
厚霜と　一一〇
敦盛草の　二三六
あなたなる　四五六
穴釣に　二八九
穴釣や　四〇二
あぶらぎる　一六五
雨音を　三四七
雨蛙　三〇二
天翔けり　三二二
天翔ける　三〇〇
甘酒の　一七二
数多クレーン　一二五
尼寺の　一六五
海女となるべき　一三〇
海女の腰　三二四
蜑の子の　一五八
尼の墓　三二五
海女の笑ひ　一五七
雨蛍　四〇五
海女もぐる　一五七
あまり近くて　一八二
網沈めし　二〇九
網につつみし　三三三
網遁れし　一七八
雨いまだ　四三
雨がちの　二〇八
雨ぐせに　二四九
雨すこし　四七七
雨騒然　一五六
天地の　四七
天地を　四九五
水馬　七一
足下より　二〇八
あやまつを　一六九
鮎食うて　二五四
鮎の皿　四四四
鮎の骨　四五一
洗ひ髪　一〇六
洗ひ晒しの　三二七
洗鱸　三九六
荒鵜の目　二四五
荒崖の　四〇四
荒草に　二六六
荒鋤田の　二一九
荒畳　四八四
荒濤と　二六四
荒南風や　三二六
荒星の　一六七
霰跳ね　二六一
蟻あまた　九三
歩くほかなし　一七六
主人面長　一三三
ある日ふと　五〇七
アルミ鍋　五四
あはあはと　三五〇
袷愛す　三四
逢はぬ眼に　二一九
淡雪や　四九七
安永を　三三〇
暗黒の　四六八
安居寺　一九八
杏咲き　二四八
安静時間　一一七
医院また　四九六
言ふも悔　二五九
家中まで　四〇
烏賊刺身に　四〇三
雷丘は　一九四
伊賀近し　一六五
いかる来る　四九一
生き過ぎし　五〇〇
生きて暑き瞳　一二六
生きてまみえず　一一五
息のごとく　二三六
生きものを　九四
生き羅漢　四七五
幾草山　二三二
いくたびか　六九
いくばくも　三七〇
憩ふ鵜も　一七六
いさざ煮て　三七一
十六夜の
—地や母の薔薇　一五三
—踏切鳴つて　一八〇
—白瀬や滝に　二三八
—明けそめにけり　三六一
漁火を　三五六
石出でし　四六三
石刻む　九七
石切老いて　一三五
石切りし　四五五
医師去つて　三七
石段を　四四四
石のせて　二〇八
石茸に　一九四
石焼芋の　一五九
石灼く街　一一二
石山の　四五六

石を枕の　一二五
何処にか　五二
いづこにも　四四七
いづこ向くも　二二七
五十鈴川　三二四
泉川　四〇七
泉の秀　一六二
磯鴫の　四〇九
いただきて　二七七
いたどりを　四五四
板橋の　四一五
板乾の　二八五
一月の　二五九
一行も　二八九
苺大粒　一六九
苺つぶす　一〇五
一山に　三三一
一山の　四二四
無花果の　六四
いちじゆくの　四五
一樹なき　一六六
一条の
—水の七段　三二五
—破魔矢射込まる　三五四
一段高き　二八四
一団の　一一七
一堂に　六六
一度も言はぬ　一五九
市中の　四七一
一日の　三五五
いちはやき
—秋風男の　六二
—夏帽の師と　九七
—花の案内を　五〇二
一木に　三九六
一門灯　一七六
一輪の　四九六
一羽鳩　六六
一羽見えて　二七六
一塊の　二三一
いつか来る　四一七
一茎の
—鶏頭枯崖　一六六
—麦のあくなき　五一二
一軒屋の　二八九
一行の　二二一
一茶眠る　四一九
一穂の　二九五
一寸の　三六五
一つせいに　四二一
一閃の　四一七
一村ここに　二三七
一村は　二二五
一柱の　三九九
一鳥も
—飛ばず硫気の　四四五
—飛ばず墳山　四七四
一笛に　三二九
一滴の　四二四
一点の　四六五
一刀一礼　三〇〇
一灯に
—群れてひまはり　一二五
—山蛾身を打つ　二六六
—葉騒寄せくる　四五九
一灯の　四七三
一灯を　二一九
いつぱいに　三五八
一帆なき　一七八
一碧の　三六八
一歩だに　五〇二
一本の
—ポプラ枯るるを　三〇九
—破魔矢の白の　三五四
いつまでも　九八
いつよりの　一八七
出で入りに　五〇三
冱返る　一九
凍てし土　二六〇
凍滝の　二〇四
凍蝶の　三三〇
凍て闇に　五四
糸吐きて　二六五
糸吐けず　二六五
蝗生れ　一〇七
いなづまに　二一
いなづまの　三〇
稲妻の　二四
稲田風　一〇六
いなびかり
—肌覚めてゐる　一二六
—隠れゐたりし　三〇八
犬一匹　二九九
犬が首上げ　九四
犬の尾の　二九五
犬吠えて　四一〇
稲刈跡　五三
医の裔の　二六七
ゐのこづち　二五六
いのちあかあか　九九

いのち一つ　四七三
異邦人　三七九
いまありし　五四
いまさらに　四八一
いまだ疲れ　五〇八
いまだ若し　一〇四
妹の来る　二九二
妹の歳　五〇三
弥彦は　四九八
入りゆかむ　四三六
祝ひばんどり　二九八
岩に化さんと　一六八
岩に蜥蜴　一八七
巌鼻に　二二〇
院子に　四三一
いんいんと　三二一
陰樹界　三六〇
ヴイヤベース　四九八
植ゑし田の　四八三
植田原　四六〇
魚島てふ　四七五
魚ばかり　三三一
魚を焼く　一九七
鵜飼一生　二五五
鶯が　一八六
うぐひすに
—千語万語の　三六五
—遠世の父母も　四八一
鶯に　一〇四
うぐひす二度　二〇七
鶯の
—常磐木隠れ　五七
—山で貯めたる　一五五
—こだま林業　一九七
—すぐ去るはこゑ　二六一
—小雨もよひの　四二二
鶯笛　三〇〇
鶯や
—水と太陽　一八五
—眠りの端に　三〇〇
うごくものに　二八八
雨後の葉桜　一一三
潮見て　四〇六
牛飼はず　二六三
牛吼えて　二四二
鵜じまひの　二五五
丑三の　四九六
鵜匠病む　四五一
うすがみに　五〇九
うすき手袋　一六一
うすずみの　三七四
淡墨の　四二四
うづたかき　三三〇
薄羽織　二八一
羅かなし　一八〇
羅に
—そひて夕透く　二二一
—身透きまぎれず　二三六
羅ぬぐ　二〇〇
羅の　四七〇
羅や　二三八
薄氷に　三〇一
うすらひや　四二三
薄氷を　二四四
薄らまゆ　二六五
うすれゆく　五九
疑ひ多き　六一
欝々と　二三三
うつくしき
—爪そろへ立つ　四七〇
—言葉のひとつ　五〇八
うつつなく　四〇一
うつむきて　二九九
俯向きゆく　一〇八
腕に繃帯　一〇七
優曇華の　三一四
海底に
—重なり消えし　一七〇
—妻を放てり　三二四
—都ありてぞ　四〇八
うなだるる　一三七
鵜の匠　二五四
産土に　三四九
馬追の　二二三
生れ月に　四九七
海青く　二八三
海碧く　四八二
湖しぐれ　三七一
海鳴るは　二〇九
海南風　一一二
海に壺　四〇四
湖に冬　二四三
湖に向き　四九五
海の祭　一三四
海の祭の　一三四
海彦に　三二四
海展け　二〇九
海見えず　三四一
海山の　四五八
海山へ　二三七

海を見て　三八〇
梅かをる　三一一
梅紅白　五六
梅咲いて　一〇三
梅散つて　一九四
梅漬けて　二九一
梅漬けぬ　一六一
梅に下りゐし　五七
梅の芯　二九九
梅林　二九九
梅ひらく　二四六
梅干して　一七九
梅も一輪　五六
梅薬師　四一三
うらうらと　三七〇
うらがへる　三八〇
末枯の　二五七
末枯路　一〇九
末枯や
—高熱なるとき　三七
—山鳩墓の　四三三
裏谷に　三二一
浦波に　二二七
裏窓を　四五一
裏山に　三七八
裏山の　二七四
うららかや
—海女が手こねの　三二四
—土の男雛の　三五九
瓜の翁に　二九八
雨露の山　三五三
雲海に　三七三
雲海の
—中航く扇　二八三
—切れ目半島　二八三
運河ぬるむ夜　二一一
映画散じ　一〇七
栄光の　三四三
永代橋　四六一
駅頭いまも　一二〇
江田島や　三四二
越劇や　四三二
越冬の　二五七
胞衣塚に　三八〇
襟もとへ　一六三
絵蠟燭に　三九一
遠栄と　三一二
炎昼に　四九八
円柱の　一八一
炎昼の
—真珠澄む指　一〇六
—身をぼろぼろに　一八七
—胎児ゆすりつ　二二二
炎昼や
—虚に耐ふるべく　二五
—逢ひてこころに　四四
炎昼を　一二四
炎天下　九五
炎天来し　九五
炎天に　四五〇
炎天の
—白き遠さに　五〇
—女体アパートへ　一〇七
—老婆氷塊　一七九
—土蔵茂吉の　四五五
炎天ふかく　三六
炎天を　三二八
炎熱に　三七六
炎熱の　四四四
煙霧抜け　一五四
遠雷に　三六
老い母に
—笑顔もどりぬ　三五九
—道見えてゐる　四〇八
老い母の　四二二
老母の　三七三
老い下手や　四七二
王祇さま　三九一
扇ひらけば　一八七
黄麦を　七〇
あふみなる　三七一
大井川　四一五
大入日　六五
おほをばと　四八八
大風の　四六四
大きいとど　二七四
大き薔薇　一七七
巨欅　五〇六
大潮の　一三〇
大霜に
—楽がぬけ出て　二四三
—母のラヂオの　三六四
大太鼓　三一〇
大津絵の　四五六
大露の　三四一
大寺の　三五〇
大冬木　五〇五
大雪と　四七九
大淀に　四五六
お飾りの　一二九

丘なして　四〇〇
丘の住宅　六七
丘麦そよぐ　四二
起きゐるも　三八
翁ゐて　三五三
翁きて　四六七
沖に白船　四七五
沖の蒼　三九四
沖の雲　三一〇
沖を見る　四一八
屋上に　四六六
奥飛騨の　三六二
奥山の　二九五
送り盆　四四四
おくれ毛に　二〇
おけさ流しの　三三三
白朮火の　四三三
起し太鼓　四二五
お子良児の　三二四
興るとき　三六
お降りに
—ひかりつたうて　三四三
—覚めて旅めく　四九六
おささらに　二八七
をさなくて　二五一
幼手に　一一五
雄鹿の身　一九〇
鴛鴦の水
—一枚石に　二七八
—その奥にして　四六四
遅き日の　二七九
遅き日を
—終焉の蔵　一七六
—いのち見極め　二六二
遅桜　二六四
をだまきに　一五六
落口の　三九〇
落栗や　三九八
落椿に　五〇六
落ちてなほ　五〇六
遠の枯木　一七
落葉浴ぶ　五〇八
落葉掻く　六五
落葉掃く
—母ありてかく　二五七
—音の変りし　五〇五
落穂拾ひの　一二九
落柚子の　三五二
音泳ぐ　三九六
頤大き　三六三
男動かぬ　一八四
男唄ひて　一六八
男の貌　四五七
男のそりと　四〇六
男の名　四七九
音こもる　一一四
男行く　一五九
威銃　三四一
落し文　三六一
音絶えし　四七五
音賑やかに　一〇一
音もなく　四八〇
囮鮎　三〇六
踊唄　二〇一
踊子の　三七七
踊りつつ　三七七
踊見る　一二六
鬼殻の　二八四
鬼栖むと　四〇四
鬼豆の　四九〇
おねはんの　四二二
尾根を行く　三九七
己が白き　五二
己が根を　三六六
男の子抱き　三二七
尾の先まで　七〇
尾道の　三四一
帯かたき　三六四
帯締めて　二四三
帯の日へ　一〇一
御船形石　三五〇
おぼろ一塊　一二一
朧月　一八六
おぼろ夜の　二三〇
朧夜の　二三一
万年青の実　四九〇
思はざる　四二六
泳ぎ子に　二二〇
をろち神楽の　四八七
音信の　四六九
鬼太鼓に　三三二
女イたせて　一七八
女たち　三四二
女名も　二七四
女のつどひ　四六
女の手　一六四
女の手が　四〇四
女の身　二六
女ばかりの　三四四
女遍路に　三六四

女三人の 一五三
女より 二〇八
女らの 一一一
女らは 三〇三

か行

峡いづる 三六
海峡や 三三二
海豇豆 三三六
邂逅や 四八七
戒壇跡 三五一
貝塚に 四六五
外灯下 五〇
外灯立ち 四八
外套に 二二
外灯に 四三
外套の 一八三
街道や 四二〇
かひな霑らす 一八
峡に飛ぶ 二五六
開扉して
—月の三体 三五〇
—菊曼陀羅の 四五七
海風の 四一〇
峡ふかく 二七五
回遊の 四九九
海流の 一五七
海浪の 三五〇
貝割菜に 四一八
顔昏れて 六四
顔の上 二五〇
抱へゐる 四三
加賀獅子の 五一一
かがまれば 一八
踞みゐて 二八六
鏡多き 一六一
篝火の 三〇五
ががんぼ打つ 二二一
書き上げて 二六五
柿ある卓 七五
牡蠣打場 三四二
書き了へて 九八
柿食ひながら 一八一
柿渋に 三一九
柿供へ 二四一
書き出して 四三四
掻き溜めて 一一九
書き継いで 二六三
柿納屋に 三二〇
垣に残る 一九一
柿に落暉 二二五
柿の上に 一〇九
柿の冷え 九九
牡蠣の腸 一一〇
描き走る 三六〇
柿一つ 三六三
書き更けて 二九九
柿干して
—一村柿の 三一九
—霜晴れあます 三三〇
柿干場 三三〇
牡蠣むくや 六七
柿剝くや 四七一
限りなく 四〇
柿を剝く 二四〇
額あぢさゐ 一六九
額咲くや 一三五
岳の風 三一七
書くのみに 三一一
神楽笛 二七八
隠るるごと 四六四
隠れ里 四一一
隠れ滝 三三一
かくれなき 二〇一
隠れゆく 二七三
岳麓枯れ 一五四
掛け替へし 一一九
崖草に 七〇
掛香や 四三〇
掛大根 二九七
影一つだに 二八八
駈けゆきて 一七八
蔭雪の 一三一
陰雪の 五一二
蔭雪や 二四六
翳り易き 一五九
籠行灯 三九二
火口湖は 一七二
河口洲は 二三三
河口真赤に 二九八
籠松明 三七四
嘆ごと多き 六三
籠の花 四九九
水夫町や 二九六
過去よりも 四八一
傘ついて 三一
傘にそそぐ 二一九
重ねたる 三八〇
風花と 四〇一
傘一つ 四〇五

傘もろとも 一六三
火山湖に 四四五
火山礫 三四一
火事跡の 一三一
かじか笛 三九六
かじかみて 三〇
菓子にある 二三五
樫の実を 二四二
搗布焚く 一八六
貨車に灼けし 二五
貨車に揺れ 九九
貨車ゆきて 三五六
画集ひらくや 九三
火傷して 二四三
頭ごつたに 三三三
頭屋に 三三三
柏餅の 一二三
潜女の 三三五
霞透く 一一八
風溢るる 二五四
風邪癒えて 一二〇
火星接する 一〇八
火星近き 七二
風邪五日 一六〇
風邪負うて 一七二
風薫る 三七六
風がつくる 一六二
風邪薬 四九〇
風邪ごゑを 三一
風邪十日 一〇一
風と陽と 二〇七
風ならで 五一三
風に抱へ 一一〇
風邪熱に 一〇〇
風邪寝の掌 三二一
風の青萩 一二六
風邪の神 四九六
風邪の子の 二五八
風邪の背に 三九
風邪の疲れ 三三
風の凌霄
—楽の終曲 三六
—見し眼をつむり 五〇
風の蓮 三一六
風の標的 一八六
風邪の身に
—疲れ加はる 三四
—運河渡れば 三七九
風邪の身の 四〇二
風邪ひきし 二八五
風邪臥しに 三二二
風邪臥しの 九六
風吠えて 二九六
火葬塚 三七〇
数へ日の 四〇〇
肩掛に 一九三
片蔭に
—名入れぬ墓石 一〇七
—きのふは遠し 一二四
かたくりの 三〇三
形代馬 三七七
形代の 三〇五
形代を 三〇五
蝸牛 二一
かたまつて 四二一
片紅葉 二四一
がちやがちやの 三七六
鰹魚木を 四二七
鰹時 三五九
くわくこうの 二六六
月光菩薩 一九〇
月山に 三九二
月山の 四一一
月山は 四一二
活字に遺る 一〇八
渇水期 一二五
濶葉樹の 九八
門川も 三四八
かなかなや 四二九
金盥 二四
かなぶんぶん 九五
かにかくに 二三五
蟹茹でる 四〇三
鉦叩
—戻りて旅は 二三九
—その夜のみなる 五〇四
蚊のこゑと 二六
蛾の卵の 四六九
黴の香の 三四七
南瓜スープの 四五九
花舗に出し 一二二
竈火と 二五三
窯守の 三一〇
神々の 三七三
髪切つて
—八十路余寒の 三七四
—春逝くこころ 五〇二
髪剪りし 五〇二
髪切虫
—角しごきやめ 一八

—どこかで啼くが　二七
—角もてあそぶ　一六四
髪くろき
—祖母にして母　二六一
—男駈けだす　四〇三
髪黒き
—ままの多佳子と　一九一
—父の来て座す　五〇八
髪ごもる　二九一
紙漉村　一八九
紙漉く家の　一九七
髪と肌　一八五
髪に蜂　二六
髪の上に　二七八
髪のさきまで　二〇二
神の森　一六四
紙干場　一九七
髪を梳く　四三六
紙を乾す　二八五
髪を結ふ　五〇六
神岳の　一九四
亀石の　一九五
亀の甲　二五〇
亀を飼ふ　二五一
鴨・鳩・鴉　二四四
蛾も青を　三一六
鴨食ふや　三七四
鴨たべし　四八一
鴨のこゑ　四八六
鴨の声　二四四
鴨の陣　二四二
鷗低く　一七九
茅馬の　三七七
硝子器に　二六〇
鴉・小綬鶏　一八七
鴉憑く　一五五
からすのゑんどう　四八二
硝子拭きて　一八五
鴉群れ　一九
硝子めく　一八四
硝子裡に　一一〇
からたちの　三一七
空谷の　四四九
殻脱ぎし　四七〇
から風呂の　一六五
からまつ散る
—それだけのこと　一八二
—縷々ささやかれ　一八二
—ぽろんぽろんと　一八三
からまつの
—散る音たまり　一八三
—雪被て天の　一九三
—秋を栖みなす　三一六
—散る音をゆき　四七八
刈られたる　二三四
雁や　三九〇
刈りし田も　二九六
雁たちて　三九〇
刈田より　二九七
借りて手ずれの　一三〇
雁渡し　三三〇
枯芦原に　四六五
枯れ色の　五〇五
枯丘かよふ　五五
枯崖に　三六三
枯萱や　五六
枯れがれて　四九五
枯木に日　四六三
枯木山　三八〇
枯草の　三二一
枯桜
—灯ちらばり　二六〇
—枝垂れて海を　三八一
枯山中
—朝はかがやく　二二八
—日ざせばふいに　二七五
枯れし芦　四六五
枯れし萱　五五
枯芝に　二二〇
ガレたちまち　二九六
枯尽し　一七三
枯野中　一九
枯野の日の出　二二
枯野茫々　四五八
枯野わたる　一五四
枯原の　二〇
涸れプール　一一八
枯れ木を　四八七
枯ポプラ　二六〇
枯松葉　三七〇
枯れ寄する　四三二
枯れをゆく　二七六
川合所　三四八
川音の　四五二
蛙囃し　一三三
川底まで　二〇六
川床の　三五〇
河原稲架　一五九
河原町　三四八
蚊を打つて　二三八

寒没日 一八四
寒雁の 三九〇
寒気の香 三九
寒暁や 三四四
寒禽の 三四四
寒九の水 二七八
寒月下 一七
寒月光 二八七
管絃祭 四〇八
管絃船 四〇八
管絃の 四〇七
寒鯉の 二三一
寒紅梅 二五八
看護婦の 四六九
患者の前 一〇三
甘藷穴より 一〇〇
岩礁に 二四五
眼前に 四三
萱草の 三四七
寒柝を 三九
寒卵 一九三
邯鄲の
—声の満ち干の 一五八
—声触れてくる 一五八
—未明をややに 一五八
元旦の 二九八
元朝や 四五七
旱天に 三一六
寒灯下 一〇〇
寒灯が 一八三
寒灯に 一一一
寒灯の 一九
寒灯を 一〇二
かんなぎの 四八七
寒に入る 一七三
寒の沖 三五五
寒の白粥 四五三
寒の水 二七七
寒の百合
—硝子を声の 六六
—ひらき湖沼の 六六
寒の蘭 三四四
観音堂 三五三
くわんおんの 三七一
観音の 五〇三
寒晴に 五〇一
寒晴の 五〇六
かんぺうを 四〇六
灌仏の
—あまねく濡れて 二三二
—胸もとかわき 三二五
—前にたたみし 四二四
寒牡丹
—日ざせばねむき 三二二
—かすみ出でゆく 三二二
—ふところぬくむ 三二三
—地中に伽藍 三二三
寒三日月 六五
寒餅に 二二八
寒夜影の 一六六
寒夜覚め 五〇五
寒夜手の影 一〇二
寒夜の卓 五四
寒夜微笑 一一七
甘藍消毒 二六六
木苺の
—花に沈みて 三一三
—金の大粒 四五四
消えずの灯 一八一
木下しの 二七六
其角嵐雪 三七八
気球黄に 二二六
きさらぎの
—満月うるむ 二七九
—風音に乗り 四九〇
木雫の 四〇八
忌日多き 二七八
雉子鳴いて 一九五
雉鳴いて 四六〇
雉子鳴くや 一三一
雉子の尾の 三六八
機上より 三二五
鬼女になり 四八五
寄進瓦 三三二
きすげ咲く 二三五
帰省子に 二九四
機席ベルト 二八三
昨日の声 二六一
きぞの葬 四七三
北風荒るる 四一一
北上川 四八三
北風猛る 一〇九
北に凶作 一一〇
北風に沈み 一二九
北に雪 四七一
北風へ向く 三二
北風まじりに 一一六
北山杉 一八二
きちきちに 三〇八
きちきちの

—影濃きばかり　二二四
—翔てば金色　三〇六
牛車ゆく　二一
吉書揚　二九八
喫泉に　九九
狐鳴く　三九一
狐火の
—三つ四つ湯ざめ　三九一
—まこと赤きが　三九一
樹に灼けし　一三七
絹を着て　四五二
きのふ雨　四九七
きのふのさくら　四七四
きのふより
—けふあふれたる　一七五
—けふの落花に　三一三
木の塊と　二〇五
木の香涼しく　四〇八
茸・栗・　五一〇
茸山　三九九
忌の近し　三六四
木の根閉づ　二五九
木の根に虫音　六二
木の根隆々　一二〇
忌の枇杷の　四三
樹の洞に　四四八
木場人も　四六一
着ぶくれて　一六六
キャンドルの　三五八
急行に　四二三
休日の　一七九
旧正の　三六四
旧道を　三〇三
暁闇や　四七
狂院の　六三
教会の　三一七
仰臥さびしき　五一
暁紅に　九三
暁紅を　三五七
凶作を　六三
橋上に　二三〇
経涼し　四五〇
夾竹桃
—頭蓋蔽ひて　一八〇
—どの葉もよごれ　一八八
—貨車過ぎ揺れて　二三五
胸中の　三二三
けふ睡る　四六九
けふを飛燕　一一二
虚実なく　四七
木寄場に　二七六
漁農四十戸　一五七
魚籃観音　四六〇
霧らふ灯の　四三三
きらめきて　四二二
きりぎりす
—青きからだの　四四
—生き身に欲しき　九六
—落日前の　二八三
切りくづす　四一八
霧こめし　三九八
霧ごめに　二三九
切子燃す　二九三
切りし髪　二五四
霧団々　一九八
剪りて置く　二四六
霧飛んで　一三四
霧に押され　一三二
霧に八ヶ岳　二五三
切幣の　三四九
桐の花　三四六
霧冷の　四六三
霧捲いて　一六八
金星の　四二〇
金星や　二八二
銀扇の　二六
金蠅の　一八〇
金髪親子　一一九
金水引　三九六
金木犀
—しきたり多き　七五
—手毬全円　一二七
空中を　二九六
空へ舞ふかと　一六二
陸はいま　四八五
陸よりも　四六五
草青む　三二五
草ゑんどう　六九
草枯へ　五三
草長ける　二五四
草の花
—赤き瓦を　七四
—見ゆるまで売地　一五八
草の餅　三二三
草の絮　三七〇
嚔して　三六五
草萌や　六八
草焼いて　一七五
草焼く煙　七四
串姉コ　二九〇

櫛入れし　三三二
国栖奏や　三一二
葛の花
—湯帰り人は　二三九
—白日匂ふ　三五一
—夢の中にて　三六一
百済観音　一九七
脣堅く　五〇
くちなし白々　一三五
くちなしの
—辺を行く父の　二五一
—匂ふ梅雨冷え　二五一
山梔子の　四八五
唇に　二四七
靴のあと　三四五
句碑青む　二〇七
首くくり　三九〇
首すぢに　四八一
首塚へ　一九五
首結ひに　二五四
熊鍋を　四八七
くまのなる　三二九
酌みし酒　一一七
汲み水の　三一九
組むまでの　四九八
雲白く　二八
雲師走　四〇九
雲千々に　二八
雲と水　二二七
雲飛んで　四九五
蜘蛛の囲の　三五一
雲の峰　四四
雲は八重　二二二
雲触れて　三一六
雲へ一本　一九〇
雲も帆も　一六一
雲夕焼　一六四
曇りたる　四一三
雲湧いて　二三七
倉間に　一五六
クラーク先生　三五五
暗き教会　一二七
昏き高き　二七八
昏きより　三一八
昏くうごく　一七〇
グラスなりに　一八四
蔵の戸の　二二四
栗うけて　一九一
くり返す　二八一
くり盆を　三〇一
厨いま　一八三
栗を剝き　四三〇
栗を剝く
—ときの無口に　六三
—旅の灯の　二五五
胡桃の木　二九三
久留米絣を　四八四
暮れおそし　一六一
暮れぎはの　四七九
暮坂の　三九八
くれなゐの
—連の金襴　三四九
—花の雫の　四四八
暮六つと　二九〇
黒揚羽　三六九
黒負へば　二〇〇
くろがねの　二三二
黒きコーヒー　九五
黒き目を　四五
黒潮の　二四五
黒蝶の直　四二六
黒南風の　一五七
黒ばらに　一七一
黒牡丹　五〇二
群衆に　二三四
薫風に　四六七
薫風や　一二三
稽古日の　一八四
鶏頭や　六二
鶏頭を　一九二
鶏卵を　四二
渓流に　二八八
ケーブルに　二三四
激雷の　三四七
芥子赤き　二五
芥子咲いて　二三四
下乗して　四五四
下駄の歯に　一六九
月界に　三一一
月下美人
—羽を重ねて　四六一
—匂ひやむとき　四六一
月桂樹の　三一三
月光に
—柝を打ち伽藍　一八九
—額隆起せる　二四〇
月光や　一九一
月光を　四二二
月蝕に　一八三
月蝕や　四九三

月明の　三〇九
月明や　二三九
煙一トすぢ　二七八
けもの来て　五三
欅大樹の　四八八
餉をともに　二九
厳寒の　四七三
げんげ田の　四一三
原稿紙　六一
献灯に　二八七
原爆忌　七三
原爆ドーム　三四三
源流や　四四九
恋ひ狂ひ　一八一
恋すみし　一〇四
恋鳴きの　二三七
香煙に　一一五
高階に　三四六
高架駅のベンチ　一一三
紅顔の
—白馬三山　二八八
—雪富士となり　四七九
耕牛も　三九四
郷倉に　三六二
光圏に　四六六
高原や　二四八
煌々と　三一七
口腔の　三六三
黄沙降る　四〇四
交叉路の　一二五
郷社いま　四六〇
紅蜀葵　一七一
黄塵に　二〇
香水の
—香が飛び去れり　一七八
—一ト吹き母を　二九一
香水瓶　五〇五
香水や　二五
香水より　二五九
香水を　二三三
香焚いて　三四三
口中に
—鮑すべるよ　二二〇
—苔の香たつも　四五一
口中を　三〇九
耕馬否　二八一
荒廃に　一六七
紅梅に　四三四
紅梅の
—咲き白梅を　三六五
—一枝も欠く　四二二
紅梅を
—仰ぎとどまる　一七五
—剪り白梅も　三四五
幸福と　一〇一
口辺に　一〇二
興亡の　四〇六
香油して　三一
黄落の　二〇三
荒涼たる　一七
声かはす　三二七
声冴ゆる　六六
声に出て　二五四
コート着れば　四五
コーラ飲む　一七一
こほろぎの　四五
子が飽きし　一八八
妓が帰る　三五七
凩と　五二
濃き影を　三一九
古希といふ　四九一
虚空にて　一二一
極月の
—眠り豊穣　二五七
—目覚めや宿の　三六三
—夢に笛吹く　三六三
—衾の中の　四四六
黒蝶に　三〇七
国道の　二〇七
黒曜の　五〇七
ここが故郷か　一三七
午後の蟬　六一
午後はまだ　四八
心憎き　一一七
小桜の　四〇六
仔鹿ゐて　四八四
来し方の　一八五
腰であやつる　一一九
腰貼の　二六二
御神火舟　二八七
濃菫へ
—俯向くことも　四一
—休日勤務の　一二二
コスモスの　三〇九
戸籍簿に　四四三
子育ての　一八六
こぞる木の芽　一〇四
五代目の　四一〇
炬燵辺より　一〇〇
古丹波の　四七六

東風の二階ゆ　一三〇
東風吹いて　三三
骨一体　三二四
酷寒の
—静臥不貞寝と　一〇一
—長病むへ書く　一〇二
極寒の　五〇九
忽然と　一七四
事さむし　四九
今年竹
—筆とればはや　二五一
—見えざる雨の　四四三
ことしまた　二二六
言絶えし　三三
言葉はたと　四四六
琴弾きし　二四
壽の　二六〇
子ども入り来し　二一九
子ども来ねば　四〇
子ともつれ　二二九
こどものこゑ　一八三
小鳥来て　四二八
琴を弾く　四七四
子亡き母に　四五〇
仔猫すでに　七二
子の髪に　二〇四
木の葉浴ぶ　三五三
木の葉髪　一〇八
木の葉散る　四五二
木の葉降り　三七八
木の葉降る　一一六
この日向に　三二
木の実の紅　二三八
木の芽雨　四三五
木の芽きらきら　一〇四
木の芽立つ　一五五
木の芽吹く　四九七
この家いま　四七七
この山の　一八一
この世の虫　四六
子の笑ひ　二八五
小春日の　五三
小春日や　五三
湖畔村　二八八
湖畔より　一五九
五百五十間の　四一五
辛夷覚め　一六一
辛夷散り　四四八
辛夷南面　一三二
辛夷満つ　四四八
古墳三百　三〇八
古墳吹く　三〇八
古墳村　三九三
小仏の　三三一
駒下駄に　二九一
駒鳥の
—朝のこだまを　三〇四
—告げし晴天　三〇四
木洩れ日の　二六
蚕屋めきし　四五五
こやる身に　三七
小雪伴れ　二五九
古来稀と　四九〇
濃りんだう　二〇二
これよりの　七一
ころりころりと　三三二
仔を生みし　九七
濃をつくす　四四
滾々と　四七六
こんじきに　一八二
金色の　四〇九
金色仏　二六三
紺糸こく　九六
来ン年の　四一〇
こんにやく谷　三九八
こんりんざい　四二六

さ行

サーファーに　四九九
細雨はや　二九
さいかちの　二九八
歳々の　三六二
採石場の　一三五
采振りの　四〇七
西方へ　二〇〇
材木の　三三
冴え返る
—庖丁雑子を　三〇〇
—ある日の恥を　五一二
冴え冴えと　二九九
囀に　三一三
坂がかる　一八九
酒倉の　二〇六
探しあぐねし　五七
坂下の　一八三
さかしまに　七四
坂なせば　三五一
坂の負ふ　一七一
坂のぼる　四六八
坂の町　三九四

酒船石　一九五
鷺草の
—をどりどほしよ　三七七
—幾日この暑に　四六八
—羽を平らに　四七〇
咲き冷ゆる　一一五
さきみちて　三一三
岬山に　三二六
砂丘苺も　二一〇
咲く花の
—闇につづけば　四六〇
—雪降る音を　四七三
桜五弁　五七
さくら咲き
—思ひ出さねば　二六二
—出土の酒の　四一四
さくらしづか　二六二
桜大樹の　九三
さくら散る　三二五
さくらどき　一九七
さくらどれも　四九一
桜の実　二八一
さくらの芽　四三四
さくら山　四八二
桜若木　三一三
さくらんぼ　三九六
柘榴とりつくし　三七
柘榴ふとる　七四
柘榴みて　二九
柘榴割る　一九一
酒を売る　三四八
笹刈りの　三六一
笹鳴や　四一一
笹鳴を
—ちりばめてゐる　四一一
—母に代りて　四七二
ささめ雪　四五三
さざめ雪　三六四
笹山に　四二四
さざん花の　四一九
山茶花や　一一〇
座しまろび　四七四
座礁船　一八六
五月闇　二八一
雑草の　一二八
早苗田の　四八三
錆鮎に　二五六
錆鮎や　四五二
寂しさの　四六九
淋しさの　四九六
さびしろに　二六四
さびしろの　二六四
座蒲団に　五九
覇王樹の　一五七
ザボン剝く　二二
さまざまの　一六五
さみだれの　四八四
さみだれを　四八四
さみどりの　三七五
寒き夜の　一〇二
さめざめと　四〇一
さゆれゐて　四七三
晒屋の　三五七
さらばへて　四一三
皿割つて　三六一
さるすべり　四一
猿づらの　三六〇
さわがしき　二〇四
爽かな　七四
爽やかに　一〇八
山塊を　四七一
三月の
—雨ぐせ誕生日　四三五
—雨にうるみし　四三五
—音なき雨の　四三五
—闇あをあをと　四九〇
蚕蛾はや　二六五
三寒四温の　一九三
残月を　四九八
山菜採りの　二四九
三十の　二七
山椒魚　一八〇
山上湖の　三九五
残照の　三〇八
山水に　二九二
山中に
—神のさびしさ　一九八
—稲の香甘し　二〇二
—菌からびぬ　二四三
山中や　四二八
山頂の　二五二
さんづけの　四九八
三の酉　二〇三
三番宿　三四八
山風の　二四四
秋刀魚にがし　六三
産卵の　四六九
椎落葉　一七七
椎の実の　三七八
ジェット機の

—余響しばらく　五六
—排気下赤く　一六三
潮風に　四七八
塩からき　一七九
潮騒に　四〇八
潮騒の　四〇二
潮も秋　二二四
市街にも　一一五
鹿涼し　四〇七
師がたまふ　一一〇
鹿鳴いて　三四二
鹿のこゑ　三四二
鹿の声
—ほつれてやまぬ　三四二
—三たびはかなし　三四三
鹿の目に　四八九
時季ならぬ　三三一
四弘誓願　二〇二
シグナルの　二〇四
しぐるると　三六三
しぐれつつ　三八
時雨れて紅き　一一八
しぐれては
—木下やどりの　三六三
—小さき位牌の　四五七
時雨を来て　一二八
四、五本の
—白樺明晰　二八六
—夕日の柱　三一九
地ごんにゃく　二九七
ぢぢばばの　三四九
死者にあるは　一三〇
しづかなる　七一
沈みたる　二七六
紙銭折る　二八九
地蔵笑む　一三二
舌がおどろく　三〇四
羊歯茂る　三二九
歯朶漉き込め　二四九
しだれざくらの　四八二
七月の
—曙光やあげし　二八二
—夜更けてより　三七六
十指の爪　二五九
疾風と　九四
師と歩む　二二六
死に近き　五六
師に満てる　二〇七
自然薯や　四八〇
死の床の　三五八
師のまへの　二二三
篠叢の　一九二
芝焼いて　三三
しばらくは
—旅無し峰雲　二二二
—旅なし朝の　三七五
—指照らし這ふ　四〇五
耳鼻科の灯　六五
地吹雪に　三九一
皴取の　三五七
縞きはやかに　五八
島に生れ　一五七
島に老い　三三〇
島紅葉　三四二
島山の　四八二
島を出で　三七一
四万六千日　三二八
しみじみと　四六六
凍み渡り　三五七
注連冴ゆる　三〇〇
四面鏡　一八七
霜枯の　四七九
霜きらめく　四七
下寺へ　三七九
霜濡れの
—枯芝かがやく　五五
—土のかがやき　一五四
霜の鐘　三四三
霜の暮　四七
霜の花　四四七
霜の華　二四二
霜の夜の
—眠りが捕ふ　五五
—心音駆けり　二八六
しもふり茸　三九八
霜真白　二七八
霜除の　一七三
錫杖岳や　三六一
石楠花に　三〇四
石楠花や　一六八
灼熱の　一二八
芍薬より　七〇
社家の門　三〇六
車掌のうしろ　二五
車掌の靴下　一一六
車窓飛ぶ　一〇九
車内に疲る　一二一
舎利仏に　二五五
舎利仏を　二五五
車輪すでに　二〇四

枯木を　二八二
秋雲に　二八
十月の　四八六
秋気ぎつしり　四五
秋光の　四七八
秋耕の　三〇
十三段　二八五
十三日　一〇二
十字架の　一一八
十七夜　四〇八
終車音　九九
秋天に　四七七
秋天を　三〇八
十二鵜や　二五四
十二月　二七七
終バスや　一二九
秋夜いくたび　三八
十薬に　六〇
秀嶺の　四七八
秋冷の　三九七
樹下に来て　一八五
手術後の　七三
朱唇うるほひ　一六五
修二会の　三七四
棕櫚の花　五〇三
棕梠幹の　三六
春暁の
—すべての中に　四九
—雨淡泊に　六八
—またも近づく　一九三
—丘・家・林　一九三
—嗚咽に似たる　三二五
—覚めてゐたりし　四〇三
春暁へ　一二一
春暁を　一六二
春月斑ら　九四
巡航船　三九四
春日たらり　五八
春宵の　五一三
春水の　一七五
春星の　二三三
春雪の　四二六
春雪や　三七四
春昼の
—指とどまれば　二三
—寡黙に母の　四一
—配膳音の　一二一
—白紙にぬぐふ　三六五
春昼を
—昇りつめたる　一七七
—かさこそ白き　一九七
春泥の　一七五
春灯に
—雨日の痩せを　二四
—ひとりの奈落　六八
春雷の　四八一
春蘭の　三〇〇
春嶺の　三六四
生涯の　五〇二
障子いま　三七八
城址鬱々　一五六
清浄と　三一八
猩々に　三二九
猩々の
—酔眼めぐる　三二九
—舞へば紅蓮や　三二九
上昇の　三〇六
少女の手　四二四
少女掃く　三五一
精進の　四一二
上水タンク　一二二
上蔟や　二六五
正徳六　二八一
尉となる　四八七
情無しに　一〇一
小児科や　一〇三
少年の
—浴衣ざらひの　三七七
—暮雪にまぎれぬ　三九一
浄玻璃に　四五〇
上半身　二二
縄文の　三四二
常楽会　三一二
松露二つ　三六六
書架重る　一一三
食塩を　三八
燭光に　一六四
除夜過ぐる　一一六
白息と　二八六
白魚に　二二七
白魚汁　一一八
白粥に　四四七
白鷺の　一三六
しらしらと　四二九
白玉や　二二三
白露の　三〇九
白露や　二四一
白ラ吐息　三三
白萩に
—われ過ぐる風　三一七

—ひとゐて月の　三五〇
白帆曳　二二七
白百合鬼百合　三五
知り人に　三九九
汁椀より　四四九
しろがねの
—冬の針曳く　四一〇
—魚買ふ秋の　四一八
白き塑像の　一二八
白きタンカー　二四五
白孔雀
—天降る雨風　一八七
—いま全開に　四八二
白靴酷使　一五三
白靴に　一八八
白山茶花
—虻つきてより　二二六
—水路一すぢ　二二七
白さるすべり　一九〇
白地着て
—山湖の魚に　一六一
—禊せしごと　三二八
白地着む　七〇
白地耀り出づ　一六一
白菖蒲　四〇五
しろじろと　四一〇
白足袋を　四七二
白蝶の　四八三
白椿の　一七三
白薔薇を　二一九
白日傘　一一四
白服の　三一六
白芙蓉　二八
城山は　三六六
師走かな　五〇五
師走三日を　二二
皺ふかき　九九
神域に　三二三
心音てふ　五一一
しんかんと　三六七
人日の　四五八
人日や　四八〇
新秋の　四五一
深秋の　二九
神酒なほ　三九七
しんしんと
—澄む秋空や　四四
—雪の高野の　五〇一
信ずれば　三二
人生の　一五四
新雪の
—円馥郁と　二〇六
—けふより蔽ふ　二九六
—山に対ひて　三八九
心底より　三三〇
新茶汲む　二三五
しんの闇　四〇五
甚平の　三六〇
新発意の　四九四
新米に　四五六
深夜の蝿　一五八
迅雷の　二八四
新涼の　三六九
新涼や　四五一
新緑の　三二六
新藁切る　三八〇
素足美しき　五〇三
西瓜赤き　九六
西瓜食ふ　三三二
水禍の泥　一二七
西瓜食む　九六
水禍頻々　六〇
西瓜割る　二二二
水仙の　一八四
水中に　二二一
吸呑に　四二九
酔芙蓉　三五一
睡蓮開花　一二四
睡蓮蕾む　七一
睡蓮閉づ　二一九
睡蓮に　一二四
睡蓮の　二二〇
睡蓮明暗　七一
スカートに　一三七
姿なき　一九五
姿見の　四五三
杉山中
—下刈鎌に　三〇六
—何も映さず　三〇六
杉谷や　一九六
杉の間も　四九四
杉葉搗く　四一八
漉槽の　一九七
過ぎ易き　四八
杉山の
—蛇の青照り　二九四
—香を水の香に　三〇六
杉山へ　二七六
杉闇に　四一三
梳く髪の　五一〇

すぐき刻む　二四六
末黒匂ひ　一六三
末黒野に　四一二
末黒野の　四一三
末黒野は　四一二
末黒野や
—煙り一縷も　四一二
—まだ焚きのこる　四一三
スケートより　三一一
すこし濡れ　四七八
双六めく　二五八
冷まじき
—滝川白き　二三八
—念力舎利仏　二五五
—富士の落日　三〇八
—すだま金掘り　三三一
すし桶を　四二五
鮓を押す　三七一
芒なほ　二二五
芒野を　四三〇
芒原　四七八
芒叢　一七三
涼みに来て　一一四
鈴虫の
—振る音がほどに　九六
—鳴きゆすり月　二三八
鈴虫や　一八八
雀交る　二四七
すずらんに　三一五
裾冷えて　二八六
巣燕に　一三一
すつぽりと　五〇六
捨つることを　五〇九
すでに春の灯　三九
ストーブの　二九七
砂浴ぶ鶏と　五四
砂のごとき　一七四
砂山を　三四七
炭竈へ　二五六
炭火あれば　一六〇
炭火の香　六五
澄む水の　三〇七
すもも市　二九二
すもも売る　二九二
すもも食む　二二一
すれちがふ　四八六
頭を上げて
—また影踏みて　二三六
—蟇にも若さ　二五〇
聖十字　一九二
聖鐘は
—ひびき納めて　二四七
—飛び梵鐘は　三四七
青天に　二三一
青天より　二四八
聖堂の　五〇一
青年医師の　四八
青年を　一七九
清明の
—爆竹ゆする　一三一
—火中にをどる　一三一
—地蔵燻らす　一三二
精霊の　二五二
蜻蛉の　四〇七
施餓鬼の灯　三四九
関跡の　二〇二
関址の　二九七
関跡や　四八七
咳地獄　四九六
咳に荒れし　一六七
咳一つ　四八〇
石仏に蝶　三〇三
石仏の　三〇七
鶺鴒の　二八九
禅師のまへ　三二七
せせらいで　四〇〇
雪煙や　四七二
絶海に　三七一
石階の　一一六
絶海の　三七〇
石棺二つに　一九五
雪渓いまだ　一三六
雪渓の　四四三
雪渓を　二八一
雪原に　三五六
雪原を　一六〇
石膏像の　一〇九
雪光の　三五六
絶食や　一一二
せつせつと　二二一
雪像の　三五六
雪中に　二八六
雪中の
—紅を椿と　一九二
—灯り細めし　四五九
雪中や　二三一
雪壁の
—山の水吐く　三五九
—夜の暗さが　四一二
雪嶺に　四二五

雪嶺の
—白身暁紅　二〇七
—夕日鷲の眼　二九六
—天にただよふ　三九四
雪嶺呑む　二〇四
雪嶺や　二四七
背に張りつく　一二七
蟬音繁し　二二一
蟬声の　二八三
蟬しぐれ　四〇六
蟬高音　七三
蟬の声
—油彩の桃を　九四
—しみゐる老の　三七六
蟬の昼　三四
競られゐて　二三〇
セル着るが　一一三
セルの縞　九八
背を曲げて　二六一
善悪はや　三七
鮮黄の　五八
全山を　四三六
禅寺丸柿　二二五
浅春の　四〇二
仙丈岳の　二八〇
船図ひろぐる　二二
先生の　四八三
禅僧の　一八五
先代の　二七七
栴檀の　二八四
千通の　二六三
禅寺の　一七一
千灯会　三四九
千灯会の　三四九
千年の　四八〇
仙翁花や　四九四
扇風機の　七三
船腹に　一二四
ぜんまいを　四九一
蒼海の　四四六
雑木山　六四
象牙箸　三二八
爽秋の　五〇八
蔵書ぎつしり　二〇六
総身に　一五五
双神は　三五六
造船音　一一六
造船工　一二四
ぞうぞうと　五〇六
双体神　四二六
増長する　一七二
双蝶の　四二六
蒼天の　四七八
雑煮椀　四五三
僧の頭の　二五二
僧一人　三六四
僧兵の　一九八
走馬灯
—消えて覚めくる　一九九
—消えのこる炎の　二七三
爽籟や　四七七
袖かさね　一九
袖すりゆく　一九〇
袖に来て　七二
その中に　五〇六
蕎麦を打つ　四一九
祖母の世の　二八〇
背くかに　一六七
染寺の　三三三
そよそよと　三九五
空青きに　二三一
空仰ぐ　二五八
空下りて　四九七
空近き　一二七
空ふかき　三九四
空深む　一二六
空町に　三六七
そらまめに　一六二
そらまめ剝く　二五〇
ぞろぞろと
—焼野より来る　四一三
—丘にのぼりぬ　五一一

た行

対岸に　二八五
対岸の　四五二
大寒の
—医院に逢ひぬ　二六〇
—いよいよ小さき　五〇九
対岸は　二七九
対岸も　三九三
大旱や
—乾坤憎まれ　二七
—身にふかむ影　一八八
大寒や　五〇〇
大寒を　一三一
大根の　三五三
泰山木
—家出るたびの　二六六
—咲いて決意を　二九一

—池心に錆びる　三二七
泰山木の
—一花は友の　三九六
—花に遊ぶは　四一六
—花錆び旅を　五〇二
—花を遠目に　五〇七
—花や先師の　五〇七
大樹いま　二三二
台杉の　三〇六
代々の　四二〇
大地劃す　一二三
大地なほ　五五
太白の　二九四
颱風一過　三三二
颱風過ぎの　六二
颱風の
—さ中に剝きて　四五
—怒濤明りに　三三一
—山の鳴動　四一八
大仏の
—裾に旅寝の　四七二
—みそなはす山　四八九
—膝下に病むも　五〇〇
松明の　四五七
大文字　三六九
大文字の　三六九
太陽と　四九
太陽に　三四七
太陽の　三八九
太陽を
—探しに遠足　一七七
—かくは醸して　四四五
大輪の　五〇七
田うなへと　三四八
たをやかに　三五二
倒れ木の　二四八
田が植わり　四二七
誰が口笛　三七九
高空の　四七
たがための　五一〇
高稲架の
—濡れ金色に　三一八
—ぬくみしぐれの　三一八
高稲架も　二八一
高稲架を　四八六
田が見えて　三七一
簟　二五〇
耕す土　一七六
耕せる　一〇四
高ゆかず　四三
田川いま　二九五
高笑ひ　四九
鷹を見ず　二四四
たかんなの　四〇四
滝音に
—節のばしゐる　三一三
—まぶしさ濾せり　三一三
—ささめきわたる　四二六
滝音の
—離れぬ山女　三九七
—秋声はるか　四七一
滝音や　三二〇
滝音を　二七四
滝頭　四二六
薪能　三四一
滝口に　三七七
滝暗く　一六四
滝どどと　一九七
滝に入る　四四八
滝の香に　四二七
滝の本　三二九
焚火中　二五七
焚火の焰　一七三
滝ひびく　四八四
焚火火の粉　三七二
滝三すぢ　四九二
滾る油　九七
焚く火より　一三七
卓四座　二一四
竹青き　四七一
竹皮を
—脱ぐにあそべる　一九八
—脱ぐ一心に　四四三
筍の　一六二
筍飯　六九
竹の露　七四
竹の葉騒は　六九
凧の風　三九
凧一つ　三六五
凧持ちて　三六五
黄昏に　二二〇
ただ一度　六六
ただ白く　二二九
ただ中の　四八七
畳の上の　四七五
爛れたる　五〇三
立ち並ぶ　二九五
たちまちに　四二一
韃陀の　三七四
七夕の　三五

谿底に　四七六
種子蒔いて　一六八
種蒔ざくら　二九〇
種待つ土　四九
田の風が　二九三
束稲山青し　四八三
足袋白く　六四
旅だちの　三四九
旅なくて　四一七
旅にある　五四
旅果や　二一〇
旅ひとり　二七五
旅ゆかで　二六三
足袋をぬぐ　四三四
たぶ樹叢　二〇九
食べ足りて　四六
電球一箇　九六
電球替へし　九三
魂棚に　二九四
霊棚に　二五二
玉なして　四五四
魂抜けの　七三
玉虫の　二三八
たむしばの　三九四
ダムの青　二九五
ためらはず　三二
たらひ舟　三三三
鱈汁や　四〇三
たれか病み　四七三
誰もゐぬ　三六六
たわたわと　四〇一
田を鋤くに　三〇三
田を底に　四一〇
団子二串　一九〇
誕辰の　四一
炭塵めき　二二九
段畑に　二〇九
煖房車に　一二九
たんぽぽの
—絮の浮遊に　三四六
—毬夕光《ゲ》を　四一五
たんぽぽは　四七四
近く鴨　二七四
近づきて　二四九
近づけば　七一
地下鉄を　四三五
近鳴きて　三七四
ちからある　六四
千木の家に　三七三
地球儀に　四九〇
竹幹の　三九六
竹林に
—ひかりさざめき　三一一
—雪撓み落つ　三四四
竹林の　四五八
地隙より　一七七
稚児舞に　三九一
稚児舞の　四一一
小さき稲荷を　三九九
小さき火の見に　四〇〇
地湿りに　二〇九
父癒えぬ　五三
乳いろの　一六八
父が選び　五一二
父が来る　三八〇
父がこのみし　一七四
父恋し　一九九
父死後も　一八七
父咳けば　四六
乳足りし　一〇六
父とありし　二〇三
父と娘に　一七三
父なくて　三四六
ちちの香り　四七〇
父の忌の
—暁闇凍つる　四二一
—暁闇の凍て　五〇一
父の忌や　四〇二
牛乳飲むと　二六六
ちちははと　四六八
ちちははの
—家に棲みつぐ　五〇八
—齢は越せず　五一〇
—夢ばかりみて　五一一
ちち病むに　五二
父病むや　五二
父呼べば　二二八
チッチ蟬　二二四
千鳥きく　三五六
千鳥紅梅　三二三
千鳥鳴く　三五六
地に置きし　二一七
地の旱　二一七
茅の輪くぐる　三〇五
茶畑に　三一四
注射痕　二五〇
注射器に　三八
中尊寺道　四八三
蝶生れて　六〇
長江の　四三三

鳥獣戯画に　三〇五
鳥獣戯画の　三〇四
頂上や　四五六
打擲せし　二五一
蝶なべて　二三三
散りゐしを　三九九
散り尽す　三九九
散り果てて　六八
散り紅葉
—夜は天上の　二七五
—けものの糞に　三四二
散る薔薇の　一八六
鎮火跡　一一五
枕頭や　四五三
築地長し　一九八
通院の　一〇三
墳出し　四九一
司名の　三九二
束の間を　四五三
疲れて眠し　一九三
疲れ身の　一八二
疲れ身を　四九五
疲れ眼に　四〇九
月あれば　二二七
月遅き　一八六

月落ちて　二〇二
月冴えて　二八七
月さして　二四一
着きてすぐ
—海鞘もてなさる　二六三
—蹤きゆく郡上の　四二五
月に枝垂れ　一九六
月の椅子　五一
月の河鹿　二八二
月の蛾の　四三〇
月の隈
—忘れ靴めく　三一五
—闇の拳の　四一八
月の出や　四八五
月の萩　一五三
月の面なめら　九九
月の夜の　三七九
月待つと　一八九
月見草も　二三六
月見団子　二五五
月若し　四五六
漬けし梅　一六一
辻曲る　四八八
蔦青む　一〇五
土塊を　一〇三

土に半ば　二三九
土の香を　三九九
土の露　三〇
土雛の
—細目ひそひそ　三五九
—裏塗られずに　三五九
筒鳥の　四四九
筒鳥や　四二七
常の声　五〇七
つねの声に　四四七
角下げて　四九八
つのる梅雨　六〇
椿一輪　二六二
壺に真白　五六
つまづきし　二二九
夫亡くし　四七五
積砂利の　六一
摘みためて　五八
爪の色　五〇六
梅雨嵐　二三五
梅雨入日　三二六
梅雨傘の　七二
梅雨靴の　一一四
梅雨昏れの　四九二
梅雨激浪　一九八

露けさの
—遠照る一湖　三三一
—駅鈴ひびく　三七〇
梅雨最少の　一七七
梅雨さわぐ　四三
露霜に　二九六
梅雨清浄　三四
梅雨迅雷　四一六
梅雨ながし　三五
梅雨に入る　三一四
梅雨日蝕　九七
梅雨塗りたての　一六三
梅雨の石　五九
露の結界　五一
露の走り根　一六五
梅雨の灯に　四八四
露の病室　五二
露の鵙　三〇
梅雨の闇　二五二
梅雨の夜の　七一
梅雨の雷　四〇五
梅雨晴の
—清水坂を　二〇
—抜手白波　二二〇
—飛瀑芯まで　三一九

露光り　三〇
梅雨ひかる　二八二
梅雨ふかし　四三
露ふふむ　五七
梅雨茫々　三六〇
梅雨やみゐし　三五
露を踏み　四二九
強霜と　一一〇
鶴来る　四九九
鶴といへる　三〇
石蕗の花　四七二
石蕗は冬の　二四五
定家読む　三一五
泥中に　四九八
手があたたか　一九四
手かざせば　三二四
手数嘆きつ　一三三
できたての　四六三
出格子に　四一六
手作りの　三二三
出作りの
—婆のまろ寝も　二九二
—山羊と輝りあふ　二九二
出作りや　二九二
鉄材の　一二五
手に抗ふ　一三三
掌につつむ　三一四
掌の上の　三九五
掌の窪に　二三〇
てのひらに
—寝る灯照りそひ　二二九
—くれなゐをよぶ　四五八
—艶の截りきて　五〇九
てのひらの　三一
手花火の　四〇七
手袋と　二二
出穂揃ふ　二九三
寺町の　四二三
照り昃る　二三一
照り曇る　三三二
掌をすすぎ　三八
手をつなぐ　三九〇
掌をひろげし　二二四
天仰ぐ　二八九
天安門　四三三
天安門の　四三三
田園の　一〇三
天涯の　二九
天河にて　四五九
天草は　一五七
天草舟　一五六
天草干場を　一五六
天草も　一五七
天日も　二四五
天上に　四九二
天上の　四八五
点睛の　四五八
天地梅雨　七二
電柱の　一二二
点滴と　四六八
点滴の　四九六
天の扉を　四九二
天日ふと　二〇〇
電報が　四六六
天よりも
—夕映敏く　四〇
—地上の暗し　四六〇
天龍川を　二八〇
天を航く　二八三
灯火親し　五一〇
灯下親しき　二四〇
投函へ　一一三
冬暁に　二〇三
冬暁の　四二二
堂暮れて　二八五
闘鶏の
—貫禄士を　三五四
—ばつさばつさと　三五四
—一塊となり　三五四
闘鶏楽の　三六七
闘鶏を　三五五
峠路を　四〇一
峠空　二二五
冬耕の　二五八
陶工の　三一〇
東国の　四七四
冬至の灯　二〇三
道心小屋　三一二
灯台に　四五二
灯台を　三四六
冬暖の　二二七
冬天に　四六
東塔北谷　一八一
塔三つ　四一四
冬麗の　四八八
蟷螂と　七四
灯籠に　二九三
灯籠の
—ともさぬを積み　三一六
—炎いろときめき　四四四

—影の露けき　四九四
蟷螂の　二一
灯籠を　三一六
遠くわくこう
—森のはじめの　二三六
—一声のみの　四七六
遠き秋風　一二七
遠き港湾　一一一
遠き日の　四七九
遠き闇　四三
遠きより　四六二
遠く焚く　三二一
遠桜　四七三
遠花火　一七〇
遠囃子　二五〇
遠星の　二三
遠山の　四八二
遠闇に　四六二
通り抜け来し　一三六
蜥蜴出て　四一五
扉が開き　四八
斎の火を　三一一
刻経たり　二〇九
とくさ影　三五一
十串一連　三一九
とくとくの　一七四
解けがたき　三二二
刺さり　二三
どこへ飛ばんと　一六六
どこまでも　二三四
年明くる　三五三
年新たな
—凍み足袋裏を　一七三
—白よ餅、紙、　二七七
年惜しむは　五〇八
年越の　三四四
年のオリオン　一〇〇
年の果　五〇八
年の夜の　四九五
年豆に　二〇七
どぜう汁　四五〇
年忘れ　二五七
栃餅に　四三五
栃餅の　四八〇
どっと来て　四〇二
どっと暮れ　一八一
どっと夕焼　一六三
突風に　三九三
土手つづる　一三二
とどこほる　二七三
どの新樹に　四二
戸の隙を　二二九
どの辻も　三七七
どの屋根にも　三一
どの柚子も　三五二
どの路地も　三四八
飛び来ては　二八八
飛び過ぐる　二五
飛出して　四五〇
鳶長啼く　一三一
鳶の輪の　二九三
飛ぶ壁の　二四七
飛ぶ雪に　四四七
土塀つづく　四三一
トマトに塩　五〇
泊り子の　一〇八
尋めあてし　一九六
友よりの　六二
土用秋風　四九九
土用波の　一七九
土用光るよ　二六六
虎吠えて　二〇八
鳥帰る
—真神の原は　一九五
—プラットホームの　四六七
鳥翔くる　四二
鳥兜　四六三
鳥雲に　五〇一
鳥の足跡　一八〇
鳥ばさと　三二四
鶏ひそか　五五
泥絵具　二八四
泥田十重　一二三
訪はずまた　二五七
訪はるるまで　三九
訪はんには　二三
訪はん身の　二五三
扉を押せば
—晩夏明るき　二八
—開く聖堂　三六六
戸を閉ざす　四三五
曇日の　四一
トンネルの　一三〇

な行

なほ捨つる　四五四
なほのぼる　二三
直会の　二八七
霖雨の
—旅の一歩に　四九九

―あとの不眠や　五〇七
長き髪　四六九
永き日の　二八〇
永き日や　二三
永き日を
―紙漉き飽いて　一九六
―ささやき羅漢　三六七
長き夜の　五一一
長靴の　四八三
啼かぬまも　六三
長藤の　四一四
長病みに　一三七
長病めど　四一
長良川　四五一
流れゆく　二九四
亡き父と　一八八
亡きひとの　二三三
亡き人の　六七
鳴きやみし　四五五
なさけある　四〇九
梨結実　二〇九
梨咲くに　二〇九
茄子いんげん　三三一
なづな咲き　二四九
夏暁の
―畳の冷えを　四二八
―水をこくりと　五一〇
夏暁の水　一七〇
夏帯を
―解くやふかみし　一六九
―解くや渦なす　二三四
夏銀河　一三二
夏雲湧き　二二三
夏昏し　二八四
夏氷　一七九
夏透く炉火　一五六
夏蝶や　三五
夏濤に　一八六
夏の風邪　九五
夏の月
―とどかぬ暗み　九五
―熟れむばかりに　四九八
夏の露
―馬の母子の　三二六
―とばし荒草　三二七
夏の果
―薬酒にほめく　二〇〇
―沖に雲めく　三三〇
夏の餅　三六九
夏の夜の
―森の匂ひの　二三四
―サーモン冷やす　三一五
夏百日　五一
夏負けの　一三七
夏祭　四八五
夏三日月　一七〇
夏未明　六一
夏未明の　四四四
夏痩せて
―執着の紅　五一
―帯締まりよき　五〇三
夏山に　二八二
七種かご　二七七
七種の　三四四
七草の　四五八
七種を　三五四
なにがなし　二四
何を見て　四一七
七日月　二六四
生ゝ瓦　一五九
なま白き
―月地をいづる　四五
―蛇売りの前　一一二
なまぬるき　一二六
なまぬるし　一六九
泪して　四二五
波一つ　三九三
奈良の闇　四八九
並びゆく　一一二
楢若葉　四二
鳴りいづる　三〇二
何の香とも　三二六
何の疲れ　二九
二階より　一九一
にぎやかに　一七二
肉食ひし　二四一
肉提げて　九四
肉の断面　一二八
憎まれ口　一六九
逃げ水の　四四九
濁る運河　一一四
虹いろの
―魚釣る氷湖の　四〇二
―声曼陀羅に　四九四
二時打つて　三五五
虹反りて　四九三
虹立ちて　四九三
虹強む　九八
虹のあと　九八
虹の根に　九八

西の人　四六八
虹の輪を　四九三
西日陰　三六
西日して　三六八
西日照り　二七
虹二ヶ重
—みはる瞼の　五九
—あの世この世の　四九三
虹へだて　二四
二十五菩薩　三六八
二重窓に　二四二
虹をゆく　五九
二度目の豆腐　一五六
二の腕の　一八九
丹の塔を　三三三
二面石　一九五
荷役の他は　一一九
入学児の　二三〇
乳牛に　二四八
入渠船　一二四
乳児の香　一六二
俄かなる　四五二
にはたづみ　四五
潦
—かくもま澄みに　二四〇
—空をふちどる　四八二
人形劇　一一四
泥濘を　一二七
脱ぎし足袋　四七
抜きはなち　三〇〇
沼底の　一六四
塗り了へて　一二三
塗椀の　四七一
濡れ犬の　三五
濡れ重る　一七〇
濡れゆく人を　一八
根尾谿に　四二五
ネオン覚めどき　一二三
ネオンには　一一一
猫鳴いて　二〇二
猫にほそき　一九二
熱気球　四六五
熱気球の　四六五
熱砂ゆく　一七八
熱の額に　一〇〇
熱の母に　九七
熱の夜の　二〇
熱退いて　三八
音にさとく　七〇
嶺々暁くる　二〇四
寝仏の　四九二
音短かに　二八
眠たさの　二五二
合歓の木に　四九三
睡りゐる　三六六
眠り足る　一〇三
眠り蒸すや　一三二
眠りゆく　五三
眠る前　四八九
眠るまでの　一一三
眠れぬに　二五九
ねむれぬは　五〇九
眠れねば
—未来蒼茫　一七四
—白狐いざなふ　三五九
—からくれなゐの　四七一
寝る僧の　一八九
寝る前に　二四〇
寝んとして　二〇一
ねんねこと　一六七
能楽師　四八六
農腰に　三九一
のうぜんに　一〇六
のうぜんの　一七一
農の血の　二〇二
農夫白シャツ　五〇
能舞台　三三一
農夫より　七二
逃れえず　三七
野菊点々　一九〇
遺されし　一七四
残されて　五〇二
伸してころがし　四一九
野立蕎麦　四二〇
のど越しの　五〇九
野の梅の　三一一
野蜂とび　二一
幟赤くて　一六九
幟鮮たな　一三四
登り窯　三一〇
登り来て　三五八
のぼり来ては　四九一
のぼりくる　四七七
野焼く火の　四二〇
野焼く焔は　一七三
海苔粗朶も　一一九
海苔採の　一一九
野分後の
—雨粛々と　二五三
—瓦まぢかき　二七三

―島の闇濃し　三三三
野分して　四一八
野分すすむ　一九
野分中　三三〇
野分浪　三三〇
野分晴　三九八
野を焼く火　四二一

は行

羽蟻いくつ　五九
廃運河　三九五
廃屋に　四一三
廃屋や　三九〇
廃金山に　三三一
廃船に　三九四
パイナップル　二三二
ハイビスカス　三二五
這松を　四四五
貝母咲く　五〇九
配流や　三七〇
南風立ちて　六九
南風波の　一九八
羽織紐　二〇
墓一基　二八〇
葉風より　四四
墓の前　四七七
墓見ゆる　三六六
墓山に　三二〇
墓山の　二四〇
萩あれば　四三〇
萩芒　三〇五
萩は実に
―光悦寺垣　二四一
―みめよき媼　四四六
吐く息に　三四六
白雨来て　三〇五
白雲水　四二五
爆音の　五二
白日の　四〇九
白扇に　二九三
白濁の　五六
白昼の　四四五
白鳥の
―浮寝平らに　三〇一
―颪に首たて　三〇一
―たはむる春の　三九二
―帰北うながす　三九三
―抜羽白妙　三九三
―引きては湖を　三九三
白鳥を　三九三
白桃に　三七六
白桃の
―いつまで紫衣の　一〇六
―うす紙の外の　一〇七
―刃ものをきらふ　三六八
―匂ふにこころ　四五五
白桃を　五一
白日輪　四四八
白梅の　四三五
白梅は　四四七
白梅や
―祖母より継ぎし　九三
―掃けば浄まり　二四六
白髪の　四四六
白牡丹
―くづる仏の　二六三
―日射しのいろの　三六七
掃くほども　一九四
白木蓮の　四三五
白露光　二八四
はこべらに　五七
葉桜に　二六三
葉桜の　四八三
葉桜や　四七五
稲架棒と　二八九
端居すや　一九九
恥抱ふる　一五八
橋がかり　三三〇
端近に　五一
橋一つに　一六八
はじめての　一七二
馬車動き　一九九
走り行　三七四
走り出て　三〇四
走り火の
―遅速の山を　四八九
―末黒に忘れ　四八九
バス一台　一〇九
蓮ひらく　三一六
馳せ転ぶ　三〇五
馳り来て　二四五
破船あり　一八四
肌着替へて　一二一
働かねば　一六七
八月に　三二八
八月の　四五〇
八月や
―この茫漠に　四二九
―わが息の根の　四七七
―忌日二つの　五〇四

蜂閉ざす　六一
蜂の巣と　一二五
蜂蜜の　五〇二
蜂若し　五八
初明り
—仕舞扇の　三二二
—してよりどつと　四六四
初秋と　三四九
はつあきの　四七〇
初嵐
—白がちになほ　二七三
—やがて母の忌　四九九
初うぐひす　三一二
初鏡　四七二
初河鹿　四八四
初鴉
—いよよはなやぐ　四一〇
—ゆくへあるこゑ　四四七
白鶏の　一九一
初暦　二五八
初ざくら　四四八
初桜　三七五
初雀　四五七
初刷の　四五二
初蟬仰ぐ　六〇
はつたいの　三八九
八達嶺の　四三二
初蝶現る　一一一
初蝶が　一二二
初蝶に　四一四
初蝶の
—翅振るを前　四九
—触れゆく先の　三四六
八丁艪　四〇七
初蝶を　一一一
初凪に　五〇〇
初凪の　三一〇
初夏の　四七五
初日記　二二八
初音いま　二三〇
初萩の　四五六
初花に　二六二
初花の
—一枝の風を　三七五
—朝をさゆらぐ　四三六
—ごとき一句を　四三六
初花や　三一二
初日影　一六六
初日の出　三五四
初鋳吹きの　一六六
はつふゆや　五〇八
初ぼたん　三一三
八本矢車・　二八〇
初鵙や　二七四
初湯出で　一五九
初湯して
—その夜の粉雪　四六四
—遠き若さの　五〇〇
初夢の
—あひふれし手の　二五八
—母の瞳の　四四七
馬頭観音
—峠越えねば　二八八
—盆道白む　二九三
鳩涼し　一二三
鳩の抜羽　九六
鳩群れて　二一〇
花活けて　二〇八
花活ける　一八四
鼻きいて　三九八
花屑に　四八〇
花屑の　一八四
生花くばる　一六一
花けぶる　一九六
花柘榴　七二
花白く　一二二
花茶垣　六三
花椿　五〇六
花どきの　四六六
生花に荒らす　一六〇
花の暁　四五四
花の会式の　一九六
花のさびたの　二六七
花の冷　四六〇
花の紅　一〇五
花の山　四五四
花鋏　二〇八
花万朶　三三
花ひひらぎ　三〇九
花柊
—こぼれぬ父が　三〇九
—雲が孕みし　三一八
—歩きし夢に　三六三
—あかつきの灯を　四〇〇
花火映る　一三七
花冷に　四九七
花冷の
—灯を重ねたる　一九六
—飯にまじりし　三七五
—鋒戟も鼎も　四一四

—駅にまぎれし　四三六
花冷えや　二九〇
花冷や
—聖女瞳ひらき　一二一
—銅像すでに　一五五
花一と日　四七五
花火爆ぜ　四八五
花火より　九六
花火連発　四九二
花ふぶき　四六〇
花揺るる　九四
花嫁の　三九三
花林檎
—めぐり栄えける　一三四
—ほとほと白し　一三四
花山葵　三〇三
花渡る　一九六
歯にからむ　二九四
羽抜鶏　一〇七
羽子の白　一一〇
母ありて　三四四
母出でゆく　四二
パパイヤ熟れ　二三二
母が使ふ　二六
母が待つ　三五三
母が逝き　四二九
母剪つて　二六五
母娘いま　二七三
ははそはと　五六
羽搏いて　三五四
母づてに　二八九
母と寝間　二〇一
母亡しとも　四三三
母ならぬ　一一五
母にいつも　四四四
母にちかづく　四七二
母眠る　三〇四
母の汗　四二八
母の衣たたむ　六六
母の居間　二七七
母のこる　四一〇
母の咳　三七九
母のたつる　三七二
母の刻に　三七三
母の日の　二五〇
母の辺に　三七六
母の眉　三七三
母の瞳の　三七五
母は見しと　三四
母踏みいづる　三一二
母へ子を　一二七
母病めば　四八
葬後の　四三〇
浜豌豆　一七七
浜五月　三二七
はまなすの　三三〇
浜昼顔　三四七
浜木綿の　一三五
葉洩れ日の　六〇
隼の　四五六
はやも鯛　一二五
はや老鶯と　六九
薔薇赤し　三一五
薔薇園の　一七七
薔薇かをる　四六九
薔薇暮るる　六五
薔薇どれも　四九
薔薇に風　二〇
薔薇の土　一六三
薔薇ひらく　一九九
孕鹿　四一四
孕猫　一六〇
針折れて　二二二
針創を　二九
梁に巣燕　一二四
春曙
—何すべくして　四一
—夢中の滝を　四六六
春嵐夜を　一七五
春霰
—われに遺せし　一七四
—詣でおくるる　三〇〇
春荒れに　二三〇
春荒れの　五〇二
春苺　四五三
春落葉　三六六
はるかにも　五五
春著脱ぎ　二四四
春著の娘　二八七
春著はや　四三四
春曇る　一七六
春毛糸　一〇四
春寒く　一一一
春寒し　六八
春雨に　一二二
春椎茸　二七九
春湿る
—むさし野の林　一一九
—妓楼にのこる　四四九
春ショール

—己が翼と　一〇四
—いつはづれゐし　三四六
春せせらぐ　二七九
春雪嶺　三九四
春蟬や　四四三
春田つづきに　二〇八
春突風　六八
春灯
—膝下に病めば　四一
—遅筆を影に　二六二
春の外灯　一八五
春の風邪　二三三
春の蚊の　三一四
春の坂　四四八
春の雑踏　一七四
春の霜　一九四
春の塵　四二三
春の露
—犬が四肢伸す　一六二
—いま日の出どき　一六八
春の虹　二六二
春の雛　五八
春の灯の　三三三
春の日や　三九
春の鵙　二七八
春の闇に　一九四
春の雪
—重ぬべくある　二四五
—母と距つも　四二二
—とくとくと心　四二二
春の夜の　四一
春疾風　六九
春日全き　二三三
春祭　一六二
春三日月　一九四
春山に　一〇五
春をむかしに　一九五
ハレー彗星　四五九
晴れし香の　二四八
晴れし日の　四二三
はればれと
—港通りの　四〇〇
—焼野の匂ふ　四一二
刃を入るる　三〇
葉をかぶる　六二
歯を覚ます　一五九
歯を抜いて　二三三
晩夏かがやく　二〇一
晩夏光　五〇四
ハンカチーフ　二二二
ハンカチに　二四
版画の赤さ　一二六
晩鐘に　四五一
晩鐘の
—鳴り出づ寒気　二九九
—一韻あとは　三六〇
—昏るるに間ある　四五三
晩鐘や
—町に雪来る　二六〇
—春待ちまうけ　二九九
—沖にのこりし　三七九
—全き葡萄　四四五
半身を　二〇一
帆船に　四八五
半農や　五九
晩涼の　六〇
万緑の　二三四
万緑や
—わが掌に載する　二五
—走り根が巻く　三六八
—山中ふかく　四九八
万緑を　二三六
万霊の　四四八
日当つて　三五八
ピアノの音　三九
柊に　二六〇
柊の
—花こぼれつぎ　二〇三
—花の匂ひを　三〇九
—昼の闇より　三一八
—一樹を通る　三三一
—花や身ぬちの　三七九
柊や　三一七
火が駈けて　三三九
昃れば　二三七
灯が恋し　一三六
日傘の影　一〇六
日傘のつくる　六一
日傘一つ　二九二
灯がなくて　一五三
日が匂ふ　四七八
旭が木瓜に　一二二
日雷　四五四
彼岸会の　四三五
彼岸雪　四五九
彼岸を来て　一二一
曳網に　四七八
蟇交る　三〇一
蟇鳴いて
—旅には間ある　一五五

—われより明日を　一八〇
蜩どき　一八八
蜩の　二六
蜩や
—大気緻密に　一一四
—母ありてこそ　四〇八
—閻魔も鬼も　四五〇
飛行音に　五六
緋紅梅　三四六
日盛の　九五
びしよ濡れの　四三二
日すぢ切に　四四
飛雪いよいよ　二二
飛雪ゆく　一六〇
備前大甕　四七五
ひそひそと　三四四
ひそやかに　四一九
飛驒格子の　三六七
緋襷の　四七六
ひたすらに　四一六
飛驒の薯　二〇五
柩打つ　四五〇
ひつこきと　四〇六
旱蜂　二八
人幾世　四八八
人影獲て　一一六
一語らひ　二五五
人がもの　四九九
一川も　四五五
ひとごゑの　二五五
ひとごゑも　二〇一
ひとごゑを　四六三
人混みに　二六二
ひとしきり　二二五
人白シャツ　六三
一すぢに　一八七
人魂の　四六二
一つころげし　三三三
一つちがひと　四六九
一粒の　四三〇
一つ家に　二六一
人中に　一一八
人寝たり　一七
人の来て　二二
一鉢の　三五四
人はみな　二二四
一ト日暮る　三一二
一日使ひし　二四六
一と間露けし　一六五
一と間にて　四八一
人も車も　一一二
灯ともして
—晩夏の声を　二五四
—午前一時の　三一八
一本の　四一六
一夜照りし　九三
人ら来て　四七四
ひとり濯ぎて　四二五
ひとり身の　二二三
人を絶ち　四七
雛赤き　一二〇
雛市の　三五九
雛飾る
—畳にのこる　五一二
—和服の膝の　五一二
—波瀾万丈　五一二
雛菓子買ふ　一〇四
日向歩む　六四
雛壇の　四七三
雛の日や　五六
雛の瞳に　五一二
雛の夜や
—祖母の遺せし　四九
—尽くるなき語の　一〇四
火の産屋の　三九七
火の籠の　二九一
火の川と　四五七
火の手あがる　四二一
日の蜥蜴　一一三
灯のバスへ　六〇
緋の牡丹　二四八
日の翼下　三八九
日々南風　二六
鵯ふかく　一三二
火袋に　三一一
皮膚しめる　二〇〇
火祭の
—闇涼々と　三九七
—あとの露けき　四五七
—山の種火の　四六二
向日葵に　一八〇
向日葵の
—瞠る旱を　二七
—貌もつ家が　一三六
—赫と咲き出で　一三六
向日葵は　二二二
向日葵を　一八〇
日もすがら　四八二
紐ひとつ　四七九
百千の　三三一

日焼乗らぬ　七二
日焼乗りし　一八八
冷し桃　一三六
百ヶ日　四三三
百穴に　四七四
ひやひやと　五〇七
檜山杉山　二七五
ひややかな　二二六
ひややかに　三〇九
冷ゆるまなき　二七
氷菓工場　一三五
病室の　五〇〇
氷上に　二八九
病惰とも　五〇七
雹たばしる　九七
雹とけず　九七
氷盤の　三五五
ひらきそむ　四〇五
拓きゆく　三一
昼顔に　一五七
昼顔の　三一四
昼かけて　三一一
ビル全階　二四二
昼どきの　三七三
昼は人に　二三七
午までを　二三
昼も夜も　一七〇
疲労残る　一二八
ひはいろの　三六二
灯を当てし　一七二
灯を消して
—逃がすかげろふ　二五二
—冬は緑青　三一〇
灯を過ぐる　三三三
火を焚けば
—刈田に下りる　二九五
—ざわめきわたる　三九九
日を盗む　二三三
ブーゲンビリヤ　三二六
封書重きが　一一一
胡同に　四三一
胡同の　四三一
風紋の　二一〇
風鈴の　四七〇
風浪の　三三〇
風浪へ　三三〇
深谿へ　三九八
葺き余す　四八八
ふき颪す　五九
葺替の　三〇三
蕗束ね　二三四
吹きなびく　三〇七
蕗の薹
—師とや生地を　三三
—ひらき若き日　六八
—湿りは靴に　一六〇
ふくいくと　二七六
福耳に　三五七
更けて点す　五〇四
節ごとに　三四四
藤咲いて　三七五
臥処より　一八
藤の雨　二九〇
藤房の
—地に向く花　三五九
—雨にまた古る　四一四
藤を見て　四一五
臥す母の　三七二
二上山に　三二二
ふたたび訪はむ　二二〇
二つ消え　四〇五
二タ星に　一六三
不断灯　一八一
復活待つ　二四七
仏生会
—蝌蚪も新たな　二三二
—双眼鏡に　四六七
仏心を　四九四
筆遅々と　二三七
葡萄籠　一五三
葡萄かもす　二〇二
不動堂　四一一
埠頭突端　一一七
葡萄減る　四四五
ふと薫る　二二五
懐手　六四
ふと蟬も　二二二
ふと鳴いて　一三三
太箸の　三七二
船絵馬の
—旭真紅に　四〇二
—百反の帆に　四〇二
—どれも順風　四〇二
船火事の　四五
舟型天井　一八二
船型埴輪の　三〇八
船小屋に　三三二
鮒鮓に　三六五
船の絵の　四八六
船もろとも　一一五

吹雪いては　四一二
ふぶく音　二四六
吹雪く夜は　二〇五
父母に遅るる　一六〇
父母に残りし　一三三
踏み入りし　四六四
踏み入りて　三五九
踏切寒し　一〇九
踏み下る　三七九
文月の　三一五
不眠の尾　一五八
踏む雪に　二八八
踏む若芝　一二二
冬鮮らし　一一六
冬苺　二七六
富有柿は　四七一
冬海の　二二八
冬うらら　五一一
冬鏡　三八
冬が来る　一九一
冬霞
—被てまろみたる　二九六
—ぬくき双手の　三四三
冬木堅し　一一七
冬雲に　一二八
冬来ると　二二六
冬欅　二二
冬桜
—ひと視たる眸を　四八〇
—その辺に逢ひし　五〇一
冬ざれの　四二〇
冬ざれや　五五
冬山中
—煙の束の　二五七
—女に着きて　二七六
冬潮の　一三〇
冬親し　五三
冬鶺鴒　二二七
冬近し　六四
冬陶土　三一〇
冬隣　二〇三
冬菜きざむ　四七
冬の蚊の　三五二
冬の滝
—わが怨念を　三二〇
—朝日夕日も　三三一
冬の濤　二四五
冬の虹　四三四
冬の薔薇　二二八
冬の灯に
—寝るまでの顔　三八
—引き潮疾き　四〇〇
冬の日や　二一
冬の埠頭に　一一七
冬の水　二九七
冬の靄　二二七
冬の屋根　五四
冬の夜や　六四
冬薔薇や　一五四
冬晴の　二五七
冬晴や　一〇一
冬日追ふ　一〇一
冬日と肉と　一九二
冬ふかみ　一〇〇
冬深む　四九七
冬衾　四八〇
冬ふたたび　一八三
冬経たる　三四六
冬帽に　一〇一
冬満月　四五二
冬芽粒々　二四四
冬夕焼　五〇〇
冬夜たしかに　一〇〇
冬夜笑へば　一〇八
冬落日　四一〇
芙蓉の朝　一〇七
ふりかへり　二七六
ふりかへる　四三四
降りかくす　三一
降り隠す　二六一
振子北に　一九
降り込める　二九五
降り出せる　一二九
降りつのる　三五
振りむきて　一七五
ふりむけば　一九三
古川やんちや　四二五
古き日を　四二四
旧道に　四七七
古道に　四二六
旧道の
—苔に厚みて　二九七
—青湿りより　四七七
降る雪の　四〇一
風呂敷の　四八〇
噴水に　三六八
分封の　四二八
平穏なる　五一
臍の緒の　一〇五
へちま加持

—無月の護摩の　四六二
—子規の糸瓜の　四六二
—怒濤かぶりし　四六二
ヘッドライト　一一四
紅さして　二三七
紅萩と　一七二
紅萩に　三七八
紅萩の　二〇一
紅ほのかに　一九六
蛇ゐたる　七〇
蛇売りが　一一二
蛇を見て　七〇
紅殻の　三〇六
編鐘の　四一四
弁天さまへ　五一〇
ポインターの　三五二
宝篋印塔　三五二
豊頬の　九五
亡師と一刻　四三四
茅舎忌の　四七六
ぼうたんに　四一五
ぼうたんや　四一五
澎湃と
—山霧閉ざす　四六三
—花湧く闇に　四九〇
茫々たる　三〇二
茫々と
—海霧玫瑰に　二六四
—湖上卯月の　三四八
崩落の
—声にもくづれ　四四六
—深傷を裏に　四七八
鳳輦に　四〇七
鳳輦より　四六一
朴落葉　三六一
鬼灯市　一六三
鬼灯の
—あからめばやらむ　一八
—火袋ふゆる　三六〇
—朱らむ日々の　五〇七
鬼灯を　一八
頬杖に　四五四
頬杖の　五一〇
朴の葉の
—ひろき八枚　一九八
—枯色つつむ　三六二
母牛乳ため　一三四
牧草の
—まだなびかぬは　一九九
—露むずかゆし　三二六
祠より　三二〇
干鳥賊に　三七〇
干草の　三九六
干草を　二三九
星一つ
—見え夕凍みの　三二一
—夕雪嶺の　三九〇
暮色もて　一八五
墓所一つ　三四二
穂芒の　四三〇
墓前にて　二〇七
牡丹餅の　一五五
蛍籠　二九一
蛍火と　一七八
蛍火の
—明の憂色　二九一
—木の間滴る　三〇五
—消えて水消え　三二七
蛍守　三二七
牡丹供養の　四八七
牡丹大輪　四六八
牡丹雪
—はたとやみしを　二三〇
—忌日近めば　二九九
—こころの海に　三七二
—しばらく息を　五一三
ほととぎす
—昼を睡りて　二六七
—書き費えゆく　二九〇
—暁は闇　二九〇
—一声とどめ　二九一
—群盗跋扈　四二七
—つひに開かずの　四二七
—髪まだ黒き　四二七
—三声のあとの　四四三
火中なる　四二一
骨嚙みし　二五三
仄昏れや　三九九
盆唄の　四九四
盆唄や　三四八
梵鐘の　三五一
盆棚や　三一五
盆地晴　四一一
盆梅の　三五四

ま行

埋骨に　一七四
舞手らの　二八七
舞殿に　四九五
舞ふ雪の　三七二

槙落葉　一九〇
牧にひぐらし　二六六
牧の梅雨　一九九
まくなぎに　二四二
枕の下に　一〇八
真菰編む　二五二
真砂撒きし　四六一
マスカット
—捥ぐ手に熱き　二八
—白髪の父と　四五
—口中にして　二三三
—母との刻の　二八四
マスカットの　二三三
マスト航く　四八五
鱒はねる　四九九
全からぬ　六〇
またたびの　四二七
まだ使はぬ　三〇二
まだ温き　四二一
またの別れ　三三
また雪が　三八〇
待ちゐたる　五〇四
街裏の　四〇〇
町裏の
—灯なき吊橋　三七七
—崖の石積み　三七八
町ぐるみ　三七二
町工場　一六七
町一筋　二九三
松青き
—町残菊を　二九六
—神有月の　四七二
松活けて　二九九
松うらら　三五七
松風の　三三一
真赤な花　三六
松茸の　一二七
松手入　二七七
待宵の
—見ればみらるる　一八九
—水のゆらぎに　四八六
祭あと　三七八
祭からくり　三六七
祭衆　四一二
祭外れ　四六一
祭提灯　一〇六
祭舟　四〇六
祭船　三七七
まばたいて　四六七
まひるまの　二二一
瞼腫るる　一九二
幻の　四五六
真向の　四四六
眉に雪つけ　六七
迷ふ蟻　三四
マラソンの　一一七
マラソン練習　一二〇
円く泳ぐ　九五
マルメロの　三〇二
まれに日を　一三二
稀の松虫　五二
まろき大き　一七五
まろまろと　二三三
満開の
—さくらの下に　三〇一
—ひかりの辛夷　四一四
満月に
—胸もとゆるめ　三五〇
—向へるひとの　四七〇
満月の　三一五
まんじゆさげ　二二四
まんじゆしやげ
—枯れておくれ毛　三一七
—夕日とどめず　四一八
—群るるを過ぎて　四四六
—見つめつづけて　四四六
曼珠沙華
—忘れゐるとも　二九
—砂利すぐ乾き　六二
—列車空席　一二六
—芯からみあひ　一五三
—骨にからまる　一六四
—わが去りしあと　一九〇
—片側おもき　三〇七
—彳ちどまりしが　三〇七
万灯会　三六九
万灯籠　三六九
真中に　一〇五
満面に　二九〇
満目の　四〇
見えてゐる　二〇
見えぬ富士　四二七
見えぬものに　一六〇
見かへりの　四一五
三日月の
—光る鼻梁の　一七
—満つるころなる　二三〇
—さまよひいでし　四六七
蜜柑摘む　一三〇
みかん照る　三四一

みかん山　三四一
神輿荒れし　一二六
巫女舞の　四八七
岬ゆく　三六四
御陵や　三七六
短夜の
—雲の帯より　一八
—まだ黒き髪　四二八
短夜を　四二八
みづ、あいこ、　四四九
水ありて　四三六
水現れて　三二八
水あれば　三二四
水音と　三三五
水かげろふ　一二〇
水着の胸　一七九
水くぐり　三四五
水車　四〇一
水こくと　二七三
水したたる　二四六
水しんと　一九二
水平ら　二二九
水たのしみて　二一九
水使ふ　四一七
水照りに　三一五
水の香に　三四五
瑞の夏羽の　三六
水呑めば　二〇四
水一坪　三一四
水満ちて　四〇三
水藻青みつ　二〇五
水湧いて　一二〇
味噌焚いて　二八一
霙る夜　一八四
みぞれ来し　三九二
弥陀、千手、　三五〇
御霊代　三九七
みたらしの
—醤油匂ふや　二〇五
—たまりのにほふ　三六二
道濡れて
—次の神輿を　四六一
—ゐるどこまでも　四六六
みちのくの
—早苗月夜の　二六四
—紅ふところに　二九八
—闇のおもさの　三八〇
視つくさん　一一九
三椏の　二七八
みつみつと
—霧氷を伸ばす　三五八
—暮雪降りつむ　四五九
緑濃き　四五四
みどり児に　四九〇
緑さす　一一三
水上の　一九四
虚栗　三九八
みなづきの　四八四
南谷　二九七
みな揺るる　三七五
身に余る　一三五
身に巻きし　一七一
嶺下す　三九七
身のうちの　四三四
身のうちへ
—とどろとどろと　三二八
—落花つもりて　四二三
稔田の　二九五
みほとりに　五一一
身ほとりの
—薔薇散る音も　一〇九
—ほのかに香だつ　三六三
見まはして　四七三
蚯蚓出て　九八
耳澄んで　四五八
耳遠き　四二三
土産こんにやく　四六四
宮島や　四〇七
宮登り　三九二
宮古ぶ　二〇九
深雪来て　二〇六
名号の　三四八
みよしのの　四九〇
見るのみの　二二八
身をかけし　三二二
身をながるる　四二三
身を舐めて　三四三
身を曲げて　一七三
身をややに　二五八
民宿に　三三二
みんみんに　三六九
みんみんの　二二二
迎へ火の　四四四
麦青む
—昼のテレビに　一五五
—古墳平を　四七四
向きかへる　四九四
麦の青　三四
麦踏の　二五八
麦穂立つ　九四

麦稈帽に　一九九
向かう嶺に　四九二
向かう山の　四六四
無言もて　一三四
むささびに　一八九
むさし野の　三四五
虫鳴くや　二八
虫の音や　九九
虫の闇　三九七
結葉や　四五五
胸もとの　二四三
胸もとへ　三五三
胸の手に　二二三
胸の手の　四五五
夢寐の間に　三七一
霧氷被て　三五八
霧氷林
—さまよひゆかば　三五八
—闇に帰して　三五八
むべの花　四六八
郁子も濡るる　一九〇
むらさきふかめ　六二
群竹を　一七
群山ゆ　一九五
群れ動く　四三一
室花に　四五三
女芦男芦　四六五
眼鏡のまま　三四五
芽からまつ　三〇二
若布刈舟　三二七
目薬に　五〇〇
目薬の
—一滴の冷え　三一三
—寒の一滴　三六四
芽桑解かぬ　一三三
目覚むれば　三六八
芽山椒の　一七六
メスの記憶　七三
目高孵る　二五一
瞑れば　五〇一
瞳とあふ灯　二四三
眼に沁みて　二四四
眼の端に　五〇四
芽吹き濃き　一七六
芽吹きやまぬ　一三一
眼をあげて　二七
芽を抱く　二四八
緬羊に　一九九
もう散る葉　四二〇
毛越寺に　四八三
もう虫の　一二八
炎え出づる　一二七
最上川　四四九
木喰の　二四七
木犀に　四〇九
木犀の　三七八
木犀や　五〇四
鵙啼いて　一五三
鵙啼くや　四六
鵙の昼　三七
鵙の目に　二〇二
鵙鶫の　六五
餅が敷く　一〇二
餅竈　三四五
餅焦げし　二四四
もち咲いて　一七七
冬青たえず　四八
望月の　二五六
餅花に
—立てば触れしよ　二〇六
—一夜をたのむ　二八六
餅焼く香　四五八
喪疲れや　一七五
喪に痩せて　一七四
喪の家に　三二八
もの忘れ　二五九
喪服着て　三二八
もみ、うぐひ、　三一二
紅葉谿に　四六四
紅葉散る　一八三
桃、菜の花　三〇〇
桃売に　二三六
桃咲いて　二一〇
桃さくら　四〇四
桃の花　五一二
炎ゆる道　六一
森が抱く　一一二
森の枯木の　一二〇
森よりの　三六〇
森をま近かの　一八〇
洩れ出づる　一七八
もろこし干す　四三二
紋服どこまで　二〇五

や行

夜陰打つ　四二五
八重ざくら　三六六
八重桜　三〇一
八重山吹　二四九
家がつなぐ　五七

やがて冬　三一
焼かぜの　二六四
焼鰈　三五七
焼栗や　二五六
焼肉ピーマン　一六三
焼きのぼる　四八八
夜行の灯の　一五五
厄負うて　四六二
薬臭のこる　四三二
薬湯に　二九八
櫓なす　三一九
焼けてなほ　四二一
焼野より　四二一
八千草に　四六二
八代の　三一四
宿りして　四一六
柳がれひ　二八六
柳まだ　四三一
簗越えて　四五一
屋根替に　二四八
屋根替の
—男ひとりの　五〇一
—あと淡雪の　五〇一
屋根の鳩　一〇五
屋根一つ
—越えし余力に　一一一
—隠し一花の　四〇八
藪の蟇　一一三
病篤き　一〇二
山いづこも　四五五
山独活を　一〇五
山姥に　三九七
山陰の　二七九
山川の　四一三
山霧の　二八二
山国や　二八〇
山栗の　三一八
山越えの　四一六
山越しの　三九四
山ざくら　四二四
山路ゆく　二五六
山すみれ
—底を水ゆく　一九七
—土の湿りの　三〇一
やませいま　二六四
やませ音に　二六四
山旅を　二七五
山つつじ　四一五
大山祇の　四六三
やまとなる　四一四
大和なる　一九六
山鳴りの　三九〇
山に重なる　三五二
山日輪　二九八
山の蟻　四六一
山の桔梗　二五二
山の形　四一九
山の雪　二三二
山鳩の
—来て土歩く　三七六
—呼びつかれてや　四二九
—長鳴き切に　四七六
山彦を　二七五
山吹の　五〇三
山吹や　四〇四
山葡萄　二七五
山へ向き　二四九
山繭の　四二〇
山みみず　三六二
山焼きし　四八九
山焼の
—一夜の紅蓮　四八八
—炎中にはかに　四八九
山百合の
—朝の十花の　三九六
—朝の香にむせ　四二七
—香を曲りきて　四九三
山百合も　二三七
山よりも　四七九
山渡る　二八〇
病上り　五三
家見えきて　一七一
病みをれば　四六六
闇濃くて　一二一
病みしは遠し　一八五
病みて逢ふ　七三
闇とても　二三九
闇深し　二八五
闇行くや　一二九
闇よりも　三〇四
闇を負ふ　九九
病む腕に　二五九
病む髪に　七三
病むことの
—安らぎに似て　四五三
—遊行めく日の　四六七
病む母の　三六一
病む麦も　五〇
守宮の手　四七六
ややくぼむ　四四五

やや寒の　二七四
やや冷えて　四二三
やや痩せて　二五七
弥生三月　四六六
遣水に　四八二
破れそめし　四五一
破れ蝶と　四四六
敗荷に　二四〇
敗荷や　四三二
やはらかき　四六七
やはらかく　二四〇
やんまの目　一三五
湯浴みたる　二五一
夕鶯　二八〇
夕顔に
―微風微音の　四一七
―母在りて娘の　四一七
夕顔の
―成持ち沈み　四〇六
―昏るるに間あり　四〇六
―初花に日の　四一七
―咲きためらへり　四一九
―奔りごころの　四一九
―蔀戸煽つ　四六三
夕顔や　四一七
夕風や　二四
夕霧を　一九
夕厨　一一〇
夕ぐれに　五〇三
夕暮に　二八四
夕暮の　一〇三
夕ざくら　四〇三
夕寒し　一七
夕白萩　二二四
遊心の　四七〇
遊船や　四九二
夕空の　四九四
夕凪や　四〇七
夕鳴く雛に　五八
夕晴の　二九八
夕日いま　二五三
夕冷えは　二八〇
夕日観音　三五一
夕ひぐらし　四二八
夕日の花菜　一二二
夕日ひらひら　二四一
夕べにも　四一九
夕べより　三二八
夕焼けて
―稲穂ぎしぎし　二九五
―先の急かるる　三〇五
夕焼に
―外灯かぎり　二五
―ひかり撒くもの　二六五
夕焼の　三〇七
夕焼や　三八
湯が沸けば　三四五
雪明り　四五九
雪暁の　三九二
雪遊ぶ　二〇五
雪板に　三一二
雪おとす　四〇一
雪女　四八一
雪が雨に　三九二
雪囲　三八九
雪囲ふ　二九七
雪風に　二七九
雪風の　二四六
雪形馬に　三〇三
雪形の
―爺と婆とに　三〇三
―蝶や水田を　四四九
行きかよふ　二三
雪消えて
―いくばく月さへ　六八
―雁木に新木　一七六
雪ぐせの　二〇六
雪靴に　三五五
雪窪や　四〇
雪解明るく　四八
雪解光　三一
雪解して　二七九
雪解富士　一六二
雪解水　二六一
雪解宿　二三二
雪刻々　六八
雪晒し　三五七
雪しきり　四八
雪雫　二四七
雪雫り　一九三
雪滴る　一九二
雪滲みし　三九二
雪滲みて　三七二
雪滲みの　三五五
雪しろの　三九五
行き過ぎて　三〇一
裄丈あはす　一五五
雪田原　四一一
雪積むや
―子を寝かす声　六七

—飛驒にはつりの　四八九
雪吊の　四五八
雪照りの　一九三
雪照る中　四〇
雪解けもや　四八一
雪ならぬ　五〇五
雪に逢ひ　二九四
雪に駈けて　四〇三
雪の朝市　二〇五
雪の峡　三五六
雪の香の　三七二
雪のこる　二四六
雪残る　二〇
雪の谷　三九一
雪の田の　二八七
雪の鳥海　二九〇
雪の灯明　二〇六
雪の橋　四〇一
雪の日の　一三〇
雪の昼　六七
雪の村　二〇四
雪の森　二〇五
雪の宿　三八九
雪の屋根　六七
雪の夜の　五五
雪の夜を　四八九
雪はげし　六七
雪晴の
—青さ腰折る　一一八
—塔伸びきつて　一九二
—ロープウェイの　三八九
雪晴や
—町筋ただす　二〇五
—シャンツェの直を　三五五
雪冷えの
—屍に厚き　一二九
—生盛膾　二〇六
雪ひかる　四〇三
雪ひた降る　六七
雪降るごと　一〇三
雪降るや　三五六
雪降れば　二二九
雪踏んで　四四七
雪帽子　三一二
雪祠　四〇一
雪もよふ　三七四
雪催ふ　四五九
雪宿の　三八九
雪屋根の
—それぞれの灯を　二〇四
—厚く波なす　五〇一
雪山に
—頬削り来し　二三一
—五体渇きて　二八八
—立ち生国を　三八九
雪山の　二三一
雪山は　二九〇
雪山を　四五九
雪止みし　四六五
雪止んで　四〇
ゆきゆきて　四八一
雪夜一路　一〇二
雪夜来て　一二九
雪を待つ
—泉一円　六六
—外套ことに　一五四
ゆく先を　五〇八
ゆくところ　三二六
行くところ　四四
行く年の　四三三
ゆく春の　二一〇
行く春の　四九七
逝く春の　三七五
行くほどに　四三六
行くほどは　二三九
湯けむりに　三九〇
柚子の香に　五〇〇
柚子の香や　三一〇
柚子の木に　三五三
柚子一つ　二七七
柚子山に
—けふ点睛の　三五二
—わが捨て息を　三五三
溶銑済りて　一六七
茹蟹や　六一
柚の花に　四六七
柚の花の　四二六
湯の宿の　四七六
湯畑の　二八五
指くめば　四九一
指さきに　二八二
指ふれし　九三
指輪時計　二二六
指輪なき　二二五
夢に来し　四四八
夢にのみ　一八九
夢の母に　四二九
夢華やぎ　五四
夕焼雲　二三八
百合一花　四一六

百合抱へ　二二一
百合の香の　五一〇
百合は実に　四九九
百合彫つて　二二五
湯を浴びる　二五〇
左ん手やや　四六〇
酔腰の　三九二
宵長き　一九八
宵闇に　七五
宵闇の　一八一
養鶏二千　一〇六
洋上飛行　二八三
夜神楽に　三七三
夜神楽宿　三七三
夜が去りて　二五三
余花の暮　七〇
余花の夕日　五八
善きことのみ　三五
浴室を
—朝明け放ち　二九一
—密室にして　五一三
浴身に　二八二
浴身や　二三一
夜蜘蛛とて　四二九
夜桜に　二〇八
夜桜や　五八
夜寒さの　三一八
夜寒のガード　一五四
夜雨降る　三六一
葭切に　一七八
葭障子　四八六
夜空かくも　四六〇
夜焚火の　二八六
夜に入りて　五一一
世に倦みし　四九六
夜に着きて　二八八
夜の秋の
—鮎の歯白し　二七三
—囀を一つ　三六九
夜の運河　四〇〇
夜の鋭気　一二四
夜の素顔　二二八
夜の隅に　四四五
夜の蟬を　四九三
夜は雲の　三一一
夜番の柝　二〇六
よべ雨の　二四九
よべ濡れし　三六八
昨夜の雨　五〇五
よべの夢　三七五
読まず書かぬ　三五
夜祭を　三六七
よみがへる　四〇三
甦る　四九七
夜道来て　五一一
夜道なかなか　一五八
読むほどに　三〇二
蓬生の　四七四
蓬すでに　四一二
蓬の香に　三四五
夜も地熱　三一五
夜々冷えて　四六三
夜の秋　三四九
夜の霜　三七三
夜の蟬
—とび来てあたる　三六
—旅より帰り　二八三
夜の虹　三七
夜もまた　二三五
よろけ浮く　九六
齢加ふる　二〇三
夜半積る　六六
夜半触れて　三〇八
夜をかけて
—海の呼ぶ声　三六〇
—海盈つる声　四九一
四才の　一一八

ら行

雷暴れし　一七〇
雷雨後の　一一四
雷雲へ　一三五
来迎仏の　四九二
雷神太鼓　二四九
雷鳴の　一三七
雷鳴や　二三六
羅漢五百　三六七
落日に　三〇七
落日の　三〇三
落石の　三五一
洛北や　二四一
落葉に　四二〇
落葉の　二九七
落葉や　四二〇
落花浮く　二六三
落花どこより　二〇八
落花はげし　五七
蘭花香る　一八八
蘭咲いて　二九二
蘭の香の

―父晩年の　一七〇
―母の起居の　二九三
―中よりこゑす　三〇七
卵びつしり　二六五
蘭ひらく　四九三
陸橋に
―触れし一つの　二〇三
―風吹き八十八夜　三〇二
立春の
―まだ紐とかぬ　三六五
―竹一幹の　四三四
流感一家に　一一五
流星を　一六五
流灯の　三一六
流灯や　一六四
りゆうりゆうと　四六一
隆々と　三一〇
両眼に　四九三
良寛の　三五七
良寛、牧之　三五八
涼風の　五〇
漁まねき　三六五
緑蔭に　四五〇
緑山中　二八三
旅装赤く　一七六
リラ冷えの　三九五
リラ冷の　四一六
林檎花下
―牛ゐて旅人に　一三三
―水栓もまた　一七五
林檎柿　一一六
林檎と姪　一六六
林檎の荷　九九
林檎の花に　一六九
林檎花耀り　一三四
林檎花どき　一三三
林檎真赤　二三
るるんるるんと　二八一
るんるんと　四九一
礼拝堂　一一八
玲瓏と　三五〇
烈風や　一〇五
煉瓦街　四〇四
炉ある町　一六七
聾唖の指話　六九
聾唖笑ひ　六九
老鶯と　四二四
老鶯や　四九二
老画家と　二七九
琅玕の　四六五
狼藉の　三六六
老婆ひとり　三三二
老ポプラ　三五五
六月の　三六〇
六月や
―雲の白きを　三六八
―沼半分に　四〇五
―はるかなる喪の　四六八
碌山の　三〇二
六角堂　二二〇
露天湯に　四四五
炉にあまゆ　二七四
炉に落とす　三九八
炉に伸びず　六五
炉火明り　二七四

わ行

若楓　四六七
わが方へ　三四
若き汗　四一一
若きこほろぎ　七五
若き日の　三九五
わが怱忙　二五六
若筍の　四〇四
若竹を　五〇三
わが侍む　三一
わがために　一八六
わが咽喉を　二三九
若葉光　三六七
わが果は　一七二
若葉俄に　四二
若葉冷　四六九
わが一生　二〇七
わが臥せば　五七
わが骨に　四六八
わが前に　一八二
若水を　四〇〇
若緑　五〇九
わが胸に　二二八
若鵙に　三六一
わが門の　四四四
わが家みな　三四
わが家より　二六〇
わが横の　一五六
別るるや　六五
別れきし　一八八
病葉とも　四五五
分け入りし　七五
山葵田や　三〇二
忘れゐし　七二

忘れえず　五〇四
忘れ雪　二六一
和田宿に　四一六
綿畑に　四三二
綿干して　四三一
綿虫に　二六〇
綿虫を　三三一
綿を摘み　四三二
侘助一枝　一六八
侘助の　五一二
和服一生　一六八
哄ひゐる　五一
藁苞の　三二二
蕨山　四九一
われ在らぬ　四一七
われ居ねば　三九五
われさらふ　四九七
われ摑む　一五四
われに無かりし　一五六
われに寄る　二〇〇
われ人に　二七九
われもまた　四七一
われ病めり　一七
われ寄れば　一九九

『野澤節子全句集』季語別俳句索引

＊［ ］は収録句集を示す
［未］＝『定本未明音』
［雪］＝『雪しろ』
［花］＝『花季』
［鳳］＝『鳳蝶』
［飛］＝『飛泉』
［存］＝『存身』
［八］＝『八朶集』
［駿］＝『駿河蘭』

春

時候

春（はる）
ははそはと春の目醒めの言かはす ［未］ 五六
春の雛四五羽かたまり羽毛の香 ［未］ 五八
春毛糸編みつつ熟るる乙女らは ［雪］ 一〇四
春湿るむさし野の林どこへでも通ず ［雪］ 一一九
マラソン練習春のもぐらが土もたぐ ［雪］ 一二〇
春の雑踏いつか亡父追ふ歩なりしよ ［花］ 一七四
髪と肌あまき二人子春もやや ［花］ 一八五
春をむかしに僧弾き伝ふ八雲琴 ［花］ 一九五
旅果や春のめまひに砂丘照り ［花］ 二一〇
木喰の耳のゆたかな春の弥陀 ［鳳］ 二四七
煙一トすぢ岬に春のあまりたり ［飛］ 二七八
春せせらぐごとき木理に琴一面 ［飛］ 二七九
尼の墓一基がまもる春の滝 ［飛］ 三二五
晒屋の内井ゆらりと春の鯉 ［存］ 三五七
岬ゆく宣伝カーの春の楽 ［存］ 三六四
祭からくりかたかた山の春こだま ［存］ 三六七
潮騒の春ひたひたと裏弥彦山 ［八］ 四〇二
やや冷えて白みし春の額かな ［八］ 四二三
寺町の桶にかすめる春の鯉 ［八］ 四二三
着きてすぐ蹤きゆく郡上の春の獅子 ［八］ 四二五
滝に入る春浄心の行方かな ［駿］ 四四八
春の坂妓楼五軒にゆき止る ［駿］ 四四八
春湿る妓楼にのこる長梯子 ［駿］ 四四九
春苺音を曳きゆくくだり汽車 ［駿］ 四五三
左ん手やや細しとおもふ春苺 ［駿］ 四六〇
枯れし芦立ち騒ぐ芦春の修羅 ［駿］ 四六五

千年の樹魂の春にめぐり逢ふ　[駿]　四八〇

二月（にがつ）

暮色もて人とつながる坂二月　[花]　一八五
一灯の二月はなやぐもののうち　[駿]　四七三

旧正月（きゅうしょうがつ）

旧正の黄粉ころがす母の餅　[存]　三六四

寒明（かんあけ）

母の眉うすうすとして寒明けし　[存]　三七三
ちちははの夢ばかりみて寒明けぬ　[駿]　五一一

立春（りっしゅん）

人中に春立つ金髪乙女ゆき　[雪]　一一八
山の雪未踏のままに春迎ふ　[鳳]　二三三
竹林にひかりさざめき春立つ日　[飛]　三一一
母ありて春来る煮焚きねんごろに　[存]　三四四
良寛の「愛語」や海に春が来て　[存]　三五七
立春のまだ紐とかぬ面箱　[存]　三六五
父の忌や立春あまきもの母に　[八]　四〇二
立春の竹一幹の目覚めかな　[八]　四三四
風邪薬あす春立つと思ひつつ　[駿]　四九〇

春浅し（はるあさし）

浅春の波あたらしき寺泊　[八]　四〇二

冴返る（さえかえる）

冱返る沼のごとくに午後睡る　[未]　一九
いくたびか死におくれし身冴返る　[未]　六九
冴え返る庖丁雉子を贄とせり　[飛]　三〇〇
花屑になほ燃ゆるいろ寒もどり　[駿]　四八〇
冴え返るある日の恥をありありと　[駿]　五一二

余寒（よかん）

髪切つて八十路余寒のぼんのくぼ　[存]　三七四

春寒（はるさむ）

春寒し男声うしろに風邪ごこち　[未]　六八
春寒く書く端々の言緊まる　[雪]　一一一

遅春（ちしゅん）

雷丘は櫟ばかりに春遅る　[花]　一九四

二月尽（にがつじん）

忌日多き中に父の忌二月尽く　[飛]　二七八

三月（さんがつ）

封書重きが風三月の誕生日　[雪]　一一一
三月の雨ぐせ誕生日も過ぎて　[八]　四三五
三月の雨にうるみし玉珊瑚　[八]　四三五
三月の音なき雨の目には見え　[八]　四三五
ハレー彗星わが三月に擦過して　[駿]　四五九
三月の闇あをあをと海へ伸ぶ　[駿]　四九〇

空下りて来る三月の土の艶　[駿]　四九七

如月（きさらぎ）

眼に沁みてきさらぎの闇たしかかな　[鳳]　二四四
きさらぎの満月うるむ氷上に　[飛]　二七九
抜きはなちきさらぎ蒼き庖丁刀　[飛]　三〇〇
きさらぎの風音に乗り白き馬　[駿]　四九〇

彼岸（ひがん）

彼岸を来て暗きルオーにやすらげり　[雪]　一二一
われ人に生れし彼岸満月や　[飛]　二七九
戸を閉ざす音隣より雨彼岸　[八]　四三五
地下鉄を出て一方へ彼岸人　[八]　四三五
彼岸雪踏みあらためて月の句碑　[駿]　四五九
電報が歌ふ彼岸の誕生日　[駿]　四六六
てのひらに艶の載りきて入彼岸　[駿]　五〇九

弥生（やよい）

弥生三月生れて病みて老うるとき　[駿]　四六六

清明（せいめい）

清明の爆竹ゆする土饅頭　[雪]　一三一
清明の火中にをどる金銀紙　[雪]　一三一
地蔵笑む清明に貢ぐ裸鶏　[雪]　一三二
清明の地蔵燻らす花下来ては　[雪]　一三二
草焼いて土墳あらはに清明来る　[花]　一七五

春の日（はるのひ）

春の日や癒えても母に丈及ばず　[未]　三九
春日たらり雛の目下瞼から閉づる　[未]　五八
たぶ樹叢春日くぼみに蒲の池　[花]　二〇九
春日全き渚に朝のことばかな　[鳳]　二三三
いつぱいに春日の匍へる畳の目　[存]　三五八
漁まねき春日影濃く女たち　[存]　三六五
海碧く春の落日呑み睡る　[駿]　四八二
古来稀といふ春日の来てゐたり　[駿]　四九〇

春暁（しゅんぎょう）

春曙何すべくして目覚めけむ　[未]　四一
春暁のすべての中に風秀づ　[未]　四九
春暁の雨淡泊にこぼれ止む　[未]　六八
遠き港湾ひびく春暁雀の目覚め　[雪]　一一一
春暁へひらけばすでに瞳冷ゆ　[雪]　一二一
春暁をまだ胎内の眠たさに　[花]　一六二
春暁のまたも近づく何ならむ　[花]　一九三
春暁の丘・家・林とびたたず　[花]　一九三
春暁の鳴咽に似たる目覚めかな　[飛]　三二五
山越しの春の曙光白毫に　[八]　三九四
春暁の覚めてゐたりし母の眉　[八]　四〇三
あけぼのの春あけぼのの水の音　[駿]　四六六

春曙夢中の滝を見つづけて　［駿］　四六六

春昼（しゅんちゅう）

春昼の指とどまれば琴も止む　［未］　二三
琴弾きしかひなしびれぬ春の昼　［未］　二四
言絶えしまま春昼のとどこほる　［未］　三三
長病めど春昼の頽衰へず　［未］　四一
春昼の寡黙に母の帰りきぬ　［未］　四一
白濁の糊煮つめをり春の昼　［未］　五六
家がつなぐ春昼の楽の中帰る　［未］　五七
春昼の配膳音の中に辞す　［雪］　一二一
春昼を昇りつめたる塔に揺る　［花］　一七七
春昼をかさこそ白き楮束　［花］　一九七
魚を焼く春昼漉ぶね筬まかせ　［花］　一九七
春昼の白紙にぬぐふ母の櫛　［存］　三六五

春の暮（はるのくれ）

書き継いで手のよごれたる春の暮　［鳳］　二六三
白孔雀いま全開に春の暮　［駿］　四八二

春の宵（はるのよい）

春宵のムーン・ストーンの形見かな　［駿］　五一三

春の夜（はるのよ）

春の夜の水満たしむる苦しきまで　［未］　四一
車内に疲る春夜身の下レール走り　［雪］　一二一
疲れて眠し春夜身のうちきらきらと　［花］　一九三

暖か（あたたか）

母ならぬ瘦膝ぬくめ子が寝落つ　［雪］　一一五
牡丹餅の小豆色なる夜のぬくし　［花］　一五五

麗か（うららか）

うららかや海女が手こねの磯の飯　［飛］　三二四
松うららその日開かずの良寛堂　［存］　三五七
土雛の裏塗られずにうららけし　［存］　三五九
うららかや土の男雛のはね眉毛　［存］　三五九
編鐘の十四音色うららかや　［八］　四一四

長閑（のどか）

遠栄と袖打ち返すのどかさよ　［飛］　三一二

日永（ひなが）

永き日や琴に倚らずば何に倚らむ　［未］　二三
礼拝堂ことに日永の木椅子の背　［雪］　一一八
十字架の日永の影と寝墓睦む　［雪］　一一八
永き日を紙漉き飽いて国栖人は　［花］　一九六
永き日の死ぬ日も囲む竹矢来　［飛］　二八〇
水一坪家鴨四羽の日永かな　［飛］　三一四
永き日をささやき羅漢ささやくも　［存］　三六七

遅日（ちじつ）

暮れおそし草花あかり街に抱へ　［花］　一六一

遅き日を終焉の蔵冷暗に　[花]　一七六
漉槽の遅日白濁漉き減らし　[花]　一九七
風紋の黄なる砂丘に遅日死す　[花]　二一〇
遅き日をいのち見極めがたし書く　[鳳]　二六二
遅き日の椎茸黒き室の華　[飛]　二七九
琴を弾くはにわ人にもある遅日　[駿]　四七四

花冷（はなびえ）

花冷や聖女瞳ひらきピエロ伏目　[雪]　一二一
花冷や銅像すでに夜の重量　[花]　一五五
花冷の灯を重ねたる吉野建　[花]　一九六
夕冷えは指のさきより花の下　[飛]　二八〇
花冷えや火に洗はれし土偶の肌　[飛]　二九〇
掌につつむ高麗青磁花の冷え　[飛]　三一四
花冷の飯にまじりしさくら漬　[存]　三七五
よみがへる韓の花冷え足袋の先　[八]　四〇三
花冷の鉾戟も鼎も漢の香　[八]　四一四
花冷の駅にまぎれし托鉢僧　[八]　四三六
花の冷ここにおよびし白枕　[駿]　四六〇
花冷に何おろおろとしてゐたる　[駿]　四九七

リラ冷え（りらびえ）

坂の町多喜二の町のリラの冷え　[八]　三九四
リラ冷えの草履の音の石だたみ　[八]　三九五
宿りして夜のリラ冷のかひなかな　[八]　四一六
リラ冷の人まばらなる木煉瓦　[八]　四一六

花時（はなどき）

さくらどき粘りて濡れて紙漉く身　[花]　一九七
山渡る花どきの日を墓の面　[飛]　二八〇
水ありて魚を泳がすさくら季　[八]　四三六
花どきの早き夕餉の白き粥　[駿]　四六六
生れ月につづく花季それも過ぐ　[駿]　四九七

穀雨（こくう）

きのふ雨けふ穀雨とて晴れわたる　[駿]　四九七

春深し（はるふかし）

おくれ毛に春の光陰闌けにけり　[未]　二〇

八十八夜（はちじゅうはちや）

月遅き八十八夜のえびさざえ　[花]　一八六
陸橋に風吹き八十八夜冷ゆ　[飛]　三〇二

暮の春（くれのはる）

またの別れ春暮れかかる顔をあげ　[未]　三三
網沈めし青潮暮春の伊根洗ふ　[花]　二〇九
るるんるるんと暮春歯通しお六櫛　[飛]　二八一
河原町暮春豆干す一と筵　[存]　三四八
しみじみと無為のかひなの暮春かな　[駿]　四六六
坂のぼる人の持つ荷の暮春かな　[駿]　四六八

行く春（ゆくはる）
ゆく春の砂丘を歩む大鴉　［花］　二一〇
逝く春の立居を母の眼が追へり　［存］　三七五
行く春の夢の渚にひとと逢ふ　［駿］　四九七
髪切つて春逝くこころ定まりぬ　［駿］　五〇二
春惜む（はるおしむ）
毛越寺に惜春の絮ただよへり　［駿］　四八三
夏近し（なつちかし）
八本矢車・五七桐に夏近し　［飛］　二八〇

天文

春光（しゅんこう）
暁に寝て春光のまたあたらし　［八］　四二三
晩鐘の昏るるに間ある春景色　［駿］　四五三
春の雲（はるのくも）
行きかよふ春雲堰きてわが居とす　［未］　二三
わが臥せば丘の春雲寝つつ流る　［未］　五七
生きものを飼はな春雲丘にまろむ　［雪］　九四
春曇る日本海浪に群鵜乗り　［花］　一七六
すし桶を浸す洗ひ場春の雲　［八］　四二五
春の月（はるのつき）
人寝たり風雲せめぐ春の月　［未］　一七
夕鳴く雛に春の半月俯向いて　［未］　五八
春月斑ら夕刊売の店頭に　［雪］　九四
春三日月（はるみかづき）
春三日月珠なすことば載せて反る　［花］　一九四
朧月（おぼろづき）
朧月ものを書かねば子の寄りくる　［花］　一八六
浴身や月出てすぐに朧なる　［鳳］　二三一
朧（おぼろ）
おぼろ一塊動く吹鳴操車場　［雪］　一二一
一門灯すでに朧の雁木ぬち　［花］　一七六
おぼろ夜の汽笛トンネルが国境　［鳳］　二三〇
橋上に水音おぼろ汽笛さへ　［鳳］　二三〇
朧夜の影神か魔か連れ通る　［鳳］　二三一
走り行戸帳のうちの朧かな　［存］　三七四
病みをれば遠きわが家の朧なる　［駿］　四六六
島山のおぼろおぼろに海落暉　［駿］　四八二
春の星（はるのほし）
春星の一つ炎えだす濡れ浜に　［鳳］　二三三
春の闇（はるのやみ）
春の闇にいつか染みゐて帰心失す　［花］　一九四
夢に来し笑顔は何ぞ春の闇　［駿］　四四八

春風（はるかぜ）

材木のつまれ春風無尽なり　［未］　三三

暁紅に干足袋跳らせ春大風　［雪］　九三

東風（こち）

群竹を傾けつくし東風離れ　［未］　一七

東風吹いて女身に冷ゆる髪と爪と　［未］　三三

通院の市電胴振る強東風に　［雪］　一〇三

金髪親子東風にへうべう沖を船　［雪］　一一九

視つくさん東風の一湾父は飽く　［雪］　一一九

東風の二階ゆ降り来し紺の絣はや　［雪］　一三〇

昼かけて荒東風はたと亡き人に　［飛］　三一一

春疾風（はるはやて）

春突風少女礼するまも駆けて　［未］　六八

春疾風嚙まずとろけし林檎憂し　［未］　六九

空へ舞ふかと幼児ひろがる春嵐　［花］　一六二

春嵐夜をこむ父亡くし友亡くし　［花］　一七五

春荒れに髪乱さざること重し　［鳳］　二三〇

けふ睡るところがわが座春疾風　［駿］　四六九

春荒れの滅多やたらの海の風　［駿］　五〇二

春塵（しゅんじん）

出格子にむかし宿場の春の塵　［八］　四一六

春の塵民薬漢薬閑散と　［八］　四二三

霾（つちふる）

黄塵に息浅くして魚のごとし　［未］　二〇

赤土の山仡とこれ黄沙の地　［八］　三九三

黄沙降る黒き瞳のかなしみに　［八］　四〇四

春雨（はるさめ）

春雨に煉瓦色醒め集水塔　［雪］　一二二

頭屋に頭口あけ春の雨　［飛］　三三三

嚔してあと春雨の音ばかり　［存］　三六五

春時雨（はるしぐれ）

群山ゆ春しぐれ急石舞台　［花］　一九五

二面石しぐれて春を哭き笑ひ　［花］　一九五

手かざせば炉火に手の影春しぐれ　［飛］　三二四

白鳥を視る瞳の春をしぐれけり　［八］　三九三

雪嶺の天にただよふ春しぐれ　［八］　三九四

風ならで春のしぐれの竹林　［駿］　五一三

花の雨（はなのあめ）

雪山は夕日の浄土花の雨　［飛］　二九〇

みよしのの花に雨ふる白枕　［駿］　四九〇

春驟雨（はるしゅうう）

髪くろき男駈けだす春驟雨　［八］　四〇三

春の雪（はるのゆき）

働かねば濁る眼春雪影なし降る　［花］　一六七

花活ける業に春雪踏まず暮れ　［花］　一八四
花屑の籠にふくれつ春の雪　［花］　一八四
病みしは遠し春雪にすぐ陽の匂ひ　［花］　一八五
硝子拭きて春雪の弁大きくする　［花］　一八五
春の雪重ぬべくあるたなごころ　［鳳］　二四五
柊に春の雪降り一樹の音　［鳳］　二六〇
水あればひかりこぼして春の雪　［飛］　三二四
節ごとに春の雪載せ朝の竹　［存］　三四四
春雪や飛べぬ番の囮鴨　［存］　三七四
春雪嶺浮雲もまた嶺なして　［八］　三九四
春の雪母と距つも二三日　［八］　四二二
春の雪とくとくと心よろこべり　［八］　四二二
春雪の名もなき山に親しめり　［八］　四二六
書き出して遅筆ながらに春の雪　［八］　四三四
陸よりも海を高みに春の雪　［駿］　四六五
きぞの葬けふ春雪の山と谿　［駿］　四七三
たれか病みたれかが死にき俄雪　［駿］　四七三
甦るものひそやかに春の雪　［駿］　四九七

淡雪（あわゆき）

午までをなぐさまんには雪淡し　［未］　二三
牡丹雪はたとやみしを訪はれけり　［鳳］　二三〇
牡丹雪忌日近めば父近み　［飛］　二九九
春蘭の葉のとどめたる牡丹雪　［飛］　三〇〇
書くのみに指さき荒らす牡丹雪　［飛］　三一一
牡丹雪こころの海に吸はれけり　［存］　三七二
眠る前刻の濃くなる牡丹雪　［駿］　四八九
淡雪や空はうす眼をしてゐたる　［駿］　四九七
浴室を密室にして牡丹雪　［駿］　五一三
牡丹雪しばらく息をつがぬまま　［駿］　五一三

斑雪（はだれ）

一つ家に二日を会はずはだれ雪　［鳳］　二六一

雪の果（ゆきのはて）

忘れ雪消えて渚のゆれやまず　［鳳］　二六一
海を見て坂くだりゆく雪の果　［存］　三八〇
束の間を病みゐしことも雪の果　［駿］　四五三
天河にて追ひつきにけり雪の果　［駿］　四五九
しんしんと雪の高野の涅槃変　［駿］　五〇一

春の霰（はるのあられ）

春霰われに遺せし一語もなし　［花］　一七四
春霰詣でおくるる父の墓　［飛］　三〇〇

春の霜（はるのしも）

春の霜忌にゆく影を当てて過ぐ　［花］　一九四

春の露（はるのつゆ）

春の露犬が四肢伸す祭明け　［花］　一六二

春の露いま日の出どき栗鼠走り　［花］　一六八

春の虹（はるのにじ）

春の虹そのあと昏し足洗ふ　［鳳］　二六二

五十鈴川奔り出でたる春の虹　［飛］　三二四

雪壁の山の水吐く春の虹　［存］　三五九

まばたいて睫毛に春の虹たたす　［駿］　四六七

春雷（しゅんらい）

花鋏をさむ春雷雨おきざり　［花］　二〇八

足下より応ふ春雷田園なり　［花］　二〇八

春雷の誕生月を貫けり　［駿］　四八一

霞（かすみ）

霞透く青海寝墓の亀裂古り　［雪］　一一八

神岳の霞青溶く飛鳥村　［花］　一九四

晴れし香のコーヒー遠山ほど霞み　［鳳］　二四八

焼鰈かすみに溶けし佐渡ヶ島　［存］　三五七

大井川真中に来て橋霞む　［八］　四一五

陽炎（かげろう）

水かげろふ見し瞳に黒き仏陀身　［雪］　一二〇

振りむきて墓湿るともかげろふとも　［花］　一七五

首塚へ男陽炎ひ畦づたひ　［花］　一九五

春陰（しゅんいん）

背くかに逢へず春陰咳におぼれ　［花］　一六七

虎吠えて城の春陰ふかくする　［花］　二〇八

鳥ばさと翔ち春陰の御塩殿　［飛］　三二四

飛驒格子のうちの春陰祭膳　［存］　三六七

花曇（はなぐもり）

屋上に男現はれ養花天　［駿］　四六六

鳥曇（とりぐもり）

病むことの遊行めく日の鳥曇　［駿］　四六七

残されてまた残されて鳥曇　［駿］　五〇二

春の夕焼（はるのゆうやけ）

人も車もつひの黒点春夕焼　［雪］　一一二

地理

春の山（はるのやま）

春山に親子円組み口うごかす　［雪］　一〇五

山へ向き春山に添ひ青信濃　［鳳］　二四九

春嶺の奥の一ト嶺や雪ひかる　［存］　三六四

廃屋に春の山水ころころと　［八］　四一三

焼野（やけの）

末黒匂ひうすながの臼もう減らぬ　［花］　一六三

末黒野はやがてつくし野匂ひたつ　［八］　四一二

はればれと焼野の匂ふ芹小鉢　［八］　四一二

末黒野に川やはらかく曲りけり　［八］　四一二

末黒野や煙り一縷ものこさずに　〔八〕　四一二
末黒野の端に漢の無聊かな　〔八〕　四一三
末黒野やまだ焚きのこるもの焚きて　〔八〕　四一三
曇りたる焼野の富士を川向う　〔八〕　四一三
ぞろぞろと焼野より来る法事人　〔八〕　四一三
まだ温き焼野を通る白き足袋　〔八〕　四一二
焼野より翔ちし白鷺汚れもせず　〔八〕　四一二
走り火の末黒に忘れ火の起こる　〔駿〕　四八九
春の水（はるのみず）
春水のいまも裾ゆく吾にも母校　〔花〕　一七五
あぎとへる金魚春水玉楼に　〔鳳〕　二三〇
夜祭をぬけて春水川の音　〔存〕　三六七
白鳥のたはむる春の水しぶき　〔八〕　三九二
水温む（みずぬるむ）
運河ぬるむ夜ルオー「赤鼻」街角より　〔雪〕　一二一
夜行の灯の散乱古き河温む　〔花〕　一五五
一日使ひし双の手の艶水温む　〔鳳〕　二四六
春の川（はるのかわ）
板橋の間やきらめく春の川　〔八〕　四一五
ひとり濯ぎて乙女町の春の川　〔八〕　四二五
春の海（はるのうみ）
波一つなき玄海の春眼下　〔八〕　三九三
日もすがら春の海見て樹の孔雀　〔駿〕　四八二
春潮（しゅんちょう）
きらめきて雪後たちまち春の潮　〔八〕　四二二
春田（はるた）
よべ雨の諏訪のやしろの春田かな　〔鳳〕　二四九
舌がおどろく味噌煮うどんや春田冷え　〔飛〕　三〇四
僧一人岬の春田のいく曲り　〔存〕　三六四
春泥（しゅんでい）
春泥の夜目にもさだか死を怒る　〔花〕　一七五
朝日射す山門前の春の泥　〔八〕　四二三
逃水（にげみず）
逃げ水の山麓いづくまでつづく　〔駿〕　四四九
残雪（ざんせつ）
雪残る夕日や父にちかく坐す　〔未〕　二〇
蔭雪の汚れ固まり猫と化す　〔雪〕　一三一
岩に化さんとする陰雪へ雉子の声　〔花〕　一六八
雪のこるほどの昼月欅の上　〔鳳〕　二四六
蔭雪やつねにも冷えて耳朶二つ　〔鳳〕　二四六
山陰の道の残雪曲れば牛　〔飛〕　二七九
雪形馬に息をあららげ土塊田　〔飛〕　三〇三
雪形の爺と婆とに鴉蹤く　〔飛〕　三〇三
落日の岳残雪の武田菱　〔飛〕　三〇三

雪形の蝶や水田を翔けゐたる　［駿］　四四九
陰雪の気のかよひくる昼睡し　［駿］　五一二

雪崩（なだれ）
照り昃る流雲いづれの嶺か雪崩　［鳳］　二三一

雪解（ゆきげ）
枯原の雪解卒に午後のごとし　［未］　二〇
雪解光逢はぬ乙女を愛しゐぬ　［未］　三一
雪解明るく人通はねば猫よぎる　［未］　四八
手に抗ふ浅間雪解の水の筋　［雪］　一三三
鴉憑く田の面より雪ゆるむ　［花］　一五五
雪消えて雁木に新木まじるなり　［花］　一七六
雪雫りみづきの花もまだ下向き　［花］　一九三
空青きに耐へぬ落石雪解山　［鳳］　二三一
雪解宿鮭の薄身のうすくれなゐ　［鳳］　二三二
雪雫髪の根に冷えイエスの前　［鳳］　二四七
赤松に山風湿る牧雪解　［鳳］　二四七
乳牛に受胎告知の雪解の日　［鳳］　二四八
雪解水ひびくよ車庫のがらんどう　［鳳］　二六一
雪解して白樺湖へみな傾め　［飛］　二七九
田を鋤くに雪形仔馬も歩み来よ　［飛］　三〇三
一条の水の七段雪解滝　［飛］　三二五
二時打つて蝦夷に雪解の時計台　［存］　三五五
妓が帰るおぼろ明りの雪解靄　［存］　三五七
土雛の細目ひそひそ雪解風　［存］　三五九
船絵馬の旭真紅に雪解かな　［八］　四〇二
雪女解けいだしたる峠靄　［駿］　四八一
雪解けもや何いろといふときいろに　［駿］　四八一
聖堂の片屋根雪解はじまれり　［駿］　五〇一

雪しろ（ゆきしろ）
愛蔵さんの家へ雪しろ水奔り　［飛］　三〇四
雪しろの堰流木をさかしまに　［八］　三九五

薄氷（うすらい）
薄氷を昼の鶏鳴渡りゆく　［鳳］　二四四
薄氷に神の眠りのまだ覚めず　［飛］　三〇一
うすらひや空港裏に田が残り　［八］　四一三

氷解く（こおりとく）
南瓜スープの金色湖に浮氷　［駿］　四五九

生活

春ショール（はるしょーる）
春ショール己が翼と編みすすむ　［雪］　一〇四
春ショールいつはづれゐしすみれ草　［存］　三四六

蒸鰈（むしがれい）
柳がれひ焼かるるまでの渚いろ　［飛］　二八六

母の刻に合はす昼餉や蒸鰈 [存] 三七三
草餅（くさもち）
草の餅日向に人のかき消えて [飛] 三三三
蓬すでに餅にまじりし臼みどり [八] 四一二
雛あられ（ひなあられ）
雛菓子買ふ遠嶺の雪の眼のごとし [雪] 一〇四
春燈（しゅんとう）
刺さりゐるらしき掌を春灯に [未] 二三
春灯に雨日の痩せを問はれけり [未] 二四
ためらはず瞠め春灯無慙にす [未] 三三
春の灯の消しそびれしを孤灯とす [未] 三三
すでに春の灯隣家の鴨居見透しに [未] 三九
春灯膝下に病めば恋もなし [未] 四一
春灯にひとりの奈落ありて坐す [未] 六八
一夜照りし春灯の痩せ暁紅に [雪] 九三
電球替へし春の灯髪も洗ひ了へ [雪] 九三
春の外灯坂より天へ捧げたる [花] 一八五
春灯遅筆を影に添はれゐつ [鳳] 二六二
春障子（はるしょうじ）
歯朶漉き込め湖辺に白き春障子 [鳳] 二四九
酒を売る家の二階の春障子 [存] 三四八
屋根替（やねがえ）
屋根替に長き梯子の盆地空 [鳳] 二四八
葺替の男ぬきんで花林檎 [飛] 三〇三
屋根替の男ひとりの赤きシャツ [駿] 五〇一
屋根替のあと淡雪のうひうひし [駿] 五〇一
野焼（のやき）
野焼く焔はわれにその音父に迫る [花] 一七三
野焼く火のがうがうなびく雪の富士 [八] 四一〇
火の手あがる野の真ン中の休耕田 [八] 四一一
一つせいに火かけたる野に何かをる [八] 四一一
かたまつて野焼見てゐる橋の上 [八] 四一一
野を焼く火女の髪へ伸びきたる [八] 四一一
焼けてなほ真葛ガ蔓の土手蔽ふ [八] 四一一
過去よりも今に悔もつ野火あがる [駿] 四八一
芝焼く（しばやく）
芝焼いて曇日紅き火に仕ふ [未] 三三
麦踏（むぎふみ）
上半身斜陽がくりに麦踏めり [未] 二三
麦踏の男が見えて女の声 [鳳] 二五八
耕（たがやし）
泥田十重二十重耕牛尾で遊ぶ [雪] 一二三
耕す土終の蔵壁より黒し [花] 一七六

春田つづきに川いま和む耕せとや　[花]　二〇八
耕牛も人も急がず大河かな　[八]　三九四

田打（たうち）
赤牛が護りゐてひかる荒鋤田　[雪]　一二三
城址鬱々山田を牛が裏かへす　[花]　一五六
亀石の居眠る荒鋤田の真昼　[花]　一九五
荒鋤田の残る一枚濡れとほす　[鳳]　二一九

畦塗（あぜぬり）
大地劃す固き塗り畦農の脈　[雪]　一二三
塗り了へて畦直なるに汽笛添ふ　[雪]　一二三

種蒔（たねまき）
種待つ土露をたたへて濡れほぐる　[未]　四九
石茸に五尺の覆土種子を蒔く　[花]　一九四
髪くろき祖母にして母種を蒔く　[鳳]　二六一
種蒔ざくら紅尽くし滝激す　[飛]　二九〇

若布刈る（わかめかる）
海女の腰巻かんばかりの若布刈る　[飛]　三三四
若布刈舟逆光にゐて鎌使ふ　[飛]　三三七

海苔掻き（のりかき）
腰であやつる海苔舟女紺がため　[雪]　一一九
掻き溜めて海苔のむらさき海苔のあを　[雪]　一一九
海苔粗朶も人も錆びつく昃れば　[雪]　一一九
掛け替へし海苔網夕日濃くしたり　[雪]　一一九
海苔採の踏みたち濡らすすでに帰路　[雪]　一一九
大潮の海苔場に低き一つ星　[雪]　一三〇

蚕飼（こがい）
赤き傘出でゆく蚕飼村の雨　[鳳]　二五三

茶摘（ちゃつみ）
茶畑に日は炎えはじむ墓一基　[飛]　三一四
八代の茶の木畑を蛇通る　[飛]　三一四

磯開（いそびらき）
海底に妻を放てり口開け日　[飛]　三一四

海女（あま）
われに無かりし青春海女の堅肉灼け　[花]　一五六
海彦に仕へ来て海女火を焚けり　[飛]　三三四

木流し（きながし）
杉闇に春とざしたる修羅落し　[八]　四一三

遠足（えんそく）
太陽を探しに遠足坂また丘　[花]　一七七

蕨狩（わらびがり）
山菜採りの袋大きく線路越ゆ　[鳳]　二四九

花見（はなみ）
正徳六丙申弥生の花宴　[飛]　二八一
座しまろび花見羅漢と申すべし　[駿]　四七四

夜桜（よざくら）
夜桜や灯の障子より男子のこゑ　［未］　五八
夜桜に二十年の命われもひとも　［花］　二〇八
凧（たこ）
なほのぼる意のある凧のとどめられ　［未］　二三
凧の凧ここに集へり白きを干す　［未］　三九
高空の凧まぶしがる鶏どちも　［未］　四七
凧と陽と凧を手中に納めたる　［花］　二〇七
凧持ちて顔の隠るる岬の子　［存］　三六五
凧一つ背のびくらべの白灯台　［存］　三六五
鶯笛（うぐいすぶえ）
鶯笛嘴うごく見て一つ買ふ　［飛］　三〇〇
春の風邪（はるのかぜ）
亡きひとの夢に来しより春の風邪　［鳳］　二三三
春の風邪いつか身を責めゐし一事　［鳳］　二三三
人混みに胸が呟く春の風邪　［鳳］　二六二
昼どきの余震くらりと春の風邪　［存］　三七三
春愁（しゅんしゅう）
湯が沸けば鳴り出すケトル春愁ひ　［存］　三四五
入学（にゅうがく）
入学児の身辺急に彩加へ　［鳳］　二三〇

行事

雛市（ひないち）
雛市の残り土雛掌にぬくし　［存］　三五九
雛祭（ひなまつり）
雛の夜や祖母の遺せし母五十路　［未］　四九
雛の日や巷に荷馬の無垢なる目　［未］　五六
ジェット機の余響しばらく夜半の雛　［未］　五六
雛の夜や尽くるなき語の始めのごと　［雪］　一〇四
雛赤き闇の重たさ母にはならぬ　［雪］　一二〇
餅竈雛の日の湯気上げつづく　［存］　三四五
枕頭や掌にのるほどの紀州雛　［駿］　四五三
雛壇の外の一生と思ひをり　［駿］　四七三
うすがみに眠らす雛の在りし世に　［駿］　五〇九
雛飾る畳にのこる雪の冷え　［駿］　五一二
雛飾る和服の膝のうすくして　［駿］　五一二
雛飾る波瀾万丈とは言へず　［駿］　五一二
父が選び母の飾りし雛の壇　［駿］　五一二
雛の瞳にわが世鎮めて在すかな　［駿］　五一二
闘牛（とうぎゅう）
組むまでの牛は草食むひたすらに　［駿］　四九八

鶏合（とりあわせ）
闘鶏の貫禄土をふまへたる 〔存〕 三五四
羽搏いて闘鶏日和昂れり 〔存〕 三五四
闘鶏のばつさばつさと宙鳴れり 〔存〕 三五四
闘鶏の一塊となり落ち来たる 〔存〕 三五四
闘鶏を抱けば胸もと血ぬらるる 〔存〕 三五五

春祭（はるまつり）
春祭灯の裏の闇馬臭沁む 〔花〕 一六二
空町にこぶし白木蓮祭どき 〔存〕 三六七

古川の起し太鼓（ふるかわのおこしだいこ）
夜陰打つ起し太鼓に桃桜 〔八〕 四二五
古川やんちや焚火火の粉をふりかぶり 〔八〕 四二五
起し太鼓雪嶺の冷えを夜の香に 〔八〕 四二五

涅槃会（ねはんえ）
月界にひびきて涅槃後夜の鐘 〔飛〕 三一一
斎の火を落せし庫裡の涅槃闇 〔飛〕 三一一
火袋に生きて白蛾も涅槃衆 〔飛〕 三一一
雪板に涅槃の霜の凝る刻ぞ 〔飛〕 三一二
おねはんの高野頭布の僧いかに 〔八〕 四二三

常楽会（じょうらくえ）
常楽会比丘尼の咳をまじへけり 〔飛〕 三一二

修二会（しゅにえ）
雪もよふ修二会の初夜の鐘一つ 〔存〕 三七四
うすずみの修二会の界のこもり僧 〔存〕 三七四
籠松明火屑とびつく女髪 〔存〕 三七四
修二会の眠らぬ闇の鹿に会ふ 〔存〕 三七四

彼岸会（ひがんえ）
彼岸会の青きつむりの僧百人 〔八〕 四三五
いづこにもわれ在らずして彼岸寺 〔駿〕 四四七

薬師寺花会式（やくしじはなえしき）
花の会式の残り護摩の焔旅に暮る 〔花〕 一九六

遍路（へんろ）
女遍路に鋤田一枚雪残る 〔存〕 三六四

仏生会（ぶっしょうえ）
花活けてわれ立ちづめに灌仏会 〔花〕 二〇八
灌仏のあまねく濡れて母在りぬ 〔鳳〕 二三二
仏生会蝌蚪も新たなものの数 〔鳳〕 二三二
灌仏の胸もとかわきそめ親し 〔飛〕 三二五
灌仏の前にたたみし花の傘 〔八〕 四二四
花の山誕生仏が統べたまふ 〔駿〕 四五四
仏生会双眼鏡に潮あをあを 〔駿〕 四六七

甘茶（あまちゃ）
くろがねの丹田ひかる甘茶仏 〔鳳〕 二三二

一滴の日を金色に甘茶仏 [八] 四二四

復活祭（ふっかつさい）
なにがなし善きこと言はな復活祭 [未] 二四
復活待つ石の乾きの受洗台 [鳳] 二四七

動物

馬の子（うまのこ）
耕馬否荷馬否当年仔風に跳ね [飛] 二八一
牧草の露むずかゆし岬仔馬 [飛] 三二六

孕み鹿（はらみじか）
孕鹿鴟尾放光の圏にゐて [八] 四一四

猫の恋（ねこのこい）
恋すみし猫ゐて画集黄に溢れ [雪] 一〇四
総身に夜の色保ちて恋の猫 [花] 一五五
孕猫真顔に通る入学難 [花] 一六〇
紙干場影濃く連れて孕猫 [花] 一九七

猫の子（ねこのこ）
仔猫すでに捨猫の相ほうせん花 [未] 七二
仔を生みし身軽さの猫そそけだつ [雪] 九七

蜥蜴穴を出づ（とかげあなをいず）
蜥蜴出て朝日さんらん寺の塀 [八] 四一五

蛙（かえる）
烈風や地上音湧く蛙田のみ [雪] 一〇五
蛙囃し足らず蓼科雪脱がぬ [雪] 一三三
身に余る声の蛙に闇たつぷり [雪] 一三五
さびしろにひた鳴く蛙やませ濤 [鳳] 二六四
能舞台朝の田蛙まかり出で [飛] 三三一
田うなへと人足宿の昼蛙 [存] 三四八
戸籍簿にひとり残りて蛙の夜 [駿] 四四三
弥彦は闇にやすらふ遠蛙 [駿] 四九八

春の鳥（はるのとり）
森が抱く春禽の数入学期 [雪] 一一二
荷役の他は春の鷗と女学生 [雪] 一一九
仙丈岳の空すべり来て春の鷹 [飛] 二八〇
水くぐりあきて鳴くなり春の鳰 [存] 三四五
廃運河春の鷗の影と来る [八] 三九五
どつと来てどつと散りゆく春鷗 [八] 四〇二

鶯（うぐいす）
鶯の常磐木隠れ朝日子も [未] 五七
鶯に夜明けて遠し友の婚 [雪] 一〇四
鶯の山で貯めたる声放つ [花] 一五五
鶯や水と太陽磨かれゐつ [花] 一八五
鶯が故友父亡き朝日延び [花] 一八六

鶯のこだま林業実習生　[花]　一九七
朝は母と同じ思ひに鶯来　[花]　二〇七
うぐひす二度わが部屋に陶重なりて　[花]　二〇七
初音いま青空ひらく逢ひてのち　[鳳]　二三〇
鶯のすぐ去るはこゑ羞らふや　[鳳]　二六一
夕鶯水に沈みし山の形　[飛]　二八〇
母づてに聞くうぐひすを誕生日　[飛]　二八九
鶯や眠りの端に光射し　[飛]　三〇〇
初うぐひす父が遠くに眼をひらく　[飛]　三一二
うぐひすに千語万語の紙を積み　[存]　三六五
近鳴きて母には遠音初うぐひす　[存]　三七四
鶯の小雨もよひのひかりごゑ　[八]　四一二
耳遠き母鶯に囲繞され　[八]　四二三
玉なしてちちははの世の初音かな　[駿]　四五四
うぐひすに遠世の父母も目ざめしや　[駿]　四八一
捨つることを重ねし齢初音かな　[駿]　五〇九

雉（きじ）

雉子鳴くや倒木にして土の艶　[雪]　一三一
雉子鳴いて陵守の朝は居ず　[花]　一九五
一刀一礼雉子料りたる額に汗　[飛]　三〇〇
天翔ける姿ととのへ雉子の肉　[飛]　三〇〇
桃、菜の花供へ無明の雉子の首　[飛]　三〇〇
目覚むれば雉子ほととぎす母の声　[存]　三六八
雉子の尾の水平巌を去らぬなり　[存]　三六八

雲雀（ひばり）

絶食や雲雀は未来図鳴きつづり　[雪]　一一二
虚空にて生くる目ひらき揚雲雀　[雪]　一一二
上水タンク占むる高さへ雨の雲雀　[雪]　一二三
姿なき雲雀と真日と石舞台　[花]　一九五
高階に雲雀ききとむ落下のまへ　[存]　三四六
太陽に倦みし雲雀の斜滑降　[存]　三四七

春の鵙（はるのもず）

昨日の声たれにゆづりし春の鵙　[鳳]　二六一
春の鵙声あやまたず定まらず　[飛]　二七八
暁の身の冷えてをり春の鵙　[存]　三四五

燕（つばめ）

けふを飛燕父の同じ語短かけれど　[雪]　一一二
高架駅のベンチ詩友燕のごと並び　[雪]　一二三
まろまろと茶山燕は飛びならひ　[鳳]　二三三
まだ使はぬペーパーナイフ燕来る　[飛]　三〇二
一歩だに家を出ぬ日の飛燕かな　[駿]　五〇二

白鳥帰る（はくちょうかえる）

白鳥の帰北うながす斑雪山　[八]　三九三
白鳥の引きては湖を片寄せぬ　[八]　三九三

帰雁（きがん）
急行に遅れ遅れて遠帰雁 ［八］四二三
引鴨（ひきがも）
突風に群立つ鴨の引き用意 ［八］三九三
鳥帰る（とりかえる）
鳥帰る真神の原は鋤きし匂ひ ［花］一九五
鳥帰るプラットホームの屋根の上 ［駿］四六七
地球儀にひろがる砂漠鳥帰る ［駿］四九〇
鳥雲に入る（とりくもにいる）
鳥雲にふと船旅を約しをり ［駿］五〇一
囀（さえずり）
囀におくるる暁の山の鳩 ［飛］三一三
鳥交る（とりさかる）
雀交る残雪の岳その上に ［鳳］二四七
燕の巣（つばめのす）
梁に巣燕幼な長子の頭も黒し ［雪］一二四
巣燕に店頭飾る子供服 ［雪］一三一
魚島（うおじま）
魚島てふ文字の光りし葉書かな ［駿］四七五
白魚（しらうお）
白魚汁灯ともるいまを辞しがたく ［雪］一一八
白魚にのどなめらかな雨の夕 ［鳳］二二七
雪代山女（ゆきしろやまめ）
青天に昼月雪しろ山女釣る ［鳳］二三一
初蝶（はつちょう）
初蝶の翅振るを前衰へず ［未］四九
初蝶現る人が車塵にかすむとき ［雪］一一一
初蝶を奔らす声をわれ発す ［雪］一一一
初蝶が二才のひとり子に降りし ［雪］一二二
初蝶の触れゆく先の草青む ［存］三四六
初蝶に旅の日射しの流れそむ ［八］四一四
塔三つ見え初蝶の一つかな ［八］四一四
蝶（ちょう）
地に置きし影を重しと蝶翔たず ［未］二七
わが方へ来るにたがはじ白蝶待つ ［未］三四
眼前に蝶群れ光り臥しつづく ［未］四三
蝶生れてたちまち負ひし広翅なる ［未］六〇
葉洩れ日の遊ぶ羽化せる蝶の上 ［未］六〇
屋根一つ越えし余力に蝶沈む ［雪］一一一
火事跡の月余の昏さ蝶生れ出で ［雪］一三一
まれに日を持ちくる黄蝶遊女塚 ［雪］一三三
築地長し影をたのしむ白蝶に ［花］一九八
蝶なべて双蝶の白山葵沢 ［鳳］二三三
石仏に蝶石仏に湖塩の道 ［飛］三〇三

たむしばの群蝶めきて弥陀の窟　［八］　三九四
やまとなる旅の裾より春の蝶　［八］　四一四
双蝶の一つこぼれてわが膝に　［八］　四二六
点滴と採血の痕蝶になれ　［駿］　四六八
白蝶の失せしはいづこ光堂　［駿］　四八三

蜂（はち）

木洩れ日のつよきを赤き蜂占めて　［未］　二六
蜂若し洗ひ髪して通るとき　［未］　五八
縞きはやかに蜂きぬ病み痴れ偽られ　［未］　五八
分封の蜂に山寺門閉ざす　［八］　四二八

虻（あぶ）

父癒えぬ日向いづこも虻散らし　［未］　五三

春の蚊（はるのか）

顔の上草のにほひの初蚊鳴く　［鳳］　二五〇
春の蚊の噂ほどなる声曳きて　［飛］　三一四

春蟬（はるぜみ）

二度目の豆腐まだ固まらず春の蟬　［花］　一五六
春蟬や潮がすみして島三つ　［駿］　四四三

植物

梅（うめ）

壺に真白降雪前に剪りし梅　［未］　五六
梅も一輪ほのかな飢ゑに空晴れし　［未］　五六
梅に下りゐし大空夜の痕もなし　［未］　五七
散り果てて梅なほ白き翳に充つ　［未］　六八
白梅や祖母より継ぎし掌の荒れぐせ　［雪］　九三
鳶長啼く梅透く森を離れずに　［雪］　一三一
月蝕に煌々灯し梅活けぬ　［花］　一八三
梅散つて空林犬の背に朝日　［花］　一九四
梅ひらく生くるに倦むは許されず　［鳳］　二四六
白梅や掃けば浄まりしづまる土　［鳳］　二四六
水したたるごとくにしだれ梅の白　［鳳］　二四六
梅の芯海近よせて島一つ　［飛］　二九九
梅林くぐる衣紋に日がありて　［飛］　二九九
梅かをる書きてはわれを夜の贄に　［飛］　三一一
野の梅の在りしところに咲きし白　［飛］　三一一
手作りの茶杓あめいろ梅一輪　［飛］　三三三
骨一体白梅一樹館の冷え　［飛］　三三四
お子良児のいまも若木の梅真白　［飛］　三三四
水の香にまさりし朝の梅の香は　［存］　三四五
吐く息にのこる風邪の気夜の梅　［存］　三四六
盆梅の白一輪に真向へる　［存］　三五四
一鉢の梅明りして健在に　［存］　三五四
老母のカタカナ日記梅の花　［存］　三七三

船絵馬のどれも順風梅香る　〔八〕四〇二
梅薬師百度そろばん玉十箇　〔八〕四一三
老い母の無言は遠し梅つぼみ　〔八〕四二二
白梅のほうけつくして潦　〔八〕四三五
白梅は紅梅に浮き降り出せり　〔駿〕四四七
一と間にて足る日々の壺の梅　〔駿〕四八一
落椿に誘はれゆけば梅真白　〔駿〕五〇六

紅梅（こうばい）
梅紅白女のみぞなどて老いゆくや　〔未〕五六
梅咲いて細かさ紅さ母亡き師に　〔雪〕一〇三
喪疲れや紅梅枝さきほど密に　〔花〕一七五
紅梅を仰ぎとどまる声年かさ　〔花〕一七五
禅僧のたまふ一枝のうす紅梅　〔花〕一八五
来し方の日は紅梅にただようて　〔花〕一八五
師に満てる紅梅わが梅白重ね　〔花〕二〇七
剪りて置く紅梅一枝片袖めく　〔鳳〕二四六
壽の字は紅梅の蕊のさま　〔鳳〕二六〇
昏き高きところに鳳眼うす紅梅　〔飛〕二七八
千鳥紅梅波にきらめく日のかけら　〔飛〕三一三
紅梅を剪り白梅も枕上　〔存〕三四五
緋紅梅雄蘂一ぽん一ぽんの張り　〔存〕三四六
紅梅の咲き白梅をはるけくす　〔存〕三六五
紅梅の一枝も欠くところなし　〔八〕四一二
紅梅に夜陰の雨の降り込めり　〔八〕四三四
ぞうぞうと竹むらうごく薄紅梅　〔駿〕五〇六

椿（つばき）
座蒲団に椿ぽとりと母の留守　〔未〕五九
聾啞の指話林の奥に椿透く　〔未〕六九
聾啞笑ひ紅き渦解く藪椿　〔未〕六九
いまだ若し八重なす椿雪を吸ひ　〔雪〕一〇四
木の根隆々深大寺裏椿落つ　〔雪〕一二〇
乳いろの花芯厚くし夜の椿　〔花〕一六八
山中に神のさびしさ落椿　〔花〕一九八
椿一輪夕日いただき帰る人　〔鳳〕二六二
双神は土に裾埋め落椿　〔存〕三五六
良寛、牧之ともに面長雪椿　〔存〕三五八
五代目の嫁に炭竈山椿　〔八〕四一〇
盆地晴つばき水仙いぬふぐり　〔八〕四一一
落ちてなほ陽をはなすなき紅椿　〔駿〕五〇六
花椿母の齢になほ足りず　〔駿〕五〇六

初花（はつはな）
尋めあてし枝垂れ初花指に触る　〔花〕一九六
初花にまだ旅ゆけぬ未完稿　〔鳳〕二六二
初花や雀二羽降る土の上　〔飛〕三一二

初桜よべの小雨の雫とも　［存］　三七五
よべの夢なほあきらかに初桜　［存］　三七五
初花の一枝の風を誘ひをり　［存］　三七五
初花の朝をさゆらぐ枝の先　［八］　四三六
初花のごとき一句を切に乞ふ　［八］　四三六
初ざくら代々をしだれて風の先　［駿］　四四八
さゆれゐてあす初花の枝のさき　［駿］　四七三

彼岸桜（ひがんざくら）

墓一基こひがんざくらかいどりに　［飛］　二八〇

枝垂桜（しだれざくら）

月に枝垂れ花のうす紅明日はひらく　［花］　一九六
白日輪かかへしだるる大桜　［駿］　四四八
樹の洞に千年の闇たきざくら　［駿］　四四八
しだれざくらの下にひらひら赤子の手　［駿］　四八二

桜（さくら）

熱の夜のさくら咲き満ち幹立てり　［未］　二〇
露ふふむ桜世慣れず人慣れず　［未］　五七
桜五弁はも指頭はも血色さす　［未］　五七
電柱の落書〈びんぼう〉さくら満つ　［雪］　一二二
きのふよりけふあふれたるさくら濡る　［花］　一七五
樹下に来て桜は遠きほど満てり　［花］　一八五
杉谷やさくら一樹に朝日湧く　［花］　一九六
海展け山中さくら泡立つごと　［花］　二〇九
さくら咲き思ひ出さねば眠られぬ　［鳳］　二六二
さくらしづか身に一点の注射あと　［鳳］　二六二
山国やさくら隔てし空の青　［飛］　二八〇
満面に朝日の桜二階より　［飛］　二九〇
雪の鳥海雲に消え入りさくら濡る　［飛］　二九〇
満開のさくらの下に箸つかふ　［飛］　三〇一
目薬の一滴の冷え夜のさくら　［飛］　三一三
さきみちてさくらあをざめゐたるかな　［飛］　三一三
狼藉の塵焚くけむり桜山　［存］　三六六
己が根を落花に蔽ひ老桜　［存］　三六六
夕ざくら肌のにほへるごとくにも　［八］　四〇三
さくら咲き出土の酒のまみどりに　［八］　四一四
一本の峠ざくらの明るうて　［八］　四一六
夜空かくも明るき山の桜かな　［駿］　四六〇
遠桜いろまさりゆく雪の果　［駿］　四七三
きのふのさくらけふのさくらと風渡る　［駿］　四七四
東国のはにはは赭し夕桜　［駿］　四七四
遠山の夕日さくらに来てこもる　［駿］　四八二
さくら山いづれもひとのうしろかげ　［駿］　四八二

花（はな）

金盥落ちし反響花の夜に　［未］　二四

花万朶疼む眼に見えてをり　[未]　三三
誕辰の菓子の春花を切り頒つ　[未]　四一
花揺るる孤りを疲れ易くして　[雪]　九四
花の紅奪ふ降雪あの家も病む　[雪]　一〇五
並びゆく母こそ日おもて花の中　[雪]　一一二
花白く冷え込む牛の肝を購ふ　[雪]　一二二
鱒ふかく花風醒ます古柩　[雪]　一三二
花渡る十日ばかりの月に暈　[花]　一九六
紅ほのかに花の葛菓子如意輪寺　[花]　一九六
花けぶる十日の月に近く寝て　[花]　一九六
祖母の世の花のおぼろに母と寝む　[飛]　二八〇
紙銭折る老婆三人花明り　[飛]　二八九
水音と花に憑かれし師が一人　[飛]　三二五
扉を押せば開く聖堂花の昼　[存]　三六六
睡りゐる母を置ききて花の山　[存]　三六六
水満ちてなだれ咲く夜の花明り　[八]　四〇三
入りゆかむ師の念々の花明り　[八]　四三六
全山を見つくさずして花の息　[八]　四三六
会ふひとのみな子を連れて花の昼　[八]　四三六
くれなゐの花の雫の滝なせり　[駿]　四四八
下乗して馬身を拭ふ花の昼　[駿]　四五四
花の暁頬つめたくて覚めにけり　[駿]　四五四
咲く花の闇につづけば寝やすし　[駿]　四六〇
道濡れてゐるどこまでも花の闇　[駿]　四六六
咲く花の雪降る音を吸ひつくす　[駿]　四七三
人ら来て古墳経めぐり花に消ゆ　[駿]　四七四
生き羅漢花の羅漢のうしろより　[駿]　四七五
夫亡くし花下の羅漢に来てゐたり　[駿]　四七五
花一と日麑塒の墓にて暮れにけり　[駿]　四七五
澎湃と花湧く闇に二ﾀ夜寝し　[駿]　四九〇
のぼり来てはなほその上の花霞　[駿]　四九一
墳出し壁画の男女花の闇　[駿]　四九一
古希といふ発心のとき花あらし　[駿]　四九一
いちはやき花の案内を祖母の国　[駿]　五〇二

山桜（やまざくら）

幟赤くて御輿弾むよ山桜　[花]　一六九
山ざくら夕冷えはやき裏寺門　[八]　四二四
足音を消す土の坂山ざくら　[八]　四三六
さくらどれもよしのの山の木のさくら　[駿]　四九一

八重桜（やえざくら）

八重桜朝日根もとに冷たくて　[飛]　三〇一
老い母に笑顔もどりぬ八重桜　[存]　三五九
八重ざくら日輪こもる髪の上　[存]　三六六
天よりも地上の暗し八重桜　[駿]　四六〇

雉鳴いて夕日とらふる八重桜　〔駿〕四六〇
長き髪切りしはむかし八重桜　〔駿〕四六九

遅桜（おそざくら）

遅桜北指す道の海に添ひ　〔鳳〕二六四

落花（らっか）

落花はげし戦後北京にありし女に　〔未〕五七
犬が首上げ落花の空をいくども嗅ぐ　〔雪〕九四
乳児の香つきし身に花散りくるよ　〔花〕一六二
落花どこより紙漉谷によき川音　〔花〕二〇八
石のせて楮川晒し落花寄る　〔花〕二〇八
地湿りに落花鎮り元外宮　〔花〕二〇九
青天より落花ひとひら滝こだま　〔鳳〕二四八
落花浮く水なめらかに午前なり　〔鳳〕二六三
天龍川を渡る落花の檜を見に　〔飛〕二八〇
きのふよりけふの落花に鯉はねる　〔飛〕三一三
桜若木ゆすり少年落花浴ぶ　〔飛〕三一三
さくら散る真珠筏に男乗る　〔飛〕三三五
誰もゐぬ山の真昼の落花飛花　〔存〕三六六
墓見ゆる落花の山へ入りゆけり　〔存〕三六六
身をながるる落花の影のさくら山　〔八〕四二三
身のうちへ落花つもりてゆくばかり　〔八〕四二三
一山のこらへきれざる花ふぶき　〔八〕四二四
少女の手落花の空へ泳ぎたる　〔八〕四二四
行くほどに師なき母亡きさくら散る　〔八〕四三六
髪を梳くたびにさくらを散らすなり　〔八〕四三六
花ふぶきくぐりし先に何待たむ　〔駿〕四六〇
光圏に入りて落花と風遊ぶ　〔駿〕四六六
一鳥も飛ばず墳山花ふぶく　〔駿〕四七四
百穴にさくら散り込むおのづから　〔駿〕四七四
われさらふ風の落花のいづこより　〔駿〕四九七

残花（ざんか）

淡墨の残花白雲持ち去れり　〔八〕四二四
泪してうすずみ残花こぼれけり　〔八〕四二五
遣水に音ながれゆく残花かな　〔駿〕四八二

辛夷（こぶし）

辛夷南面採氷池が日の鏡　〔雪〕一三二
辛夷覚め朝裾長に山座る　〔花〕一六一
墓前にて辛夷の花下を師が充たす　〔花〕二〇七
三日月の満つるころなる辛夷の旅　〔鳳〕二三〇
旧道を湖に高めつ花辛夷　〔飛〕三〇三
満開のひかりの辛夷雨の森　〔八〕四一四
万霊のあつまり咲けり花辛夷　〔駿〕四四八
辛夷散り水中暗き蟇の紐　〔駿〕四四八
辛夷満つ遠き田畑を引き寄せて　〔駿〕四四八

三椏の花（みつまたのはな）
三椏の花も半眼木の仏　[飛]　二七八
くり盆を買ふ三椏の花曇　[飛]　三〇一
沈丁花（じんちょうげ）
闇濃くて腐臭に近し沈丁花　[雪]　一二一
海棠（かいどう）
宮古ぶ海棠に傘の彩加へ　[花]　二〇九
ライラック（らいらっく）
碌山の村の戸ごとにライラック　[飛]　三〇二
馬酔木の花（あしびのはな）
宵長き馬酔木の花の月を得し　[花]　一九八
躑躅（つつじ）
山つつじ火焔なす中塔一基　[八]　四一五
木蓮（もくれん）
肌着替へて書くや白木蓮同室に　[雪]　一二一
古き日を溜めて一壺の紫木蓮　[八]　四二四
白木蓮の一樹にわきし暮靄なる　[八]　四三五
藤（ふじ）
欝々と男佇たしめ藤白し　[鳳]　二三三
藤の雨足袋穿きしめて土不踏　[飛]　二九〇
ゆくところ木に藤架けて沖懸けて　[飛]　三二六
藤房の地に向く花入日どき　[存]　三五九
しばらくは旅なし朝の藤の花　[存]　三七五
藤咲いて新しき彩一つふゆ　[存]　三七五
藤房の雨にまた古る熊野の墓　[八]　四一四
長藤の雨むらさきにひきけぶる　[八]　四一四
藤を見て牡丹みて足袋の湿りゐる　[八]　四一五
空谷の奈落に藤の花ざかり　[駿]　四四九
中尊寺道長しや山に藤かけて　[駿]　四八三
山吹（やまぶき）
雨がちの山吹椿に黒目出て　[花]　二〇八
山吹やかるくなりたる裾さばき　[八]　四〇四
山吹の季うかうかと去ににけり　[駿]　五〇三
桃の花（もものはな）
死に近き妻ありて買ふ緋の桃ぞ　[未]　五六
桃咲いて砂丘音絶つときまろし　[花]　二一〇
花嫁のチマの真紅よ桃さくら　[八]　三九三
桃さくら過ぎにしころのいとまかな　[八]　四〇四
翁きて嫗の肩もむ桃の昼　[駿]　四六七
桃の花菜の花挿せば唱ひだす　[駿]　五一二
梨の花（なしのはな）
まろき大き器泉に梨花活くる　[花]　一七五
刻経たり水の匂ひの梨花の影　[花]　二〇九
梨結実流雲と濤あそべるに　[花]　二〇九

梨咲くに散るに片寄り小漁村　［花］　二〇九
海鳴るは北風か朝日に梨花は急く　［花］　二〇九

杏の花（あんずのはな）
杏咲き靄の中なる雪解川　［鳳］　二四八
串姉コ瓜ざね顔に花杏　［飛］　二九〇

林檎の花（りんごのはな）
林檎花下牛ゐて旅人に息あらす　［雪］　一三三
手数嘆きつ林檎摘花の指すばやし　［雪］　一三三
林檎花どき刈毛の羊逃げ腰に　［雪］　一三三
母牛乳ため林檎結実指頭ほど　［雪］　一三四
花林檎めぐり栄えける己が声　［雪］　一三四
林檎花耀り遠く来し身がすぐ去りゆく　［雪］　一三四
花林檎ほとほと白し夜の床も　［雪］　一三四
林檎の花に紅ほのかなり遅れゆく　［花］　一六九
林檎花下水栓もまた夕日影　［花］　一七五

榲桲の花（まるめろのはな）
マルメロの花ブロンズは火の嘆き　［飛］　三〇二

木の芽（このめ）
桜大樹の赤き芽ぷつぷつ師事十年　［雪］　九三
耕せる大地を緊めて木の芽雨　［雪］　一〇四
木の芽きらきら毛糸編器の金属音　［雪］　一〇四
こぞる木の芽眠りと食に歳かけ癒ゆ　［雪］　一〇四
芽吹きやまぬ榛が木吊りの藁重荷　［雪］　一三一
木の芽立つ夜の壁飾る野獣の角　［花］　一五五
橋一つに霧分け芽吹くからまつ帯　［花］　一六八
芽吹き濃き田母木一本どれから伐る　［花］　一七六
滝どどと山眠られず芽吹きたり　［花］　一九七
大樹いま芽吹きあそべる雲の縁　［鳳］　二三三
唇に歌もつ男女芽からまつ　［鳳］　二四七
芽を抱くからまつやさし遠けぶらふ　［鳳］　二四八
倒れ木のはげしき芽吹き山女釣　［鳳］　二四八
芽からまつ遠く青める山を容れ　［飛］　三〇二
むさし野のいまに水辺の芽木大樹　［存］　三四五
ひたすらに行くひたすらに芽木峠　［八］　四一六
白雲水汲みて明日ゆく芽木峠　［八］　四二五
さくらの芽ひしめく日向師の墓域　［八］　四三四
亡師と一刻さくら木の芽に囲まれて　［八］　四三四
木の芽雨車中昼から混みあへる　［八］　四三五
郷社いま芽吹ききそへる祭笛　［駿］　四六〇
木の芽吹く一枝の些細濃かりけり　［駿］　四九七
巨欅芽吹きまへなる月の影　［駿］　五〇六
すつぽりと青空抜けて芽木の森　［駿］　五〇六

蘖（ひこばえ）
朴の葉のひろき八枚ひこばえより　［花］　一九八

若緑（わかみどり）
何の香とも知れず匆来の緑立つ ［飛］三二六
みな揺るる高円山の松の芯 ［存］三七五
一つちがひと言へど背高し松の芯 ［駿］四六九
若緑旧知の島のなぞへ径 ［駿］五〇九
柳の芽（やなぎのめ）
闘鶏楽の鳥毛に触るる柳の芽 ［存］三六七
山椒の芽（さんしょうのめ）
芽山椒の舌刺す一茶の墓詣 ［花］一七六
桑（くわ）
芽桑解かぬ北国街道馬子に残る ［雪］一三三
雨ぐせに桑の芽青む祭あと ［鳳］二四九
柳（やなぎ）
柳まだ青き木蔭の小鳥籠 ［八］四三一
木瓜の花（ぼけのはな）
旭が木瓜に紅贈るごと誕生日 ［雪］一二一
土手つづる木瓜が日を溜め中仙道 ［雪］一三一
樝子の花（しどみのはな）
父なくてしどみが囲む松の幹 ［存］三四六
松の花（まつのはな）
海女の笑ひ浴びて花粉を流す松 ［花］一五七
鳴りいづる晩鐘雨後の松の蕊 ［飛］三〇二
川合所高床にして松の花 ［存］三四八
和田宿にうだつ上げたる松の花 ［八］四一六
潦空をふちどる松花粉 ［駿］四八二
白樺の花（しらかばのはな）
朝日頒つ高さ白樺二タ花づつ ［雪］一三三
男唄ひて湖上を帰る樺の花 ［花］一六八
木苺の花（きいちごのはな）
木苺の花に沈みて湯川鳴る ［飛］三一三
通草の花（あけびのはな）
女の手がのびて指したる花あけび ［八］四〇四
郁子の花（むべのはな）
むべの花粥座小雨となりゐたり ［駿］四六八
春落葉（はるおちば）
掃くほどもなき春落葉神も孤り ［花］一九四
春落葉つもりてとほき追手門 ［存］三六六
羅漢五百頭すべりて春落葉 ［存］三六七
黄水仙（きずいせん）
紙漉く家の南面大事黄水仙 ［花］一九七
貝母の花（ばいものはな）
貝母咲くあさのうすやみ曳きて咲く ［駿］五〇九
苧環の花（おだまきのはな）
をだまきに主婦彳ち旧道午後しめる ［花］一五六

菜の花（なのはな）

夕日の花菜胸に浮き出で夜継ぐ稿　〔雪〕　一一三
段畑に日照り菜の花伊根漁村　〔花〕　二〇九
いまさらに菜箸長し夕花菜　〔駿〕　四八一

独活（うど）

山独活を食ひし清しさ人も来ず　〔雪〕　一〇五

山葵（わさび）

山葵田や青炎冷ゆる楡・ポプラ　〔飛〕　三〇二

青麦（あおむぎ）

曇日の青麦犇く障子の隙　〔未〕　四一
疾風と驟雨こもごも麦若し　〔雪〕　九四
花舗に出し青麦どこかで交通事故　〔雪〕　一二一
麦青む昼のテレビに夜の顔　〔花〕　一五五
麦青む古墳平を飛花落花　〔駿〕　四七四
一茎の麦のあくなきみどりかな　〔駿〕　五一二

下萌（したもえ）

草萌や老人とのみ言交し　〔未〕　六八
手があたたか萌えいづるもの闇が消し　〔花〕　一九四
古墳村金と玉秘め草萌ゆる　〔八〕　三九三
熱気球たちまちむくろ萌え大地　〔駿〕　四六五

草青む（くさあおむ）

幾草山芳はしき青母と行く　〔鳳〕　二二一
草青む御饌のあはびの竈どころ　〔飛〕　三二五
対岸も草青みそむ水砧　〔八〕　三九三

ものの芽（もののめ）

画集ひらくや青き芽赤き芽雨後伸び出す　〔雪〕　九三

若芝（わかしば）

踏む若芝いづこも水の香水ひびき　〔雪〕　一二二

萩若葉（はぎわかば）

鳥獣戯画の蛙跳ね出て萩青し　〔飛〕　三〇四

菫（すみれ）

濃菫へ俯向くことも彳ちしまま　〔未〕　四一
過ぎ易き祖母の喪の中初菫　〔未〕　四八
濃菫へ休日勤務の靴鳴らす　〔雪〕　一二一
山すみれ底を水ゆく涸磧　〔花〕　一九七
山すみれ土の湿りの色に出で　〔飛〕　三〇一
行き過ぎてすみれ午前の花と思ひ　〔飛〕　三〇一

紫雲英（げんげ）

水上の瀬音神坐しげんげ燃ゆ　〔花〕　一九四
げんげ田のやうやく青む蜂飼に　〔八〕　四一三

薺の花（なずなのはな）

なづな咲き泉細音に墓の裏　〔鳳〕　二四九

蒲公英（たんぽぽ）

一軒屋の留守たんぽぽが照り囲み　〔飛〕　二八九

たんぽぽの絮の浮遊にドラの音　［存］　三四六
たんぽぽの毬夕光《ゲ》を抱へたる　［八］　四一五
たんぽぽは金冠ささげ出土剣　［駿］　四七四

土筆（つくし）
摘みためて土筆長短手握りあへぬ　［未］　五八
酒船石つくしまぎるる夕日中　［花］　一九五
一寸の土のつくしを母の掌に　［存］　三六五

蘩蔞（はこべ）
はこべらに物干す影の吹かれ飛び　［未］　五七

二輪草（にりんそう）
源流やさざなみだてる二輪草　［駿］　四四九

虎杖（いたどり）
いたどりを噛んで旅ゆく熔岩の上　［駿］　四五四

蕨（わらび）
高原や荷に加へたる青蕨　［鳳］　二四八
鬼栖むとわらびぜんまい闌けつくす　［八］　四〇四
蕨山雲に濡れたる合羽被て　［駿］　四九一

薇（ぜんまい）
ぜんまいを戸毎に干しぬ南部領　［駿］　四九一

芹（せり）
女より男わびしく芹に箸　［花］　二〇八

蟒草（うわばみそう）
みづ、あいこ、うるい、しほでを旅の膳　［駿］　四四九

犬ふぐり（いぬふぐり）
靴のあとたどりゆきしに犬ふぐり　［存］　三四五

蕗の薹（ふきのとう）
蕗の薹師とや生地を等しくす　［未］　三三
探しあぐねし蕗の薹かも己かも　［未］　五七
蕗の薹ひらき若き日何をか急く　［未］　六八
蕗の薹湿りは靴にのみ重なる　［花］　一六〇
掌の窪に朝が載りゐる蕗の薹　［鳳］　二三〇
凍み渡り落としてゆきし蕗の薹　［存］　三五七
山川の香りはじめの蕗の薹　［八］　四一三
みどり児に少年の眉蕗の薹　［駿］　四九〇

蓬（よもぎ）
蓬の香にまさる米の香臼熱し　［存］　三四五
蓬生のみどり澎湃古墳山　［駿］　四七四

茅花（つばな）
風の標的浜のつばなに腰埋めゐて　［花］　一八六

片栗の花（かたくりのはな）
かたくりの花山靴は行くばかり　［飛］　三〇三

猩々袴（しょうじょうばかま）
城山は猩々袴ばかりかな　［存］　三六六

浜大根の花（はまだいこんのはな）
踏み入りて浜大根に朝の影　［存］　三五九
烏野豌豆（からすのゑんどう）
からすのゑんどう咲きつづる土終の海　［駿］　四八二
蘆の角（あしのつの）
芦の角水あかつきを鳴りいづる　［飛］　三〇一
春椎茸（はるしいたけ）
春椎茸ぞつくり生えて不思議な木　［飛］　二七九
松露（しょうろ）
松露二つ刺してたわめる青松葉　［存］　三六六
搗布（かじめ）
搗布焚く火にちらちらと脛白し　［花］　一八六
荒布（あらめ）
子育ての荒布飯食ひ荒布掻く　［花］　一八六

夏

時候

夏（なつ）
夏百日見耐へむ花の赤をこそ　［未］　五一
湯を浴びる音はばからず一家に夏　［鳳］　二五〇
夏昏し日の出のさきの海見えず　［飛］　二八四
灯台を出でて全し夏の船　［存］　三四六
夏の餅あつしあつしと母の食ぶ　［存］　三六九
看護婦の朱夏の皓歯を愛しめり　［駿］　四六九
初夏（しょか）
初夏のヴェール透く瞳の何を見つむ　［駿］　四七五
五月（ごがつ）
青き五月遠ちの空見て言少な　［雪］　九七
ネオン覚めどき五月師よりも友恋し　［雪］　一二三
憩ふ鵜も沖へ嘴向け五月来ぬ　［花］　一七六
揚舟の寧さ五月の旅の腰　［花］　一七七
新しきロープ手にせり漁夫に五月　［花］　一八五
鳩群れて胸が胸おす地に五月　［花］　二一〇
さびしろの五月骨片めく貝よ　［鳳］　二六四
山霧の瑠璃磨き去る沼五月　［飛］　二八二
岬山に現れて五月の一馬身　［飛］　三二六
浜五月尾がきかん気の小判鮫　［飛］　三二七
砂山をのぼる五月をくづしつつ　［存］　三四七
描き走る波の穂先に五月来ぬ　［存］　三六〇
さみどりの歯朶に颪わく崖五月　［存］　三七五
るんるんとこけし生るる聖五月　［駿］　四九一

卯月（うづき）
茫々と湖上卯月の青曇り　［存］　三四八
立夏（りっか）
巌鼻に何か急かるる夏来迎ふ　［鳳］　二二〇
巡航船海に染まらず夏来たる　［八］　三九四
指くめば心音の波立夏かな　［駿］　四九一
薄暑（はくしょ）
群衆に押され途方にくれ薄暑　［鳳］　二三四
われ居ねば睡りてばかり母薄暑　［八］　三九五
麦の秋（むぎのあき）
どこまでも麦秋口中まで熱し　［鳳］　二三四
六月（ろくがつ）
六月の夕日たらりと岬の果　［存］　三六〇
六月や雲の白きを喪ごころに　［存］　三六八
六月や沼半分に夕日来る　［八］　四〇五
六月やはるかなる喪の雲一朶　［駿］　四六八
入梅（にゅうばい）
梅雨に入る忍火絣の紬着て　［飛］　三一四
梅雨寒（つゆさむ）
逢はぬ眼に添ひゐたらずや梅雨寒は　［鳳］　二一九
くちなしの匂ふ梅雨冷え枕にも　［鳳］　二五一
半夏生（はんげしょう）
山鳩の長鳴き切に半夏生　［駿］　四七六
晩夏（ばんか）
扉を押せば晩夏明るき雲よりなし　［未］　二八
逃れえずここも鏡に晩夏の日　［未］　三七
入渠船晩夏を眠る銛と砲　［雪］　一二四
晩夏かがやくわが逸脱に孔雀の羽　［花］　二〇一
灯ともして晩夏の声を高めたる　［鳳］　二五四
回遊の魚簇ながし目して晩夏　［駿］　四九九
晩夏光生きる限りの身養生　［駿］　五〇四
七月（しちがつ）
牛乳飲むと七月の牧蟆子が来る　［鳳］　二六六
七月の曙光やあげし手にも影　［飛］　二八二
七月の夜更けてよりもの見えだす　［存］　三七六
水無月（みなづき）
闇よりも暁くるさびしさ水無月は　［飛］　三〇四
相逢うてみなづき舌に溶けゆくも　［飛］　三〇六
みなづきの瀬をわたりきて仔鹿かな　［駿］　四八四
夏の日（なつのひ）
三十の憂き黄炎の夏日かな　［未］　二七
抱へゐる鶏首伸べて夏日瞶る　［未］　四三
父恋し舳が砕く夏太陽　［花］　一九九

夏の暁（なつのあかつき）

夏未明音のそくばく遠からぬ　[未]　六一
夏暁の水ごくりと何へ向く姿勢　[花]　一七〇
夏暁の畳の冷えをさまよへり　[八]　四二八
夏未明の風にほとけのかよひ入る　[駿]　四四四
夏暁の水をこくりと目覚めたる　[駿]　五一〇

炎昼（えんちゅう）

炎昼や虚に耐ふるべく黒髪あり　[未]　二五
女の身炎昼に影なくし立つ　[未]　二六
炎昼や逢ひてこころに友失ふ　[未]　四四
石刻む音の熱せず炎昼に　[雪]　九七
炎昼の真珠澄む指書を商ふ　[雪]　一〇六
炎昼をたるみて黒きいのち綱　[雪]　一二四
鷗低く来ては昏めり炎昼が　[花]　一七九
炎昼の身をぼろぼろに磨崖仏　[花]　一八七
炎昼の胎児ゆすりつ友来る　[鳳]　二二二
炎昼に眼を炯々と牛角力　[駿]　四九八

夏の夜（なつのよ）

黒きコーヒー夏の夜何もはじまらぬ　[雪]　九五
夏の夜の森の匂ひの髪ほどく　[鳳]　二三四
夏の夜のサーモン冷やすレモンの輪　[飛]　三一五

短夜（みじかよ）

短夜の雲の帯より驟雨かな　[未]　一八
明易き茂りとわが呼吸いづれ深き　[未]　七二
短夜のまだ黒き髪いただきます　[八]　四二八
短夜を生きて在るごと添寝する　[八]　四二八
夢の母に父の添ひをり明易し　[八]　四二九

土用（どよう）

土用光るよ開拓農の鉄瓶は　[鳳]　二六六
皿割つて土用秋風とぞいへる　[存]　三六一
土用秋風家捨つるかに海を見て　[駿]　四九九

暑し（あつし）

臍の緒の落ちて暑けれ真赤に泣く　[雪]　一〇五
生きて暑き瞳幾万触れつつミイラ縮む　[雪]　一二六
憎まれ口封じ眼にまで暑き麻疹　[花]　一六九
競られゐて暑き鮟鱇飛魚は涼し　[鳳]　二二〇
大淀に暑の極まれり最上川　[駿]　四五六
暑き髪切つては惜しむこと減りぬ　[駿]　四七〇

大暑（たいしょ）

朝烏啞々と大暑の始めかな　[駿]　五一〇

極暑（ごくしょ）

たがためのいのち酷暑に継がむとす　[駿]　五一〇

溽暑（じょくしょ）
浄玻璃に映り此の世の溽暑なる　［駿］　四五〇
炎暑（えんしょ）
髪に蜂触れし炎暑の憤り　［未］　二六
あぢさゐに水の色失せ炎暑来ぬ　［鳳］　二三六
炎熱におもひの帆綱ひきしむる　［存］　三七六
炎熱の地や逢ひし日も逝きし日も　［駿］　四四四
炎ゆる（もゆる）
炎ゆる道縄一筋に荷札着く　［未］　六一
これよりの炎ゆる百日セロリ嚙む　［未］　七一
灼くる（やくる）
貨車に灼けしレール踰えきてなほ病む身　［未］　二五
石灼く街浮浪児集へば雀色　［雪］　一一二
船腹に灼く影ちぢめ錆落し　［雪］　一二四
船もろとも海空に触れ円く灼く　［雪］　一二五
蜂の巣と灼けつつ長身未来に富む　［雪］　一二五
海流の縞灼け海女の自在界　［花］　一五七
不眠の尾まぎれず灼くる街に入る　［花］　一五八
火の産屋のごとく町灼け山鎮め　［八］　三九七
興亡の潮灼けかすむ大鳥居　［八］　四〇六
涼し（すずし）
外灯下乙女ひらりと過ぎ涼し　［未］　五〇
晩涼の笑顔なれども灯に距つ　［未］　六〇
灯のバスへ乗る友見たし涼夜送る　［未］　六〇
病みて逢ふ涼意おのづとかよへるも　［未］　七三
青畳涼し一書の重さの影　［未］　七四
養鶏二千腰張るスカート朝涼し　［雪］　一〇六
鳩涼し漁港に飛んで鷗めく　［雪］　一二三
造船工沖青む日の瞳が涼し　［雪］　一二四
赤子涼しきあくびを豹の皮の上　［花］　一七〇
皮膚しめる蒼夕涼の水族館　［花］　二〇〇
黄昏に出島みどりの漁夫の涼　［鳳］　二二〇
赤子に汽車見せて涼しむ麻畑　［鳳］　二三五
着きてすぐ海鞘もてなさる口涼し　［鳳］　二六三
洋上飛行青き硝子の中の涼　［飛］　二八三
朝涼の紀州茶粥を炊きくるる　［存］　三七六
鹿涼し満ちくる潮に脚濡らし　［八］　四〇七
木の香涼しくくり盆杓子島に買ふ　［八］　四〇八
しらしらとあまり涼しき母の骨　［八］　四二九
朝涼の山鳩息をやすめたる　［八］　四三〇
汁椀より飯椀大きこと涼し　［駿］　四四九
子亡き母に菩薩の御衣涼しけれ　［駿］　四五〇
経涼しすずしと蟬も啼きにけり　［駿］　四五〇
胸の手のすずしく明けて鯛の海　［駿］　四五五

魚籃観音肌涼しく杉林　[駿]　四六〇

夏の果（なつのはて）

ヘッドライト這ふ夏果の遠埠頭　[雪]　一一四
夏の果薬酒にほめく瞼かな　[花]　二〇〇
夏の果沖に雲めく佐渡といふ　[飛]　三三〇
黒揚羽ばかりが浮かみ一夏過ぐ　[存]　三六九
鵜匠病む川に夏ゆく雨の脚　[駿]　四五一

夜の秋（よるのあき）

昼は人に言葉尽して夜の秋　[鳳]　二三七
夜の秋の鮎の歯白し皿の上　[飛]　二七三
夜の秋母臥す畳ふみとほる　[存]　三四九
夜の秋の嚔を一つ最晩年　[存]　三六九
梳く髪の素直に細し夜の秋　[駿]　五一〇

天文

夏の雲（なつのくも）

夏雲湧き母娘のまへに菓子いろいろ　[鳳]　二二三
出作りの山羊と輝りあふ夏の雲　[飛]　二九二

雲の峰（くものみね）

興るとき紺天冒す一雷雲　[未]　三六
雲の峰なほ峰づくる逢はぬも佳し　[未]　四四
雷雲へいどむ高啼き青孔雀　[雪]　一三五
塩からき井水峯雲に責められて　[花]　一七九
しばらくは旅無し峰雲垣なすに　[鳳]　二二二
紅さして峰雲崩るるとも見えず　[鳳]　二三七

夏の月（なつのつき）

疑ひ多き世の夏月よ赤く盲ふ　[未]　六一
夏の月とどかぬ暗み芥捨つ　[雪]　九五
夏三日月腟長く麻疹痕少し　[花]　一七〇
満月の炎え色も夏小公園　[飛]　三一五
定家読む炎えて欠けゆく夏の月　[飛]　三一五
夏の月熟れむばかりに海の上　[駿]　四九八

梅雨の月（つゆのつき）

亡き父と帰る梅雨月の暈の下　[花]　一八八
社家の門一つ開かれ梅雨の月　[飛]　三〇六

夏の星（なつのほし）

夏銀河火山裾より闇育つ　[雪]　一三三

梅雨の星（つゆのほし）

荒草に夜更けて光る梅雨の星　[鳳]　二六六

旱星（ひでりぼし）

電球一箇買ふだけに出づ旱星　[雪]　九六

南風（みなみ）

日々南風棕梠の葉先と髪乱る　[未]　二六
時季ならぬ南風炭火はねどほし　[未]　三一

青麦の量に揺らげり南風の丘　〔未〕　四二
南風立ちて真夜の麦生を吹き分けぬ　〔未〕　六九
しづかなる胸に南風おしもどす　〔未〕　七一
海南風行楽バスの窓に肘　〔雪〕　一一二
南風波の親しや一つ吾れに馳せき　〔花〕　一九八
河口洲は南風のかがやき群鷗　〔鳳〕　二三三
荒南風や揺るがぬ青き島一つ　〔飛〕　三三六
山いづこもほとけみちとて海南風　〔駿〕　四五五
帆船に南風きらめけば母呼ばむ　〔駿〕　四八五

やませ（やませ）
やませいま雨まじへたり夜鳴鶏　〔鳳〕　二六四
七日月植田の沖をやませ吹き　〔鳳〕　二六四
やませ音にいでてたためる雲と濤　〔鳳〕　二六四

黒南風（くろはえ）
黒南風の漁場を拒みて男減る　〔花〕　一五七

筍流し（たけのこながし）
笹山に筍梅雨の男ぶり　〔八〕　四二四

青嵐（あおあらし）
青嵐大事去りにしごとくあり　〔未〕　二一
なほ捨つるものをこころに青嵐　〔駿〕　四五四
青あらし地獄のにほふ黒玉子　〔駿〕　四七六

薫風（くんぷう）
薫風やどの踏切も堰かれざりし　〔雪〕　一一三
風薫る午から母の深睡り　〔存〕　三七六
薫風にさらはれさうな駅広場　〔駿〕　四六七
さんづけの牛の訃報も薫風裡　〔駿〕　四九八

涼風（りょうふう）
涼風の自在吾よりも若僧に　〔未〕　五〇
医の裔の涼風棲まふ蔵天井　〔鳳〕　二六七
ちちははと風涼しむや天蓋に　〔駿〕　四六八

夕凪（ゆうなぎ）
夕凪や平家納経発光す　〔八〕　四〇七

夏の雨（なつのあめ）
素足美しき母とおもへり夏の雨　〔駿〕　五〇三

走り梅雨（はしりつゆ）
糸吐けず病蚕さまよふ走り梅雨　〔鳳〕　二六五

梅雨（つゆ）
車掌のうしろ見えては梅雨の市電過ぐ　〔未〕　二五
梅雨清浄葉をひろげゐる樹々の上に　〔未〕　三四
梅雨やみゐし夜の真深さを星埋む　〔未〕　三五
降りつのる梅雨ゆゑならず距たるは　〔未〕　三五
梅雨ながしいかりともなき手の震ひ　〔未〕　三五
濡れ犬の身震ひ梅雨の夜覚めをれば　〔未〕　三五

梅雨さわぐ青きが中の篁若し〔未〕四三
梅雨ふかし昼の楽より睡り克つ〔未〕四三
外灯に葉影著しも梅雨の扉は〔未〕四三
梅雨の石蟇は子ながら金ゝ目据わる〔未〕五九
つのる梅雨父母の老いざることのみを〔未〕六〇
梅雨の夜の長き沈黙親老いしむ〔未〕七一
天地梅雨ともしび色の枇杷抱へ〔未〕七二
梅雨傘の裏透き合うて言多し〔未〕七二
忘れゐし病歴世が強ふ長き梅雨〔未〕七二
梅雨日蝕人の形に布裁たれ〔雪〕九七
梅雨靴の中のぬくみへ青信号〔雪〕一一四
わが横の空席梅雨の夜の重み〔花〕一五六
傘もろとも海月なす身の荒梅雨を〔花〕一六三
梅雨塗りたての一本の桶陋屋に〔花〕一六三
焼肉ピーマンその他は梅雨にいたむばかり〔花〕一六三
なまぬるし梅雨の香水捨てもせず〔花〕一六九
梅雨最少の彩に根掛の珠一連〔花〕一七七
梅雨激浪たこを野郎と呼んで老い〔花〕一九八
牧の梅雨白きサイロのほかに降る〔花〕一九九
一行の常凡も事梅雨日記〔鳳〕二二一
梅雨嵐藍染に身をつつみゐて〔鳳〕二三五
梅雨の闇ことに車の裡の闇〔鳳〕二五二
書き上げて言葉失せしごとく梅雨〔鳳〕二六五
梅雨ひかるものを言はざる夜の刻〔飛〕二八二
駒下駄に橋鳴らしゆく梅雨の川〔飛〕二九一
母眠る刻を埋めゆく梅雨の稿〔飛〕三〇四
紅殻の梅雨の戸を閉ぢ杉ぐらし〔飛〕三〇六
梅雨入日鬣に梳き岬馬〔飛〕三二六
門川も梅雨渡し場の一奔流〔存〕三四八
梅雨茫々火責めに残る塔六輪〔存〕三六〇
晩鐘の一韻あとは荒梅雨に〔存〕三六〇
双体神藁屋被て梅雨の峠口〔八〕四二六
石切りし梅雨の奈落に観世音〔駿〕四五五
梅雨の灯にとどのつまりの素面かな〔駿〕四八四
久留米絣を男気に着て長き梅雨〔駿〕四八四
鬼女になり童女にもなり梅雨茫々〔駿〕四八五
梅雨昏れの滝の木霊に冷えゐたり〔駿〕四九二
ねむれぬは梅雨の錘といふべしや〔駿〕五〇九

青梅雨（あおつゆ）

下駄の歯に身浮かし日ごと青梅雨を〔花〕一六九
逢ひたくて傘傾ける青き梅雨〔花〕二〇〇
青梅雨の手ぐさの煙草火となさず〔存〕三四七

五月雨（さみだれ）

見えぬ富士天を蔽ひてさみだるる〔八〕四二七

さみだれの音海に尽く障子かな　［駿］　四八四
さみだれを咳つつ夢に旅しをり　［駿］　四八四

夕立（ゆうだち）
馳せ転ぶ鳥獣夕立追ひつきぬ　［飛］　三〇五
白雨来て樹上座禅を降りのこす　［飛］　三〇五
うつくしき爪そろへ立つ夕立に　［駿］　四七〇

驟雨（しゅうう）
あやまつを怖れて行かず額驟雨　［花］　一六九

夏の露（なつのつゆ）
夏の露馬の母子のはにわいろ　［飛］　三一六

雲海（うんかい）
雲海の中航く扇使ひつつ　［飛］　二八三
雲海の切れ目半島脚を伸す　［飛］　二八三

虹（にじ）
虹へだて旅信に待たんこと多し　［未］　二四
夜の虹透明なるを眠りて視し　［未］　三七
虹二タ重みはる瞼の形なりに　［未］　五九
ふき颪す虹の雫に顔打たる　［未］　五九
虹をゆく男ばかりにたのしまず　［未］　五九
うすれゆく虹を目追ひて身は睡し　［未］　五九
書き了へて瞬時の虹は追ひがきに　［雪］　九八
虹強むわれに応ふるもの見えねど　［雪］　九八
いつまでも頭上げて虹を漲らす　［雪］　九八
虹の根に人間臭く麦熟れて　［雪］　九八
セルの縞流す予後の身虹の下　［雪］　九八
蚯蚓出て虹の去りぎは赤光る　［雪］　九八
虹のあと背を平らかに田の燕　［雪］　九八
霧飛んで浅間別離の虹たたす　［雪］　一三四
あまり近くて触れなば消えむ二重虹　［花］　一八二
虹反りておもはず落す二羽の鳥　［駿］　四九三
虹立ちて余る半円胸に足す　［駿］　四九三
虹二タ重あの世この世の刻二タ重　［駿］　四九三
虹の輪をくぐる白雲童子かな　［駿］　四九三
夕空の蒼まさりきて虹を消す　［駿］　四九四

雷（かみなり）
遠雷に身のしづもりを疑ひし　［未］　三六
雷雨後の靴屋の奥行獣の香　［雪］　一一四
雷鳴の間に男を罵る声　［雪］　一三七
雷暴れし夜闇新鮮いねがたし　［花］　一七〇
雷鳴やはらりと活けし縞芒　［鳳］　二三六
雷神太鼓その夜の湖のざんざ降り　［鳳］　二四九
迅雷の身にしみし夜を父の夢　［飛］　二八四
激雷のあとの蒼空夜中まで　［存］　三四七
日雷噴気にはかに襲ひ来て　［駿］　四五四

梅雨雷（つゆかみなり）
梅雨の雷欅大樹をよろこべり 〔八〕四〇五
梅雨迅雷いとしきものを抱き逝きし 〔八〕四一六
五月闇（さつきやみ）
五月闇煙吐き休む木曾の汽車 〔飛〕二八一
御陵や山よりふかき五月闇 〔存〕三七六
長靴の立ちゐて不在五月闇 〔駿〕四八三
梅雨晴（つゆばれ）
梅雨晴の清水坂を奔りけり 〔未〕二〇
梅雨晴の抜手白波漁船縫ふ 〔鳳〕二三〇
青き嶺々と収乳日記梅雨晴るる 〔鳳〕二六六
梅雨晴の飛瀑芯までかがやけり 〔飛〕三一九
朝曇（あさぐもり）
朝曇雀十羽のどれが母 〔八〕四一八
夕焼（ゆうやけ）
夕焼に外灯かぎりなく古ぶ 〔未〕二五
夕焼や雀のこゑの繁ならず 〔未〕三八
濃をつくす夕焼さらに飛ぶものなく 〔未〕四四
食べ足りて鶏ら夕焼に染み並ぶ 〔未〕四六
乳足りし眠りは夕焼空から来 〔雪〕一〇六
数多クレーン休む刻きて夕焼寄る 〔雪〕一二五
蜑の子の口端べとべと夕焼鳶 〔花〕一五八
雲夕焼犬の仲間の道祖神 〔花〕一六四
伊賀近し夕焼いぶす汽車煙 〔花〕一六五
坂の負ふはげしき夕焼年傾く 〔花〕一七一
緬羊に夕焼キリスト現れずとも 〔花〕一九九
夕焼雲羯鼓仏の辺に古りし 〔鳳〕二三八
夕焼にひかり撒くもの子の手足 〔鳳〕二六五
夕焼けて先の急かかる猿の貌 〔飛〕三〇五
夕焼の紅射しのこす書架の端 〔飛〕三〇七
日盛（ひざかり）
高ゆかず日盛の蝶白く憂ふ 〔未〕四三
日盛の過労に仰ぐ空の斑 〔雪〕九五
西日（にしび）
西日照りまともの顔のすさみけり 〔未〕二七
西日陰楽章人を擣とす 〔未〕三六
農夫白シャツあくまで西日永くせり 〔未〕五〇
狂院の奥ざわざわと西日透く 〔未〕六三
交叉路の陰なき西日別れ易し 〔雪〕一二五
背に張りつく西日の固さ街を去る 〔雪〕一二七
採石場の西日の奈落沼煮ゆる 〔雪〕一三五
石切老いて石に似る肌西日親し 〔雪〕一三五
から風呂の西日消ゆればまくなぎも 〔花〕一六五
杉山中下刈鎌に西日跳ね 〔飛〕三〇六

西日して瞼ふくるる石仏　［存］　三六八

炎天（えんてん）

炎天ふかく濃き青空を見定めぬ　［未］　三六
炎天の白き遠さにとり巻かる　［未］　五〇
積砂利の中冷めきつて炎天に　［未］　六一
足音なき老の歩みの炎天下　［未］　六一
炎天下僧形どこも灼けてゐず　［雪］　九五
炎天来し頭青き僧を恋ひもする　［雪］　九五
腕に繃帯炎天遠く耀り来しは　［雪］　一〇七
炎天の女体アパートへ一筋道　［雪］　一〇七
版画の赤さ炎天擦りゆく消防車　［雪］　一二六
恥抱ふるごと炎天に大きバッグ　［花］　一五八
あぶらぎる炎日鎮む白錠剤　［花］　一六五
炎天の老婆氷塊さげ傾ぐ　［花］　一七九
喪服着て炎天鎮めがたし立つ　［飛］　三二八
炎天を平らに嫗の白柩　［飛］　三二八
そよそよと白髪やしなふ炎天下　［八］　三九五
竹幹の間や炎天青うして　［八］　三九六
炎天に墓を晒して鬼舞へり　［駿］　四五〇
柩打つ音炎天の奥処より　［駿］　四五〇
炎天の土蔵茂吉の声を閉づ　［駿］　四五五

油照（あぶらでり）

海山へ行かず女の油照り　［鳳］　二三七

片蔭（かたかげ）

片蔭に名入れぬ墓石立ち並ぶ　［雪］　一〇七
片蔭にきのふは遠しパンの肌理　［雪］　一二四
石を枕の男へ片蔭教会堂　［雪］　一二五

旱（ひでり）

眼をあげてみしが旱雲去らぬなり　［未］　二七
大旱や乾坤憎まれたる如し　［未］　二七
地の旱わが靴あとのさだめなし　［未］　二七
旱蜂片手払ひに農夫たり　［未］　二八
大旱や身にふかむ影敵視する　［花］　一八八
旱天に火を焚き白髪怖れをり　［飛］　三一六

地理

夏の山（なつのやま）

倉間に青む筑波野遠朝日　［花］　一五六
甘藍消毒青嶺より霧吹くごとし　［鳳］　二六六
夏山に灼けいろなして雪残る　［飛］　二八二
青曇る山懐の茶毘一つ　［飛］　三一四
あかつきの山峨の青き微動かな　［駿］　四四三
三日月のさまよひいでし青山河　［駿］　四六七

富士の雪解（ふじのゆきげ）

雪解富士夜も影なすに湯浴みをり　［花］　一六二

雪渓（せっけい）

雪渓いまだ見ず透明な頸飾　［雪］　一三六

雪渓を天の鏡に開田村　［飛］　二八一

山上湖のさざなみたたみ大雪渓　［八］　三九五

雪渓の垂れてはるけきものに穹　［駿］　四四三

仰ぐものばかり雪渓の端つかみ　［駿］　四四三

夏野（なつの）

青草原烈風に人こけもせず　［八］　三九五

夏の水（なつのみず）

指輪なき指を浸せり夏の水　［未］　二五

夏の海（なつのうみ）

洗ひ晒しの岡持に夏海の風　［飛］　三二七

ヴイヤベース月をあげたる夏の海　［駿］　四九八

夏の波（なつのなみ）

夏濤につづく麦波海女部落　［花］　一八六

土用波（どようなみ）

一帆なき沖蒼きより土用波　［花］　一七八

土用波の端に足濡れかなしめり　［花］　一七九

夏の潮（なつのしお）

鳳輦に蹤けば夏潮ふくれくる　［八］　四〇七

青葉潮（あおばじお）

猿づらの二ㇰ桶ほどの青葉潮　［存］　三六〇

熱砂（ねっさ）

駈けゆきて熱砂尽きねば波を待つ　［花］　一七八

網遁れしごと昼月よ熱砂の果　［花］　一七八

代田（しろた）

茫々たる代田の中の道乾く　［飛］　三〇二

女らは代田の匂ひすれ違ふ　［飛］　三〇三

三番宿代田戻りの主ゐて　［存］　三四八

植田（うえた）

田が植わり方位やさしくなりにけり　［八］　四二七

植田原雲の夕映長かりき　［駿］　四六〇

北上川戻るとみしは植田風　［駿］　四八三

早苗田のおぼるるばかり山の雨　［駿］　四八三

植ゑし田の水照り明りの荒障子　［駿］　四八三

青田（あおた）

通り抜け来し青田へ鷺となり戻る　［雪］　一三六

機上より迫る青田のこたびは雨　［飛］　三三五

飛出して鬼の怒号の青田越ゆ　［駿］　四五〇

泉（いずみ）

なまぬるき駅の喫泉夜の工都　［雪］　一二六

握手いづれも大き掌ばかり泉湧く　［雪］　一三六

泉の秀ふくれ尻照る朝の馬　〔花〕　一六二
杉山中何も映さず泉湧く　〔飛〕　三〇六

滴り（したたり）
二十五菩薩中の如来の滴れり　〔存〕　三六八

滝（たき）
燭光に肉色の滝落下せり　〔花〕　一六四
滝暗く朝日を運ぶ蝶の翅　〔花〕　一六四
万緑を刻むひびきに滝落下　〔鳳〕　二三六
白地着て禊せしごと滝しぶき　〔飛〕　三一八
身のうちへとどろとどろと神の滝　〔飛〕　三一八
滝の本神輿迎への火を創る　〔飛〕　三一九
火が駈けて神代じめりのお滝みち　〔飛〕　三一九
滝音の離れぬ山女割きにけり　〔八〕　三九七
こんりんざい朝日来らず夕日の滝　〔八〕　四二六
滝頭ひかりて白身観世音　〔八〕　四二六
滝音にささめきわたる深山草　〔八〕　四二六
滝の香にしんそこ浸みて山窩めく　〔八〕　四二七
鰹魚木をいただく村の木昏れ滝　〔八〕　四二七
滝ひびく天地の間のほととぎす　〔駿〕　四八四
滝三すぢ木霊しあへり近づけず　〔駿〕　四九二

生活

更衣（ころもがえ）
わが家みな手を目立たしめ更衣　〔未〕　三四
亀を飼ふ衣更へたる一家族　〔鳳〕　二五一
母の瞳の中なる五十路更衣　〔存〕　三七五
やはらかき手足還りぬ更衣　〔駿〕　四六七
寂しさの更衣にも似て癒ゆる　〔駿〕　四六九

夏衣（なつごろも）
麻衣音よくひびき花鋏　〔鳳〕　二五二

夏服（なつふく）
膂堅く石工若しや夏ズボン　〔未〕　五〇

袷（あわせ）
袷愛す終生病む身つつむとも　〔未〕　三四

セル（せる）
鶏卵を買ひきて拡ぐセルの膝　〔未〕　四二
なま白き蛇売りの前セルで歩む　〔雪〕　一一二
セル着るがまづ夕づきぬ詩の仲間　〔雪〕　一一三

単衣（ひとえ）
注射痕つつむ単衣をみなみ吹く　〔鳳〕　二五〇
切幣の一ひら浴びし単衣もの　〔存〕　三四九
妹の歳つぎてながらふ単衣もの　〔駿〕　五〇三

羅（うすもの）
羅かなし人妻めくも寡婦めくも　［花］　一八〇
羅ぬぐ纏ひし闇を脱ぐやうに　［花］　二〇〇
羅にそひて夕透く芦の丈　［鳳］　二二一
羅に身透きまぎれず楢林　［鳳］　二三六
羅や老僧睫けむるかに　［鳳］　二三八
機席ベルト羅の身を縛しづめ　［飛］　二八三
若き日の母の羅着よといふ　［八］　三九五
逢へどもう藍の羅応へなし　［八］　四二九
羅の亡き師に近くある日かな　［駿］　四七〇

夏羽織（なつばおり）
薄羽織空濃きいろに着て病まず　［飛］　二八一

甚平（じんべい）
甚平の僧より聴けり刑死の句　［存］　三六〇

浴衣（ゆかた）
平穏なるごとく浴衣の藍鮮か　［未］　五一

白服（しろふく）
白服の少女は蓮の風の中　［飛］　三一六

白絣（しろがすり）
白地耀り出づ恋に賭けたるごとくにも　［花］　一六一
雲も帆も風に愛さる吾も白地　［花］　一六一
白地着て山湖の魚にならばやと　［花］　一六一
生花くばる白地の肩に灯を載せて　［花］　一六一

海水着（かいすいぎ）
水着の胸奔放髪が濡れしより　［花］　一七九
青年を哄ふ少女ら水着弾け　［花］　一七九
揚舟また水着少女の来て濡らす　［花］　一七九

夏帯（なつおび）
夏帯を解くやふかみし夜のひだ　［花］　一六九
夏帯を解くや渦なす中にひとり　［鳳］　二三四

日傘（ひがさ）
日傘のつくる影のむらさき胸冷やす　［未］　六一
日傘の影母に先んじ映り出づ　［雪］　一〇六
白日傘くらげなし透く臨海地　［雪］　一一四
日傘一つ出作り村へ浮かびゆく　［飛］　二九二

夏帽子（なつぼうし）
いちはやき夏帽の師と丘へ来ぬ　［雪］　九七
麦稈帽にかくるる牧夫の眼が見たし　［花］　一九九
忘れえず若草色の夏帽子　［駿］　五〇四

夏足袋（なつたび）
弁天さまへ夏足袋わたる礁道　［駿］　五一〇

白靴（しろぐつ）
熱砂ゆくなほ白靴を捨てきれず　［花］　一七八
白靴に雨行くところまで濡らし　［花］　一八八

汗拭い（あせぬぐい）
ハンカチーフ三度真白し書きこもる　［鳳］　二二二
梅干（うめぼし）
漬けし梅青々水漬き母眠る　［花］　一六一
梅漬けぬ厨深夜にひかるほど　［花］　一六一
ジェット機の排気下赤く梅を干す　［花］　一六三
梅干して漁場の一角魚臭断つ　［花］　一七九
梅漬けて母はいのちを延ばすなり　［飛］　二九一
山中や干梅一つ盗みたき　［八］　四二八
洗膾（あらい）
洗鱸かたみにつまむ女箸　［八］　三九六
夏料理（なつりょうり）
西の人ふたり交へて夏料理　［駿］　四六八
鮓（すし）
鮒鮓にほのぼのありし花のいろ　［存］　三六五
筍飯（たけのこめし）
筍飯雨やみ月の稚うして　［未］　六九
白玉（しらたま）
白玉やつひに母にはかなはぬも　［鳳］　二二三
柏餅（かしわもち）
柏餅の肌ねつとりと漁港曇る　［雪］　一一三

氷水（こおりみず）
夏氷凪の入江をのれん抱く　［花］　一七九
氷菓（ひょうか）
氷菓工場出でても工女白づくめ　［雪］　一三五
甘酒（あまざけ）
甘酒の熟れぬ米粕凶のくじ　［花］　一七二
新茶（しんちゃ）
ハンカチに新茶のこぼれ吸はしむる　［未］　二四
新茶汲む母と一生を異にして　［鳳］　二三五
晴れし日の新茶の缶に茶の木畑　［八］　四二三
夏炉（なつろ）
夏透く炉火たえず躍りて海女はゐず　［花］　一五六
荒畳一と間夏炉の薪も積み　［駿］　四八四
夏座敷（なつざしき）
枯木を竜の形に夏座敷　［飛］　二八二
噴水（ふんすい）
二階より見る噴水の落下のみを　［花］　一九一
噴水に影はるかなるものばかり　［存］　三六八
簟（たかむしろ）
簟ひやひや暗し祭笛　［鳳］　二五〇
葭戸（よしど）
葭障子たしかに月の出づるらし　［駿］　四八六

蚊帳（かや）

青色に厭人癒やす蚊帳吊つて　［雪］　一〇八

掛香（かけこう）

掛香や月余の喪服たたまる　［八］　四三〇

香水（こうすい）

香水や片陰に入りひと険し　［未］　二五

長病みに死なざりき香水の淡し　［雪］　一三七

香水の香が飛び去れり海近し　［花］　一七八

香水を秘むるバッグに草かげろふ　［鳳］　二三三

香水の一ト吹き母を置きて出づ　［飛］　二九一

暑気払（しょきばらい）

鬼殻の真赤なスープ暑気払ふ　［飛］　二八四

冷房（れいぼう）

人形劇冷房の闇塵くさし　［雪］　一一四

扇（おうぎ）

母が使ふ扇の薫る風に近し　［未］　二六

銀扇の外骨きつく押しひらく　［未］　二六

仰臥さびしき極み真赤な扇ひらく　［未］　五一

扇ひらけば孔雀も白尾半円に　［花］　一八七

別れきしごとし雨夜の扇の香　［花］　一八八

墓の前こたびは病まず白扇　［駿］　四七七

扇風機（せんぷうき）

扇風機の全速亭けてひと黙る　［未］　七三

風鈴（ふうりん）

音泳ぐ風鈴母の枕上　［八］　三九六

風鈴の尾に風渡る路地の奥　［駿］　四七〇

走馬燈（そうまとう）

われ寄ればわが風も彩走馬灯　［花］　一九九

走馬灯消えて覚めくる紙の白　［花］　一九九

走馬灯消えのこる炎の早廻り　［飛］　二七三

夜濯（よすすぎ）

泊り子の彩靴下も夜濯に　［雪］　一〇八

麦刈（むぎかり）

病む麦も刈りいづこへか運び去る　［未］　五〇

田植（たうえ）

先生の太き靴下田植寒　［駿］　四八三

早乙女（さおとめ）

新しきは空と早乙女早苗籠　［飛］　二八二

水番（みずばん）

金星や田を見廻りし声を出す　［飛］　二八二

草刈（くさかり）

馬車動き出さず刈草積み足らぬ　［花］　一九九

夏の露とばし荒草刈る女　［飛］　三二七

最上川朝の刈草流れきて　［駿］　四四九

干草（ほしくさ）

口中を酒に炎やせば刈干唄　［飛］　三〇九

麻刈る（あさかる）

麻刈られ土の軟弱日に晒す　［鳳］　二三五

天草取（てんぐさとり）

天草干場を紅き翼に海女昼寝　［花］　一五六

天草舟海女の濡れ身に男侍す　［花］　一五六

天草も海女も濡れ身はおもしおもし　［花］　一五七

島に生れ島で嫁ぎて天草選る　［花］　一五七

干瓢剝く（かんぴょうむく）

かんぺうを干す千条の旭のすだれ　［八］　四〇六

ひつこきといふかんぺうも白妙に　［八］　四〇六

竹植う（たけうう）

出で入りに扉一つや竹酔日　［駿］　五〇三

上蔟（じょうぞく）

上蔟や卯の花山になだれつつ　［鳳］　二六五

繭（まゆ）

薄らまゆ影うごきつつ音ごもる　［鳳］　二六五

糸吐きて蚕が薄明に隠れきる　［鳳］　二六五

鵜飼（うかい）

鮎食うて生臭き口鵜舟待つ　［鳳］　二五四

鵜の匠鵜と同族の黒衣装　［鳳］　二五四

首結ひに枷の荒鵜の瀬越し舟　［鳳］　二五四

十二鵜や篝細りに揃ひ浮き　［鳳］　二五四

鵜じまひの一扁舟となり舫ふ　［鳳］　二五五

一語らひ声もらしつつ夜の鵜籠　［鳳］　二五五

鵜飼一生水の匂ひを陸に曳き　［鳳］　二五五

鮎の骨チクとのんどに鵜の篝　［駿］　四五一

長良川昼の鵜籠に夜の匂ひ　［駿］　四五一

烏賊釣（いかつり）

島を出で島に隠るる烏賊釣火　［存］　三七一

納涼（すずみ）

涼みに来て月の港に声吸はる　［雪］　一一四

来迎仏のごとき月の出涼み船　［駿］　四九二

河原の納涼（かわらのすずみ）

川床の上の白瀬に一せきれい　［存］　三五〇

あはあはとまたぬれぬれと川床料理　［存］　三五〇

船遊（ふなあそび）

遊船や何か追ひくる夜の潮　［駿］　四九二

ヨット（よっと）

海に壺ありてヨットの帆を下す　［八］　四〇四

登山（とざん）

尾根を行く男一点雲に入る　［八］　三九七

泳ぎ（およぎ）
泳ぎ子に声かけ帰帆西日漬け　［鳳］二二〇
西瓜割り（すいかわり）
西瓜割る水辺の匂ひ拡げつつ　［鳳］二二二
花火（はなび）
遠星の揺がぬ中に花火揚る　［未］二三
雨いまだ遠き花火を消すに足らぬ　［未］四三
遠き闇終の花火と知らで待つ　［未］四三
花火より赤き月の出笑ひ通る　［雪］九六
眠るまでの童話樹の間に遠花火　［雪］一一三
花火映る海にもまるる古き靴　［雪］一三七
遠花火白地にさとしもの言はぬ　［花］一七〇
昏くうごく海のぞきつつ花火待つ　［花］一七〇
海底に重なり消えし花火の輪　［花］一七〇
暗黒の天の波だつ遠花火　［駿］四六八
暑き日のことに赤濃き遠花火　［駿］四八五
花火爆ぜながれかつ散りただよへり　［駿］四八五
天上の花火変化を水の上　［駿］四八五
天上に触れし花火の散るほかなし　［駿］四九二
天の扉を叩きし花火血潮なす　［駿］四九二
花火連発一つが霧にゆがみけり　［駿］四九二
向かう嶺に花火の谺さわぎをり　［駿］四九二
爛れたる花火の闇を闇癒やす　［駿］五〇三
蒼き闇花火野郎の天下かな　［駿］五〇四
大輪の花火の中の遠花火　［駿］五〇七
蛍籠（ほたるかご）
蛍籠光点つねにすれ違ひ　［飛］二九一
髪洗う（かみあらう）
洗ひ髪刻奪ひつつ乾きゆく　［雪］一〇六
せつせつと眼まで濡らして髪洗ふ　［鳳］二二一
汗（あせ）
かひな濡らすことし苦患の汗にあらず　［未］一八
汗のかひな時計うつし世刻みをり　［未］二六
冷ゆるまなき旱の汗にあまんずる　［未］二七
友よりの来信はたらく汗を言はず　［未］六二
昼も夜も汗の麻疹子誰かを呼び　［花］一七〇
汗の香の己にかへり夜の蟻　［花］一七一
汗し食ふ厚肉生くること罪に　［花］二〇〇
夜もまた汗の車中や無言を盾　［鳳］二三五
雲湧いて汗滴りのごと清し　［鳳］二三七
何を見て八十路の汗の眼かな　［八］四一七
母の汗拭へば終の白額　［八］四二八
汗匂ふしづかににほふ独りかな　［駿］四四四
月蝕や一書に執し汗しをり　［駿］四九三

日焼（ひやけ）
茄蟹やにはかに男らは日焼け　［未］　六一
日焼乗りし腕を過ぎゆき風暮るる　［花］　一八八
昼寝（ひるね）
麦の青樹の青赫と昼寝さむ　［未］　三四
風の凌霄見し眼をつむり昼寝せり　［未］　五〇
水禍の泥爪にためたる子の昼寝　［雪］　一二七
夏の風邪（なつのかぜ）
夏の風邪ひととの齟齬に咳のこり　［雪］　九五
眠たさの泪一滴夏の風邪　［鳳］　二五二
夏痩（なつやせ）
夏痩せて執着の紅うすくさす　［未］　五一
夏負けの固き頭上に梨累々　［雪］　一三七
夏痩せて帯締まりよき紺献上　［駿］　五〇三
帰省（きせい）
帰省子に杉山にほふ胡瓜もみ　［飛］　二九四

行事

母の日（ははのひ）
種子蒔いて母の日の夜は星近し　［花］　一六八
母の日の緑雨いちにち母に近く　［鳳］　二五〇
沖に白船現はれ母の日の港　［駿］　四七五
畳の上の一日母の日と思ふ　［駿］　四七五
原爆の日（げんばくのひ）
原爆忌汗とめどなく頭は冷えて　［未］　七三
幟（のぼり）
幟鮮たな風の行方の上田城　［雪］　一三四
鯉幟（こいのぼり）
半農や黄楊垣青み吹流し　［未］　五九
パリ祭（ぱりさい）
濁る運河七夕追ひかけパリー祭　［雪］　一一四
鬼灯市（ほおずきいち）
鬼灯市女身鬱々ゆき暮るる　［花］　一六三
四万六千日あとあと熟るる鬼灯は　［飛］　三三八
祭（まつり）
読まず書かぬ月日俄に夏祭　［未］　三五
羽蟻いくつ呑んで蟇ゐて祭の日　［未］　五九
祭提灯灯が入り童女ふくらみぬ　［雪］　一〇六
海の祭蟹も礁に紅よそほふ　［雪］　一三四
海の祭の月夜の魚ら発光す　［雪］　一三四
亀の甲乾く祭の子が眠り　［鳳］　二五〇
青竹に祭ぼんぼり夕迫る　［鳳］　二六七
泥絵具赤をたぎらせ夏祭　［飛］　二八四
暮六つといふ茶屋雨の祭びと　［飛］　二九〇

祭船追ふ南風波に乗りつぎて　［存］　三七七
潮見て島の祭の松に拠る　［八］　四〇六
祭舟ひとめぐりして夏燕　［八］　四〇六
真砂撒きし上に鳳輦の鎮まりぬ　［駿］　四六一
道濡れて次の神輿を通しけり　［駿］　四六一
木場人も金の神輿も水雫　［駿］　四六一
りゆうりゆうと漢熱もつ神輿だこ　［駿］　四六一
鳳輦より神輿小ぶりの五十二基　［駿］　四六一
永代橋どよめき寄せる神輿渡御　［駿］　四六一
夏祭雨きらきらと囃子過ぐ　［駿］　四八五
鬼灯の朱らむ日々の祭かな　［駿］　五〇七

諏訪の御柱祭（すわのおんばしらまつり）

八重山吹祭おんべの吹晒し　［鳳］　二四九

厳島祭（いつくしままつり）

管絃の祭のころの袋角　［八］　四〇七
手花火の火玉吸ふ潮島祭　［八］　四〇七
八丁艪そろふ祭のこぎ伝馬　［八］　四〇七
采振りの袖ひらひらとお漕ぎ舟　［八］　四〇七
海底に都ありてぞ管絃祭　［八］　四〇八
管絃船廻す水棹の竹の青　［八］　四〇八
管絃祭旅人のわれの麻衣　［八］　四〇八

夏越（なごし）

茅の輪くぐる旅の一歩の闇の藍　［飛］　三〇五
形代をけむり上げ追ふ篝屑　［飛］　三〇五
形代のうすき身くぐる斎串の辺　［飛］　三〇五
蛍火の木の間滴る御祓川　［飛］　三〇五
形代馬頭上渡しも渚まで　［存］　三七七
観音の背にあかあかと夏越の日　［駿］　五〇三

夏神楽（なつかぐら）

篝火の水にきらめき夏神楽　［飛］　三〇五

鬼来迎（きらいごう）

青上総海かけ灼くる鬼来迎　［駿］　四四九
どぜう汁食うて見にゆく鬼来迎　［駿］　四五〇

茅舎忌（ぼうしゃき）

茅舎忌の蟬ごゑいづこにも聞かず　［駿］　四七六

河童忌（かっぱき）

針折れて我鬼忌身めぐり夕暮れぬ　［鳳］　二一二

動物

鹿の子（しかのこ）

泉川仔鹿水のむ貌映し　［八］　四〇七
仔鹿ゐて泉に青き夕来たる　［駿］　四八四
朝すでに仔鹿かへりし青き嶺々　［駿］　四八四

雨蛙（あまがえる）
露の結界のどふくらかな青蛙 〔未〕 五一
読むほどに眼ほとびぬ雨蛙 〔飛〕 三〇二
雨蛙たたへきれずに雲の暈 〔飛〕 三〇二

蟇（ひきがえる）
藪の蟇昼の眼に猫素通りす 〔雪〕 一一三
蟇鳴いて旅には間ある夜の湿り 〔花〕 一五五
蟇鳴いてわれより明日を知れる声 〔花〕 一八〇
頭を上げて蟇にも若さ遠くの灯 〔鳳〕 二五〇
蟇交る山中に霧とどこほり 〔飛〕 三〇一
月の隈忘れ靴めく蟇 〔飛〕 三一五
月の隈闇の拳のひきがへる 〔八〕 四一八
鳴きやみし蟇に暁闇到りけり 〔駿〕 四五五

河鹿（かじか）
ふと鳴いて河鹿千曲の水送る 〔雪〕 一三三
月の河鹿耳より旅になじみたる 〔飛〕 二八二
台杉の古りておどろや夕河鹿 〔飛〕 三〇六
かじか笛月がうす眼をあけにけり 〔八〕 三九六
初河鹿森の仔鹿を誘ひ出す 〔駿〕 四八四

守宮（やもり）
守宮の手玻璃戸に透きて祭すむ 〔駿〕 四七六

蜥蜴（とかげ）
高笑ひおどろき蜥蜴地隠りぬ 〔未〕 四九
青蜥蜴おのれ照りゐて冷え易し 〔未〕 五〇
病む髪に紺長リボン蜥蜴見ず 〔未〕 七三
日の蜥蜴子の片言へ聴耳立つ 〔雪〕 一一三
岩に蜥蜴清流も背ナきらめきゆく 〔花〕 一八七

蛇（へび）
蛇を見て光りし眼もちあるく 〔未〕 七〇
蛇ゐたる跡を影濃く通り過ぐ 〔未〕 七〇
音にさとく若き蛇身の紋こまか 〔未〕 七〇
白地着む頭上げし蛇身ひかりたる 〔未〕 七〇
尾の先まで若蛇礫に汚れなき 〔未〕 七〇
崖草に蛇身擦る音はや高し 〔未〕 七〇
蛇売りがゐて鋪装路の銀反射 〔雪〕 一一二
一すぢに耀る視野蛇がまぎれこむ 〔花〕 一八七
隠れゆく蛇の尾ひかる懈怠かな 〔飛〕 二七三
杉山の蛇の青照り伽藍さま 〔飛〕 二九四
ゆく先を小蛇のよぎる瑞気かな 〔駿〕 五〇八

蛇衣を脱ぐ（へびきぬをぬぐ）
魂抜けの蛇の衣とも病躯とも 〔未〕 七三
手術後の掌に蛇の衣ふはりふはり 〔未〕 七三
殻脱ぎし蛇の浄身しろがねに 〔駿〕 四七〇

羽抜鳥（はぬけどり）
己が白き抜羽眺めて羽抜鶏　［未］　五二
羽抜鶏地ならし唄に慣れあせる　［雪］　一〇七

時鳥（ほととぎす）
ほととぎす昼を睡りて黒き髪　［鳳］　二六七
味噌焚いて一ト日老いたりほととぎす　［飛］　二八一
ほととぎす書き費えゆく夜の刻　［飛］　二九〇
ほととぎす暁は闇しめらへる　［飛］　二九〇
ほととぎす一声とどめ樹頭暁く　［飛］　二九一
一碧の湖白日のほととぎす　［存］　三六八
沖の蒼昼ほととぎす鳴き透る　［八］　三九四
ほととぎす群盗跋扈せし森に　［八］　四二七
ほととぎすつひに開かずの歓喜天　［八］　四二七
ほととぎす髪まだ黒き峠越え　［八］　四二七
ほととぎす三声のあとの蟬の谷　［駿］　四四三
緋襷の火傷はふかしほととぎす　［駿］　四七六

郭公（かっこう）
遠くわくこう森のはじめの峠みち　［鳳］　二三六
くわくこうの日を呼びあへる上に覚む　［鳳］　二六六
遠くわくこう一声のみの夕日沼　［駿］　四七六

筒鳥（つつどり）
筒鳥や昼なほ昏き茶屋の土間　［八］　四二七
筒鳥の声を放てば山が聳つ　［駿］　四四九

十一（じゅういち）
父母に残りし信州訛十一も　［雪］　一三三

青葉木菟（あおばずく）
熱の母にのみ青葉木菟たれも知らず　［雪］　九七

老鶯（ろうおう）
はや老鶯といふべし雨に乱されず　［未］　六九
無言もて充たす夕ぐれ夏鶯　［雪］　一三四
見かへりの塔老鶯にあづけ来し　［八］　四一五
老鶯といふべき声を旅の前　［八］　四二四
老鶯や寝釈迦に大き左耳　［駿］　四九二

葭切（よしきり）
女彳たせてよしきり葭を撓はせつ　［花］　一七八
葭切に天が養ふ青の芦　［花］　一七八

白鷺（しらさぎ）
白鷺の飛翔も午後の青嶺曇る　［雪］　一三六

夏燕（なつつばめ）
瑞の夏羽の飛燕つぎなる人の眼にも　［未］　三六

駒鳥（こまどり）
駒鳥の朝のこだまを岳の胸　［飛］　三〇四
駒鳥の告げし晴天夜につづき　［飛］　三〇四

鮊（いかる）
いかる来る田返しの泥つやめけば　［駿］　四九一
蒿雀（あおじ）
墓山に隣る神杉あをじ来る　［飛］　三二〇
ひはいろのあをじの抜羽薬師堂　［存］　三六二
海猫（うみねこ）
荒濤と海猫散らすために岩　［鳳］　二六四
鮎（あゆ）
上昇の白雲峡に囮鮎　［飛］　三〇六
杉山の香を水の香に鮎育つ　［飛］　三〇六
囮鮎まだ漆黒に傷つかず　［飛］　三〇六
玲瓏と鮎の背越しの喉をすぐ　［存］　三五〇
鮎の皿大名食ひといふさまに　［駿］　四四四
裏窓を葎とざせり鮎番屋　［駿］　四五一
のど越しの川瀬のごとし背越し鮎　［駿］　五〇九
山女（やまめ）
根尾谿にあまご焼く香とさくら蕊　［八］　四二五
金魚（きんぎょ）
円く泳ぐ金魚たのしげ弟の妻　［雪］　九五
よろけ浮く金魚夜陰にまかせ寝る　［雪］　九六
民宿に金魚けんらん海鳴る日　［飛］　三三二
目高（めだか）
目高孵る塵のごときが飛びちがひ　［鳳］　二五一
鰹（かつお）
男の子抱き鰹の糶へ加はれり　［飛］　三三七
鰹時男波おもおも背をつらね　［存］　三五九
鯖（さば）
座礁船閉ぢし暗黒鯖火殖ゆ　［花］　一八六
鮑（あわび）
口中に鮑すべるよ月の潟　［鳳］　二三〇
潜女の桶に睦める御饌あはび　［飛］　三三五
蝦蛄（しゃこ）
滾る油海老蝦蛄投じ怒らする　［雪］　九七
水母（くらげ）
どつと夕焼海月もときに裏返へる　［花］　一六三
夏の蝶（なつのちょう）
飛び過ぐる夏蝶まぶしかたらひに　［未］　二五
夏蝶や布裁ち糸巻くこと切に　［未］　三五
コーラ飲む泡立つ海が揚羽生み　［花］　一七一
地隙より黒き蝶湧き石棺へ　［花］　一七七
安居寺黒き揚羽の狂ひ出で　［花］　一九八
われに寄る黒蝶誘ふごと盗むごと　［花］　二〇〇
あげし手の白さあざけり黒蝶翔く　［花］　二〇〇

黒負へば大き揚羽の恋すさまじ　［花］　二〇〇
海青く樹間を出でず黒揚羽　［飛］　二八三
すもも売る匂ひ離れず黒揚羽　［飛］　二九二
黒蝶に光の粒の雨殖え来　［飛］　三〇七
水照りに来ては黒蝶狂ひけり　［飛］　三一五
陰樹界出でし夏蝶海の色　［存］　三六〇
黒蝶の直白蝶の曲滝わたる　［八］　四二六
旧道の青湿りより黒揚羽　［駿］　四七七
のぼりくる樹海の大き黒揚羽　［駿］　四七七

蛾（が）

黒き目を瞠りどほしに火蛾疲る　［未］　四五
二タ星に深みゆく夜の蛾を閉ぢこむ　［花］　一六三
一灯に山蛾身を打つ荒き霧　［鳳］　二六六
蛾も青を被て山中の一灯に　［飛］　三一六
猩々の酔眼めぐる火蛾の渦　［飛］　三一九
産卵の闇の翅音に奪れし蛾　［駿］　四六九
蛾の卵の微塵をつぶす子なき指　［駿］　四六九
夕ぐれに厭きし白蛾の入り来る　［駿］　五〇三

蚕蛾（さんが）

蚕蛾はや雌雄となるをかなしめり　［鳳］　二六五
卵びつしり蚕蛾枯れゆく夜の翅音　［鳳］　二六五

天蚕（やままゆ）

あをあをと天蚕二眠の峠宿　［駿］　四四三

蛍（ほたる）

洩れ出づるなき蛍火に網こまか　［花］　一七八
蛍火と活字散乱して眠れず　［花］　一七八
火の籠の蛍嵐の夜にたまふ　［飛］　二九一
髪ごもるかに蛍火の草ごもる　［飛］　二九一
蛍火の明の憂色暁けゆけり　［飛］　二九一
声かはすのみにおぼろの蛍守　［飛］　三三七
蛍守颪のさきざき眼の利いて　［飛］　三三七
蛍火の消えて水消え山河失す　［飛］　三三七
相逢うて雨のほたるに遊びけり　［八］　四〇五
雨蛍消えしところにぽとともる　［八］　四〇五
しばらくは指照らし這ふ濡れ蛍　［八］　四〇五
しんの闇濡れ身の蛍一つとぶ　［八］　四〇五

天牛（かみきり）

髪切虫角しごきやめわれを知る　［未］　一八
髪切虫どこかで啼くが気づまりに　［未］　二七

玉虫（たまむし）

愛されて玉虫死にき詩のごとし　［鳳］　二三八
玉虫の死して光のかろさなる　［鳳］　二三八

金亀虫（こがねむし）
かなぶんぶん生きて絡まる髪ふかし [雪] 九五
スカートにかなぶん縋り終車バス [雪] 一三七
襟もとへ発止とかなぶん花火咲く [花] 一六三

落し文（おとしぶみ）
落し文載すやはらかきたなごころ [存] 三六一
すこし濡れ湖畔に青き落し文 [駿] 四七八

水馬（あめんぼう）
水馬交みて散らす沼日輪 [未] 七一

蟬（せみ）
卓四座親子立つなく蟬鳴きいづ [未] 二四
蟬の昼多幸ならんか便り絶ゆ [未] 三四
真赤な花咲きつぐゆゑに蟬減らず [未] 三六
夜の蟬とび来てあたる男の胸 [未] 三六
葉風よりはげしき蟬音衣透りぬ [未] 四四
初蟬仰ぐ恋しきものへ寄るごとく [未] 六〇
全からぬわが生の一ト日蟬の唱 [未] 六〇
原稿紙白し蟬声波紋なす [未] 六一
午後の蟬水道工事の跡歴と [未] 六一
蟬高音飲食に手はよごれそむ [未] 七三
アヴェマリア蟬声勁く入り交り [未] 七三
朝風のしづかな密度蟬音あふる [雪] 九四
蟬の声油彩の桃を浸しをり [雪] 九四
風邪臥しの薄眼にみやる蟬の暮 [雪] 九六
鎮火跡蟬声あげて取巻くも [雪] 一一五
蟬音繁し父の眉毛の濃きほどに [鳳] 二二一
みんみんの喚き近くにレースカーテン [鳳] 二二一
ふと蟬もこゑもらす真夜生きがたきか [鳳] 二二三
浴身に氷片ふくみ夜の蟬 [飛] 二八二
蟬声の鳴き揃ふとき忘れられ [飛] 二八三
夜の蟬旅より帰り一人殖ゆ [飛] 二八三
猩々の舞へば紅蓮や夜の蟬 [飛] 三一九
ころりころりと蟬が死にをり磨崖仏 [飛] 三三二
みんみんに櫛まだ入れぬ朝の髪 [存] 三六九
蟬の声しみゐる老の坂にかな [存] 三七六
干草の香に熊蟬の急かれをり [八] 三九六
一木に蟬の瘤なす殉教碑 [八] 三九六
蟬しぐれ願文長く利生のみ [八] 四〇六
老い母に道見えてゐる蟬時雨 [八] 四〇八
両眼にわれの映りし蟬死せり [駿] 四九三
夜の蟬を狂はせてをり嵐まへ [駿] 四九三

空蟬（うつせみ）
禅寺の昼空蟬の中充たす [花] 一七一

川蜻蛉（かわとんぼ）
青田村おはぐろとんぼ迎へに出て　［花］　一六四

蠅（はえ）
深夜の蠅飛んで鉄めく音を出す　［花］　一五八
金蠅の傍若廃れゆく漁場か　［花］　一八〇

蚊（か）
蚊のこゑと活字はかなむ夕焼に　［末］　二六
日焼乗らぬ腕にて非情蚊のこゑす　［末］　七二
蚊を打つて血を濁すなり仏の前　［鳳］　二三八
竈火と蚊火の赤さの山の雨　［鳳］　二五三

ががんぼ（ががんぼ）
ががんぼ打つ影のいのちのまた来るを　［鳳］　二三一

蠛蠓（まくなぎ）
まくなぎに沼の夕光暮れきれず　［鳳］　二四二

優曇華（うどんげ）
優曇華の銀糸指さす茶山にて　［飛］　三一四

蟻地獄（ありじごく）
歩くほかなし砂丘いづこも蟻地獄　［花］　一七六

紙魚（しみ）
走り出て紙魚の銀片旧師の書　［飛］　三〇四

蟻（あり）
迷ふ蟻追ふも殺すもひとりの吾れ　［末］　三四
袖に来て蟻の触角香に惑ふ　［末］　七二
蟻あまた負ひ出づ土中の青臭さ　［雪］　九三
焚く火より遁れ火傷の蟻ぞろぞろ　［雪］　一三七
六角堂山蟻の孤へ海の雷　［鳳］　二三〇
頭を上げてまた影踏みて夜の蟻　［鳳］　二三六
山の蟻大き夕日を引きに出て　［駿］　四六一

蜘蛛（くも）
われ病めり今宵一匹の蜘蛛も宥さず　［末］　一七
掌をひろげしごとき夜の蜘蛛蔵障子　［鳳］　二二四
夕日いま蜘蛛にとどきぬ蔵の紋　［鳳］　二五三
夜蜘蛛とて動けるものの愛しさよ　［八］　四二九

蜈蚣（むかで）
打擲せし百足虫朽葉の香をのこす　［鳳］　二五一

蝸牛（かたつむり）
蝸牛つきし葉の他真青に　［末］　二一

夜光虫（やこうちゅう）
夜をかけて海の呼ぶ声夜光虫　［存］　三六〇

植物

余花（よか）
余花の夕日可笑しからざるチンドン屋　［末］　五八
余花の暮顔染めだして火を熾す　［末］　七〇

葉桜（はざくら）
雨後の葉桜学生がもつ男の香　［雪］　一一三
葉桜に訪ね来てその闇帰る　［鳳］　二六三
雪嶺に根尾の葉桜やすらへり　［八］　四二五
葉桜や大き喪の空垂れにけり　［駿］　四七五
葉桜の騒ぎてくだる夕日光　［駿］　四八三
桜の実（さくらのみ）
桜の実行く人見ゆるかぎり白　［飛］　二八一
滾々と姥子の捨湯さくらの実　［駿］　四七六
薔薇（ばら）
薔薇に風琴柱たふれしままにあり　［未］　二〇
夕風や昏き硝子に薔薇浮き立ち　［未］　二四
母は見しと一車の薔薇の街ゆくを　［未］　三四
薔薇どれも香りて日の香まじりあふ　［未］　四九
近づけば薔薇のひかりの凝りくづる　［未］　七一
農夫より見えゐてわが座薔薇透くか　［未］　七二
火星近き夜へ咲きつぎ咲き滅る薔薇　［未］　七二
屋根の鳩睦む旭に薔薇開花　［雪］　一〇五
薔薇の土誰か訪ひくる意にしつとり　［花］　一六三
黒ばらに屋根鋭角の陰の濃し　［花］　一七一
薔薇園の空気とろりと精神科　［花］　一七七
大き薔薇散つて青空完結す　［花］　一七七
わがために剪る紅薔薇に傷つく手　［花］　一八六
散る薔薇のうしろに隠れゐしこども　［花］　一八六
父死後も薔薇咲かす母あかつきに　［花］　一八七
薔薇ひらく牧夫に炎ゆるいろもたらし　［花］　一九九
白薔薇をくづして過ぎし風と詩人　［鳳］　二一九
薔薇赤し皮革の匂ひ手に持ちて　［飛］　三一五
薔薇かをるうしろに母の在りし世を　［駿］　四六九
牡丹（ぼたん）
主人面長ぼうたん蕾む旧陣屋　［雪］　一三三
和服一生ぼたん閉づるに戻りきつ　［花］　一六八
緋の牡丹赫と眼尻切れしかと　［鳳］　二四八
近づきて牡丹一花を顔に蔽ふ　［鳳］　二四九
金色仏終の牡丹に来迎す　［鳳］　二六三
白牡丹くづる仏の立たす闇　［鳳］　二六三
初ぼたん男が石に腰掛けて　［飛］　三一三
しんかんと日のおもくなる黒牡丹　［存］　三六七
白牡丹日射しのいろのほのかにも　［存］　三六七
ぼうたんや未完のままに古りし塔　［八］　四一五
ぼうたんに影重ね過ぐうす羽織　［八］　四一五
頰杖に頰たばさみて白牡丹　［駿］　四五四
牡丹大輪白き面の浮び出て　［駿］　四六八
髪剪りしことを惜しまず黒牡丹　［駿］　五〇二

生涯のここに佇ちをり黒牡丹　［駿］五〇二
黒牡丹花芯に近き火色かな　［駿］五〇二

紫陽花（あじさい）

臥処よりあぢさゐの藍空の藍　［未］一八
牛車ゆくかぎり轣轆あぢさゐに　［未］二一
あぢさゐの彼方のほとけ童形に　［雪］一三五
あぢさゐの藍染みし眼にひとを見る　［花］一六九
濡れ重るあぢさゐ風邪がいこひ強ふ　［花］一七〇

石南花（しゃくなげ）

石楠花や水櫛あてて髪しなふ　［花］一六八
石楠花に湖の朝日の屋根の影　［飛］三〇四

百日紅（さるすべり）

さるすべり芽吹き遅れぬセルには早し　［未］四一
家見えきてつなぐ手いらず百日紅　［花］一七一
白さるすべり会下の障子のつひに開かず　［花］一九〇
蚕屋めきし二階一棟百日紅　［駿］四五五
眼の端にいつも揺れゐる百日紅　［駿］五〇四

梔子の花（くちなしのはな）

書架重るくちなしの香が夜濃くて　［雪］一一三
くちなし白々墓参の足に土撓ふ　［雪］一三五
くちなしの辺を行く父の後ろ見え　［鳳］二五一
母剪つて暁の気のくちなしは　［鳳］二六五
山梔子の白に一と日の疲れ見ゆ　［駿］四八五
病惰とも懶惰ともくちなしの真盛り　［駿］五〇七

泰山木の花（たいさんぼくのはな）

子ども入り来し扉より泰山木の白　［鳳］二一九
傘にそそぐ泰山木の匂ふ雨　［鳳］二一九
泰山木家出るたびの遠目ぐせ　［鳳］二六六
泰山木咲いて決意をすくひけり　［飛］二九一
泰山木池心に錆びる夕太陽　［飛］三一七
泰山木の一花は友の母の座よ　［八］三九六
泰山木の花に遊ぶは空にゐる　［八］四一六
泰山木の花錆び旅を遠くしぬ　［駿］五〇二
泰山木の花を遠目に赤子泣く　［駿］五〇七
泰山木の花や先師の門明り　［駿］五〇七

額の花（がくのはな）

額咲くやひとなほわれを病むとのみ　［雪］一三五
額あぢさゐ駒下駄はまだ土つかず　［花］一六九

夾竹桃（きょうちくとう）

夾竹桃頭蓋蔽ひて髪しげる　［花］一八〇
夾竹桃どの葉もよごれゐて似合ふ　［花］一八八
夾竹桃貨車過ぎ揺れて咲きふゆる　［鳳］二三五

凌霄の花（のうぜんのはな）

風の凌霄楽の終曲高まりつつ　［未］三六

のうぜんに雲浮き眠い赤ん坊　［雪］　一〇六
のうぜんの炎の一樹永別に　［花］　一七一

海紅豆（かいこうず）
海豇豆雨も青くて海へ降る　［飛］　三二六

仏桑花（ぶっそうげ）
ハイビスカスこの炎えいろに待たれたる　［飛］　三二五

ブーゲンビリア（ぶーげんびりあ）
ブーゲンビリヤいまコーヒーのほか欲らず　［飛］　三三六

柚の花（ゆのはな）
菓子にある柚の香柚の花咲くころほひ　［鳳］　二三五
かにかくに逢へばやすらぐ花柚の香　［鳳］　二三五
柚の花の香る祈りの一花づつ　［八］　四二六
柚の花にふりかへること佳しとせん　［駿］　四六七

石榴の花（ざくろのはな）
花柘榴傘ささぬ手は端書持ち　［未］　七二
わが骨に手触れたるとき花石榴　［駿］　四六八

青梅（あおうめ）
青梅の数増す病身爪立てば　［未］　四二
青梅をもぎし黄昏鏡中まで　［未］　七一
青梅が籠に身をつめ夜の豪雨　［未］　七一

青胡桃（あおくるみ）
青胡桃流速雨にひびきあひ　［鳳］　二五三

木苺（きいちご）
木苺の金の大粒休火山　［駿］　四五四

桜桃の実（おうとうのみ）
指さきに血のめぐりゐてさくらんぼ　［飛］　二八二
さくらんぼ茎の立ちたるものつまむ　［八］　三九六

李（すもも）
すもも食む午前の汗を流しきり　［鳳］　二二一
朝すでに欅の下のすもも売　［飛］　二九二

枇杷（びわ）
忌の枇杷のつゆあまりては指濡らす　［未］　四三
青枇杷やビルに沈みし蔵造　［飛］　三一四
古道にふるき沢音枇杷のころ　［八］　四二六

パイナップル（ぱいなっぷる）
パイナップル驟雨は香り去るものに　［鳳］　二三二

パパイヤ（ぱぱいや）
パパイヤ熟れ潮は湛ふるとき碧し　［鳳］　二三二

夏木立（なつこだち）
棕櫚幹の褐色夏葉もて蔭る　［未］　三六

新樹（しんじゅ）
鳥翔くる羽裏新樹に明るませ　［未］　四二
どの新樹に拠れど目ナ先新樹立つ　［未］　四二

若葉（わかば）

濡れゆく人を羨しと見たり若葉雨 ［未］ 一八
若葉俄にこぞるにさへや疲れ易し ［未］ 四二
楢若葉いさみ立つ風いまは熄む ［未］ 四二
風がつくる雨の階若葉へ垂る ［花］ 一六二
端居すや欅若葉のどこか揺れ ［花］ 一九九
若葉光石になるまでうづくまる ［存］ 三六七
若葉冷遠くきらめく海一枚 ［駿］ 四六九

青葉（あおば）

青葉邃しとりだす鏡潭に似て ［未］ 二二
蜂閉ざす玻璃に青葉のいくへにも ［未］ 六一
雹たばしる音のひとつに青柏 ［雪］ 九七
青葉月寝息が充たす少女の胸 ［雪］ 一一三
いつよりのこのしづかさか青葉に染み ［花］ 一八七
鴉・小綬鶏青葉に人を埋め騒ぐ ［花］ 一八七
一灯をつつみ青葉の一夜透く ［鳳］ 二一九
牛飼はずなりても風の青ポプラ ［鳳］ 二六三
くまのなるをがたまあをばきりさやぐ ［飛］ 三二九
聖鐘は飛び梵鐘は青葉中 ［存］ 三四七
青ポプラ栗毛鹿毛青毛寄り来るよ ［八］ 三九五
音絶えし青葉若葉を素柩 ［駿］ 四七五
束稲山青し高館さらに青葉 ［駿］ 四八三
寝仏のことに足裏を青葉冷 ［駿］ 四九二

新緑（しんりょく）

緑さす漬物桶にひざまづく ［雪］ 一一三
百済観音遠く水湧き緑萌え ［花］ 一九七
旅ゆかで横向き眠るみどりの夜 ［鳳］ 二六三
緑山中一瀑神の一糸とも ［飛］ 二八三
天を航く緑濃き地に母を置き ［飛］ 二八三
新緑の峠曲れば家一戸 ［飛］ 三二六
禅師のまへ緑射す瞳をそろへたる ［飛］ 三二七
小桜の笙一管に緑射す ［八］ 四〇六
山越えの野猿めく飢ゑみどり濃し ［八］ 四一六
緑濃き闇に寝惜しむ眼をひらき ［駿］ 四五四
一川もなき火の島の緑かな ［駿］ 四五五
残月を上げて緑の遠弥彦 ［駿］ 四九八
角下げて牛組むしじま緑炎ゆ ［駿］ 四九八

万緑（ばんりょく）

万緑やわが掌に載する皿一枚 ［未］ 二五
善きことのみ告げられ万緑を訪はるる身 ［未］ 三五
万緑の中の一山杉の鉾 ［鳳］ 二三四
ケーブルに赤子万緑従へり ［鳳］ 二三四
万緑や走り根が巻く比丘尼の墓 ［存］ 三六八
万緑や山中ふかく牛闘ふ ［駿］ 四九八

木下闇（こしたやみ）
よべ濡れし木下闇より白蛾たつ　[存]　三六八
緑蔭（りょくいん）
赤き裸入れて緑蔭熱気おぶ　[雪]　九五
鳩の抜羽緑蔭徐々に移りやまず　[雪]　九六
梅檀の広き緑蔭土佐に来し　[飛]　二八四
教会の黒犬楡の大緑蔭　[飛]　三一七
緑蔭に入りて父母よりの風　[駿]　四五〇
結葉（むすびば）
結葉や神の貌もつ楠大樹　[駿]　四五五
椎若葉（しいわかば）
夜をかけて海盈つる声椎若葉　[駿]　四九一
若楓（わかかえで）
滝音にまぶしさ濾せり若楓　[飛]　三一三
若楓加茂の祭もまだ知らず　[駿]　四六七
病葉（わくらば）
病葉とも蝶とも見えて舞ひ隠る　[駿]　四五五
常磐木落葉（ときわぎおちば）
椎落葉積み石棺をただの石に　[花]　一七七
すもも市夏の落葉を日覆に　[飛]　二九二
枯松葉降る赤土を隠岐といふ　[存]　三七〇

卯の花（うのはな）
千通の去り状湿り紅うつぎ　[鳳]　二六三
備前大甕谷の卯木を投げ入れよ　[駿]　四七五
茨の花（いばらのはな）
見えてゐる野薔薇のあたりいつ行けむ　[未]　二〇
桐の花（きりのはな）
桐の花むらさきつくす出船かな　[存]　三四六
棕櫚の花（しゅろのはな）
蜂蜜の溶けやすき朝棕櫚の花　[駿]　五〇二
棕櫚の花そこを先師の来たまひし　[駿]　五〇三
山法師の花（やまぼうしのはな）
湯の宿のこの部屋あかり山法師　[駿]　四七六
黐の花（もちのはな）
もち咲いてつねにたそがれ木歩の碑　[花]　一七七
山鳩の来て土歩くもちの花　[存]　三七六
椎の花（しいのはな）
煉瓦街いづこの椎の花匂ふ　[八]　四〇四
木天蓼の花（またたびのはな）
またたびの花散り朝の粥座待つ　[八]　四二七
合歓の花（ねむのはな）
ふたたび訪はむ合歓の初花ふるさとめき　[鳳]　二二〇
合歓の木にねむのくれなゐ湖尻かな　[駿]　四九三

さびたの花（さびたのはな）
花のさびたの白は平穏逢ひたけれど　［鳳］　二六七
玫瑰（はまなす）
茫々と海霧玫瑰にしたたれり　［鳳］　二六四
竹落葉（たけおちば）
古丹波の竹の落葉を誘ひをり　［駿］　四七六
竹の皮脱ぐ（たけのかわぬぐ）
竹皮を脱ぐにあそべる烏骨鶏　［花］　一九八
竹皮を脱ぐ一心に直上す　［駿］　四四三
若竹（わかたけ）
豊頬の月若竹の穂に乗りつ　［雪］　九五
四面鏡遁れ眼前ただ若竹　［花］　一八七
昃れば青顕つ山の今年竹　［鳳］　二三七
今年竹筆とればはや退路なし　［鳳］　二五一
湯浴みたる身のしづけさに今年竹　［鳳］　二五一
浴室を朝明け放ち今年竹　［飛］　二九一
滝音に節のばしゐる今年竹　［飛］　三一三
雨音を消す若竹の茂りあひ　［存］　三四七
思はざるところに月の今年竹　［八］　四二六
今年竹見えざる雨の雫せり　［駿］　四四三
若竹をこころの色とおもふ日も　［駿］　五〇三

花菖蒲（はなしょうぶ）
夜の鋭気ひそみ菖蒲田まだ青し　［雪］　一二四
森よりの風のさざなみ白菖蒲　［存］　三六〇
傘一つ浮かびさざめく菖蒲の田　［八］　四〇五
白菖蒲ゆらりと雨露をはらひたる　［八］　四〇五
芍薬（しゃくやく）
芍薬より顔上げいづこへ行かんとする　［未］　七〇
向日葵（ひまわり）
野蜂とび交ふや向日葵いづこに立つ　［未］　二一
向日葵の瞠る旱を彷徨す　［未］　二七
行くところ向日葵連れだつごとく咲く　［未］　四四
鉄材の錆色まちまち遠向日葵　［雪］　一二五
一灯に群れてひまはり油光る　［雪］　一二五
向日葵の貌もつ家がみんな知己　［雪］　一三六
向日葵の赫と咲き出で背後失す　［雪］　一三六
うなだるる向日葵雷雨地へ流す　［雪］　一三七
休日の魚場爛々と大向日葵　［花］　一七九
向日葵を咲かす亡父の丈ほどに　［花］　一八〇
向日葵に女十指を弁とせり　［花］　一八〇
向日葵は頂の花か雲の花　［鳳］　二二二
紅蜀葵（こうしょっき）
紅蜀葵燃え落つだるき眼中より　［花］　一七一

罌粟の花（けしのはな）
芥子赤きかたはら別の芥子くづる　［未］　二五
真中に芥子散る老若女の卓　［雪］　一〇五
芥子咲いて咽喉痛むゆゑ人嫌ひ　［鳳］　二三四
くり返す濤音の中芥子ひらく　［飛］　二八一
眼鏡のまま睡りゐし母芥子の夢　［存］　三四五
月下美人（げっかびじん）
月下美人羽を重ねて開きけり　［駿］　四六一
月下美人匂ひやむとき閉ぢにけり　［駿］　四六一
この家いま月下美人の香り筐　［駿］　四七七
睡蓮（すいれん）
睡蓮明暗蝙蝠傘は巻きしまま　［未］　七一
睡蓮蕾む女のこゑの触れぬとほさ　［未］　七一
睡蓮に鬢髪白き夫婦仲　［雪］　一二四
睡蓮開花太陽のほか触るるなし　［雪］　一二四
水たのしみて活くる睡蓮水ひびく　［鳳］　二一九
睡蓮閉づこころいたはる刻とこそ　［鳳］　二一九
睡蓮の白いま閉づる安堵かな　［鳳］　二二〇
百合（ゆり）
白百合鬼百合なべて女のためひらく　［未］　三五
峡いづる百合の花粉に肘染めて　［未］　三六
音こもる音楽堂裏蜜溜む百合　［雪］　一一四
ここが故郷か崖に山百合刈られず殖ゆ　［雪］　一三七
百合抱へきてうすうすと夕の汗　［鳳］　二二一
山百合も轆轤の壺も口ひらく　［鳳］　二三七
山百合の朝の十花の風の向き　［八］　三九六
百合一花咲きそめし日の訃報かな　［八］　四一六
山百合の朝の香にむせ勅願寺　［八］　四二七
母にいつも娘の見えてゐる百合の花　［駿］　四四四
山百合の香を曲りきて夜の湖　［駿］　四九三
百合の香の満ちたる部屋に誰もゐず　［駿］　五一〇
仙人掌（さぼてん）
覇王樹の花醒め生きた魚を裂く　［花］　一五七
苺（いちご）
苺つぶす笑ひに遠く樹の毛虫　［雪］　一〇五
雨騒然苺たやすくつぶれたる　［花］　一五六
苺大粒旅のをはりの血を清む　［花］　一六九
砂丘苺も食して一年住みつくか　［花］　二一〇
一行もまだ書き出でず苺の香　［飛］　二八九
夕顔（ゆうがお）
垣に残る夕顔の雨意疏水べり　［花］　一九一
ひらきそむ夕顔月も夕ごころ　［八］　四〇五
男のそりときて夕顔の花合せ　［八］　四〇六
夕顔の成持ち沈み雄花浮く　［八］　四〇六

夕顔の昏るるに間あり花合せ　［八］　四〇六
夕顔や老い深みゆく花明り　［八］　四一七
夕顔に微風微音の寄するなり　［八］　四一七
夕顔の初花に日の蝕けそむる　［八］　四一七
われ在らぬ家ゆふがほの花の闇　［八］　四一七
旅なくて花ゆふがほの裏に住む　［八］　四一七
水使ふ音夕顔の花ひらく　［八］　四一七
夕顔に母在りて娘の老いられず　［八］　四一七
一閃の風夕顔の花破る　［八］　四一七
いつか来る命終夕顔ひらきては　［八］　四一七
夕顔の咲きためらへり嵐来る　［八］　四一九
夕顔の奔りごころの冷えてやむ　［八］　四一九
夕顔の蔀戸煽つ山の風　［駿］　四六三

山葵の花（わさびのはな）
日を盗む若蛇巌に花山葵　［鳳］　二三三
花山葵日の漣は泉湧く　［飛］　三〇三

豌豆（えんどう）
草ゑんどう青しや墓地見え襁褓見え　［未］　六九

蚕豆（そらまめ）
そらまめに夜が濃くなる一粒づつ　［花］　一六二
そらまめ剝く祭の路地の青物屋　［鳳］　二五〇

筍（たけのこ）
筍のむくりと夜泣子にともる　［花］　一六二
たかんなの軒一寸をはづれけり　［八］　四〇四
若筍の肌の澄みたる汁の中　［八］　四〇四

蕗（ふき）
蕗束ね置かる道の辺はや山中　［鳳］　二三四

メロン（めろん）
雲は八重メロン全円匂ひたつ　［鳳］　二三三

茄子（なす）
茄子いんげん海がゆさぶる部落口　［飛］　三三一

トマト（とまと）
トマトに塩いまも若子の位置われに　［未］　五〇

蓮（はす）
朱唇うるほひイたす蓮華の露明り　［花］　一六五
大和なる疾風白蓮を焔となしつ　［花］　一九六
西方へ日の遠ざかる紅蓮　［花］　二〇〇
水中に夕日爛熟花蓮　［鳳］　二二一
風の蓮紅にまさりし白蕾　［飛］　三一六
蓮ひらく音に少女がものをいふ　［飛］　三一六
屋根一つ隠し一花の蓮白妙　［八］　四〇八
泥中に生きものうごく朝の蓮　［駿］　四九八

麦（むぎ）
丘麦そよぐ夕景たのし戦なくば　〔未〕　四二
太陽と黒き瞳の娘に麦熟れぬ　〔未〕　四九
黄麦を通る手籠にパンを満たし　〔未〕　七〇
肉提げて戻るや穂立つ麦一面　〔雪〕　九四
麦穂立つさやぎが独語誘ひ出す　〔雪〕　九四
刈られたる麦を囲みて麦黄ばむ　〔鳳〕　二三四
早苗（さなえ）
みちのくの早苗月夜の手に冷たし　〔鳳〕　二六四
音信の濡れて越後は早苗どき　〔駿〕　四六九
麻（あさ）
蜩の干されて透ける麻衣　〔未〕　二六
夏草（なつくさ）
廃船に茂る青草多喜二の町　〔八〕　三九四
青蔦（あおつた）
母出でゆく蔦青む昼火気を絶ち　〔未〕　四二
蔦青む病みてなかりし学の枷　〔雪〕　一〇五
青歯朶（あおしだ）
羊歯茂る熊野ふるみち岩谷みち　〔飛〕　三一九
青薄（あおすすき）
一村ここに尽く青々と芒山　〔鳳〕　二三七
青蘆（あおあし）
青芦原道は一方づけられて　〔花〕　一七八
青芦叢水中かけて夜陰蒸す　〔鳳〕　二二二
息のごとく湯けむり青き芦の中　〔鳳〕　二三六
青芦に身隠りゆかず鷺一羽　〔飛〕　三〇四
夏萩（なつはぎ）
風の青萩男の声もときに細し　〔雪〕　一二六
青萩の袖染むばかり勿来越ゆ　〔鳳〕　二二〇
葎（むぐら）
絶海の蒼さ葎ののぼりつめ　〔存〕　三七〇
鈴蘭（すずらん）
すずらんに北の涼気の箱便り　〔飛〕　三一五
浜昼顔（はまひるがお）
浜昼顔影のさざめく入日どき　〔存〕　三四七
昼顔（ひるがお）
昼顔に海女身をいとふ磯草履　〔花〕　一五七
海女もぐる音に昼顔耳を藉す　〔花〕　一五七
昼顔ののび上りたる茶の畑　〔飛〕　三一四
月見草（つきみそう）
月見草も崖の荒草花終へて　〔鳳〕　二三六
五百五十間の木橋のゆるみ月見草　〔八〕　四一五

著莪の花（しゃがのはな）
荒崖の裾のしめりの著莪の花　[八]　四〇四

真菰（まこも）
赤き青き糸あやつりつ真菰編　[鳳]　二五一
真菰編む匂ひ手もとに頭の影も　[鳳]　二五二

水芭蕉（みずばしょう）
高稲架も馬埒も骨水芭蕉　[飛]　二八一

浜木綿の花（はまゆうのはな）
浜木綿の月の出蟹の目が伸びぬ　[雪]　一三五

萱草の花（かんぞうのはな）
萱草の花と娘の顔母の視野　[存]　三四七
脚長の足早に蹤き野萱草　[存]　三四七

十薬（じゅうやく）
十薬に彳ちて己を宥さずをり　[未]　六〇

敦盛草（あつもりそう）
敦盛草の母衣も夕焼く雲の頭も　[鳳]　二三六

鷺草（さぎそう）
鷺草の幾日この暑にとどまるや　[駿]　四六八
鷺草の羽を平らに母の忌来る　[駿]　四七〇

蛍袋（ほたるぶくろ）
をさなくて蛍袋のなかに栖む　[鳳]　二五一
二つ消えほたるぶくろの三つ消え　[八]　四〇五
わが門のほたるぶくろを誰もいふ　[駿]　四四四

一つ葉（ひとつば）
僧兵の拠りし石垣芽も一つ葉　[花]　一九八

浜豌豆（はまえんどう）
浜豌豆陽にも風にも砂丘動き　[花]　一七七

夏蕨（なつわらび）
遠囃子椀に沈みし夏蕨　[鳳]　二五〇

夕菅（ゆうすげ）
きすげ咲く匂ひ白蛾を覚ますなし　[鳳]　二三五

梅雨茸（つゆだけ）
水禍頻々朱き梅雨茸土に木に　[未]　六〇

黴（かび）
黴の香の跳梁さるのこしかけに　[存]　三四七

天草（てんぐさ）
天草は髄まで潮恋ふ香に出荷　[花]　一五七

秋

時候

秋（あき）
細雨はや雫りはやむる秋の棕梠　[未]　二九

秋を無帽に日焼けいくさと病経し　［未］　七五
墓山の晴秋花火つつぬけよ　［鳳］　二四〇
田川いま秋の流速足袋うつす　［飛］　二九五
からまつの秋を栖みなす細格子　［飛］　三一六
秋の蜘蛛髪のくらさに降り来しか　［飛］　三一八
海峡や船繫ぎ石白き秋　［飛］　三三二
網につつみし浮子の硝子のなかの秋　［飛］　三三三
たらひ舟秋を漂ひ帰りくる　［飛］　三三三
みたらしのたまりのにほふ辻の秋　［存］　三六二
秋欝と黒木の御所の松の幹　［存］　三七〇
あかつきのくれなゐ秋のうす瞼　［八］　四〇九
しろがねの魚買ふ秋の小漁港　［八］　四一八
胡同に秋踞まりて漱ぐ　［八］　四三一
晩鐘にこころ傾く秋の方　［駿］　四五一
簗越えて川音秋にあらたまる　［駿］　四五一
祭外れ秋にはかなる川夜風　［駿］　四六一
遠闇に減りたる灯こそ秋ならめ　［駿］　四六二
新発意の足裏やさしき秋畳　［駿］　四九四
待ちゐたる雨は夜の音秋にはか　［駿］　五〇四
ある日ふと己れが視えてよりの秋　［駿］　五〇七

初秋（はつあき）
初秋とおもふ棟木の間の空　［存］　三四九
滝口に木洩日ひかる初秋かな　［存］　三七七
新秋の仏血色の肉髻朱　［駿］　四五一
はつあきのいまさら小さく生れける　［駿］　四七〇
更けて点す灯に初秋の来てゐたり　［駿］　五〇四

八月（はちがつ）
天日ふと昏らむ八月黒揚羽　［花］　二〇〇
八月に逢ふや笑顔の遺影なる　［飛］　三二八
八月やこの茫漠に風が吹き　［八］　四二九
八月のこの真盛りの竹のこゑ　［駿］　四五〇
八月やわが息の根のつづきをり　［駿］　四七七
八月や忌日二つの花を選る　［駿］　五〇四

文月（ふみづき）
文月の夢あかつきをけむりたる　［飛］　三一五
茅馬の青さ漂ふ文月潮　［存］　三七七

立秋（りっしゅう）
秋来ると町屋根越しの白マスト　［花］　二〇一
鬼太鼓に秋が来てゐる沖の紺　［飛］　三三二
山姥に秋が来てゐるさるをがせ　［八］　三九七
吸呑に秋が来てゐる母無し子　［八］　四二九

残暑（ざんしょ）
白靴酷使返り残暑のかがやきに　［花］　一五三
夕日観音秋暑の汗にかすみけり　［存］　三五一

秋暑くまみえて白を着たまへる 〔存〕 三六九
月の出や海の昏さに暑の残り 〔駿〕 四八五

秋めく（あきめく）
映画散じ一樹秋めく月の広場 〔雪〕 一〇七
川音の秋めく昼の鮎の飯 〔駿〕 四五二

新涼（しんりょう）
水こくと飲み新涼をまぶしめる 〔飛〕 二七三
新涼の箔を置きたる京扇 〔存〕 三六九
新涼や僧の机に素塔婆 〔駿〕 四五一

九月（くがつ）
あきらかに港波たつ丘九月 〔花〕 二〇一
ひとり身の九月草樹は雲に富み 〔鳳〕 二二三

白露（はくろ）
白露光充ちて即ちチャペルの香 〔飛〕 二八四
虹いろの声曼陀羅に白露光 〔駿〕 四九四

晩秋（ばんしゅう）
市中の晩秋と在る寺の門 〔駿〕 四七一

十月（じゅうがつ）
十月の八雲たつ嶺々まぶしみぬ 〔駿〕 四八六

秋の日（あきのひ）
天安門秋の没日の紅旗なす 〔八〕 四三三

秋の暮（あきのくれ）
秋の暮睡りてなだむ瞋りあれば 〔未〕 四六
山椒魚頭より隠るる秋の暮 〔花〕 一八〇
秋の暮鉄の水車の濡れほとび 〔花〕 一八一
坂がかる町石道の秋の暮 〔花〕 一八九
滝音を離れ風音秋の暮 〔飛〕 二七四
対岸に牛が背を張る秋の暮 〔飛〕 二八五
残照の上の機内の秋の暮 〔飛〕 三〇八
秋の暮ことに翁ののど仏 〔存〕 三七八
長江の永久の黄濁秋の暮 〔八〕 四三三
一鳥も飛ばず硫気の秋の暮 〔駿〕 四四五
崩落の声にもくづれ秋の暮 〔駿〕 四四六
あなたなる近江へ向く庵秋の暮 〔駿〕 四五六
大津絵の鬼が鉦打つ秋の暮 〔駿〕 四五六

秋の夜（あきのよ）
秋夜いくたび熱の額に母の御手 〔未〕 三八
秋の夜の会へばぜんぜこ濁り酒 〔存〕 三六二
越劇や秋夜綾羅をひるがへし 〔八〕 四三二

夜長（よなが）
猫鳴いて宿の夜長の灯は川へ 〔花〕 二〇二
指輪時計はづしてよりの夜長なる 〔鳳〕 二二六
声に出て夜の長さの睫毛にも 〔鳳〕 二五四

松明の弾け飛んだる夜長星　［駿］　四五七
長き夜のかくも短かし生き急くな　［駿］　五一一

秋気（しゅうき）
秋気ぎつしり羽色濃き鳶逸らしむ　［未］　四五
葬後の秋気身に添ふ肌着かな　［八］　四三〇
這松をゆき這松に秋気の香　［駿］　四四五

爽か（さわやか）
爽かな言葉はいまだ身を発せず　［未］　七四
爽やかに書きて応へぬ逢はで久し　［雪］　一〇八
百合彫つて賜ふ手鏡日々爽やか　［鳳］　二二五
爽秋のことに親しき飛天の図　［駿］　五〇八

冷やか（ひややか）
香油して黒髪さらに冷えにける　［未］　三一
暁闇や洗ひしごとき髪の冷え　［未］　四七
咲き冷ゆるネオンに急かれ人の離合　［雪］　一一五
心憎き鋼の冷えに裁鋏　［雪］　一一七
遺されし身細さ白絹纏ひ冷ゆ　［花］　一七四
ひややかな水こそ甘し疲れては　［鳳］　二二六
山旅を風の誘ふ膝の冷え　［飛］　二七五
闇深し火が冷ややかに見ゆるとき　［飛］　二八五
出穂揃ふ千石平にはか冷え　［飛］　二九三
書き更けて旅ゆくごとき足の冷え　［飛］　二九九
ひややかにぬくきはにわのなまのつち　［飛］　三〇九
空ふかき星座の冷えをオンドルに　［八］　三九四
秋冷の山の流水みたらしに　［八］　三九七
火の川となる秋冷のくらまみち　［駿］　四五七
竹青き冷えの奥より呼ばれをり　［駿］　四七一
曳網に千尋の冷えの潮湿り　［駿］　四七八
潮風に冷えきる髪は藻とならむ　［駿］　四七八
鱒はねる湧水めぐりつつ冷ゆる　［駿］　四九九

身に入む（みにしむ）
峠空身にしむ青さ誰が現れむ　［鳳］　二二五
寝る前に読むや身にしむ灯の白さ　［鳳］　二四〇

漸寒（ややさむ）
やや寒の炉の焰ちろちろ花弁ほど　［飛］　二七四

肌寒（はださむ）
鶴といへる鳥肌寒の意中にす　［未］　三〇

朝寒（あささむ）
朝寒の油餅を手に兵士たち　［八］　四三一
胡同の朝寒日射し石の塀　［八］　四三一

夜寒（よさむ）
いのちあかあか夜寒眼鏡のうち曇る　［雪］　九九
俯向きゆく夜寒の悔の三日月　［雪］　一〇八
石膏像の夜寒伏目の下に語る　［雪］　一〇九

身ほとりの薔薇散る音も夜寒のうち [雪] 一〇九
夜寒のガード響きて劃す歓楽街 [花] 一五四
流星を天のたまひて伊賀夜寒 [花] 一六五
舟型天井夜寒空めき来迎仏 [花] 一八二
子の笑ひおこる夜寒のもの書く辺 [飛] 二八五
夜寒さの皿洗ふ音山中に [飛] 三一八
誰が口笛月の夜寒の運河べり [存] 三七九

冷まじ（すさまじ）
雑草の夜目に冷まじ消灯時 [雪] 一二八
円柱の朱ヶすさまじく勤行す [花] 一八一
冷まじき滝川白き足袋に添ふ [鳳] 二三八
冷まじき念力舎利仏口開くは [鳳] 二五五
冷まじき富士の落日頰に炎ゆ [飛] 三〇八
冷まじきすだま金掘り狸穴 [飛] 三三一

秋深し（あきふかし）
深秋のおのが吐息と雲ありぬ [未] 二九
夜雨降ることのならひに秋深む [存] 三六一
秋深し火茸乾びて朝市に [存] 三六二
秋深き沙河や荷馬ゐて騾馬が来て [八] 四三一

冬隣（ふゆとなり）
冬近し森出る煙に火の粉交る [未] 六四
冬隣母呼べば出る甘えごゑ [花] 二〇三
母の咳一つに覚めて冬隣 [存] 三七九

天文

秋色（しゅうしょく）
秋光のとどく潮目に魚の鰭 [駿] 四七八

秋晴（あきばれ）
餉をともに晴秋それとなき好み [未] 二九
秋晴や納屋の片戸の木目浮き [未] 六二
秋晴や鋳掛に払ふ赤き銭 [雪] 一〇八
人はみな海向く秋晴草山に [鳳] 二二四
秋晴の山形ならぶにぎり飯 [八] 四一八

秋の声（あきのこえ）
百千の石の小法師の秋の声 [飛] 三三一
滝音の秋声はるか那智よりぞ [駿] 四七一

秋の空（あきのそら）
秋空に煤煙としてただよへり [未] 二九
しんしんと澄む秋空やゆき場なし [未] 四四
秋天を航くや指輪の金かたし [飛] 三〇八
千鳥賊に透く秋天の離島かな [存] 三七〇
秋天にそも山の祇無一物 [駿] 四七七

秋高し（あきたかし）
人がもの嚙むはたのしも天高し [駿] 四九九

秋の雲（あきのくも）
秋雲に離れ来りて父母の前 ［末］ 二八
嶺下す秋雲たちまち吾を奪ふ ［八］ 三九七

鰯雲（いわしぐも）
頂上や天の網なすうろこ雲 ［駿］ 四五六

月（つき）
熱退いて月光日よりも明るけれ ［末］ 三八
月の椅子母たちゆきて吾れの占む ［末］ 五一
月の面なめらみごもりごとは文に乗り ［雪］ 九九
月光に柝を打ち伽藍ひびかする ［花］ 一八九
むささびに月の樹間の透く蒼し ［花］ 一八九
寝る僧の月の障子にふと影す ［花］ 一八九
月光や化石の貝の渦ゆるやか ［花］ 一九一
髪黒きままの多佳子と月の宙 ［花］ 一九一
半身を月にあづけし夜の対話 ［花］ 二〇一
かくれなき月の湖飽き湯を浴びに ［花］ 二〇一
寝んとして月下遊びし指の冷え ［花］ 二〇一
髪のさきまで月光わがためのみ生くる ［花］ 二〇二
雲と水月夜の影を重ねあふ ［鳳］ 二二七
やはらかく毛布身つつみ月の蝕 ［鳳］ 二四〇
月光に額隆起せる尊者たち ［鳳］ 二四〇
月さして伎楽面とも尊者とも ［鳳］ 二四一
舎利仏に月蝕甚の杉山中 ［鳳］ 二五五
鳥獣戯画に地虫加はり月遅き ［飛］ 三〇五
月明の古墳群より灯の低き ［飛］ 三〇九
頭ごつたにかかへ文弥師月の道 ［飛］ 三三三
千灯会の千のゆらぎの月下かな ［存］ 三四九
開扉して月の三体仏招く ［存］ 三五〇
大寺の月の柱の影に入る ［存］ 三五〇
海浪のはては霧わく月世界 ［存］ 三五〇
とくさ影法主白衣の月点前 ［存］ 三五一
月光を雪とおもひて寝ね足りし ［八］ 四二二
月の蛾の舞ひ入りてよりあと知れず ［八］ 四三〇
われもまた後ろ姿の月光裡 ［駿］ 四七一
すれちがふ月夜の廊の能役者 ［駿］ 四八六
能楽師月を曳きゆく袴かな ［駿］ 四八六

盆の月（ぼんのつき）
灯を消して逃がすかげろふ盆の月 ［鳳］ 二五二
産土に隣る銭湯盆の月 ［存］ 三四九

待宵（まつよい）
待宵の見ればみらるる菱の花 ［花］ 一八九
待宵の水のゆらぎに鯉の口 ［駿］ 四八六

名月（めいげつ）
炎え出づる満月すつとぶ救急車 ［雪］ 一一七

煙霧抜けられず満月砂漠色　[花]　一五四
舎利仏を守り歳々の芋名月　[鳳]　二五五
望月の空地はなれぬ木屑の香　[鳳]　二五六
満月に胸もとゆるめ鑑真像　[存]　三五〇
満月に向へるひとの細身かな　[駿]　四七〇

良夜（りょうや）

赤児の枕見えゐて良夜閉ざされぬ　[未]　七四
弥陀、千手、薬師を夢の良夜かな　[存]　三五〇

無月（むげつ）

へちま加持無月の護摩の炎伸ぶ　[駿]　四六二
遠きより無月の潮のたち騒ぐ　[駿]　四六二
人魂のはなし無月の浜に来て　[駿]　四六二

雨月（うげつ）

団子二串雨月となりし宿坊に　[花]　一九〇
破れそめし蓮のさわげる雨月かな　[駿]　四五一

十六夜（いざよい）

十六夜の地や母の薔薇枝長く　[花]　一五三
十六夜の踏切鳴つて旅誘ふ　[花]　一八〇
森をま近かの長きホームのいざよひよ　[花]　一八〇
十六夜の白瀬や滝に発しつつ　[鳳]　二三八
十六夜の明けそめにけり皮草履　[存]　三六一

立待月（たちまちづき）

宮島や十七夜月松の上　[八]　四〇七
十七夜宮の献灯翼なす　[八]　四〇八

宵闇（よいやみ）

宵闇に赤児香らせ人先行く　[未]　七五
宵闇の大竹藪を山陰線　[花]　一八一

後の月（のちのつき）

ふと薫る襟元傘の十三夜　[鳳]　二三五
ひそやかに戸を閉ぢてより十三夜　[八]　四一九
頬杖の頬のぬくみや十三夜　[駿]　五一〇

星月夜（ほしづきよ）

蔵の戸のしづしづ重し星月夜　[鳳]　二二四
老婆ひとり島のなが道星月夜　[飛]　三三二
どの辻も胡弓流しの星月夜　[存]　三七七
大仏の裾に旅寝の星月夜　[駿]　四七二
マスト航く真ただ中の星月夜　[駿]　四八五

天の川（あまのがわ）

月落ちて噴煙もまた銀河の領　[花]　二〇二
おけさ流しの三味抱き帰る天の川　[飛]　三三三
白足袋をぬぐや流るる天の川　[駿]　四七二

秋の初風（あきのはつかぜ）

訪はん身の夕初風をまとひ出づ　[鳳]　二五三

秋風（あきかぜ）
秋風が眼ふかくに来て吹けり　[未]　二八
雲千々に吹きやぶりきし秋風か　[未]　二八
いちはやき秋風男の眉めだつ　[未]　六二
活字に遺る羞秋風のひりりと過ぐ　[雪]　一〇八
空近き坂の秋風石の冷え　[雪]　一二七
遠き秋風停泊灯は海の星　[雪]　一二七
灯がなくて秋風がもつ夜の力　[花]　一五三
わが咽喉を離れゆく声秋風に　[鳳]　二三九
秋風の顔晩鐘につきあたる　[飛]　三〇七
古墳吹くあきかぜ蝶をむらさきに　[飛]　三〇八
秋風に飛出て安き土偶の臍　[飛]　三〇八
煌々と修羅場秋風揚幕に　[飛]　三一七
秋風に殺意離れし木偶の首　[飛]　三一七
魚ばかり食べて肌透く秋の風　[飛]　三三一
暮坂の笹青々と秋の風　[八]　三九八

爽籟（そうらい）
爽籟や樹根が蔽ふ山の祇　[駿]　四七七

初嵐（はつあらし）
初嵐白がちになほ袖袂　[飛]　二七三
初嵐やがて母の忌また師の忌　[駿]　四九九

野分（のわき）
野分すすむその夜をひかる人の肌　[未]　一九
人白シャツ林中野分吹き抜くる　[未]　六三
枕の下に為替一枚野分聞く　[雪]　一〇八
河原稲架倒れ野分の日向空く　[花]　一五九
土に半ば腰埋めし蟇野分来る　[鳳]　二三九
野分後の雨粛々と原爆展　[鳳]　二五三
骨噛みし瓦礫よ野分に濡れし足よ　[鳳]　二五三
野分後の瓦まぢかき十日月　[飛]　二七三
野分浪肺腑もんどり打つばかり　[飛]　三三〇
野分中いのち小さく浪の上　[飛]　三三〇
野分後の島の闇濃し文弥節　[飛]　三三三
御船形石野分じめりの苔ぶすま　[存]　三五〇
こんにやく谷野分の家のすがりつく　[八]　三九八
炉に落とすずりあげうどん野分の夜　[八]　三九八
野分晴小雨てふ名の村役場　[八]　三九八
野分して鳴虫山の鳴きどほし　[八]　四一八
サーファーに天地逆しま野分波　[駿]　四九九

颱風（たいふう）
なま白き月地をいづる颱風あと　[未]　四五
颱風のさ中に剝きて柿赤し　[未]　四五
颱風過ぎの髪を吹かれて女同志　[未]　六二

颱風の怒濤明りに茶を乞へり ［飛］ 三三一
颱風一過旭にひろふ兜虫 ［飛］ 三三二
颱風の山の鳴動滝まじふ ［八］ 四一八

芋嵐（いもあらし）
板乾の紙をはがしに芋の風 ［飛］ 二八五

雁渡し（かりわたし）
雁渡し化石のやうな蜑部落 ［飛］ 三三〇

秋湿り（あきじめり）
東塔北谷黒木つむ屋の秋湿る ［花］ 一八一

秋の雨（あきのあめ）
コート着ればすぐ秋雨の中ゆく母 ［未］ 四五
にはたづみ秋雨濁さず明日も降る ［未］ 四五
秋雨に両眼濡れて蟬鳴けず ［八］ 四三〇

秋時雨（あきしぐれ）
あかつきに音集りし秋時雨 ［鳳］ 二二六
秋しぐれ置き忘れきし花の束 ［飛］ 三一七

稲妻（いなずま）
いなづまに瑕瑾とどめぬかひなかな ［未］ 二一
稲妻の中を提げきて魚を出す ［未］ 二四
いなづまのしては女心の浮沈せり ［未］ 三〇
雹とけず弱き稲妻地に執し ［雪］ 九七
いなびかり肌覚めてゐる樹の果実 ［雪］ 一二六
いなびかり隠れゐたりし雲の暈 ［飛］ 三〇八

秋の虹（あきのにじ）
恋ひ　狂ひ　餓ゑ　死にし石秋の虹 ［花］ 一八一

霧（きり）
夕霧を来る人遠きほど親し ［未］ 一九
船火事の空おしなべて夜霧の層 ［未］ 四五
ちち病むにゆかりなき人夜霧に現る ［未］ 五二
女らの彩失す夜霧の石の街 ［雪］ 一一
霧に押され熔岩すれすれを夕烏 ［雪］ 一三
夜道なかなか霧に親しみ霧を離し ［花］ 一五八
一度も言はぬことば死なさじ夜の霧 ［花］ 一五九
霧捲いてみどり隠すに誘はるる ［花］ 一六八
紙漉村灯ともすは霧湧かすなり ［花］ 一八九
霧団々放牧の牛その下に ［花］ 一九八
闇とても遠むらさきに霧月夜 ［鳳］ 二三九
霧ごめに月の出ほめく影からまつ ［鳳］ 二三九
山頂の霧粗かりし夜の髪 ［鳳］ 二五二
霧に八ヶ岳沈み竈火さかんなり ［鳳］ 二五三
とどこほる霧や山中滝こだま ［飛］ 二七三
母娘いま霧の華厳の白き界 ［飛］ 二七三
一段高き十字架朝の霧雫 ［飛］ 二八四
月桂樹の花のあたりの昼の霧 ［飛］ 三一三

霧こめし湖の目覚めは渚より　［八］　三九八
霧らふ灯のガーデンブリッジ去らんとす　［八］　四三三
霧冷の膝折りたたむ大山能　［駿］　四六三
澎湃と山霧閉ざす能一夜　［駿］　四六三
杉の間も松の間も霧高野谷　［駿］　四九四
雲飛んで霧押し来たる大塔に　［駿］　四九五

露（つゆ）
露光り了へて訪はるるまでの隙　［未］　三〇
土の露ときに虹なす女の歩　［未］　三〇
起きゐるも臥しゐるものも露めぐらす　［未］　三八
何処にか一灯ありて棕梠の露　［未］　五二
露の病室出て余所事の文を書く　［未］　五二
竹の露ひかりみなぎり父の声　［未］　七四
貨車に揺れつゆけく青き樽の箍　［雪］　九九
露の走り根師の踏み経しをわれの踏む　［花］　一六五
一と間露けしささげて名刺角な白　［花］　一六五
白露や餓鬼道われらにぬくき飯　［鳳］　二四一
朝焚火露が厩の香をひろげ　［鳳］　二四三
青五湖の一湖のほとり露に泊つ　［鳳］　二四三
炭竈へのぼる一町昼の露　［鳳］　二五六
太白の露にまさぐる迢空碑　［飛］　二九四
白露の野をはろばろとはにわの瞳　［飛］　三〇九
露けさの遠照る一湖能舞台　［飛］　三三一
寄進瓦つゆけし三国真人の名　［飛］　三三二
大露の鳩にまじりし雀たち　［存］　三四一
千灯会灯す乙女のつゆけくて　［存］　三四九
露けさの駅鈴ひびく方里とも　［存］　三七〇
くわんおんのながきおんてのつゆけしや　［存］　三七一
露を踏み師の幻の白脚絆　［八］　四二九
山鳩の呼びつかれてや露の原　［八］　四二九
八達嶺の裾を煙らす露の汽車　［八］　四三二
秀嶺の夜を脱ぎゆく松の露　［駿］　四七八
灯籠の影の露けき寺障子　［駿］　四九四

露霜（つゆじも）
露霜に享けて錦の肌守り　［飛］　二九六

地理

秋の山（あきのやま）
秋の山遠祖ほどの星の数　［花］　一五八

秋の野（あきのの）
秋の野の夕日に隠れゆきし蝶　［飛］　二七五

花野（はなの）
百合は実に花野でありし草の中　［駿］　四九九

秋の田（あきのた）
稔田の黄を帯締に中信濃　［飛］　二九五
刈田（かりた）
車窓飛ぶ刈田千枚病む友へ　［雪］　一〇九
男行く刈田の影の湿りつつ　［花］　一五九
犬の尾の穂をなすが蹤き刈田原　［飛］　二九五
火を焚けば刈田に下りる山の闇　［飛］　二九五
刈りし田も伊達の郡の露日輪　［飛］　二九六
刈田より低く点して山の駅　［飛］　二九七
あふみなる刈田あさ霧あかねいろ　［存］　三七一
秋の水（あきのみず）
掌をすすぎ医師匂はす秋の水　［未］　三八
秋の水竹山に入り韻きだす　［花］　一九一
猩々に水も秋なる火のゆらぎ　［飛］　三三九
杉葉搗く香に秋水のみづくるま　［八］　四一八
水澄む（みずすむ）
澄む水の橋の向うの青河口　［飛］　三〇七
秋の川（あきのかわ）
峡ふかく夕焼とどく秋の川　［飛］　二七五
木雫の水輪重ねて秋の川　［八］　四〇八
秋の湖（あきのうみ）
秋の湖見んと天守の急階段　［花］　一八二
秋の海（あきのうみ）
小仏の窟おんおん秋怒濤　［飛］　三三一
遊心の雲に乗りゆく秋の海　［駿］　四七〇
秋の潮（あきのしお）
潮も秋ひとりの海女に一羽の鵜　［鳳］　二二四
初潮（はつしお）
船の絵の皿に鴨肉葉月潮　［駿］　四八六

生活

秋袷（あきあわせ）
何の疲れ秋さだまらぬ袷着に　［未］　二九
潦かくもま澄みに秋袷　［鳳］　二四〇
湯畑の硫気じめりに秋袷　［飛］　二八五
沖を見る秋の紬に白博多　［八］　四一八
新米（しんまい）
新米に炊かれ小粒や瀬田しじみ　［駿］　四五六
栗飯（くりめし）
塗椀の齢にかなふ栗の飯　［駿］　四七一
橡餅（とちもち）
栃餅に源流の冷えありにけり　［八］　四三五
栃餅のすこしゆがみてとどきけり　［駿］　四八〇

干柿（ほしがき）
あかあかと柿干しうるむ向う山 ［飛］ 三一九
青空へ峡のぼりつめ柿干場 ［飛］ 三一九
柿干して一村柿の木は裸 ［飛］ 三一九
柿干して霜晴れあます檜苗 ［飛］ 三二〇
柿干場一個の柿も食はず去る ［飛］ 三二〇
秋の灯（あきのひ）
陸はいま秋の灯となる転舵かな ［駿］ 四八五
燈火親しむ（とうかしたしむ）
灯下親しき朱筆よ更くる潦 ［鳳］ 二四〇
灯火親しどこへもゆかぬ爪染めて ［駿］ 五一〇
燈籠（とうろう）
女の手照らし灯籠流れ出す ［花］ 一六四
灯籠にばばが遺せしぢぢちんまり ［飛］ 二九三
町一筋田風一筋切子の尾 ［飛］ 二九三
灯籠を降ろす舷明りして ［飛］ 三一六
名号の一行涼し盆提灯 ［存］ 三四八
灯籠の炎いろときめきゐたりけり ［駿］ 四四四
松手入（まつていれ）
松手入曙光を通りやすくせり ［飛］ 二七七
秋耕（しゅうこう）
秋耕の了りし丘を月冷やす ［未］ 三〇
鳥威し（とりおどし）
威銃隣村は山隔てたる ［存］ 三四一
稲刈（いねかり）
稲刈跡学童きて描く家周辺 ［未］ 五三
稲架（はざ）
立ち並ぶ稲架岳雲も襖なす ［飛］ 二九五
高稲架の濡れ金色に旧街道 ［飛］ 三一八
高稲架のぬくみしぐれの音を吸ふ ［飛］ 三一八
いくばくもなき稲を架け胡麻を干し ［存］ 三七〇
高稲架を渡る出雲の日のやさし ［駿］ 四八六
新藁（しんわら）
新藁切る牛のにほひのくらがりに ［存］ 三八〇
夜なべ（よなべ）
暗き教会夜業の火花道へ跳ね ［雪］ 一二七
渋取（しぶとり）
柿渋に勤む剝き籠山の晴 ［飛］ 三一九
綿取（わたとり）
綿を摘み稲刈り一望千里の地 ［八］ 四三三
綿干して真白き日向誰もゐず ［八］ 四三三
綿畑に没して幾日綿を摘む ［八］ 四三三
蘆刈（あしかり）
一点の火も起さずに芦を刈る ［駿］ 四六五

天地をひらくが如く葭刈れり　［駿］　四九五
葭刈人隠して葭の倒れゆく　［駿］　四九五
湖に向き夕日に向きて葭刈れり　［駿］　四九五
葭刈りし跡に夕日をひろげゆく　［駿］　四九五
葭刈の一と日の果ての火を揚げぬ　［駿］　四九五

蘆火（あしび）

洛北や芦火ひややかに淡し　［鳳］　二四一
さらばへて芦四五本の焼け残る　［八］　四一三
火中なる葦の穂先の火色かな　［八］　四二一
たちまちに火の海そよぐ葦の原　［八］　四二一

下り簗（くだりやな）

対岸の蔵に夕日や下り簗　［駿］　四五二

月見（つきみ）

月待つとわが衣ほの白し女人堂　［花］　一八九
月見団子とられじまひの皆既蝕　［鳳］　二五五

干草焚く（ほしぐさたく）

干草を焚けば蟇出ぬ哀しき貌　［鳳］　二三九

行事

終戦記念日（しゅうせんきねんび）

灯が恋し恋しと敗戦の日の蜉蝣　［雪］　一三六

七夕（たなばた）

七夕の翌ともなりし咳いづる　［未］　三五
投函へ小走り七夕夕餉まへ　［雪］　一一三
子が飽きし七夕竹を結ひうまぬ　［花］　一八八

盆路（ぼんみち）

馬頭観音盆道白むほどの雨　［飛］　二九三
石段を母の盆道なれば掃く　［駿］　四四四

盆（ぼん）

僧の頭の樹間浮きゆく盆の入　［鳳］　二五二
霊棚に草の香顕ちて昼の雨　［鳳］　二五二
妹の来る盆の蛍火大きくて　［飛］　二九二
山水にしんとろ冷えし盆の酒　［飛］　二九二
出作りや盆の炉前に女客　［飛］　二九二
流れゆく盆供赤百合浮かびたり　［飛］　二九四
魂棚に風吹き入れて泉川　［飛］　二九四
朝焼を田川流しつ盆和讃　［飛］　二九四
雪に逢ひ盆にまた逢ひ帰る娘よ　［飛］　二九四
盆棚や午後四時過ぎの軒雀　［飛］　三一五

迎火（むかえび）

田の風が夜ごとの門火舐めに来る　［飛］　二九三
迎へ火のけむれるゆくへ雨催　［駿］　四四四

精霊火（しょうりょうび）
精霊のにぎやかな灯を竹林より　［鳳］　二五二
施餓鬼（せがき）
施餓鬼の灯一つ消ゆれば一つ点く　［存］　三四九
送り盆（おくりぼん）
送り盆雨後の土の香親しくて　［駿］　四四四
雨すこし残りし夕の送り盆　［駿］　四七七
送り火（おくりび）
秋うたやみ魂送りし朝うつろ　［飛］　二九四
大文字（だいもんじ）
大文字の火勢の大の真中より　［存］　三六九
大文字明けたる宿の朝茶かな　［存］　三六九
燈籠流（とうろうながし）
流灯や水中界の藻屑覚め　［花］　一六四
流灯の水漬きてよりの潮迅し　［飛］　三一六
精霊舟（しょうりょうぶね）
灯籠のともさぬを積み送り舟　［飛］　三一六
踊（おどり）
踊見る犬はけものの息荒く　［雪］　一二六
踊唄炎をさめし向日葵に　［花］　二〇一
切子燃す火を遠望に踊唄　［飛］　二九三
白扇にほとけ招く手踊の輪　［飛］　二九三
灯を過ぐる祭おけさの男腰　［飛］　三三三
盆唄やことしかぎりの舟溜り　［存］　三四八
どの路地も島のくらがり盆の唄　［存］　三四八
ぢぢばばの踊天国潮の香　［存］　三四九
踊りつつ八尾坂町娘来る　［存］　三七七
踊子の背ナに乗りゆく小蟷螂　［存］　三七七
盆唄の遠くまつくら草蛍　［駿］　四九四
風の盆（かぜのぼん）
町裏の灯なき吊橋風の盆　［存］　三七七
少年の浴衣ざらひのおわら三味線　［存］　三七七
鷺草のをどりどほしよ風の盆　［存］　三七七
盆休（ぼんやすみ）
出作りの婆のまろ寝も盆休み　［飛］　二九二
歯にからむ糯もろこしを盆休み　［飛］　二九四
深川祭（ふかがわまつり）
上げ潮に鯔跳ぶ深川祭かな　［駿］　四六二
吉田の火祭（よしだのひまつり）
神酒なほ口に薫じて鎮火祭　［八］　三九七
御霊代赤富士にして練り出づる　［八］　三九七
火祭の闇淙々と秋の水　［八］　三九七
鞍馬の火祭（くらまのひまつり）
月若しくらま祭の大火焰　［駿］　四五六

男の貌消えては浮かび火の祭 [駿] 四五七
火祭のあとの露けき山の闇 [駿] 四五七

大山の火祭（おおやまのひまつり）
火祭の山の種火の曼珠沙華 [駿] 四六二
大山祇の放つ金の蛾薪能 [駿] 四六三

奉燈会（ほうとうえ）
万灯籠一灯の秋を献じけり [存] 三六九
万灯会銀河明りをゆくごとく [存] 三六九

地蔵盆（じぞうぼん）
くれなゐの連の金襴地蔵盆 [存] 三四九

熊野速玉祭（くまのはやたままつり）
青笹に熊野神馬の熱き息 [飛] 三一九

動物

鹿（しか）
雄鹿の身ぬれぬれとして吾をみる [花] 一九〇
鹿の声ほつれてやまぬ能衣装 [存] 三四二
鹿鳴いて夕日素通り能舞台 [存] 三四二
鹿のこゑ疲れてあれば泪ぐみ [存] 三四二
鹿の声三たびはかなし島を去る [存] 三四三

秋の蛙（あきのかわず）
火山礫濡れしが動き秋の蟇 [存] 三四一

渡り鳥（わたりどり）
肉食ひし貌の尊者か椋鳥渡る [鳳] 二四一
天安門の夕日に消ゆる渡り鳥 [八] 四三三

小鳥（ことり）
小鳥来て母亡き家を鳴き囲み [八] 四二八

燕帰る（つばめかえる）
祭あと秋燕空をひろめけり [存] 三七八

鵙（もず）
露の鵙夕べは雨の鵙として [未] 三〇
鵙の昼伸びしだけ白き爪を切る [未] 三七
注射器に騰る鮮血鵙黙せ [未] 三八
鵙啼くや寝起も同じ紺絣 [未] 四六
啼かぬまも尾振り胸張り鵙老いず [未] 六三
凶作をぽつりと語る鵙のあと [未] 六三
鵙鶫の詩書きためて農長子 [未] 六五
鵙啼いて白らむ工笛おくればせ [花] 一五三
増長する鵙ゐて含漱たからかに [花] 一七二
鵙の目に今日の光の見え叫ぶ [花] 二〇二
胸の手に逢ふ日暁けゆく初の鵙 [鳳] 二三三
初鵙や身をつつみたる草木染 [飛] 二七四
近く鵙鳴けばますます猛り鵙 [飛] 二七四
十三段埋れ遺りて夕日鵙 [飛] 二八五

若鴨にこころの堰を切られけり [存] 三六一
夕べにも一歩のありて鴨のこゑ [八] 四一九

鵯（ひよどり）
夕日ひらひら黄蘗一樹に鵯の声 [鳳] 二四一

鶺鴒（せきれい）
心底より冷ゆる海鳴り白せきれい [飛] 三三〇
風浪へ花ひらき飛ぶ白せきれい [飛] 三三〇

椋鳥（むくどり）
空深む絣十字に椋鳥撒いて [雪] 一二六

啄木鳥（きつつき）
消えずの灯ありて啄木鳥暁けきざむ [花] 一八一

鴫（しぎ）
磯鴫の嘴の金色入日波 [八] 四〇九

雁（かり）
灯台に人の小さし雁渡る [駿] 四五二

初鴨（はつかも）
沼底の藻青く冷えて鴨ら着く [花] 一六四
朝の櫂昼乾きゐて鴨渡る [鳳] 二四二

鶴来る（つるきたる）
かんなぎの扇招けば鶴渡る [駿] 四八七
鶴来るころの病みぐせいつよりぞ [駿] 四九九

落鮎（おちあゆ）
錆鮎に坐し帯締の一文字 [鳳] 二五六
口中に苔の香たつも下り鮎 [駿] 四五一
錆鮎や魚串染むる苔の青 [駿] 四五二

紅葉鮒（もみじぶな）
田が見えて泊り二人に紅葉鮒 [存] 三七一

秋刀魚（さんま）
秋刀魚にがし家族の中に黙すれば [未] 六三

秋の蛍（あきのほたる）
胡桃の木田の闇かさね秋蛍 [飛] 二九三

秋の蚊（あきのか）
二の腕のさびしよ秋蚊湧く日なる [花] 一八九
秋の蚊を打つておどろく胸の洞 [花] 一八九
秋の蚊のうしろがみひくこゑのすぢ [飛] 二七四
秋の蚊に寄らるるまでにうたた寝し [八] 四〇九
秋の蚊に刺されし不覚まびたひに [駿] 五〇五

秋の蝶（あきのちょう）
切りくづす堆肥の崖を秋の蝶 [八] 四一八
破れ蝶と吹かれゆく秋親不知 [駿] 四四六

秋の蝉（あきのせみ）
秋蝉や卓にちらばる刺繍糸 [未] 一八
チッチ蝉夕日炎となる蔵二階 [鳳] 二二四

草長ける長けて雨沁む残る蟬 [鳳] 二五四
秋蟬の一縷のこゑの入水かな [駿] 四八六

蜩（ひぐらし）
端近に蜩鳴きぬ見舞はれゐて [未] 五一
紺糸こく蜩近鳴き遠応へ [雪] 九六
朝蜩の誘ふ音色ぞ豆腐売 [雪] 一〇七
蜩や大気緻密に詩の時間 [雪] 一一四
朝蜩ビタミン一顆の紅固し [雪] 一一四
はやも蜩筆の白穂に墨ふくます [雪] 一二五
神の森蜩どきの広場抱く [花] 一六四
蜩どき日本家屋隙多し [花] 一八八
牧にひぐらし帰り遅るる牛二頭 [鳳] 二六六
夕べよりあかつき急かる蜩は [飛] 三一八
一笛にひぐらしを曳き薪能 [飛] 三一九
病む母の目覚めぱつちり暁蜩 [存] 三六一
蜩や母ありてこそ帰りくる [八] 四〇八
あけび茶ややがて蜩鳴き初むる [八] 四一八
夕ひぐらし雨後の渓流あきらかに [八] 四一八
かなかなや西方の空いま開く [八] 四一九
蜩や閻魔も鬼も地に帰り [駿] 四五〇

つくつく法師（つくつくほうし）
母が逝き師が逝き遠き法師蟬 [八] 四一九

蜻蛉（とんぼ）
やんまの目のぞく高みで石切る音 [雪] 一三五
蜻蛉の飛びとどまれる能舞台 [八] 四〇七

赤蜻蛉（あかとんぼ）
赤とんぼ見返る肩の手はそのまま [鳳] 二四一
晩鐘や沖にのこりし秋茜 [存] 三七九
あきあかね連れて天和の石だたみ [駿] 四七七
赤とんばう影なく流る露の芝 [駿] 四九四
向きかへるときに翅音を秋あかね [駿] 四九四

虫（むし）
振子北に虫を南にききねむる [未] 一九
虫鳴くや草稿の影女髪なる [未] 二八
善悪はや虫音一途にかき消され [未] 三七
この世の虫かすかまみゆること無しに [未] 四六
木の根に虫音船図の中に弟坐し [未] 六二
虫の音や句集に隣り綿包 [雪] 九九
どつと暮れ黒木の鳥居虫音一縷 [花] 一八一
橋がかり青竹に結ひ虫の闇 [飛] 三三〇
廃金山に入りし身震ひ虫もゐず [飛] 三三一
落石のさまに寝仏昼の虫 [存] 三五一
虫の闇富士聳ゆるは火も聳ゆ [八] 三九七
霖雨のあとの不眠や虫の声 [駿] 五〇七

常の声われに戻りて昼の虫　[駿]　五〇七

竈馬（いとど）
大きいとど出て炉語りの夜の客　[飛]　二七四

蟋蟀（こおろぎ）
こほろぎのこゑのひかりの夜を徹す　[未]　四五
若きこほろぎ腹仄白く灯に離る　[未]　七五
神輿荒れし夜は早熟のこほろぎよ　[雪]　一二六
身に巻きし紐のくれなゐ若ちちろ　[花]　一七一
母と寝間へだつをちちろ鳴きあかす　[花]　二〇一
恋鳴きのおづおづ途切れ初ちちろ　[鳳]　二三七
筆遅々と黒きこほろぎ追へば跳び　[鳳]　二三七

鈴虫（すずむし）
鈴虫の振る音がほどに事足らず　[雪]　九六
鈴虫や草木の丈闇を被て　[花]　一八八
鈴虫の鳴きゆすり月欠け消えし　[鳳]　二三八

松虫（まつむし）
稀の松虫ききて寝並ぶ姉弟　[未]　五二

邯鄲（かんたん）
邯鄲の声の満ち干の月の谷　[花]　一五八
邯鄲の声触れてくる夜の素顔　[花]　一五八
邯鄲の未明をややに短か音に　[花]　一五八

鉦叩（かねたたき）
音短かに一度々々の鉦叩　[未]　二八
歯を抜いて闇こそ深し鉦叩　[鳳]　二二三
鉦叩戻りて旅は白き霧　[鳳]　二三九
鉦叩その夜のみなるやさしさに　[駿]　五〇四

螽蟖（きりぎりす）
きりぎりす青きからだの鳴き軋る　[未]　四四
日すぢ切に黄を加へをりきりぎりす　[未]　四四
哄ひゐるこころの底のきりぎりす　[未]　五一
きりぎりす生き身に欲しきこと塡まる　[雪]　九六
きりぎりす落日前の濤騒ぎ　[飛]　二八三

馬追（うまおい）
馬追の見えゐて鳴かず短篇集　[鳳]　二二三

轡虫（くつわむし）
がちやがちやのとほくて闇のあかるくて　[存]　三七六

螇蚸（ばった）
きちきちの影濃きばかり倒伏稲　[鳳]　二二四
きちきちの翔てば金色夕日谷　[飛]　三〇六
きちきちに骨の音する山河晴れ　[飛]　三〇八

蝗（いなご）
蝗生れ露に身を透くアパート裏　[雪]　一〇七

蟷螂（とうろう）

蟷螂の青き目のうちより視らる　［未］　二二
さかしまに暮るる蟷螂よガス燃すころ　［未］　七四
蟷螂と無言にあそぶ濡れ髪して　［未］　七四
喪の家に蟷螂青き雄を噛む　［飛］　三三八

植物

木犀（もくせい）

金木犀しきたり多き家に匂ふ　［未］　七五
金木犀手毬全円子へ弾む　［雪］　一二七
少女掃く金木犀の花を輪に　［存］　三五一
木犀の日和は母の枕上　［存］　三七八
木犀に母の日和のつづくなり　［八］　四〇九
木犀や階を下りくる足音して　［駿］　五〇四
ちちははの家に棲みつぐ金木犀　［駿］　五〇八

木槿（むくげ）

町裏の崖の石積み白木槿　［存］　三七八

芙蓉（ふよう）

白芙蓉ふたたび交す厚き文　［未］　二八
芙蓉の朝泊り子腹巻まきかへす　［雪］　一〇七
酔芙蓉弁財天の鐘ひとつ　［存］　三五一

秋薔薇（あきばら）

疲労残る朝肉色の霧の薔薇　［雪］　一二八
薬臭のこる魯迅旧居の秋の薔薇　［八］　四三二

椿の実（つばきのみ）

宝篋印塔こつと打つたる椿の実　［存］　三五二

枳殻の実（からたちのみ）

からたちの実の金色を刺囲ふ　［飛］　三一七

桃の実（もものみ）

青くかたき桃濡れとほす夜も昼も　［未］　四三
白桃を剝くうしろより日暮れきぬ　［未］　五一
白桃のいつまで紫衣の僧の前　［雪］　一〇六
白桃のうす紙の外の街騒音　［雪］　一〇七
火星接する白昼二時の冷し桃　［雪］　一〇八
冷し桃こんもり冷えて空気載る　［雪］　一三六
まひるまの白桃剝けばまぶしさよ　［鳳］　二二一
桃売に空青きまま地の暮色　［鳳］　二三六
奥飛驒の子に囲まれて毛桃食ふ　［存］　三六二
白桃の刃ものをきらふ夕山河　［存］　三六八
白桃に老ののんどの動きけり　［存］　三七六
掌の上の葉つきの桃を持仏とも　［八］　三九五
夜の隅に白桃をおき熟睡せる　［駿］　四四五
ややくぼむ桃のうすべにさすところ　［駿］　四四五

白昼の歯のしづみゆく冷やし桃 [駿] 四四五
白桃の匂ふにこころ拠りゐたる [駿] 四五五
梨（なし）
樹に灼けし梨刃を入れてすぐ滴る [雪] 一三七
ひやひやと梨を摑みて齢おぼゆ [駿] 五〇七
青蜜柑（あおみかん）
みかん照るなかの山冷え青蜜柑 [存] 三四一
柿（かき）
父病むや剝きて刃のあと柿に残す [未] 五二
顔昏れてまた逢ふ農婦柿の下 [未] 六四
柿ある卓眼鏡置く音ひびきけり [未] 七五
闇を負ふ思ひ灯下に柿食へば [雪] 九九
柿の冷え自己弁護せし舌の上 [雪] 九九
バス一台ふさぐ夕日の柿の店 [雪] 一〇九
柿の上に柿載す矍鑠たるさまに [雪] 一〇九
終バスや結び目ゆるむ柿包 [雪] 一二九
柿食ひながら青年駆けぬく寂光院 [花] 一八一
柿に落暉ことに人影草に沈み [鳳] 二二五
禅寺丸柿枝つきしまま剝きて食ふ [鳳] 二三五
柿を剝く灯下父なき身を据ゑて [鳳] 二四〇
柿供へ辻はみろくの名に夕日 [鳳] 二四一
櫓なす柿舎に柿の小提灯 [飛] 三一九
うづたかき柿剝き暮らし柿減らず [飛] 三二〇
祠より大き狛犬柿の村 [飛] 三三〇
柿一つ置きて母と娘箸つかふ [存] 三六三
夜々冷えて柿甘くなる山の音 [駿] 四六三
柿剝くやいつはりもなき柿の色 [駿] 四七一
富有柿は父に枯露柿こそ母へ [駿] 四七一
ちちははの齢は越せず柿の穹 [駿] 五一〇
林檎（りんご）
羽織紐朱し胸べに林檎剝かれ [未] 二〇
林檎真赤五つ寄すればかぐろきまで [未] 二三
刃を入るる隙なく林檎紅潮す [未] 三〇
てのひらの冷えの林檎を剝くに易し [未] 三一
林檎と姪赤きに満ちて身のほとり [花] 一六六
灯ともして午前一時の紅林檎 [飛] 三一八
葡萄（ぶどう）
マスカット捥ぐ手に熱き息かかる [未] 二八
雲白く葡萄つめたし背きあへず [未] 二八
マスカット白髪の父と房頒つ [未] 四五
むらさきふかめ葡萄みづから霧まとふ [未] 六二
葡萄籠提げて灯までの闇ゆたか [花] 一五三
葡萄かもす夜寒の奥に火山置き [花] 二〇二
マスカットの冷えおよぶかに胸の谷 [鳳] 二二三

マスカット口中にして潤沢に　[鳳]　二三三
マスカット母との刻のゆるり過ぎ　[飛]　二八四
夜も地熱葡萄の房をひき伸ばす　[飛]　三一五
岳の風一すぢ冷ゆる葡萄狩　[飛]　三一七
太陽をかくは醸して黒葡萄　[駿]　四四五
葡萄減る母への一語重ねつつ　[駿]　四四五
晩鐘や全き葡萄皿の上　[駿]　四四五
黒曜の葡萄の知恵よ老いまじく　[駿]　五〇七

栗（くり）

栗を剝くときの無口に身のぬくむ　[未]　六三
青栗の視野にあるらし空気澄む　[花]　一七一
栗うけてたなごころこそつややかに　[花]　一九一
白鶏の来てゐる林中虚栗　[花]　一九一
青栗を活けぬ荒れくる夜の兆し　[鳳]　二二四
風溢るる青栗を出で遠電車　[鳳]　二五四
栗を剝く旅の灯の手くらがり　[鳳]　二五五
焼栗や笈摺納めきし門前　[鳳]　二五六
青栗の落ち鎮まりし火山裾　[飛]　三一七
山栗の小粒袋に締めて売る　[飛]　三一八
蜘蛛の囲の向うに雲と栗笑ふ　[存]　三五一
落栗や霧が洗ひし朝の艶　[八]　三九八
虚栗困民党の峠口　[八]　三九八
栗を剝き独りの刻を養へり　[八]　四三〇

無花果（いちじく）

いちじゆくのジャム練るいつか母情もて　[未]　四五
無花果の一つ大きが愚に甘き　[未]　六四

石榴（ざくろ）

柘榴みて髪にするどきピンをさす　[未]　二九
柘榴とりつくしたる日しづかに熱いづる　[未]　三七
柘榴ふとる灰ありなしの雨にくろみ　[未]　七四
青く固い石榴の拳雲怠け　[雪]　一三六
柘榴割るびびと手ごたふかなしさに　[花]　一九一
院子に実石榴旭つくしけり　[八]　四三一

胡桃（くるみ）

師がたまふ胡桃の堅さ智恵つまる　[雪]　一一〇

柚子（ゆず）

夕厨柚子の香充ちて母をらず　[雪]　一一〇
柚子一つ病が追へぬ果ほとけ　[飛]　二七七
柚子の香や遠目に黒き母の髪　[飛]　三一〇
朝靄に日射しふくるる柚子の村　[存]　三五二
どの柚子も雨露の朝日を抱へたる　[存]　三五二
たをやかに柚子の木に入る長梯子　[存]　三五二
柚子山にわが捨て息をひろひたる　[存]　三五三
柚子の木に一顆尉めく腐れ柚子　[存]　三五三

翁ゐてからから笑ふ柚子木山　［存］　三五三
柚子の香に豊穣の刻流れけり　［駿］　五〇〇

檸檬（れもん）
指ふれしレモンや風邪をつのらする　［雪］　九三

榲桲（まるめろ）
信ずればマルメロも掌に重き実や　［未］　三二

榠樝の実（かりんのみ）
先代の蔵書万巻くわりんの実　［飛］　二七七

紅葉（もみじ）
風邪負うて紅葉さ中の湯を怖る　［花］　一七二
片紅葉しぐれけぶりに鷹ヶ峰　［鳳］　二四一
わが怱忙母も紅葉の旅のがす　［鳳］　二五六
奥山の紅葉滲み出で夕焼けぬ　［飛］　二九五
島紅葉ひかりを乗せて潮満つ　［存］　三四二
笹刈りの一点うごく紅葉谷　［存］　三六一
歳々の峠濃紅葉十三墓　［存］　三六二
下寺へわたる晩鐘紅葉谷　［存］　三七九
紅葉谿に下りゆく魚にならんため　［駿］　四六四
土産こんにゃく山塊めくよ紅葉晴　［駿］　四六四
眠れねばからくれなゐの谿紅葉　［駿］　四七一
蒼天のからまつもみぢ髪に憑く　［駿］　四七八

初紅葉（はつもみじ）
配流やいまに泉と初紅葉　［存］　三七〇

薄紅葉（うすもみじ）
坂なせば水も滝なす薄紅葉　［存］　三五一

黄葉（こうよう）
土塀つづくかぎりの黄葉楊並木　［八］　四三一

照葉（てりは）
隠るるごと来て万山の照紅葉　［駿］　四六四

黄落（こうらく）
黄落のはげしき彼方亡父の界　［花］　二〇三

楓（かえで）
ひとごゑを吸ふ湖の魚山紅葉　［駿］　四六三

銀杏黄葉（いちょうもみじ）
舞殿に金のいてふの遊ぶ日よ　［駿］　四九五

桜紅葉（さくらもみじ）
松風のさくらもみぢを急かすなり　［飛］　三三一

銀杏散る（いちょうちる）
女のつどひ廊に銀杏の金一ト葉　［未］　四六

秋の芽（あきのめ）
月光菩薩秋芽のごとき合掌を　［花］　一九〇

木の実（このみ）
さまざまの木の実や赤き実は髪に　［花］　一六五

木の実の紅覚めよ熟れよと懸巣鳴き　[鳳]　二三八
はまなすの実の放浪をつづる紅　[飛]　三三〇
裏山に木の実降る日の雑一句　[存]　三七八
谿底に湯けむりふとし楓の実　[駿]　四七六

橡の実（とちのみ）
深谿へ栃の実を干す軒庇　[八]　三九八

樫の実（かしのみ）
樫の実を手に沼へ出づ沼より無し　[鳳]　二四二

椎の実（しいのみ）
椎の実のこつんと打ちししぐれ塚　[存]　三七八
幻の椎の木の実を降らすかな　[駿]　四五六

山椒の実（さんしょうのみ）
夕暮に鼻きく山椒の実をつぶし　[飛]　二八四

皀角子（さいかち）
さいかちの実のくろがねに最上の庄　[飛]　二九八

山葡萄（やまぶどう）
山葡萄露に熟るるよ祭過ぎ　[飛]　二七五

通草（あけび）
清浄としぐれに冷えし通草吸ふ　[飛]　三一八

蔦（つた）
大入日ここに一筋紅蔦巻く　[未]　六五
石山の石をいのちの蔦紅葉　[駿]　四五六

竹の春（たけのはる）
開けたてのたび数本の竹の春　[駿]　五〇四

万年青の実（おもとのみ）
万年青の実生涯新たなる一歩　[駿]　四九〇

蘭（らん）
蘭の香の父晩年の部屋に憑く　[花]　一七〇
蘭花香るちちは言はざるゆゑに父　[花]　一八八
夜が去りて花ひえびえと蘭の露　[鳳]　二五三
朝つよき蘭の香叔母も亡き数に　[飛]　二七三
蘭咲いて夢にも父の来ずなりし　[飛]　二九二
蘭の香の母の起居の父の部屋　[飛]　二九三
蘭の香の中よりこゑす親のこゑ　[飛]　三〇七
旅だちの一花や朝の駿河蘭　[存]　三四九
ちちの香りははの薫りの朝の蘭　[駿]　四七〇
蘭ひらくことし赤子のこゑあそび　[駿]　四九三

朝顔（あさがお）
葉をかぶる朝顔の白颱風報　[未]　六二
朝顔に月日かたむく稿脱し　[鳳]　二五三
象牙箸そろへる音に紺朝顔　[飛]　三一八
母の辺に暦日あそぶ紺朝顔　[存]　三七六

鶏頭（けいとう）
鶏頭や雲から暮れて空ひかる　[未]　六二

生々瓦千枚土臭種鶏頭　[花]　一五九
鶏頭を抜くや荒びし土の息　[花]　一九二

コスモス（こすもす）
四弘誓願白むきむきに秋桜　[花]　二〇二
コスモスの丘に現はれうなゐ髪　[飛]　三〇九

仙翁花（せんのう）
仙翁花や新野盆唄ながすころ　[駿]　四九四

鬼灯（ほおずき）
かがまれば鬼灯朱し彳てば青空　[未]　一八
鬼灯のあからめばやらむ子が三人　[未]　一八
鬼灯をつまぐり父母に拠るながし　[未]　一八
鬼灯の火袋ふゆる遅筆かな　[存]　三六〇

菊（きく）
市街にも夕澄み菊を見て戻る　[雪]　一一五
紙を乾す日向日影に菊の虻　[飛]　二八五
百ヶ日百菊をもて修しけり　[八]　四三三
開扉して菊曼陀羅の弥陀三尊　[駿]　四五七

残菊（ざんぎく）
松青き町残菊を家裾に　[飛]　二九六

晩菊（ばんぎく）
水夫町や晩菊と照る舟簞笥　[飛]　二九六

紫苑（しおん）
火葬塚怒濤なき日の夕紫苑　[存]　三七〇

西瓜（すいか）
西瓜食むよき韻発す小家族　[雪]　九六
西瓜赤き三角童女の胸隠る　[雪]　九六
漁農四十戸やがて西瓜の甘き島　[花]　一五七
船小屋に西瓜食ふとき沖を見る　[飛]　三三二
西瓜食ふつば広帽の影の中　[飛]　三三二

糸瓜（へちま）
草焼く煙青き糸瓜のほかを籠め　[未]　七四
へちま加持子規の糸瓜の在りどころ　[駿]　四六二
へちま加持怒濤かぶりしひとへもの　[駿]　四六二
厄負うて糸瓜ただよふ月の海　[駿]　四六二

甘藷（さつまいも）
甘藷穴より突き出て赤き農夫の首　[雪]　一〇〇

自然薯（じねんじょ）
自然薯や出土の太刀のごとくなり　[駿]　四八〇

貝割菜（かいわりな）
爆音の跡絶えぞつくり貝割菜　[未]　五二
貝割菜に隣りて間引くばかりの菜　[八]　四一八

唐辛子（とうがらし）
嘆ごと多き主婦に夕日の唐辛子　[未]　六三

農の血の濃かれと唐辛子に朝日　[花]　二〇二

稲（いね）

分け入りし農婦厚腰稲穂鳴る　[未]　七五

稲田風遥か子どもの声七いろ　[雪]　一〇六

山中に稲の香甘し赤とんぼ　[花]　二〇二

夕焼けて稲穂ぎしぎし手に応ふ　[飛]　二九五

照り曇る檀風城址稲田寄す　[飛]　三三二

戒壇跡稲の香ゆらし風が過ぎ　[存]　三五一

落穂（おちぼ）

落穂拾ひの湿る沈黙遠煙突　[雪]　一二九

一穂の落穂手ぐさにひとり旅　[飛]　二九五

玉蜀黍（とうもろこし）

もろこし干す日向より来て古銭売る　[八]　四三二

新大豆（しんだいず）

巫女舞の鈴の音こぼれ新大豆　[駿]　四八七

蓮の実（はすのみ）

鳶の輪の声ふらしゐる蓮の実　[飛]　二九三

敗荷（やれはす）

敗荷にひかり散華の旅しぐれ　[鳳]　二四〇

敗荷や太極拳の老一人　[八]　四三二

赤米の田の敗荷も出土村　[駿]　四八六

秋草（あきくさ）

女名も刻む秋草の遭難碑　[飛]　二七四

うらうらと八十島千草咲きあふる　[存]　三七〇

八千草にきぎす遊べり山能へ　[駿]　四六二

草の花（くさのはな）

草の花赤き瓦を積み濡らす　[未]　七四

草の花見ゆるまで売地月かかぐ　[花]　一五八

草の穂（くさのほ）

吹きなびく穂草の影と昼の月　[飛]　三〇七

草の絮たたんと朝日聚めたる　[存]　三七〇

草の実（くさのみ）

萩は実に光悦寺垣濡れて低し　[鳳]　二四一

萩は実にみめよき媼手毬売る　[駿]　四四六

末枯（うらがれ）

末枯や高熱なるときうら若し　[未]　三七

末枯路仔犬撫づるも手袋に　[雪]　一〇九

末枯の地の涯よりの声ともふ　[鳳]　二五七

古墳三百末枯さそふ山の風　[飛]　三〇八

末枯や山鳩墓の辺を去らず　[八]　四三三

母亡しとも在りともおもひ末枯るる　[八]　四三三

萩（はぎ）

月の萩喪の灯もまじる彼方の灯　[花]　一五三

ひとごゑも蝶もこまやか萩ごもり　［花］　二〇一
紅萩の咲きふえつつも夕暮るる　［花］　二〇一
師のまへの一語々々よ萩こぼれ　［鳳］　二二三
夕白萩一姫二太郎睡げなり　［鳳］　二二四
切りし髪ひとの手にあり萩の風　［鳳］　二五四
新しき駒下駄母に萩の雨　［飛］　二八四
萩芒仔ねずみまでが立歩く　［飛］　三〇五
白萩にわれ過ぐる風たちにけり　［飛］　三一七
白萩にひとゐて月の置行灯　［存］　三五〇
紅萩に見えざる雨の露びつしり　［存］　三七八
一粒の露のむすびし萩の色　［八］　四三〇
萩あれば萩にたたずむ喪ごころに　［八］　四三〇
初萩の朝の小枝を箸置に　［駿］　四五六

薄（すすき）
わが果は知らず芒野旗なし鳴る　［花］　一七二
袖すりゆく大仏裏の花芒　［花］　一九〇
芒なほ午前の光り峠路は　［鳳］　二二五
一村は芒に蛇石水涸れそむ　［鳳］　二二五
気球黄に流れ穂芒田園都市　［鳳］　二二六
ひとごゑの方に一つ灯山芒　［鳳］　二五五
船型埴輪の櫓べそきしむよ花芒　［飛］　三〇八
穂芒の白が世のいろ葬以後　［八］　四三〇
芒野をゆく夕焼の中へかな　［八］　四三〇
芒原秀嶺越ゆるものもなし　［駿］　四七八

蘆の花（あしのはな）
鳥の足跡水ぎはに消ゆ芦の花　［花］　一八〇

葛（くず）
月明や葛が蔽ひし谿の欝　［鳳］　二三九
落日にみどり尽くして森の葛　［飛］　三〇七
雲触れて千木濡れそむる山の葛　［飛］　三一六
風浪の果や雨降る葛の島　［飛］　三三〇

葛の花（くずのはな）
夢にのみひと隠れくる葛の花　［花］　一八九
葛の花湯帰り人は匂ひ過ぐ　［鳳］　二三九
島に老い葛のむらさき萩の紅　［飛］　三三〇
葛の花白日匂ふひとりかな　［存］　三五一
葛の花夢の中にてわれ笑ふ　［存］　三六一
隼の瀬音浴びをり葛の花　［駿］　四五六

郁子（むべ）
郁子も濡るる山坂僧の白合羽　［花］　一九〇

野菊（のぎく）
天涯の碧さ野菊と吾れに透く　［未］　二九
野菊点々揺れて友亡き師を行かす　［花］　一九〇
関跡の野菊咲き分く風の音　［花］　二〇二

牛膝（いのこずち）

ゐのこづち喜々と飛びつく良夜明け　[鳳]　二五六

秋薊（あきあざみ）

秋あざみ振りむけば海きららなす　[鳳]　二二五
火山湖に浸る山影秋あざみ　[駿]　四四五

曼珠沙華（まんじゅしゃげ）

曼珠沙華忘れゐるとも野に赤し　[未]　二九
曼珠沙華砂利すぐ乾き大地湿る　[未]　六二
曼珠沙華列車空席多く疾し　[雪]　一二六
曼珠沙華芯からみあひまちまち枯る　[花]　一五三
女三人の無言の昏み曼珠沙華　[花]　一五三
曼珠沙華骨にからまる疲労に生え　[花]　一六四
曼珠沙華わが去りしあと消ゆるべし　[花]　一九〇
雲へ一本仏縁もれし曼珠沙華　[花]　一九〇
まんじゆさげ一茎一花夜が離れ　[鳳]　二二四
山路ゆく赤き帯また曼珠沙華　[鳳]　二五六
峡に飛ぶ白雲蕊張る曼珠沙華　[鳳]　二五六
曼珠沙華片側おもき午の坂　[飛]　三〇七
曼珠沙華彳ちどまりしが径岐れ　[飛]　三〇七
石仏の怒りの六臂まんじゆしやげ　[飛]　三〇七
まんじゆしやげ枯れておくれ毛めきしかな　[飛]　三一七
梵鐘のあとの暮れぎは曼珠沙華　[存]　三五一
潮騒に紐ほどきたる曼珠沙華　[八]　四〇八
まんじゆしやげ夕日とどめずすがれたる　[八]　四一八
まんじゆしやげ群るるを過ぎて硫気原　[駿]　四四六
白髪のはじめくろかみ曼珠沙華　[駿]　四四六
まんじゆしやげ見つめつづけて黒子めき　[駿]　四四六
石出でし狐踏みさるまんじゆしやげ　[駿]　四六三

桔梗（ききょう）

山の桔梗挿して三日の住居なる　[鳳]　二五二
一つころげし虫喰ひ頭島桔梗　[飛]　三三三

男郎花（おとこえし）

行くほどは霧の流れ路男郎花　[鳳]　二三九

吾亦紅（われもこう）

いまだ疲れ易き細身に吾亦紅　[駿]　五〇八

水引の花（みずひきのはな）

薪能よべの火屑の水引草　[存]　三四一
金水引赤水引の杉参道　[八]　三九六
旧道に山の血いろの水引草　[駿]　四七七

竜胆（りんどう）

濃りんだう火山をかくす風樹中　[花]　二〇二
露天湯に男ひとりの濃りんだう　[駿]　四四五

杜鵑草（ほととぎす）

この山の時鳥草活け手桶古る　[花]　一八一

できたての豆腐いづみに時鳥草 [駿] 四六三

烏瓜（からすうり）

別るるや野分がゆする烏瓜 [末] 六五

茸（きのこ）

裏山の滝音かぶり茸汁 [飛] 二七四
鼻きいてくる茸山に入りてより [八] 三九八
しもふり茸ちよこ茸裏山みち行けば [八] 三九八
小さき稲荷を過ぎていよいよ茸山 [八] 三九九
仄昏れや茸のささやきひたと止み [八] 三九九
茸山出てつつぬけの日本晴 [八] 三九九
なさけあるむらさきしめぢにほふかな [八] 四〇九
日が匂ふ菌の森の一と処 [駿] 四七八
茸・栗・あけび厨に森匂ふ [駿] 五一〇

松茸（まつたけ）

松茸の湿り香祖母は茶の襟せし [雪] 一二七

冬

時候

冬（ふゆ）

鴉群れわれに苦役のごとき冬 [末] 一九
冬鏡拭ひし手なる香りけり [末] 三八
冬親し燃すものすべてよく燃えて [末] 五三
耳鼻科の灯路上に歴矢と冬の石 [末] 六五
濶葉樹の冬緊る幹美術館 [雪] 九八
終車音分厚き冬の闇が伝ふ [雪] 九九
石階の誘ひアパート裏の冬 [雪] 一一六
冬の埠頭に草履ひたひた意を固む [雪] 一一七
水湧いて深大寺笹冬青し [雪] 一二〇
冬ふたたび父亡く熱き餅の肌 [花] 一八三
男動かぬ断崖の冬鵜が鳴けり [花] 一八四
グラスなりに透く冬の闇葡萄酒は [花] 一八四
いづこ向くも冬の潮来の水青し [鳳] 二二七
赫き土師器米なき冬は何盛りし [鳳] 二二九
湖に冬朽ち舟を焚く一火勢 [鳳] 二四三
火傷して繚乱と挿す冬の芥子 [鳳] 二四三
越冬の蛹めくかな白ギブス [鳳] 二五七
病む腕に持ち重りして冬一書 [鳳] 二五九
背を曲げて鳴かぬいとどの冬を越す [鳳] 二六一
風邪ひきし肺敏感に冬匂ふ [飛] 二八五
安曇野の冬碌山の昼の鐘 [飛] 二八九
みちのくの紅ふところに冬の旅 [飛] 二九八
うつむきて母が爪剪る冬の音 [飛] 二九九

隆々とすげの香青む冬の牛 [飛] 三一〇
冬陶土ろくろ休めばうづくまる [飛] 三一〇
灯を消して冬は緑青色の闇 [飛] 三二〇
冬経たる蘭の一花の仔細かな [存] 三四六
山に重なる山に冬の威柚子の金 [存] 三五二
ポインターの尾の振り分けて冬の谷 [存] 三五二
鮓を押す形たがへし冬の石 [存] 三七一
異邦人冬の運河の橋の上 [存] 三七九
火を焚けばざわめきわたる冬の崖 [八] 三九九
蟹茹でる冬も果なる顔浮かべ [八] 四〇三
疲れ眼に冬ありありと青天井 [八] 四〇九
しろがねの冬の針曳く紅一糸 [八] 四一〇
街道やふいごがたつる冬の音 [八] 四二〇
一灯に葉騒寄せくる冬の竹 [駿] 四五九
琅玕の奥ほど細る冬の竹 [駿] 四六五
その中に覚めたる色の冬の竹 [駿] 五〇六
髪黒き父の来て座す冬の声 [駿] 五〇八

初冬（はつふゆ）
冬鮮らし赤き工煙吹き折られ [雪] 一一六
師と歩む初冬青空眼に尽きず [鳳] 二二六
口腔の朱を吐く怒号冬あらた [存] 三六三
はつふゆやまよひの貌の小さくて [駿] 五〇八

十一月（じゅういちがつ）
訪はずまた見舞はず十一月の鵙 [鳳] 二五七
母の居間十一月の香匂ひ [飛] 二七七

神無月（かんなづき）
松青き神有月の喪が一つ [駿] 四七二

立冬（りっとう）
火口湖は夜空のごとし冬来ると [花] 一七二
冬が来る風の空港三日月 [花] 一九一
冬来ると朱を沈めたる布表紙 [鳳] 二二六
地ごんにやく黒く煮〆めて冬が来る [飛] 二九七

冬ざれ（ふゆざれ）
冬ざれや父母の拠る灯がわが灯 [未] 五五
冬ざれの野鍛冶にとどく炭俵 [八] 四二〇

小春（こはる）
小春日や生毛まみれの虻とあり [未] 五三
小春日の腹透明な虻来る [未] 五三
喫泉に髪かがやかせ小春乙女 [雪] 九九
胸もとへ天道虫の小春使者 [存] 三五三
山みみず瑠璃光のばす小春寺 [存] 三六二
崩落の深傷を裏に小春富士 [駿] 四七八

冬暖か（ふゆあたたか）
冬暖の濃き夕焼に橋の白 [鳳] 二二七

十二月（じゅうにがつ）
十二月ひとに疲れを量らるる　［飛］　二七七
登り窯がうがう猛る十二月　［飛］　三一〇
十串一連柿干し列ね十二月　［飛］　三一九
一柱の焔めくれて十二月　［八］　三九九
おほをばといふ名をもちて十二月　［駿］　四八八
籠の花なべて夢いろ十二月　［駿］　四九九
大雪（たいせつ）
大雪といふ夜いよいよ筆一本　［駿］　四七九
冬至（とうじ）
冬至の灯疲れ身よりの息熱し　［花］　二〇三
香水瓶倒れて香る冬至かな　［駿］　五〇五
師走（しわす）
師走三日を余す灯下に落花生　［未］　二二
音賑やかに師走の砂利を撒いて去る　［雪］　一〇一
陸橋に触れし一つの師走星　［花］　二〇三
極月の眠り豊穣瞼の内　［鳳］　二五七
極月の目覚めや宿の檜の香　［存］　三六三
極月の夢に笛吹く何ぞわれ　［存］　三六三
雲師走落日の紅隠し終ふ　［八］　四〇九
極月の衾の中の霜の鐘　［駿］　四四六
師走かな遠く釘打つ音暮れて　［駿］　五〇五
夜に入りて師走やすらふごとく降る　［駿］　五一一
年の暮（としのくれ）
裏谷に三日月の匕首年つまる　［飛］　三三一
母のこる吾にきびきびと年詰まる　［八］　四一〇
言葉はたと忘ぜしごとく年つまる　［駿］　四四六
病室の船室めくも年の果　［駿］　五〇〇
年の果何のがれむと眠り欲る　［駿］　五〇八
数え日（かぞえび）
数へ日の欝々と風邪育てをり　［八］　四〇〇
行く年（ゆくとし）
あかあかと火を焚き年を歩ましむ　［存］　三七一
行く年の母亡き鐘の圏の中に　［八］　四三三
大晦日（おおみそか）
遠く焚く大年の火に風邪の耳　［飛］　三三一
年惜しむ（としおしむ）
年惜しむはわれを惜しむか灯を煌と　［駿］　五〇八
年越（としこし）
林檎柿蜜柑年越す一つ籠に　［雪］　一一六
年越の黒豆艶にくるまる　［存］　三四四
年の夜（としのよ）
除夜過ぐる清しき火種絶やすなく　［雪］　一一六
白椿の影消ゆ除夜の灯も消えて　［花］　一七三

町ぐるみ除夜船笛の太柱　［存］　三七二
年の夜の咳もて何を攻めらるる　［駿］　四九五
医院またこの世の住家除夜灯　［駿］　四九六

一月（いちがつ）

一月の粉雪雨音風音に　［鳳］　二五九

寒の入（かんのいり）

寒に入る無髯の父に百合青み　［花］　一七三
姿見の奥に母の眼寒の入　［駿］　四五三

大寒（だいかん）

大寒を縫ふ二三日父和む　［雪］　一三一
つまづきしごと大寒を眠られず　［鳳］　二二九
大寒の医院に逢ひぬ去年の人　［鳳］　二六〇
大寒や赤きワインを欲しと思ふ　［駿］　五〇〇
大寒のいよいよ小さき手足かな　［駿］　五〇九

寒の内（かんのうち）

訪はるるまで寒の閑けさつづく部屋　［未］　三九
寒の百合硝子を声の出でゆかぬ　［未］　六六
寒の百合ひらき湖沼のにほひせり　［未］　六六
埠頭突端寒のひとでの黄の鮫膚　［雪］　一一七
一樹なき工場鉱滓に寒の艶　［花］　一六六
水呑めば炎となるいのち寒を瘦す　［花］　二〇四
岩礁に寒の荒鵜と観世音　［鳳］　二四五
もの忘れせしごとあたたか寒一ト日　［鳳］　二五九
会へばいく人寒のかなしき顔もてり　［鳳］　二五九
寒の蘭一花一花に羞らへり　［存］　三四四
寒の沖すこし光りてわが齢　［存］　三五五
目薬の寒の一滴朝来る　［存］　三六四
病むことの安らぎに似て寒の凧　［駿］　四五三
寒の白粥母あるごとく待ちゐたり　［駿］　四五三
いのち一つ寒の瞳の中に在り　［駿］　四七三
点滴のわが血にまじる寒九かな　［駿］　四九六

冬の日（ふゆのひ）

冬の日や臥して見あぐる琴の丈　［未］　二一
夢華やぎ覚めぬ冬日は霾いでず　［未］　五四
母の衣たたむ冬日に母を撫づるごと　［未］　六六
冬日追ふセメント塗りの厚き手を　［雪］　一〇一
硝子裡にわれ擄へゐし冬日落つ　［雪］　一一〇
生きてまみえず墓の円頭冬日浴ぶ　［雪］　一一五
香煙に咽ぶ冬日の末弟子も　［雪］　一一五
人影獲て冬日の地肌濃むらさき　［雪］　一一六
寒没日濡れ羽たためば撫肩鵜　［花］　一八四
冬日と肉と酒いささかにいのち赤し　［花］　一九二
山中に菌からびぬ冬日輪　［鳳］　二四三
河口真赤に冬日を送り最上川　［飛］　二九八

冬落日沈みゆきたる心の臓　［八］四一〇
犬吠えて冬日ふくるる留守障子　［八］四一〇

冬の朝（ふゆのあさ）
冬暁に父来て生前より多弁　［花］二〇三
寒暁や母に添寝のうすあかり　［存］三四四
冬暁の口笛をきき眠りたる　［八］四二二

冬の暮（ふゆのくれ）
破船あり寒暮黒身の鵜の増え来　［花］一八四
献灯に寒暮灯が入り油色　［飛］二八七

短日（たんじつ）
冬の屋根煙濃きところ暮れ早む　［未］五四
逢へば短日人しれず得ししづけさも　［未］五四
猫にほそき路次の佃は暮れ早し　［花］一九二

冬の夜（ふゆのよ）
寒夜の卓生鮭の肉ぽつてりと　［未］五四
冬の夜や湯ぼてり灯下かがやかし　［未］六四
冬夜たしかに母のハミング鋏の音　［雪］一〇〇
寒き夜の言葉とざせば人帰る　［雪］一〇二
寒夜手の影句集に印しこころ覚む　［雪］一〇二
冬夜笑へば乳のみやめてうかがふも　［雪］一〇八
寒夜微笑退かぬ思ひの育ちつつ　［雪］一一七
寒夜影の弾むほどにはわれ動かず　［花］一六六
寒夜覚め何を待つとて灯したる　［駿］五〇五

霜夜（しもよ）
霜の夜の眠りが捕ふ遠き汽車　［未］五五
霜の夜の心音駆けりゐたるかな　［飛］二八六

冷し（つめたし）
針創をつめたく唇にふれ癒やす　［未］二九
身をややに冷たきに置き書き易し　［鳳］二五八
夜半触れてわが身つめたし眠るべし　［飛］三〇八

寒し（さむし）
夕寒しどこの部屋にも雨の音　［未］一七
袖かさね寒きわが胸抱くほかなし　［未］一九
拓きゆく寒気や一歩ごとに閉づ　［未］三一
わが恃む寒気日向もその裡に　［未］三一
寒気の香月にまさり来雨戸閉づ　［未］三九
事さむし多く詠はずして止みぬ　［未］四九
熱の額に載りて寒気の重からぬ　［雪］一〇〇
口辺にレモン残り香眠れず寒し　［雪］一〇二
踏切寒し車輪轟音身丈に余る　［雪］一〇九
不断灯さむく三世の足音過ぐ　［花］一八一
わが前に婆嗚咽して寒きミサ　［花］一八二
炭塵めき世紀以前の米さむし　［鳳］二三九
白きタンカーおくりて寒き水平線　［鳳］二四五

香水より寒気かぐはし籠る身は　[鳳]　二五九
晩鐘の鳴り出づ寒気ちりぢりに　[飛]　二九九
びしよ濡れのさむきジャンクよ帆を下す　[八]　四三二
丑三の寒気張りつめいのち守る　[駿]　四九六

冴ゆる（さゆる）

声冴ゆる女あるじゆ紅を買ふ　[未]　六六
竹の葉騒は冴ゆる眼鏡に数知れず　[未]　六九
林檎の荷ほどく三和土に星の冴え　[雪]　九九
砂のごとき遺髪冴えたる鋼より　[花]　一七四
月冴えて舞座一枚荒莚　[飛]　二八七
冴え冴えと余白めく闇寝惜しみぬ　[飛]　二九九
注連冴ゆる俎上が天地式庖丁　[飛]　三〇〇

沍つる（いつる）

雪しきり厨に凍つる魚の膚　[未]　四八
凍て闇に消したる電球のしばし見ゆ　[未]　五四
十三日金曜肉皿に脂凍み　[雪]　一〇二
裄丈あはす喪服零時を過ぎし凍て　[花]　一五五
歯を覚ます林檎の凍てや詩は一生　[花]　一五九
父母に遅るる寝ごろレモンは凍てても珠　[花]　一六〇
町工場鋳吹かねば凍て黒鎧ふ　[花]　一六七
眠れねば未来蒼茫凍てつづく　[花]　一七四
忽然と父暁暗の凍てに化す　[花]　一七四
国道の凍て貫通す刑場址　[花]　二〇七
凍てし土掘りつつ身をば隠しける　[鳳]　二六〇
朝凍みて夕暮ぬくむ杉山中　[飛]　二七七
舞手らの凍てに夜流れ餅の湯気　[飛]　二八七
直会のみじかき湯気も山の凍　[飛]　二八七
薬湯に凍てほぐれくる爪のさき　[飛]　二九八
滝音や行衣の凍てと蛾の骸　[飛]　三三〇
星一つ見え夕凍みの隠れ滝　[飛]　三三一
香焚いて夜更けの凍てをあまやかす　[存]　三四三
韃陀の火焔浄土のあとの凍て　[存]　三七四
重ねたる歳月の凍み暁闇は　[存]　三八〇
蕎麦を打つ音の夕凍み誘ひけり　[八]　四一九
父の忌の暁闇凍つるべくありぬ　[八]　四二一
父の忌の暁闇の凍てたちかへる　[駿]　五〇一

三寒四温（さんかんしおん）

三寒四温のことに四温は父の眼よ　[花]　一九三

厳寒（げんかん）

酷寒の静臥不貞寝と異ならず　[雪]　一〇一
酷寒の長病むへ書く言窮す　[雪]　一〇二
厳寒の何に化さんと酸素吸ふ　[駿]　四七三
極寒の急逝にあふまだ若き　[駿]　五〇九

冬深し（ふゆふかし）
冬ふかみ遺影に似たるわれならむ　[雪]　一〇〇
冬深む無頼にも似て独りなる　[駿]　四九七

日脚伸ぶ（ひあしのぶ）
飛ぶ壁の白さ車窓に日脚伸ぶ　[鳳]　二四七
木の根閉づ苔の厚さに日が伸びし　[鳳]　二五九

節分（せつぶん）
鬼豆の一粒づつに雪の闇　[駿]　四九〇

春待つ（はるまつ）
晩鐘や春待ちまうけ一つ星　[飛]　二九九
籠行灯春待つ老に一つづつ　[八]　三九二
白粥に人隔てゐて春を待つ　[駿]　四四七

春近し（はるちかし）
てのひらに寝る灯照りそひ春隣　[鳳]　二二九
枯桜灯ちらばり春近し　[鳳]　二六〇
祝ひばんどり五彩絢ひ込み春近し　[飛]　二九八
夜は雲の東に透きて春隣　[飛]　三一一
絵蠟燭に神鬼ゆらめき春隣　[八]　三九一
爪の色夜をいきいきと春隣　[駿]　五〇六
髪を結ふ指耳に触れ春隣　[駿]　五〇六

天文

冬晴（ふゆばれ）
冬晴や指紋渦巻き横流れ　[雪]　一〇一
帯の日へ冬晴送る白木綿　[雪]　一〇一
冬晴のくづれそめしを病む日とす　[鳳]　二五七
冬麗の不思議をにぎる赤ン坊　[駿]　四八八
寒晴に聖鐘ひびく安息日　[駿]　五〇一
寒晴の青をいただくいのちかな　[駿]　五〇六
冬うらら来意をつげて百合開く　[駿]　五一一

冬旱（ふゆひでり）
髪の上に小さき日輪寒旱　[飛]　二七八

冬の空（ふゆのそら）
冬天に三日月若き色濁さず　[未]　四六
炉ある町鋳吹き休みの冬青空　[花]　一六七
わが胸に旗鳴るごとし冬青空　[鳳]　二二八
松活けて松匂ふ手に冬の空　[飛]　二九九
大仏の膝下に病むも冬青空　[駿]　五〇〇

冬の雲（ふゆのくも）
冬雲に沈む三日月仕事余す　[雪]　一二八

冬の月（ふゆのつき）
寒月下一塊の雪病むごとし　[未]　一七

人の来て寒の月光土間に入る　[未]　二三
寒三日月不敵な翳を抱きすすむ　[未]　六五
山風の旅信ひらりと寒満月　[鳳]　二四四
寒月光翁語りも面の内　[飛]　二八七
身ほとりのほのかに香だつ寒月光　[存]　三六三
冬満月こころ叫びてゐたる日の　[駿]　四五二
絹を着てこもる一と日の冬満月　[駿]　四五二

冬の星（ふゆのほし）

眠りゆく冬の銀河の片側に　[未]　五三
檜山杉山隠れ移りの冬星座　[飛]　二七五
御神火舟飛ぶや寒星渡り来て　[飛]　二八七
渓流に雪の荒星なだれたる　[飛]　二八八

オリオン（おりおん）

年のオリオン逢ひたき人の孤影なす　[雪]　一〇〇

冬の風（ふゆのかぜ）

ネオンには染まぬ寒風高架駅　[雪]　一一一

凩（こがらし）

凩と父の呼吸の闘ぐに耐へ　[未]　五二

北風（きたかぜ）

北風へ向く婦になべて包重し　[未]　三二
はるかにも北風の鶏鳴家殖えたり　[未]　五五
北風猛る青竹結うて垣とせば　[雪]　一〇九
造船音北風に女の彩こばむ　[雪]　一一六
北風まじりに潮の香いたき造船所　[雪]　一一六
北風に沈み月光に浮き黒柩　[雪]　一二九
瓜の翁に逢はんと北風をまろび来し　[飛]　二九八
北風荒るる海燦々と峡出づる　[八]　四一一

虎落笛（もがりぶえ）

海風の虎落笛吹く峠口　[八]　四一〇

初時雨（はつしぐれ）

其角嵐雪去来丈草初しぐれ　[存]　三七八

時雨（しぐれ）

しぐれつつ気温高まる夜の近火　[未]　三八
時雨れて紅きネオン泣くごと通過都市　[雪]　一一八
時雨を来て重き黒髪ゴッホの前　[雪]　一二八
北山杉よべしぐれたる濡れに朝日　[花]　一八二
ことしまた稿を半ばの夜の時雨　[鳳]　二二六
ダムの青山のしぐれの鈍そそぐ　[飛]　二九五
しぐるると遠鹿のまた夕鳴ける　[存]　三六三
しぐれては木下やどりの夜の鹿　[存]　三六三
頤大き良弁僧正しぐれけり　[存]　三六三
湖しぐれとまるものなき万年杭　[存]　三七一
しぐれては小さき位牌の庵守　[駿]　四五七
夜道来て土の匂ひのしぐれたる　[駿]　五一一

霰（あられ）
霰跳ねけふ一日を踏まぬ土 [鳳] 二六一
月山に霰吹き飛ぶ能神事 [八] 三九二
霙（みぞれ）
霙るる夜母の白粥わが椀にも [花] 一八四
みぞれ来し手につつみこむどんこ汁 [八] 三九二
霧氷（むひょう）
みつみつと霧氷を伸ばす山毛欅林 [存] 三五八
登り来て霧氷の雲に捲かれけり [存] 三五八
霧氷被て雲ひびきをり山毛欅大樹 [存] 三五八
霧氷林さまよひゆかば果つるべし [存] 三五八
霧氷林闇に帰して踊るなり [存] 三五八
キャンドルの焔揺れ霧氷の鳴る夜かな [存] 三五八
眠れねば白狐いざなふ霧氷林 [存] 三五九
山の形蒼む霧氷や一茶晴 [八] 四一九
初霜（はつしも）
医師去つて初霜の香の残りけり [未] 三七
尾道の貨車の初霜明けゐたり [存] 三四一
霜（しも）
霜きらめく隣家の奥で時計鳴る [未] 四七
霜の暮赤き馬身の駆けひびく [未] 四七
霜濡れの枯芝かがやく散る紙も [未] 五五
強霜と生き身と朝日異に浴ぶ [雪] 一一〇
厚霜と餅の固さがけふ休日 [雪] 一一〇
霜濡れの土のかがやき鶫機嫌 [花] 一五四
霜の華北面白き枯木山 [鳳] 二四二
大霜に楽がぬけ出て森番小屋 [鳳] 二四三
霜真白歳月土に新しき [飛] 二七八
原爆ドーム霜白光の鳩放つ [存] 三四三
霜の鐘徹夜の筆をカタと置く [存] 三四三
大霜に母のラヂオの鳴りいでて [存] 三六四
夜の霜祝者の仮寝のあどけなき [存] 三七三
群れ動く羊の背ナの霜じめり [八] 四三一
霜の花いまだ一語も発せざる [駿] 四四七
雪催い（ゆきもよい）
老ポプラ枝鳴りきしむ雪の天 [存] 三五五
雪催ふままに父の忌暮れにけり [駿] 四五九
初雪（はつゆき）
はじめての雪闇に降り闇にやむ [花] 一七二
雪（ゆき）
飛雪いよいよはげし吾れのみ見のこりて [未] 二二
訪はんにはわが身詮なし玻璃の雪 [未] 二三
降りかくす眼路寸尺に雪新し [未] 三一
傘ついてもどる雪道土現れをり [未] 三一

どの屋根にも雪後の空の高すぎて 〔未〕 三二
母踏みいづるほどは雪面に灯の洩れて 〔未〕 三二
限りなく雪かの傘の辺もつつむ 〔未〕 四〇
天よりも夕映敏く深雪の面 〔未〕 四〇
雪止んで川瀬のほかを蔽ひ足る 〔未〕 四〇
家中まで持て来し雪にわれ影す 〔未〕 四〇
子ども来ねば雀栗色雪に弾む 〔未〕 四〇
雪窪や雀身隠りえずに二羽 〔未〕 四〇
満目の雪減りゆくに落着かず 〔未〕 四〇
雪照る中膝の紅糸まるめ落とす 〔未〕 四〇
天地の息合ひて激し雪降らす 〔未〕 四七
人を絶ち文絶ち臥せば度々の雪 〔未〕 四七
午後はまだ視力薄れて松の雪 〔未〕 四八
青年医師の靴跡雪舞ひ下りて消す 〔未〕 四八
扉が開き鏡中たちまち雪の界 〔未〕 四八
冬青たえず揺らぎて積る雪きらふ 〔未〕 四八
外灯立ちその先深雪道昏し 〔未〕 四八
旅にあるごとし枯丘雪冠る 〔未〕 五四
雪の夜の目覚めや誤字にかかづらふ 〔未〕 五五
鶏ひそか地白みゆく雪懼る 〔未〕 五五
飛行音に闇穢されず雪積る 〔未〕 五六
雪を待つ泉一円空暗し 〔未〕 六六
ただ一度雪の稲妻深夜の眼に 〔未〕 六六
夜半積る雪の仔細を老知れり 〔未〕 六六
一堂に競ふ声量雪かがやく 〔未〕 六六
丘の住宅暮雪ふかきにガス細る 〔未〕 六七
雪の昼林檎の冷えを身に加ふ 〔未〕 六七
亡き人の句に逢ひ閉づる雪夜の書 〔未〕 六七
眉に雪つけ人見る犬よ聖めき 〔未〕 六七
雪はげし遠のものみな亡びけり 〔未〕 六七
雪ひた降る暗夜に白きこゑあげて 〔未〕 六七
雪の屋根三日月は疎に星親し 〔未〕 六七
雪積むや子を寝かす声隣家洩る 〔未〕 六七
雪刻々父の寝顔を誰が老いしむ 〔未〕 六八
雪消えていくばく月さへ漲る色 〔未〕 六八
雪夜一路わが車追ふ車なく 〔雪〕 一〇二
雪降るごと妻てふ言のよろしさは 〔雪〕 一〇三
田園のひらたき雪に退屈す 〔雪〕 一〇三
闇行くや飛ぶ新雪に迎へられ 〔雪〕 一二九
雪夜来て息ゆたかなる初めの語 〔雪〕 一二九
降り出せる雪蓬髪に坂の上 〔雪〕 一二九
雪冷えの屍に厚き髪のこる 〔雪〕 一二九
雪の日の死出の衣一重ゆるみなし 〔雪〕 一三〇
死者にあるは過去のみ雪のおぎろなし 〔雪〕 一三〇

借りて手ずれの『戦争と平和』雪に遺る　［雪］　一三〇
生花に荒らす指さき硬し雪なきか　［花］　一六〇
飛雪ゆく身に明るさの縞持ちて　［花］　一六〇
厚き頁割つてそこより雪の冷え　［花］　一六〇
鏡多きホテル海には雪積まぬ　［花］　一六一
暁の雪の気醒ます風邪の鼻　［花］　一六七
灯を当てし雪ふくれては薔薇の木へ　［花］　一七二
父と娘に粉雪散華の夕日耀る　［花］　一七三
埋骨に欠けしは吾のみ雪来るか　［花］　一七四
父がこのみしわが雪の句の雪降れり　［花］　一七四
硝子めく笹飴粉雪のまま夜へ　［花］　一八四
稽古日の花の出入りの雪明り　［花］　一八四
水しんとありて華麗な雪の森　［花］　一九二
篠叢の奥へ奥へと雪濃なる　［花］　一九二
雪中の紅を椿と仰ぎ過ぐ　［花］　一九二
雪滴る石の蛇身に墓巻かれ　［花］　一九二
ふりむけば夜がそそり立つ雪の崖　［花］　一九三
からまつの雪被て天のつつぬけに　［花］　一九三
肩掛につつむいのちよ雪狂へ　［花］　一九三
雪照りの白毫一点ほとけ古る　［花］　一九三
シグナルの青を夜の目雪国へ　［花］　二〇四
雪の村遁れず上ぐる大焚火　［花］　二〇四
雪屋根のそれぞれの灯を隠まへり　［花］　二〇四
嶺々暁くるしづかな粉雪町に降る　［花］　二〇四
雪の森隠しきれざる朝日の条　［花］　二〇五
飛騨の薯小粒深雪の朝市に　［花］　二〇五
雪の朝市売り買ふたびの踾みぐせ　［花］　二〇五
雪遊ぶのれんのさゆれ酒醸す　［花］　二〇五
みたらしの醤油匂ふや雪の暮　［花］　二〇五
木の塊と化すも円空や雪の木菟　［花］　二〇五
酒倉の壁の切立つ雪の川　［花］　二〇六
新雪の円馥郁と仕込樽　［花］　二〇六
深雪来て濯ぐ瀬戸川水の艶　［花］　二〇六
川底まで稀の青空雪流す　［花］　二〇六
雪ぐせの百日昏みランプ売る　［花］　二〇六
雪の灯明常夜護りの火防神　［花］　二〇六
雪冷えの生盛膾夜の川音　［花］　二〇六
雪降れば石の耳輪はおもからまし　［鳳］　二二九
ただ白く降る雪心音もて通る　［鳳］　二二九
戸の隙を雪吹き白らめ神代記　［鳳］　二二九
子ともつれ遊び雪落つ音しきり　［鳳］　二二九
一塊の水のいろなる畦の雪　［鳳］　二三一
雪中や湯華ひらひら湯が湧けり　［鳳］　二三一
瞳とあふ灯どれもまたたき雪呼ぶか　［鳳］　二四三

雪風の闇攫ひつつ雪積みぬ 〔鳳〕 二四六
小雪伴れ蘇民将来の髭めく字 〔鳳〕 二五九
晩鐘や町に雪来ることたしか 〔鳳〕 二六〇
降り隠す青年雪中にて恋ふる 〔鳳〕 二六一
ふくいくと檜山水源雪あそぶ 〔飛〕 二七六
雪風に懐紙を散らす雪の上 〔飛〕 二七九
雪中に川音峠曲るたび 〔飛〕 二八六
おささらに花笠ひらく雪の風 〔飛〕 二八七
馬頭観音峠越えねば雪抜けず 〔飛〕 二八八
夜に着きて見えざる岳に降る雪か 〔飛〕 二八八
飛び来ては白馬の暮雪顔へ憑く 〔飛〕 二八八
踏む雪に聴き耳立てて山の闇 〔飛〕 二八八
紅顔の白馬三山雪に暁く 〔飛〕 二八八
鶺鴒の一羽来てゐる雪渚 〔飛〕 二八九
稲架棒と猫と深雪の無策顔 〔飛〕 二八九
新雪のけふより蔽ふ山の音 〔飛〕 二九六
櫛入れしばかりの髪に雪落つ音 〔飛〕 三一二
胸中の牡丹に雪の音かかる 〔飛〕 三一三
女ばかりの一夜はげしく雪堕つる 〔存〕 三四四
竹林に雪撓み落つ遠きひと 〔存〕 三四四
雪滲みのしみじみ赤き煉瓦建 〔存〕 三五五
雪降るや舌に吸ひつくルイベの宴 〔存〕 三五六
雪の峡かたんことんと貨車通る 〔存〕 三五六
貨車ゆきて川音のこる雪の峡 〔存〕 三五六
雪光の眼つぶしいのち短しや 〔存〕 三五六
暁紅を布吸ひやまぬ雪の上 〔存〕 三五七
皺取の水のもみくちゃ雪明り 〔存〕 三五七
福耳に雪の音積むゐざり機 〔存〕 三五七
死の床の布団や雪後も藍格子 〔存〕 三五八
さざめ雪瞳に降らし集ひくる 〔存〕 三六四
帯かたき和服一生粉雪ふる 〔存〕 三六四
雪滲みて土よみがへる齢かな 〔存〕 三七二
舞ふ雪の中に飛ぶ雪欅聳つ 〔存〕 三七二
雪の香の藁しべゆるむ塩わらび 〔存〕 三七二
また雪がくる山宿の飾り熊 〔存〕 三八〇
逢ひし日の小雪となりし傘たたむ 〔存〕 三八〇
新雪の山に対ひてはにかめる 〔八〕 三八九
日の翼下雪のリフトにひとりづつ 〔八〕 三八九
雪宿のをんなのそりと紺づくめ 〔八〕 三八九
はつたいのふくいくとして雪の宿 〔八〕 三八九
雪の宿昼夜わかたず湯の香して 〔八〕 三八九
山鳴りのして雪中の滝の壺 〔八〕 三九〇
落口の水むらさきに雪の滝 〔八〕 三九〇
首くくり松といはれて雪の幹 〔八〕 三九〇

湯けむりに日がな隠れて雪の屋根　〔八〕　三九〇
雁たちて暮雪に翅音のこりたる　〔八〕　三九〇
雁やたれも渡らぬ雪の橋　〔八〕　三九〇
雪の谷母を忘れしごと暮るる　〔八〕　三九一
王祇さま暮雪田原をいく曲り　〔八〕　三九一
少年の暮雪にまぎれぬ巻頭布　〔八〕　三九一
農腰に雪夜拭きこむ能舞台　〔八〕　三九一
稚児舞に雪夜チチチ絵蠟燭　〔八〕　三九一
雪滲みし紋服つどふ王祇宿　〔八〕　三九二
酔腰のゆらゆらと行く雪田原　〔八〕　三九二
雪暁の出仕にかなふ祭膳　〔八〕　三九二
宮登りばばちやあねさも雪に出て　〔八〕　三九二
夜の運河風かたまつて雪来るか　〔八〕　四〇〇
せせらいで音のやさしき雪の谷　〔八〕　四〇〇
たわたわと雪の峠の青鴉　〔八〕　四〇一
雪祠木の根そのままおまらさま　〔八〕　四〇一
水車もう動かれず雪祠　〔八〕　四〇一
降る雪のその先日暮れ峠の灯　〔八〕　四〇一
さめざめと雪の峠になりゆくよ　〔八〕　四〇一
雪の橋兎の駈けし跡くぼむ　〔八〕　四〇一
雪おとす山禽皿に青野菜　〔八〕　四〇一
船絵馬の百反の帆に雪明り　〔八〕　四〇二
烏賊刺身に雪冷え運ぶ膳のもの　〔八〕　四〇三
雪に駈けてうくわつや弥彦山の白兎　〔八〕　四〇三
雪ひかる佐渡の向うに海暮れし　〔八〕　四〇三
稚児舞の大地踏み鳴る六花かな　〔八〕　四一一
若き汗淋漓と雪夜鼓打つ　〔八〕　四一一
雪田原能のはじめの笛透る　〔八〕　四一一
月山は雪のまぼろし能舞へば　〔八〕　四一二
代々のふいご一基に雪がくる　〔八〕　四二〇
身のうちのきらきらとして雪冷えぬ　〔八〕　四三四
飛ぶ雪に額迎へられ虜へられ　〔駿〕　四四七
ささめ雪青き炎の竹ばやし　〔駿〕　四五三
耳澄んでくる夕ぐれが雪の上　〔駿〕　四五八
雪明り暮れなむとして能舞台　〔駿〕　四五九
みつみつと暮雪降りつむ尉の面　〔駿〕　四五九
雪中の灯り細めし寺に着く　〔駿〕　四五九
雪止みしあとの夜空に声満ち来　〔駿〕　四六五
貝塚に貝の目燦々雪呼べり　〔駿〕　四六五
北に雪ありしときけば夜の柱　〔駿〕　四七一
風呂敷のちりめんにある雪の冷　〔駿〕　四八〇
雪の夜を寝惜しむ耳の澄むばかり　〔駿〕　四八九
雪積むや飛驒にはつりの仏たち　〔駿〕　四八九
雪屋根の厚く波なす平和かな　〔駿〕　五〇一

雪晴（ゆきばれ）
雪晴の塔伸びきつて森雫る　［花］一九二
雪晴や町筋ただす荒格子　［花］二〇五
雪晴やシャンツェの直をもて聳ゆ　［存］三五五
雪晴のロープウェイの暗壺中　［八］三八九
月山の浮雲めくも深雪晴　［八］四一一

風花（かざはな）
ねんねこと雀ふくらみ風花す　［花］一六七
風花となる青空の青き雲　［八］四〇一

吹雪（ふぶき）
聖十字吹雪ける音のロシア文字　［花］一九二
吹雪く夜ははつり仏の木に還る　［花］二〇五
二重窓に夕そそる山雪煙　［鳳］二四二
地吹雪に能たてまつる農一村　［八］三九一
吹雪いては豆腐まつりの深夜の灯　［八］四一二
雪煙やふいにかたへに何の影　［駿］四七二

雪しまき（ゆきしまき）
大地なほ白まず風雪の棕梠騒ぐ　［未］五五

雪女（ゆきおんな）
峠路を行かばこのまま雪をんな　［八］四〇一

しずり（しずり）
水藻青みつ上三之町雪しづる　［花］二〇五

冬の雷（ふゆのらい）
アルミ鍋並ぶ厨に冬稲妻　［未］五四

冬霞（ふゆがすみ）
いまありし夕日の跡の冬霞　［未］五四
冬霞被てまろみたる島の松　［飛］二九六
染寺の夕月の眼に寒霞　［飛］三三三
冬霞ぬくき双手のありどころ　［存］三四三

冬の靄（ふゆのもや）
冬の靄遠目にきまる白帆曳　［鳳］二二七
赤富士に山湖湧きたつ冬の靄　［駿］四七九

冬の虹（ふゆのにじ）
冬の虹たちしあたりを凪とおもふ　［八］四三四

冬夕焼（ふゆゆうやけ）
やがて冬夕焼いろに肩を染め　［未］三一
母のたつる音のわづかに冬茜　［存］三七二
街裏の運河にどつと冬茜　［八］四〇〇
冬夕焼また生くること宥されて　［駿］五〇〇

地理

冬の山（ふゆのやま）
トンネルの滴り山は枯れ尽くし　［雪］一三〇
岳麓枯れ牛ゐるところ草残る　［花］一五四

車輪すでに雪山がかかる響かな　［花］　二〇四
雪嶺呑む濃闇沈みに飛騨盆地　［花］　二〇四
わが一生雪山つなぐ橋に揺れ　［花］　二〇七
句碑青む雪山迫り川近み　［花］　二〇七
雪嶺の白身暁紅顕ちきたる　［花］　二〇七
枯山中朝はかがやく神在してか　［鳳］　二一八
雪山のひと日のうるみ青鳥　［鳳］　二三一
雪山に頬削り来し男なり　［鳳］　二三一
ビル全階灯ともるを見て冬山へ　［鳳］　二四二
雪嶺や右に首垂れイエス像　［鳳］　二四七
聖鐘はひびき納めて雪の嶺々　［鳳］　二四七
冬山中煙の束の炎の初め　［鳳］　二五七
旅ひとり朝日ぬきんで雪の富士　［飛］　二七五
枯山中日ざせばふいに己が影　［飛］　二七五
ふりかへり犬帰りゆく枯山路　［飛］　二七六
冬山中女に着きて合歓の絮　［飛］　二七六
雪山に五体渇きてゆくものぞ　［飛］　二八八
ガレたちまち雪山襞となり真白　［飛］　二九六
空中を来て雪山に熱ミルク　［飛］　二九六
雪嶺の夕日鷲の眼離さざる　［飛］　二九六
濃き影を持ちて入りゆく山の枯　［飛］　三一九
枯木山女松一本たそがるる　［存］　三八〇
太陽の金ンの目つぶし雪山へ　［八］　三八九
雪山に立ち生国を忘れたる　［八］　三八九
星一つ夕雪嶺の現はるる　［八］　三九〇
手をつなぐ星座の中の雪の嶺　［八］　三九〇
雪山をしぼる流速あめのうを　［駿］　四五九
男の名つけし猪の子山枯るる　［駿］　四七九

山眠る（やまねむる）
旧道の苔に厚みて山眠る　［飛］　二九七

枯野（かれの）
枯野中行けるわが紅のみうごく　［末］　一九
枯野わたる洋傘直し児を連れて　［花］　一五四
枯野茫々眠りて過ぎて還らざる　［駿］　四五八
踏み入りし枯野覚めゐる鳥兜　［駿］　四六四

雪原（せつげん）
雪原をたれか旅靴眠るとき　［花］　一六〇
紋服どこまで円空日和の雪原を　［花］　二〇五
影一つだになくて雪原睡くなる　［飛］　二八八
雪原に白顕ち晒す布の丈　［存］　三五六

冬田（ふゆた）
四才のピアノレッスン冬田が聴く　［雪］　一一八
雪の田のしんと一夜の神あそび　［飛］　二八七

水涸る（みずかる）
涸れプール日暮子を呼ぶ声ひびき　［雪］　一一八
渇水期街に女のかひな肥ゆ　［雪］　一二五
安永を刻す御手洗水涸れても　［飛］　三二〇

冬の水（ふゆのみず）
冬の水木樋あふるる裏戸口　［飛］　二九七

寒の水（かんのみず）
寒の水咽喉を通して書きはじむ　［飛］　二七七
寒九の水山国の血を身に覚ます　［飛］　二七八
忌の近し寒の水藻のけむりたる　［存］　三六四
不動堂水にあふるる寒の艶　［八］　四一一

冬の川（ふゆのかわ）
溶銑滓りて窓染む鈍き冬の河　［花］　一六七
沈みたる紅葉の上を冬の川　［飛］　二七六

冬の海（ふゆのうみ）
冬海の紺に胸張り樹の孔雀　［鳳］　二三八
黒潮の弧の張り膨れ冬の沖　［鳳］　二四五
荒鵜の目冬海ばかり見て炎ゆる　［鳳］　二四五

冬の波（ふゆのなみ）
天日も鬣吹かれ冬怒濤　［鳳］　二四五
冬の濤見せに抱きゆく男の子　［鳳］　二四五
漁火を一寒濤の隔てたる　［存］　三五六

寒潮（かんちょう）
冬潮の芥と寄せつキリスト像　［雪］　一三〇

冬の湖（ふゆのうみ）
白帆曳順風に冬湖きらめきて　［鳳］　二三七
牛吼えて夕日朱を垂る冬の沼　［鳳］　二四二
金星の角のばしたる冬の湖　［八］　四二〇

霜柱（しもばしら）
柿納屋に屑もとどめず霜柱　［飛］　三三〇

氷（こおり）
三日月の光る鼻梁の凍りけり　［未］　一七
見えぬものに頷き凍る夜を眠る　［花］　一六〇
厨いまぴしぴし凍る寝そびれゐて　［花］　一八三
ふぶく音一夜に凍る男靴　［鳳］　二四六
蒼き川光きざみて凍らざる　［飛］　二八六
氷上に出でぬ未来を行くごとく　［飛］　二八九

氷柱（つらら）
湖畔村つららの刃ゆるむなし　［飛］　二八八
廃屋や一夜に曲る軒つらら　［八］　三九〇

冬滝（ふゆだき）
凍滝の氷柱己を封じたり　［花］　二〇四
冬の滝わが怨念を打ちひびく　［飛］　三三〇
一山に滝の音声冬こだま　［飛］　三三一

いんいんと髪一筋も滝の冷え　[飛]　三二一
冬の滝朝日夕日もなき巌　[飛]　三二一

氷壁（ひょうへき）
雪壁の夜の暗さがみちびけり　[八]　四一二

氷湖（ひょうこ）
対岸は昼も暮れ色結氷湖　[飛]　二七九
老画家とゆく落日の氷湖の辺　[飛]　二七九
天仰ぐほかなし氷湖の真中は　[飛]　二八九
氷盤のただ中円に載る乙女　[存]　三五五
虹いろの魚釣る氷湖の真ン中に　[八]　四〇二

狐火（きつねび）
狐火の三つ四つ湯ざめしてをれば　[八]　三九一
狐火のまこと赤きがゆらぎづめ　[八]　三九一

生活

ジャケツ（じゃけつ）
海女となるべき髪ゆたかな子赤ジャケツ　[雪]　一三〇
雨露の山ジャケツ真赤な伐採夫　[存]　三五三

外套（がいとう）
外套にしみもせざりし時雨なる　[未]　二二
肉の断面硝子に赤し外套古る　[雪]　一二八
雪を待つ外套ことに色深きは　[花]　一五四
外套の灯影膨らむいのちぬくし　[花]　一八三

蒲団（ふとん）
雑木山透くことはやし干蒲団　[未]　六四

衾（ふすま）
虚実なく臥す冬衾さびしむも　[未]　四七
冬衾終の日までは花鳥被て　[駿]　四八〇

毛布（もうふ）
こやる身に毛布は厚し誰もやさし　[未]　三七
夜の素顔毛布に埋み虫めくも　[鳳]　二二八

着ぶくれ（きぶくれ）
砂浴ぶ鶏と同じ日向に着ぶくれて　[未]　五四
小児科や母似の目鼻みな着ぶくれ　[雪]　一〇三
着ぶくれて父老い深む母病めば　[花]　一六六

雪袴（ゆきばかま）
祭衆腕組んで来る雪袴　[八]　四一二

冬帽子（ふゆぼうし）
冬帽に空載せ赤き童女連れ　[雪]　一〇一
白き塑像の股間をめぐる寒き帽　[雪]　一二八

防寒帽（ぼうかんぼう）
雪帽子浮きいで過ぐる常灯籠　[飛]　三一二
穴釣や毛帽子の瞳がうごきゐる　[八]　四〇二

手袋（てぶくろ）
手袋と紙幣使はずして病めり　［末］　二三
うすき手袋はめて変貌手にはじまる　［花］　一六一
足袋（たび）
脱ぎし足袋冷えてよごれの目立つかな　［末］　四七
病上り白足袋ゆるく人と逢ふ　［末］　五三
足袋白く農婦に待たれ橋渡る　［末］　六四
足袋をぬぐ母ゐる夢のわが家なる　［八］　四三四
雪沓（ゆきぐつ）
雪靴に木の床鳴らすビール館　［存］　三五五
毛糸編む（けいとあむ）
薔薇暮るる毛糸明りに編みゐしが　［末］　六五
納豆（なっとう）
北に凶作納豆の苞青残る　［雪］　一一〇
焼薯（やきいも）
石焼芋の釣銭灼けて星一粒　［花］　一五九
寒餅（かんもち）
湖畔よりとどく寒餅ひび割れて　［花］　一五九
寒餅に焦色すこし母すこやか　［鳳］　二三八
身をかけし刃のしづみゆく寒の餅　［飛］　三三二
餅（もち）
幸福といふ語被せられ餅焦がす　［雪］　一〇一
病篤き手を握り来て夜の餅　［雪］　一〇二
熱き餅腹中にあり泥濘越ゆ　［花］　一六六
こどものこゑ触れてふくらむ網の餅　［花］　一八三
餅焦げし匂ひ洩らして灯を洩らさず　［鳳］　二四四
いただきて燠のほてりの五平餅　［飛］　二七七
朴の葉の枯色つつむ餅の肌　［存］　三六二
餅焼く香父母へながれてゆくものぞ　［駿］　四五八
葛湯（くずゆ）
山塊を闇に近づけ葛湯吹く　［駿］　四七一
鴨汁（かもじる）
鴨食ふや比良八荒の余り風　［存］　三七四
首すぢに田の冷えのこり鴨の鍋　［駿］　四八一
薬喰（くすりぐい）
山よりも湖の漆黒薬喰　［駿］　四七九
風呂吹（ふろふき）
母が待つ風呂吹ゆずの一ト袋　［存］　三五三
寒卵（かんたまご）
朝はたれもしづかなこゑに寒卵　［末］　六五
寒卵わが晩年も母が欲し　［花］　一九三
冬籠（ふゆごもり）
心音てふ身内の音に冬ごもる　［駿］　五一一

霜除（しもよけ）
霜除の藁のかこふ闇ぬくからむ　［花］　一七三
雪囲（ゆきがこい）
雪囲ふ昏みしんしん湯の滾り　［飛］　二九七
山日輪神も丈余の雪囲　［飛］　二九八
日当つてゐて応へなし雪囲　［存］　三五八
雪囲まだ新雪の明るさに　［八］　三八九
精進の膳こまやかに雪囲　［八］　四一二
雪吊（ゆきつり）
雪吊のかくて日月峡わたる　［駿］　四五八
雪踏（ゆきふみ）
雪踏んで来し母の夢熱の中　［駿］　四四七
雪晒し（ゆきさらし）
雪晒し夜は凍み晴れの星絣　［存］　三五七
寒燈（かんとう）
寒灯のわれ縛さんとするに耐ふ　［未］　一九
冬の灯に寝るまでの顔かがやかす　［未］　三八
寒灯下重ね了りし皿の規矩　［雪］　一〇〇
情無しに透いて冬灯の笠の裏　［雪］　一〇一
寒灯を反す竹幹穂の真闇　［雪］　一〇二
寒灯に散る喪帰りの浄め塩　［雪］　一一一
寒灯が知るのみの影印し去る　［花］　一八三
齢加ふるごとくに冬の灯を増やす　［花］　二〇三
十指の爪ひそかに冬灯をひとつづつ　［鳳］　二五九
冬の灯に引き潮疾き運河橋　［八］　四〇〇
障子（しょうじ）
障子いま没日を近む膝がしら　［存］　三七八
蒼海のうねりや障子閉ざしても　［駿］　四四六
暖炉（だんろ）
夕暮の厭人ぐせに煖炉噴く　［雪］　一〇三
暖房（だんぼう）
煖房車に裾よりぬくみ衆の一人　［雪］　一二九
ストーブ（すとーぶ）
患者の前灼けストーブに投炭す　［雪］　一〇三
灼熱のストーブに鳴かれ銭払ふ　［雪］　一二八
ストーブの火口見惚るる山の駅　［飛］　二九七
炭火（すみび）
炭火の香うつり易しや若き掌は　［未］　六五
炭火あればすぐにも火照る勝気性　［花］　一六〇
埋火（うずみび）
堂暮れて天明の闇埋火に　［飛］　二八五
炬燵（こたつ）
熱き炬燵抱かれしころの祖母の匂ひ　［未］　四八
炬燵辺よりわれ呼ぶ声に従へり　［雪］　一〇〇

炉（ろ）
船図ひろぐる父と弟に炉火赤し　［未］　二二
炉に伸びず傷つき厚める農の掌は　［未］　六五
炉にあまゆ山霧を来し膝頭　［飛］　二七四
炉火明り身重の嫁がうしろ過ぐ　［飛］　二七四

榾（ほた）
瞼腫るるまでの榾火を欲れば雪　［花］　一九二

冬扇（ふゆおうぎ）
司名の播磨、武蔵の冬扇　［八］　三九二

冬耕（とうこう）
冬耕の雑木に隠れもう見えず　［鳳］　二五八
あたたかき島冬耕の縞目被て　［存］　三四三

大根干す（だいこんほす）
掛大根照るにもあらず岩襖　［飛］　二九七

狩（かり）
杉山へ猟夫のごとく深入りし　［飛］　二七六
柚子山にけふ点睛の猟銃音　［存］　三五二

熊突（くまつき）
熊鍋を神と食す夜の奥出雲　［駿］　四八七

牡蠣剝く（かきむく）
牡蠣むくや日焼けし顱頂かたむけて　［未］　六七
女たち牡蠣の沈黙打ち割つて　［存］　三四二
牡蠣打場真白き船の過ぎゆけり　［存］　三四二

牡丹焚火（ぼたんたきび）
みちのくの闇のおもさの牡丹焚く　［存］　三八〇
うらがへる青炎に暮る牡丹焚　［存］　三八〇
遠き日の牡丹焚火の入日寒　［駿］　四七九
暮れぎはの小雪面に牡丹焚　［駿］　四七九
ただ中の紫炎青炎牡丹焚　［駿］　四八七
牡丹供養の天衣の焔ひるがへる　［駿］　四八七
枯れ木を手ごとに入れよ牡丹焚　［駿］　四八七
尉となる百年榾の牡丹焚　［駿］　四八七
邂逅や牡丹供養の輪の中に　［駿］　四八七

紙漉（かみすき）
一ト日暮る紙楮打つ夫紙漉く妻　［飛］　三一二

寒紅（かんべに）
点睛の寒の紅ともおもひつつ　［駿］　四五八
鴨たべし口に寒紅足してをり　［駿］　四八一

焚火（たきび）
どこへ飛ばんとするか焚火に両手ひろげ　［花］　一六六
朝日冷たき栄光焚火すぐ黒く　［花］　一六六
焚火の焔揺るる眼に男来る　［花］　一七三
焚火中身を爆ぜ終るものあり　［鳳］　二五七
木寄場にむらさき上げて朝焚火　［飛］　二七六

夜焚火の炎見つめて影となる [飛] 二八六
焚火火の粉のぼりすぎしを空が消す [存] 三七二
火の番（ひのばん）
寒柝を打つて響に守られゆき [未] 三九
夜番の柝凍て呼びあうて氷柱太る [花] 二〇六
道心小屋出でて雪踏む夜番の柝 [飛] 三二二
火事（かじ）
山彦を連れて半鐘防火の夜 [飛] 二七五
ぞろぞろと丘にのぼりぬ昼の火事 [駿] 五一一
雪像（せつぞう）
雪像の前の離合も雪晴れて [存] 三五六
スケート（すけーと）
スケートより戻りて脛のまた伸びし [飛] 三二一
風邪（かぜ）
風邪ごゑを常臥すよりも憐れまる [未] 三二
風邪の疲れ夜の昏さにかくまへり [未] 三三
風邪の身に疲れ加はる憎しめば [未] 三四
食塩をすくふ風邪気の匙の尖 [未] 三八
風邪の背に夕映の刻迫りをり [未] 三九
風邪熱に昼夜形なきもの通る [雪] 一〇〇
風邪十日さつさと人の訃が踰えぬ [雪] 一〇一
牡蠣の腸動きをつまみインフルエンザ [雪] 一一〇
流感一家に紺の荷がちの薬売 [雪] 一一五
駅頭いまも混まむ流感執拗な [雪] 一二〇
風邪癒えて目鼻に隙のかき消えぬ [雪] 一二〇
母へ子を還せば胸に風邪宿る [雪] 一二七
翳り易き横顔風邪とのみ言へる [花] 一五九
風邪五日看板なまなま書きかへられ [花] 一六〇
髪切虫角もてあそぶ風邪の眼に [花] 一六四
風邪の子の熱退けばすぐさわがしき [鳳] 二五八
月の夜の喉に角もつ風邪薬 [存] 三七九
風邪の身に運河渡れば坂が立つ [存] 三七九
風邪の身の熱き目覚めに木花咲く [八] 四〇二
咳（せき）
父咳けば深夜日本の家かなし [未] 四六
荒廃に身を任すごと咳の谷 [花] 一六七
荒星の揺れ堕ちんとし咳誘ふ [花] 一六七
咳に荒れし胸の不毛に粉雪欲し [花] 一六七
うつつなく咳いては谷の雪深む [八] 四〇一
咳一つしてあかつきをぬくみけり [駿] 四八〇
咳地獄抜けて凡なる日が戻る [駿] 四九六
風邪の神咳を飛ばして気負ひをり [駿] 四九六
息白し（いきしろし）
荒涼たる星を見守る息白く [未] 一七

枯野の日の出わが白息の中に見る　[未]　二三
白ラ吐息見つつ姉たらず友たらず　[未]　三三
マラソンの余す白息働きたし　[雪]　一一七
白息となるをショールに封じゆく　[飛]　二八六

悴む（かじかむ）
かじかみてぬくみきるまで口つぐむ　[未]　三〇

懐手（ふところで）
懐手すぐぬくもるや疲れたり　[未]　六四

雪眼（ゆきめ）
クラーク先生かすむ雪眼をもて見ゆ　[存]　三五五
一日の雪眼おもたく雪の橋　[存]　三五五

木の葉髪（このはがみ）
木の葉髪ちぢれ剛くてリアリスト　[雪]　一〇八
うつくしき言葉のひとつ木の葉髪　[駿]　五〇八

日向ぼこ（ひなたぼこ）
この日向にとざされ忘れられゐるも　[未]　三二

年貢納（ねんぐおさめ）
郷倉に一揆書き留む菊俵　[存]　三六二

年用意（としようい）
紐ひとつ彩さだむるも年用意　[駿]　四七九

年忘（としわすれ）
年忘れ地にちかぢかと笹鳴けり　[鳳]　二五七

行事

七五三（しちごさん）
観音堂夕月ごろの七五三　[存]　三五三

羽子板市（はごいたいち）
裾冷えて母と羽子板市の灯に　[飛]　二八六

柚子湯（ゆずゆ）
母にちかづくことの柚子湯をわかしをり　[駿]　四七二
みほとりに持仏のやうな冬至柚子　[駿]　五一一

追儺（ついな）
父が来る鬼やらひたる夜の夢　[存]　三八〇

豆撒（まめまき）
身を曲げて足袋脱ぐ豆を撒きし闇　[花]　一七三
年豆に固きも混る如何なる年　[花]　二〇七

酉の市（とりのいち）
三の酉舌に冷たき鮨の貝　[花]　二〇三

神楽（かぐら）
千木の家に星座うつりて神楽笛　[存]　三七三
をろち神楽の太鼓でんでん酔ひ発す　[駿]　四八七

夜神楽（よかぐら）
雲海に嶺々を沈めて夜の神楽　[存]　三七三
夜神楽にいつ加はりし雨の音　[存]　三七三

夜神楽宿すでに暁けゐし牛五頭　［存］　三七三

黒川能（くろかわのう）
雪が雨に雨が霰に黒川能　［八］　三九二

除夜の鐘（じょやのかね）
夢寐の間に母わたりゆく年の鐘　［存］　三七一
世に倦みしごとくに咳けり除夜の鐘　［駿］　四九六
生き過ぎしごとき狼狽年の鐘　［駿］　五〇〇

クリスマス（くりすます）
人生の賭なく聖夜鶏むさぼる　［花］　一五四
胸もとのかゆきも恩寵聖夜ねむし　［鳳］　二四三
知り人にあふも巷のクリスマス　［八］　三九九

芭蕉忌（ばしょうき）
霖雨の旅の一歩に芭蕉の忌　［駿］　四九九

一茶忌（いっさき）
伸してころがし伸して蕎麦打つ一茶の忌　［八］　四一九

動物

冬の鹿（ふゆのしか）
身を舐めて鹿に冬の斑あらはる　［存］　三四三

狐（きつね）
狐鳴く闇たつぷりと北の国　［八］　三九一

鷹（たか）
鷹を見ず馬力ぽくぽく伊良湖岬　［鳳］　二四四
絶海に崖隆起して鷹呼べり　［存］　三七一

寒禽（かんきん）
冬鶺鴒舟すれちがふ医者通ひ　［鳳］　二三七
寒禽の目覚めよき声一直線　［存］　三四四

寒雁（かんがん）
寒雁の一羽おくれし四羽の空　［八］　三九〇
淋しさの一生病みつつ寒の雁　［駿］　四九六

冬の鵙（ふゆのもず）
言ふも悔言はざるも科寒の鵙　［鳳］　二五九

冬の鶯（ふゆのうぐいす）
すぐき刻む藪うぐひすも来るころか　［鳳］　二四六
腰貼の暦貞享藪うぐひす　［鳳］　二六二

笹鳴（ささなき）
隠れ滝地にやこもりぬ笹子鳴く　［飛］　三三一
笹鳴をちりばめてゐる山の音　［八］　四一一
笹鳴や篠山をくる小学生　［八］　四一一
笹鳴を父母に代りて聞くことも　［駿］　四七二

寒雀（かんすずめ）
ピアノの音絶えぬ嘴とぐ寒雀　［未］　三九
安静時間扉口にも降り寒雀　［雪］　一一七

水鳥（みずとり）
浦波にわが頸ほそる水鳥も　［鳳］　二一七
鴨（かも）
鴨の陣夜を放ちたる沼の蒼　［鳳］　二四二
鴨・鳰・鴉生きのだみ声水神に　［鳳］　二四四
鴨の声坂に行きあふ男一人　［鳳］　二四四
音もなく過ぐるマラソン鴨の声　［駿］　四八〇
鴨のこゑそのうしろより闇のこゑ　［駿］　四八六
鴛鴦（おしどり）
鴛鴦の水一枚石に汀尽く　［飛］　二七八
鴛鴦の水その奥にして紅葉濃し　［駿］　四六四
千鳥（ちどり）
千鳥鳴く凪の千里の月夜かな　［存］　三五六
千鳥きく白足袋砂に埋めゐて　［存］　三五六
白鳥（はくちょう）
にぎやかに湯浴む白鳥睡るときを　［花］　一七二
水平ら巨き白鳥浮くかぎり　［鳳］　二二九
白鳥の浮寝平らに森の雲　［飛］　三〇一
白鳥の風に首たて朝日の帆　［飛］　三〇一
白鳥の抜羽白妙女なるべし　［八］　三九三
鱈（たら）
鱈汁や鼻先にまだ夕の凍　［八］　四〇三

氷下魚（こまい）
穴釣に夕日射し入る酒の瓶　［飛］　二八九
寒鯉（かんごい）
寒鯉の生き身をはさむひとの前　［鳳］　二三一
魦（いさざ）
いさざ煮て厨にこゑをはばからず　［存］　三七一
牡蠣（かき）
母病めば牡蠣に冷たき海の香す　［未］　四八
縄文の海の匂ひの生々の牡蠣　［存］　三四二
冬の蝶（ふゆのちょう）
日向歩む冬の白蝶覚ましつつ　［未］　六四
凍蝶のふと翅つかふ白昼夢　［飛］　三三〇
綿虫（わたむし）
綿虫を前後左右に暮れはじむ　［未］　三三
綿虫に恋より友の欲しき日ぞ　［鳳］　二六〇
冬の蚊（ふゆのか）
冬の蚊のかそけきこゑのかそけく来　［存］　三五二

植物

冬至梅（とうじばい）
朝日より夕日こまやか冬至梅　［存］　三四三

寒梅（かんばい）
寒紅梅にごりて息の出でくるも　［鳳］二五八
帰り花（かへりばな）
散りゐしを忘れられをり返り花　［八］三九九
白日の一語に触れし返り花　［八］四〇九
室咲（むろざき）
眠れぬに室花夜もこもり香や　［鳳］二五九
室花に眠りひたすら世に隔つ　［駿］四五三
冬桜（ふゆざくら）
やや痩せて襟元しまる冬桜　［鳳］二五七
神域におもひのたけの寒桜　［飛］三一三
冬桜ひと視たる眸をまた閉づる　［駿］四八〇
ゆきゆきてひとにはあはず冬ざくら　［駿］四八一
冬桜その辺に逢ひし人知らず　［駿］五〇一
瞑ればこぼれてやまぬ冬桜　［駿］五〇一
冬木の桜（ふゆきのさくら）
遠の枯木桜と知れば日々待たる　［未］一七
南谷日向かをらす枯桜　［飛］二九七
枯桜枝垂れて海を蔽ひたる　［存］三八一
冬薔薇（ふゆばら）
ちからある冬曙の薔薇ふくらむ　［未］六四
もう虫の来ぬ冬薔薇へ鼻近づく　［雪］一二八
冬薔薇やわが掌が握るわが生涯　［花］一五四
冬の薔薇ひとりの刻のあれば拠る　［鳳］二二八
一輪の薔薇くれなゐの寒気かな　［駿］四九六
冬牡丹（ふゆぼたん）
天翔けりきぬ寒牡丹一輪に　［飛］三一二
解けがたき尖り秘色の寒牡丹　［飛］三一二
藁苞のうす闇ふるふ寒牡丹　［飛］三一二
寒牡丹日ざせばねむき野の霞　［飛］三一二
二上山に落日を呼び寒牡丹　［飛］三一二
寒牡丹かすみ出でゆく葬の輿　［飛］三一二
寒牡丹ふところぬくむ陀羅尼助　［飛］三一三
寒牡丹地中に伽藍荘厳す　［飛］三一三
目薬に蒼みし眼寒牡丹　［駿］五〇〇
侘助（わびすけ）
侘助一枝賜ひし風の夜の往診　［花］一六八
侘助の短かき一枝鶴首に　［駿］五一二
山茶花（さざんか）
山茶花や掃けば日向へ逃ぐる塵　［雪］一一〇
白山茶花虻つきてより潤へり　［鳳］二二六
白山茶花水路一すぢ朝の香に　［鳳］二二七
さざん花の長き睫毛を蕊といふ　［八］四一九

柊の花（ひいらぎのはな）
父とありし日の短さよ花柊　[花]　二〇三
柊の花こぼれつぎ外出のみ　[花]　二〇三
柊の花の匂ひを月日過ぐ　[飛]　三〇九
花柊こぼれぬ父がよぎりしか　[飛]　三〇九
花ひひらぎ寝顔死顔にはあらず　[飛]　三〇九
柊や門灯に透く家守の手　[飛]　三一七
柊の昼の闇より花こぼる　[飛]　三一八
花柊雲が孕みし星一つ　[飛]　三一八
花柊歩きし夢に母疲れ　[存]　三六三
柊の花や身ぬちのうすあかり　[存]　三七九
花柊あかつきの灯をぽとともす　[八]　四〇〇

茶の花（ちゃのはな）
花茶垣井水汲む音弾みゐて　[未]　六三

仙蓼（せんりょう）
風吠えて一人の僧と山千両　[飛]　二九六

蜜柑（みかん）
蜜柑摘む指もて乙女いま縫ふ刻　[雪]　一三〇
海見えずして海光の蜜柑園　[存]　三四一
みかん山雉子が尾を曳く猟期まへ　[存]　三四一

橙（だいだい）
一団の男背黒し橙照る　[雪]　一一七

朱欒（ざぼん）
ザボン剝くじんじん熱き瞼かな　[未]　二二

冬紅葉（ふゆもみじ）
降り込める雪の奈落の紅葉谿　[飛]　二九五
墓所一つなき島山の冬紅葉　[存]　三四二

紅葉散る（もみじちる）
紅葉散る崖下に火を焚きをれば　[花]　一八三
散り紅葉夜は天上のきらら星　[飛]　二七五
散り紅葉けものの糞に夕微光　[存]　三四二
散り尽すまでは欅のやすまらず　[八]　三九九
もう散る葉なくて日当る墓どころ　[八]　四二〇

落葉松散る（からまつちる）
こんじきに日を呼んで散るからまつは　[花]　一八二
疲れ身のいのち染めつつからまつ散る　[花]　一八二
からまつ散るそれだけのこと涙いづ　[花]　一八二
からまつ散る縷々ささやかれゐるごとし　[花]　一八二
からまつの散る音たまりゆき日暮　[花]　一八三
からまつ散るぽろんぽろんとピアノ鳴り　[花]　一八三
からまつの散る音をゆき湖の青　[駿]　四七八

木の葉（このは）
木の葉降る家一年の襤褸ためて　[雪]　一一六
泥濘をガソリン汚し木の葉降る　[雪]　一一七

汲み水の濃き青空へ木の葉散る　［飛］　三一九
木の葉降り池心の眼ひかりけり　［存］　三七八
胞衣塚に散りし一と葉のうすみどり　［存］　三八〇
金色の木の葉しぐれの並木みち　［八］　四〇九
木の葉散る金色に刻染まりつつ　［駿］　四五二

落葉（おちば）

けもの来て何囓みくだく夜の落葉　［未］　五三
落葉掻く一心老の見返らず　［未］　六五
皺ふかき笑ひ落葉を了へし樹下　［雪］　九九
幼手にぐんぐん曳かれ落葉鳴らす　［雪］　一一五
槙落葉寺のしぐれを燃やすなり　［花］　一九〇
ひとしきり落葉男を清潔に　［鳳］　二三五
落葉掃く母ありてかく青き空　［鳳］　二五七
関址の栗落葉付く草履裏　［飛］　二九七
落葉の峠さむがる運転士　［飛］　二九七
木の葉浴ぶ羽織模様も落葉して　［存］　三五三
踏み下る音の落葉の夕湿り　［存］　三七九
土の香を覚ます日暮の落葉掃き　［八］　三九九
一茶眠るおらが落葉の積落葉　［八］　四一九
落葉や真青き一湖余したる　［八］　四二〇
落葉にけむり一すぢ湖畔村　［八］　四二〇
山繭のみどりを天に積み落葉　［八］　四二〇
俄かなる落葉一樹にのみはげし　［駿］　四五二
関跡やしぐれ音なき積落葉　［駿］　四八七
昨夜の雨落葉に色の戻りをり　［駿］　五〇五
落葉掃く音の変りし石畳　［駿］　五〇五
落葉浴ぶやりのこすことなきやうに　［駿］　五〇八

朴落葉（ほおおちば）

朴落葉浸る泉を峠口　［存］　三六一
錫杖岳や朴葉拾ひの眉の上　［存］　三六一
真向の五竜岳くろがね朴落葉　［駿］　四四六
足跡のごとき朴葉を石の上　［駿］　四五七
向かう山の朴の落葉を朝の音　［駿］　四六四
仏心をさそふ香にたち朴葉焚　［駿］　四九四

冬木（ふゆき）

冬欅父は明治を長く経にき　［未］　二三
冬木堅し昼月からうじて光る　［雪］　一一七
父呼べば亡きことたしか冬の幹　［鳳］　二二八
空仰ぐ冬木のごときギブスの身　［鳳］　二五八
田を底に冬木籠りの一部落　［八］　四一〇
大冬木われより先の世に在りし　［駿］　五〇五

名の木枯る（なのきかる）

月あれば白雲集ふ枯ポプラ　［鳳］　二三七
枯ポプラ茫々墓へ道曲る　［鳳］　二六〇

わが家より北に木が聳ち枯ポプラ　〔鳳〕　二六〇
一本のポプラ枯るるを北の景　〔飛〕　三〇九
はればれと港通りの枯銀杏　〔八〕　四〇〇
丘なして土の明るさ枯ぶだう　〔八〕　四〇〇
小さき火の見に小さき半鐘枯ぶだう　〔八〕　四〇〇
欅大樹の裸すつくと嬰を迎ふ　〔駿〕　四八八

枯木（かれき）

眠り足る裸木の艶根に通ひ　〔雪〕　一〇三
森の枯木のむらさき愛し入り行かず　〔雪〕　一二〇
われ摑む影は何本目かの枯木　〔花〕　一五四
一羽見えてより枯枝の眼白たち　〔飛〕　二七六
枯木に日死は何ごともなきやうに　〔駿〕　四六三

冬枯（ふゆがれ）

枯丘かよふ主婦の前掛風煽る　〔未〕　五五
酌みし酒身めぐる重さ枯れ迫る　〔雪〕　一一七
一茎の鶏頭枯崖しりぞけつ　〔花〕　一六六
枯尽し午後ぬくきこと恃みなる　〔花〕　一七三
馳り来て怒濤身を打つ枯の涯　〔鳳〕　二四五
枯れをゆく杣の脚絆の飛ぶごとし　〔飛〕　二七六
蹈みゐて枯れの端より鵙の声　〔飛〕　二八六
四、五本の白樺明晰枯るる中　〔飛〕　二八六
窯守の仮眠にぬくむ枯大地　〔飛〕　三一〇
丹の塔を西より照らす枯ぼたん　〔飛〕　三二三
枯崖に月光透るさやぎとも　〔存〕　三六三
枯れ寄する長城万里いのち惜し　〔八〕　四三二
竹林のかなた金色枯世界　〔駿〕　四五八
枯れ色の先の白壁みな夕陽　〔駿〕　五〇五

霜枯（しもがれ）

霜枯の頭おもたき富士薊　〔駿〕　四七九

冬芽（ふゆめ）

冬芽粒々水より空の流れゐつ　〔鳳〕　二四四
ふりかへる暦日ありし冬木の芽　〔八〕　四三四

冬柏（ふゆかしわ）

陶工の紺足袋ぴつちり枯柏　〔飛〕　三一〇

冬苺（ふゆいちご）

とくとくの心音賜へ冬苺　〔花〕　一七四
硝子器に日の落し子の寒苺　〔鳳〕　二六〇
冬苺引けば枯山やや動く　〔飛〕　二七六
神々の足音峡の冬苺　〔存〕　三七三

水仙（すいせん）

水仙の日向きらりと貝の殻　〔花〕　一八四
隠れ里水仙の香に薫じゐて　〔八〕　四一一
見まはして一と間ひとりの水仙花　〔駿〕　四七三

枯芭蕉（かればしょう）
四、五本の夕日の柱枯芭蕉　[飛]　三一九
枯蓮（かれはす）
雪晴の青さ腰折る枯蓮　[雪]　一一八
冬菜（ふゆな）
冬菜きざむ音はや鶏にさとられゐて　[未]　四七
江田島や玉巻く冬菜父の声　[存]　三四二
白菜（はくさい）
風に抱へよき白菜の胴丸は　[雪]　一一〇
大根（だいこん）
大根の肩がさむがる山の月　[存]　三五三
麦の芽（むぎのめ）
土塊を規す青さに芽麦揃ふ　[雪]　一〇三
冬草（ふゆくさ）
落柚子の沈みし冬の草の丈　[存]　三五二
雪ならぬ雨のしづかに冬の草　[駿]　五〇五
名の草枯る（なのくさかる）
枯れし萱枯れし萱へと猫没す　[未]　五五
枯萱や猫鳴き寄れど気に入らぬ　[未]　五六
鮮黄の毛虫聖なり日の枯萱　[未]　五八
鳥兜むらさき濃くて枯れきれず　[駿]　四六三
草枯（くさがれ）
草枯へ使ひあまりの氷塊を　[未]　五三
枯草の谷へなだるる川雪隠　[飛]　三三一
枯蘆（かれあし）
葦枯れて虹の触れざる冬の水　[未]　四六
車掌の靴下赤く葦枯る工区のバス　[雪]　一一六
女芦男芦女芦の中の枯日輪　[駿]　四六五
枯芦原に墓ありて雪残りたる　[駿]　四六五
熱気球の火をこぼしゆく枯芦原　[駿]　四六五
枯れがれて葭の髄まで夕日滲む　[駿]　四九五
疲れ身を帯すべり落つ葭枯れて　[駿]　四九五
枯萩（かれはぎ）
紅萩といふ枯叢を刈りをる音　[花]　一七二
枯尾花（かれおばな）
芒叢女人を隠す丈に枯る　[花]　一七三
うごくものに深雪峠の枯芒　[飛]　二八八
枯芝（かれしば）
枯芝に竹笛吹いて芽を誘ふ　[雪]　一二〇
石蕗の花（つわのはな）
尼寺の蝶花石蕗の光輪に　[花]　一六五
石蕗は冬の蕾かたくし潮音寺　[鳳]　二四五
石蕗の花胎蔵界の蝶飛び来　[駿]　四七二

滑子（なめこ）
昏きよりなめこを摑む女の手　[飛]　三一八

新年

時候

新年（しんねん）
一羽鳩腋しろがねに年新た　[未]　六六
年新たな凍み足袋裏を堅くせり　[花]　一七三
年新たな白よ餅、紙、椿など　[飛]　二七七
風邪寝の掌年新しき空気載る　[飛]　三二一
年明くる目覚めの水輪胸中に　[存]　三五三
来ン年の日向をも恋ひ雪も恋ふ　[八]　四一〇

正月（しょうがつ）
あかつきの水仙の香の喪正月　[八]　四三三

去年（こぞ）
栄光のごとき船笛去年今年　[存]　三四三

元朝（がんちょう）
元旦の靄立つ五十路まくれなゐ　[飛]　二九八
つねの声にして元旦の己がこゑ　[駿]　四四七
元朝や端座せよとて新畳　[駿]　四五七
てのひらにくれなゐをよぶ大旦　[駿]　四五八
紅顔の雪富士となり大旦　[駿]　四七九

七日（なぬか）
人日の椀に玉子の黄身一つ　[駿]　四五八
人日やにぎたまもまた臓のうち　[駿]　四八〇

天文

初明り（はつあかり）
犬一匹加はる家族初明り　[飛]　二九九
柊の一樹を通る初明り　[飛]　三二一
初明り仕舞扇の金の襞　[飛]　三三三
初明りしてよりどつと深眠り　[駿]　四六四

初日（はつひ）
初日影幼児の涙泉なす　[花]　一六六
沖の雲初日千条奔らする　[飛]　三一〇
初日の出光こぼさぬ大円盤　[存]　三五四
大風の夜を吹きはらひ初日の出　[駿]　四六四

初空（はつぞら）
子の髪に昼月重ね初御空　[花]　二〇四

初凪（はつなぎ）
初凪の沖わたりゆく己が影　[飛]　三一〇
初凪に見果てぬ空の架りけり　[駿]　五〇〇

御降（おさがり）
お降りにひかりつたうて天地明く　［存］　三四三
ひそひそとお降り母は昼も睡り　［存］　三四四
お降りに覚めて旅めく風邪寝かな　［駿］　四九六

生活

春着（はるぎ）
帯締めて春著の自在裾に得し　［鳳］　二四三
春著脱ぎ暮るる寒さの奥点す　［鳳］　二四四
春著の娘妙と呼ばれて振り向くも　［飛］　二八七
春著はや亡母に見するべくもなし　［八］　四三四
年酒（ねんしゅ）
加賀獅子の箸置そろへ年酒かな　［駿］　五一一
年の餅（としのもち）
餅が敷く裏白楪病に死ぬな　［雪］　一〇二
さわがしき子ら餅腹となりしかな　［花］　二〇四
雑煮（ぞうに）
雑煮椀双手に熱し母は亡し　［駿］　四五三
海山のものの重みを雑煮椀　［駿］　四五八
太箸（ふとばし）
太箸の素きが母に長かりき　［存］　三七二
注連飾（しめかざり）
お飾りの青き香父祖の鬚の香か　［雪］　一二九
蓬莱（ほうらい）
しろじろと高野の紙の掛蓬莱　［八］　四一〇
鳥総松（とぶさまつ）
坂下の医院の午前鳥総松　［花］　一八三
餅花（もちばな）
餅花に立てば触れしよ旅の髪　［花］　二〇六
蔵書ぎつしり餅花傘をひろげけり　［花］　二〇六
餅花に一夜をたのむ山の宿　［飛］　二八六
初暦（はつごよみ）
初暦易々と過ぎにし病七日　［鳳］　二五八
初湯（はつゆ）
初湯出で青きを保つ百合の芯　［花］　一五九
初湯してその夜の粉雪降りこめぬ　［駿］　四六四
初湯して遠き若さのよみがへる　［駿］　五〇〇
初鏡（はつかがみ）
初鏡見えざるものに対ひゐて　［駿］　四七二
初夢（はつゆめ）
初夢のあひふれし手の覚めて冷ゆ　［鳳］　二五八
初夢の母の瞳の中にゐて　［駿］　四四七

初刷（はつずり）
初刷の真赤な日の出佳かりけり　［駿］　四五二
読初（よみぞめ）
双六めく盲暦を読初に　［鳳］　二五八
日記初（にっきはじめ）
初日記充たすもの何欠くるは何　［鳳］　二二八
仕事始（しごとはじめ）
初鋳吹きの溶銑に使はれて男ひかる　［花］　一六六
羽子板（はごいた）
羽子の白いまだ暮色にまぎれず突く　［雪］　一一〇
手毬（てまり）
老い下手や綾の手毬をたなごころ　［駿］　四七二
破魔弓（はまゆみ）
一本の破魔矢の白の暁気かな　［存］　三五四
一条の破魔矢射込まる己が闇　［存］　三五四

行事

元日節会（がんじつせちえ）
国栖奏や葛巻き締む丸柱　［飛］　三一二
もみ、うぐひ、一夜甘酒、国栖舞へり　［飛］　三一二
若水（わかみず）
若水をはじきほのぼのたなごころ　［八］　四〇〇

七種（ななくさ）
見るのみの芽の七種のとほき名よ　［鳳］　二二八
七種かご柔髪ふるるまでかがみ　［飛］　二七七
風邪臥しに七種籠のうすみどり　［飛］　三一二
七種のみどり細しき一籠かな　［存］　三四四
七種をさげ身に余る長柄籠　［存］　三五四
七草の長手の籠の天地かな　［駿］　四五八
赤ン坊も七草の芽も嫩し柔し　［駿］　四八八
奈良の山焼（ならのやまやき）
山焼の一夜の紅蓮奈良に雪　［駿］　四八八
辻曲るとき山焼の火の手かな　［駿］　四八八
焼きのぼる火や山頂に相擁す　［駿］　四八八
葺き余す瓦を屋根にお山焼　［駿］　四八八
人幾世お山焼くこと繰返す　［駿］　四八八
走り火の遅速の山を焼き尽す　［駿］　四八九
奈良の闇焼きたる山の闇加ふ　［駿］　四八九
山焼きし末黒にやさし朝の雪　［駿］　四八九
山焼の炎中にはかに塔の影　［駿］　四八九
大仏のみそなはす山焼かれたり　［駿］　四八九
鹿の目に山焼く炎走るなり　［駿］　四八九
左義長（さぎちょう）
悪霊の眼つぶれて大とんど　［飛］　二八七

吉書揚耳を焦がして遁げくるよ［飛］二九八
白朮詣（おけらまいり）
白朮火の渦なす闇の陰詣［八］四三三
鷽替（うそかえ）
神楽笛飄と天ゆく鷽守り［飛］二七八
初勤行（はつごんぎょう）
大太鼓海へ打ち込む初祈祷［飛］三一〇

動物

初雀（はつすずめ）
臥す母の前に髪梳く初雀［存］三七二
初雀起居東に位して［駿］四五七
初鴉（はつがらす）
初鴉いよよはなやぐいのちとも［八］四一〇
初鴉ゆくへあるこゑ落としけり［駿］四四七

植物

歯朶（しだ）
石棺二つに水の常闇歯朶生ふる［花］一九五

無季

メスの記憶真赤な花の地に噴き立つ［未］七三
眠り蒸すや黒き火山の裾に二夕夜［雪］一三二
喪に痩せて鳥肌だちて水遣ふ［花］一七四
旅装赤く映りどじよつこふためかす［花］一七六
白孔雀天降る雨風尾に纏きて［花］一八七
牧草のまだなびかぬは牛入れず［花］一九九
焼かぜの貝を熱しと北の旅［鳳］二六四
木下しのどしんからんと山こだま［飛］二七六
夕晴の裏海重し沖高し［飛］二九八
水現れて檜山の暮天曳き落つる［飛］三三八
野立蕎麦湯気噴きからむ寺庇［八］四二〇
赤芽柏のとみに赤きは鳥も来ず［八］四二四

野澤節子全句集

二〇一五年七月一日第一刷
定価＝本体一二〇〇〇円＋税

●著者――野澤節子
●監修――松浦加古　高崎公久　山本　猛
●発行者――山岡喜美子
●発行所――ふらんす堂
〒一八二―〇〇〇二　東京都調布市仙川町一―一五―三八―二F
TEL〇三・三三二六・九〇六一　FAX〇三・三三二六・六九一九
ホームページ http://furansudo.com/　E-mail info@furansudo.com
●装幀――君嶋真理子
●印刷――株式会社トーヨー社
●製本――株式会社松岳社
落丁・乱丁本はお取替えいたします。
ISBN978-4-7814-0773-9 C0092 ¥12000E